JIN SE HUANG NIAN

锦色荒年

乔子桥 著

广西人民出版社

图书在版编目（CIP）数据

锦色荒年 / 乔子桥著. —南宁：广西人民出版社，2016.11

ISBN 978-7-219-09975-9

Ⅰ.①锦… Ⅱ.①乔… Ⅲ.①长篇小说-中国-当代 Ⅳ.①I247.5

中国版本图书馆CIP数据核字（2016）第193916号

策划编辑　罗敏超
责任编辑　周月华
责任校对　梁凤华
封面设计　李彦媛
印前制作　麦林书装

出版发行　广西人民出版社
社　　址　广西南宁市桂春路6号
邮　　编　530028
印　　刷　广西民族印刷包装集团有限公司
开　　本　787mm×1092mm　1/16
印　　张　18
字　　数　353千字
版　　次　2016年11月　第1版
印　　次　2016年11月　第1次印刷
书　　号　ISBN 978-7-219-09975-9/I·1902
定　　价　32.00元

序

在上海电影节期间遇到小乔，坐下来一聊，才得知她有一部小说即将出版，问她是什么故事，她说写的是告别，即使是一段不能到站的爱情，也至少要好好告别。

与小乔因《伪装者》结缘，知道她在影视媒体工作多年，虽已做到主编，但我这次见她神态里一派天真，看她的眼睛，好奇她会写一个怎样的爱情故事。但是，在她行文中铺排了一场秋雨由此进入故事后，只见她叙述从容，深情款款，我始觉之前把她想得浅了。

不出意外，小乔把视角放在她熟悉的影视行业；但出乎意料的是，她选择了爱与欲这一难解的命题。

几年前看了一部韩剧，讲述的是纯洁的爱情历经欲望与背叛、憎恨和复仇的故事。由于剧情带有悬疑色彩再加上紧凑的情节和鲜明的人物性格而让人印象深刻。那时候，我想过一个问题，如果爱情和欲望摆在自己面前，自己会如何选择？很可惜，至今我仍没有找到答案。

而今看小乔的《锦色荒年》，这个问题又出现在脑海中。我不禁反问自己，这次会有答案吗？

每个人都会与爱情不期而遇。当它来到身边时，我们或躲闪，或沉沦，它无关时机的对错，亦不关年龄的大小，可以悄无声息地来，却不会默默无语地去，总会留下痛苦，留下心结、伤疤。而这一切后遗症，皆因为爱的另一面是欲。

不得不说，欲望可以让我们得到想要的，同时它也让我们把自己伤得更深。欲望过多则像恶魔，它把爱情禁锢其中，让我们极力想摆脱困境，却被它迷失心智。同时，它们又好似镜像，能够轻易地看穿对方。人性，欲望，两者之间只有一种关系：欲望是否强烈决定人性是否泯灭。人情，爱情，两者之间也只有一种关系：人情的冷暖决定爱情是否长存。

人们会为爱奋不顾身，亦会因爱变得冷酷无情。跟随小乔的文字，仿佛被空降到一个五光十色的名利场，男主人公身上背负着企业的发展，同时又是一个寻找亲情回归的父亲，渴求爱情光顾的成熟男性。十年，任何事任何人都在变，他身上的信念却始终不变。而女主人公，在人世跌宕中身心俱损，唯独那颗叫作“爱情”的初心没有变。这样一对男女站在爱情面前，却没有游离人性，既残缺又真实。

在小乔的笔下，那些忧伤又美得发光的句子，像一把诗意的钥匙，解开每个人物身上的“秘密”，在品读的过程中，我们不是简单地想了解一个故事，而是多了一层体察，仿佛每个人物都站在面前，看着一张张脸，身临其境地想要剖析他或她的幽暗微妙，良善罪赎。

这还是一部戏中戏，小说里的人物扮演着别人同时也在经历着现实，与真实生活中的我们无异。在这部小说中，我们总能找到自己的影子，也许样貌不同，却做着同样的梦，经历过或正在经历着相似的人生……

张　勇

2016 年 6 月于成都

（张勇，知名作家、编剧。曾著有畅销小说《谍战上海滩》《一触即发》，为热播电视剧《伪装者》《一触即发》编剧。）

目 录

第三部　归去来兮（2014·秋）

楔　子

秋雨不来，秋意无法深入。

今年的雨季晚来，大概霾了太多时日，终于下起来，憋了太久，雨水索性撒了泼，地上汇集的水流，犹如地铁口突然涌出的人流，急切地往大街小巷奔去。

没有谁特别留意谁，人们只顾埋头往高楼丛林里冲。

隐在楼群背后的柏杨实验三小马路对面，一辆黑色轿车已在雨中停了整整一天，雨刮器勤快地刷动着，雨帘后露出一个男人的脸来。他的面容整个隐藏在幽暗里，只有挺直鼻梁上的一点微光，晕染着脸上说不尽的凄凉之意。

整整一个星期，不论夜深雨浓，他都在校门口徘徊。从外表看，他像个成功人士，但举动令人侧目，尤其周身冰冷的气息，仿佛在告诫陌生人勿近。只有小朋友耐不住好奇心，会突然钻到他背后调皮地喊他“怪叔叔”，他似乎想对那些顽童笑笑，但他们不给他机会，顷刻便撒丫子四散而去。

今天又是这样，他坐在车里，眼见接送孩子的汽车接连开走，他们的欢声笑语也随着汽车引擎一点点远去，眼前无边的空旷，立刻吞噬了他的思维意识，只有回忆深处飘来的一声清脆而甜腻的呼唤——爸爸！爸爸！

他踉跄着推开车门，雨帘中，数不清的银芒箭矢纷纷射来，他仿佛身中乱箭，周身的痛感神经迅速被那些小小的金属头连通，痛意汹涌而来，而那声甜腻的呼唤也被震耳的雨声淹没，他的整个身子不由得沿着车门颓然而下。

不知过了多久，他终于听到雨点敲击车窗的声音，仿若游蚕啃噬，心头痛意仍在却已轻缓，雨细了，掠过他苍白的脸颊，像一只冰凉却让人感觉温存的手，他顿时觉得舒服了许多，他手撑膝盖站了起来，然后沿一条林荫小路向南而去。

起风了，一片片萎黄的叶子飘落到他的衣领上，他随手一拂，抬头的瞬间看到马路对面的一家小店门口，一个姑娘正不停地跳起，似乎要够卷闸门的拉环，她跳起几次都够不到，但始终没有放弃，脑后的长马尾跟着甩来甩去，显得特别可爱。

此番情景触动了他，他忍不住向小店走去……

第一部　扶郎花

（2010 · 秋）

1 雨夜怪客

兰小歌看到一张忧郁冷漠的脸上，一双狭长的眼眸猛地亮了一下，像是被什么震动了，但很快，那点微扬的亮光倏然暗去。

兰小歌本来可以代表幸运的一代人。

85后，二十五岁，相对白富美，她只差了个“富”字。但在多数人看来，只要长得美，就是做梦都能笑醒的事，个人境遇肯定不会太糟糕，但兰小歌却从未有过这样的待遇。过去的七年她无数次在绝境中为自己打气：兰小歌，加油！兰小歌，你能行！

就说去年年底，柏杨实验三小周边的学区房房价一路飙涨，邻近街区的旧楼都成了开发商觊觎的目标，有一天她突然发现她的小书店后墙上写上了一个触目惊心的“拆”字。隔天，房东就来赶人。林冬阳搬来一套“钉子户攻略”，教她一百种撒泼耍赖的方法，“滚蛋！我现在连颗钉子都不是呢！”兰小歌把他推出去，一声不吭地打包收拾东西。自18岁那年妈妈去世后，面对所有曲折她无不是咬着牙自己硬挺过来的，这一次她也行的，一定行！

门外，林冬阳阴阳怪气的声音从门缝里挤进来：“见过点儿背的，没见过这么背的！”之后，兰小歌把书店搬到与学校隔了三条街的柏杨南路，房东见她不吵不闹，便主动付了违约金给她。然而，以前的熟客却懒得跟她迁徙三条街，生意很是冷清。过了年，兰小歌决定转变经营思路，专营畅销漫画书，倒是又引来一批“动漫粉”，但相对这条街的租金来说，漫画店盈余有限，仅够维持生活。

今天的生意更是差得离谱，加上阴雨绵绵，她莫名的心灰意懒，直到收档锁门，才发现她用来拉卷闸门的铁钩子不见了。

连续跳跃令兰小歌白皙晶莹的脸孔泛出红晕来，但指尖只能碰到卷闸门拉环的边缘。她长长吸了口气，准备再跳，却听到身后传来脚步声。“注意点，危险！”是一个低沉的男人的声音。她转脸看去，来人的一身黑衣疲沓而沉重地挂在身上，显得很狼狈。他说：“我来帮你。”跟着近前一步。兰小歌正要搭腔，那人却突然发现了什么，伸手去推店门。她一急，脱口喊道：“喂！你干吗?!”男人落在门框上的手僵了一下，但没有理她，自顾自推开门走进店里。

打劫吗？兰小歌心脏突突急跳，她强作镇定，站在门口语气强硬地喊：“先生！

我下班了，想买什么明天再来吧！”夜里静，使她的声音听起来锵锵若金石声，脆亮得很。男人顿住步子，可能觉得小书店的确乏善可陈，很快便走出来，站在她面前。借着路灯，兰小歌看到一张忧郁冷漠的脸上，一双狭长的眼眸猛地亮了一下，像是被什么震动了，但很快，那点微扬的亮光倏然暗去。他礼貌地退开几步，温和说道：“看你这家书店有些眼熟，冒昧了。”

“书店样子都差不多。”她看了他一眼，觉得气氛低沉，但害怕倒是没必要，他看上去像个有修养的人。

“怎么都是漫画？真奇怪。”他先是自言自语，然后又讪讪地对她说，“我还从没看过漫画。”

“不奇怪啊！你这把岁数怎么会看漫画。”

“哦。”他皱皱眉，“我的确不年轻了。”

兰小歌暗暗吐舌：“我那是在逗你呢，来我店里买漫画的，别说是你了，连大叔大伯都有呢！”

“大叔大伯？那我也算是了。”男人又道，语气轻松了许多。

“你?！好吧，算你是大叔吧，不过我今天真的下班了，你想买什么明天再来。”

“明天？明天有明天的事。”他蹙眉沉思了一下，“姑娘，你店里有没有 1996 年出版的《圣斗士星矢》?”

“你要看《圣斗士星矢》?”兰小歌十分无语，没想到这人真跟她聊上了，语气不由得变得不耐烦，“这套书早就过时了，现在小朋友感兴趣的也不是这个，你真是一点儿不了解孩子！”

“是我自己看的！”他突然语气强硬地打断她的话。

简直莫名其妙！兰小歌心中有气，黑眸不由得透出一股淘气：“如果是你看的话，我觉得《老夫子》更适合！”

虽不懂她的意思，但她语气里的揶揄和黑眸中的促狭是一览无余的。男人平静地看了她一眼，然后转身离开。

“你说过帮我关门的！”想起这才是正经事，兰小歌急忙喊道。

男人停下来帮她拉下卷闸门锁好，一言不发，然后离开。兰小歌看他的背影渐渐融入街景，身体与影子交叠、分离、拉长，虽宽肩细腰，肩膀挺立，却有着无尽的黯然。

“喂！等一等！喂喂喂！”兰小歌突然想到了什么，边喊边追了出来。那人听到她的喊声，回身站定，她因跑得太急，险些撞到他的身上。

“你走得真快！”她大口喘气，白皙脸颊因奔跑而浮出红晕，一双眸子更是晶莹透亮至极。

“我不叫‘喂’。”他半眯了眼，眼尾稍稍扬起。

“对了！我忘了问，你叫什么名字？”

“我姓谭，我叫谭哲初。”

“什么？姓谭，谭大叔？”她笑。

“你听错了。”他一本正经道，指间已多了一张名片。兰小歌接过来一看，蓦地屏息不语，双颊的红晕散淡了，脸上的神情变得格外认真。

“谭先生，你要的书我有，但在我家里，明天我会带来店里，你有空来拿！”

谭哲初点点头，冰山脸上更多了一层惆怅和落寞。他感觉眼前的黑眸像两汪澄澈的湖水，令他深埋的所有陈年旧事，一下子映现出来。

谭哲初四十岁了，“半生碌碌半生休”是他的自况语。从女儿优优八岁那年走失后，十几年来他就是以这种割裂的状态活着。

小时候的优优身上有一种孩童罕见的优雅，一对深褐色眼珠使她尤其特别，她性情温和，但骨子里执拗，让谭哲初又喜又愁。

优优三岁时，谭哲初在美国与前妻傅明美打了离婚官司，然后把优优带回国。尽管傅明美为了名利放弃了他们的婚姻，但他体谅她的选择。可在优优归谁抚养这件事上，两个人陷入了拉锯战，谭哲初开足火力，逼得傅明美不得不放弃抚养权，也重创了彼此间弥留的那一点旧情。更为遗憾的是，他当时为出国放弃了表演事业，作为在校时外形和能力俱佳，被各大文艺团体争抢的未来之星，这番周折使他回国后前途黯淡，后蒙老校长帮忙分配到省话剧团做艺术指导。很快演员们开始走穴，也有旧同学动员他，但为了照顾小优优，他放弃了出名赚钱的机会。优优虽然少了位“星爸”，却并没有因父母离异而感到不幸。

作为单身父亲，谭哲初一开始并不合格，替优优绑个马尾辫都非常吃力，他常常扯痛女儿，惹她抗议：“爸爸，我不要梳辫子，我要去理个光头！”

“女孩留长发才好看，爸爸多梳几次就会了。”可是有一天优优从幼儿园回来，一头长发变成短发，她却兴高采烈地喊：“爸爸，以后你可以赖床啦！”

从这一年开始，优优很多事情都是自己做决定。后来，她迷上漫画书《圣斗士星矢》。

“因为我喜欢紫龙！因为紫龙会中国功夫！因为紫龙本领大！因为紫龙长得帅！”她振振有词地絮叨她喜欢《圣斗士星矢》的理由。等她如愿抱回几本新书，又会故作神秘地问：“爸爸，你知道紫龙的师傅吗？他是个可爱的小老头，是个小不点儿，他天天坐在庐山下看瀑布。呀，大瀑布有什么好看的呢？”

谭哲初明白优优的言外之意，她想让爸爸带她去看大瀑布，但她不直说，喜欢让他猜心思。

那段时间剧团有台戏要出国访问，谭哲初十分忙碌，就有一搭没一搭地应付她，说放暑假的时候带她去。很快这事便被他抛诸脑后，直到三个暑假悄无声息地过去了，优优再没说过，只是有一天突然说："爸爸，紫龙升级黄金圣斗士啦！"

谭哲初心中陡然一酸，他摸摸女儿的头，新发覆额，而一双眼睛却闪着深褐琥珀色泽。优优正在长大，快得等不及他陪伴，他决心一定抽时间带她去旅行。但接下来的暑假，因为优优幼升小的事忙得团团转。之后她就开学了，但那年九月被雨水泡得孱弱缠绵，少见蓝天碧影和猎猎的风。有一天谭哲初去接优优放学，拂面而来的雨丝细柔，后座的优优在唱一首新学的《喵喵喵》，声音甜润至极，他听得十分开心。路过学校对面的小书店时，他看到玻璃窗上贴着《圣斗士星矢》的广告画，就主动献殷勤要给优优买套新书。

架好自行车，优优一跃而下，她的同学乔伊伊正从书店里走出来，手里捧着新书。

"乔伊伊！你也来买书？让我看看！"优优开心地叫道，然后回头笑着说，"爸爸，你进去买书，我要跟伊伊说话！"

大概十分钟，谭哲初抱着书出来，优优和乔伊伊却不见了。他跑到周围的街巷寻找，又找到乔伊伊家，那孩子说她不知道，她只是在书店门口跟优优说了一会儿话就各自分开了，谭哲初顿时冷汗如瀑，身坠冰窟。

夜里，那场秋雨突然下得暴虐。他寻遍了优优可能去的每个地方，泪水、汗水、雨水冲刷着他身体的每个毛孔，疼痛一次次漫过五脏六腑。他穿街过巷，喊到喉咙嘶哑……二十多个小时后，当派出所的民警把他抬去医院时，他整个人几乎失去知觉。

之后，书店老板娘叶庆瑜尽力帮忙，提供了一个月以来的店内监控录像，并仔细回忆在书店发生的每件小事，每个或有可疑形迹的客人，但警察仍未查出一点线索。那段时间，整条柏杨路的电线杆上都贴着寻人启事，报纸上也足足登了三年。这件事令住在柏杨路的所有家庭都警惕起来，兰小歌当时上中学，所有假期妈妈都不让她独自外出。因此，对于谭哲初的名字、电话号码，兰小歌几乎都会背了。

在优优失踪的头三年里，谭哲初失魂落魄地穿梭于中国的大小城镇，某次坐于庐山苍茫云雾间，他真的想跳下去了此一生。然而祸不单行，母亲去世的消息令支撑他世界的另一角倾塌，白发苍苍的老父，把谭哲初接回家乡宁都休养。直到第四年初春，农历三月的一天，大院里的紫玉兰开了，他无意识地站在窗前盯着一朵紫玉兰的蓓蕾发呆，远远地走来一个女人，站在树下看花，看着看着她突然抬起头来，阳光从她脸庞簌簌而过，使她的笑显得十分明媚。然后，谭哲初听到她在冲他喊话，他便皱了皱眉推开窗。

“谭哲初！是谭哲初吗?！我是顾嘉言！你不记得我了吗?”她喊得很大声。

顾嘉言！谭哲初当然记得，从小她就在学校追着他玩耍，直到他与明美出国结婚。后来听父母说起，这位小学妹竟然也嫁出国门，整条街都在谈她的事。而在他最痛苦的几年里，顾嘉言也过得苦不堪言，她新婚不久成新寡，老公史蒂夫车祸去世，她打了一场身心俱疲的遗产官司。当然，她赢了，变成一个有钱女人。

顾嘉言回国后游荡了一年，决定开家公司，请谭哲初帮忙。他开始一口回绝，她直眉瞪眼地骂他：“你是个男人，要堂堂正正地活着！要死就不要活，要活就别往死里混!”

“除非我把优优找回来!”他声音很低，因为自己也知道那是不可能的事。

“我要是优优，看着老爸这么窝囊，我情愿刺瞎自己的眼!”顾嘉言红唇翘起，像个嘲讽的逗号，然后她静静瞅着他，像在给他让逗号变成句点的机会。

谭哲初本不是窝囊之人，顾嘉言的激将法奏效了。很快，他发现排得密密麻麻的工作能渗透他的每个思维空隙，他会暂时忘记优优，忘记母亲，忘记所有破碎的过往。

优优失踪的十年后，谭哲初变成一个成功男人。顾嘉言铺开所能触及的关系网，继续寻找优优，但这十年优优依然音信杳然。谭哲初心里是认了，因此每年秋天，更像是自己的劫难。

2 漫漫时光

木叶萧萧，落襟沾衣，连场景都与昨夜是相似的，他下意识地抬头看了看马路对面，却未出现与昨夜相似的画面。

第二天一早，谭哲初的助理朱迪打来电话，说顾嘉言请他去公司，有事商量。

“她知道我不去的原因。”谭哲初思忖着。几年来，他们不仅在事业上互相扶持，在生活中更是贴心的朋友，正因此，在优优一事的处理上，顾嘉言一向顺着他，也知道这几天不是打扰他的时候。但刚撂下电话，顾嘉言又打来。他无奈接起来，不等她说话，故意拖长声音道：“老板，就是上帝也要放几天假的——”

“下午麦迪国际的人来卢湾考察，他们很有诚意。哲初，我们都是成年人了，你惩罚自己该有个限度，眼下卢湾项目资金吃紧，你分一分轻重。”

谭哲初沉默了一会儿："嘉言，麦迪的人你也熟悉，我今天不想见任何人。"说完，他关了手机。

从家里出来，谭哲初漫无目的地开车往郊外去。经过一片柿子林，眼前一树橙黄的柿子，个头饱满溜圆，而树下是萎落了一地的枯叶。春生秋藏，韶光流转，这都是天命难违的事，大自然比人明白。如此想来，心中更加茫然。抬眼间，他发现前方路牌上正好标示着"卢湾出口"，他急忙减速把车子驶入港湾，强迫自己在车里坐了好一会儿，然后又掉头开回市区。

午时，谭哲初又回到校门口，孩子们仍在雨中嬉闹、奔跑，上课铃响后一哄而散。他眼前与昨天并无不同，无边的雨，无边的空旷，他开始机械地重复昨天的动作：下车，沿林荫路慢慢走去。

木叶萧萧，落襟沾衣，连场景都与昨夜是相似的，他下意识地抬头看了看马路对面，却未出现与昨夜相似的画面。直到过了三个红绿灯，道路两旁的店铺密集起来，两行树木似乎未经霜欺，尤其被秋雨一洗，没有半分落木的憔悴，尚还葱茏的树冠把街道拢成细细一条，他一直走到细线尽头，才看到昨夜邂逅的小店，店门前挂着一块木牌，木牌四角系着铃铛，上面写着"漫漫时光"。

生意依然惨淡。中午倒是来了一群孩子，把书翻得乱七八糟。兰小歌习以为常地整理完，看看表已是下午一点多，她又拖了一遍地板，仍然不觉饿，手里捧着一杯红豆奶茶，对着连绵阴雨发起呆来，不一会儿，随着甜暖的奶茶下肚，睡意兜头袭来。

恍惚中她做了个梦，梦中一位黑衣男子跟她说话，她困倦地睁开眼睛，那人就耐心地，轻轻地叩她的桌子。

她猛地从臂弯里抬起头来，乌黑睫毛也跟着扬起来。

真的是谭哲初！他高大的身影立在她面前，把小店本就晦暗的光线遮得更暗了，而他却像个发光体。轩眉、直鼻、狭长的眼，脸上虽没有笑容，嘴角却有一个自然的上翘弧度。兰小歌暗暗吸口气，这男人虽然不年轻了，脸上也有着挥之不去的忧郁，却英俊得令人心醉。

"嘿！"她从桌后走出来打招呼，然后往门口的光亮处走去，做了个随便看的手势。

"我来买那套书。"谭哲初双手抄在裤袋中，一边观察书屋，一边漫不经心地说道。

昨晚他心神迷乱，人虽来过，却并未注意到这一小小书店也有动人细节。随意摆放的卡通玩偶，书架后的一角小休息区，两组粗木桌椅，桌上铺着手工钩花桌布，放着细颈玻璃花瓶，瓶里插一支金黄色非洲菊。他信步上前，不经意地从花瓶里抽出那枝花来。

“喏，这是你要的书！”兰小歌打断他的沉思，他把花插回花瓶，见兰小歌正吃力地从桌下拎出一捆用塑料绳捆好的书。

“谭先生，这套书是我自己的，虽然旧了些，但正好是你要的 96 版，你慢慢看，不用急着还我。”

“我想买下来，多少钱？”

“不卖！”兰小歌突然面露不悦，“从这儿出去往南一公里有家大书店，他家有。”

谭哲初一怔，见她正要把书抱回去，急忙拉住她：“为什么不卖？”

“不想卖！”兰小歌乌黑眼珠一转，甩开他的手。

他笑了笑，仍然态度诚恳：“不卖也可以，能借给我吗？”

“好，把身份证给我。”兰小歌一只白净纤手伸到谭哲初跟前。

谭哲初又是一怔：“要这么麻烦吗？”

“我要核对一下你的名字！嘿嘿，好借好还，再借不难嘛！”

“这个，我不太方便，我可以给你押金。”

“知道你有钱！但我的书也是无价之宝！”兰小歌眨眨眼。

昨晚，她拿到他的名片陷入了疑惑。依稀记得，当年寻人启事上联络人的名字是“谭泽初”，与名片上这位博扬传媒 CEO 稍有出入，鉴于这世上同名同姓的人太多，她一定要搞清楚他是不是当年丢失女儿的那位父亲。如果是他，谭乐优找到了吗？如果没找到，她搬家时偶然发现的遗失在她店里十年之久的“谭泽初亲启”的匿名信，对他找女儿有帮助吗？

谭哲初并不知她心里在盘算什么，听她振振有词，神情中充满疑惑，又似乎想窥探他什么，感觉十分不舒服。

“那算了，你留着吧！”说完，他转身离开。

兰小歌怔了片刻，等她拿他的伞追出去，他已不见踪影。店内一片寂然，雨声沙沙入耳，顷刻间又下大了。兰小歌拿起拖把擦掉地板上浅浅的几只湿鞋印，觉得真是当断不断，其谋自乱。

沿着来路走回去，谭哲初的头发、衣服全淋湿了。相同的雨，相同布置的小书店，甚至相同的花，都让他有时空错乱之感。然而，十年前的“谭泽初”早已心魂尽失，他甚至忘了对给予过他帮助的老板娘叶庆瑜说一个“谢”字，一切就随着时间不知去向了。此刻他并不知道，他这一生都没有致谢的机会了。

走到车边，才发现车钥匙不见了，他下意识地想起兰小歌流转的黑眸，不自觉牵起嘴角苦笑了一下，他想一定是跟雨伞一起落在她的店里。

见他短发濡湿，又一次站在自己面前，神色平静地问有没有看到他的车钥匙，兰小歌不由得笑了。

“车钥匙？是小绵羊，还是大宝马？”兰小歌调侃了一句，想活络下气氛把话题转到自己的频道上。

谭哲初似乎听不懂“小绵羊”，但她说到“宝马”，想必钥匙被她收了应是无疑。

“宝马。”他说，神情没有任何起伏，兰小歌只好继续耐着性子，“请问是赤兔，还是乌骓啊？”

“姑娘，我在跟你说正经事。”见她说话始终不落在点儿上，他的脸板了起来。

“是啊！我也在说正经事！问清楚才能帮你啊！”她眨眨眼，一副油盐不进的样子。

“请把钥匙还我！”他眉头皱起，沉声强调道。

“谭先生，你干吗生气？你有证据吗？凭什么说是我拿了你的钥匙？是你跟我借东西在先，我看看你的身份证有错吗？怎么，得罪你了？”

兰小歌睁大黑眸，一副被冤枉的表情，听得谭哲初莫名懊恼。他双眉扬起，注视她的目光变得高深莫测。兰小歌心头一动，原来他眼珠的颜色是琥珀色，像是埋藏了几万年，带着远古幽远的光，在她脸上逡巡，心头有丝火苗蓦地向耳根窜去。慌乱中，她一只手下意识地捧住脸避开他的视线，又顺势往远处站了站。

他以为她心虚，坐实了自己的猜测。

果然，她突然说：“算了算了，真没劲！”然后从桌下取出伞来，“喏，拿着你的伞走开，以后别在我这儿乱丢东西！”

“把钥匙还我！”他的声音低沉着。

“喂！你有完没完？你看清楚，这地板我刚刚擦过，没看见你的钥匙！怎么你找不着东西就赖我啊，真是见鬼了！”兰小歌的声音也提高了，她不明白他怎么会变得这么不可理喻，自己的脾气又为何如此反常。

见她变了脸色，谭哲初无奈摇头。“你们这些孩子，真不知父母怎么教的！”本是声音极低，但因为店里安静，竟一字不落地掉进兰小歌耳朵里。

她惊怔地抬起头，黑眸中掠过一丝痛楚，空气顿时凝滞。

谭哲初暗暗叫悔。他是中了什么邪，怎么对一个小姑娘说出如此没风度的话。正想解释，却见一个年轻男子搂着一个女孩走进店来。

3 悲伤不重样

原来，人世间的悲伤是不重样的，谁比谁更不幸呢？

年轻男子卷起袖管的手臂隐约露出文身来，与他相伴的女孩身材高挑苗条，留着一头垂顺的粟金色头发。两人径直走到兰小歌面前，男子语气轻佻地问兰小歌想好了没有。

“我这儿有客人呢，你别添乱，改天再来吧！”兰小歌的声音冷冰冰的。

“你哄哪个瞎包？兰小歌我告诉你，你可别坑我，房东赔了你那么大一笔钱，哥哥我当时在这事上没少出力吧，跟你借点小钱花花咋这么难！”

“小诗要留学，那笔钱给她报英语补习班了。你爱信不信，反正我没钱！”

“兰小歌，又跟我赖是不是？你以为贾一飞还在这儿呢，现在没人给你撑腰！”

“我们在柏杨路上打架的时候，还没贾一飞呢，我不需要谁来撑腰。冬阳，你要做正事我自然想办法帮你，但你听劝吗？打小你跟我妈妈保证过多少回，但你改过一次吗？如果你还有点良心，还念我们家过去的好，就别再找我麻烦了吧。”她说这句话时，神情变得格外温柔，一束白光映照着她的脸，显得晶莹无瑕。

有一个词叫“眉目如画”，谭哲初心念一动，略略失神。正要离开，却见来人并不容易打发，反而不怀好意地盯着兰小歌。他不由得有些担心，就站定在一排书架前静观其变。与那人同来的女孩正靠在另一排书架前吸烟，她低垂着头，脚尖蹭着地，谭哲初无意间抬头，女孩喷出的一口浓烟正好散去，露出一张瘦而苍白的脸来，一双深琥珀色的大眼睛空洞而疲倦地嵌在脸上。

“优优！”他的心脏如遭重击，脸色顿时惨白。然后他睁了大眼睛，仔仔细细、上上下下、反反复复地看，越看越心惊。

事实上，除了那双颜色特别的眼睛，他无法把眼前女孩与优优对上号，特别是她细瘦手腕上文着的匕首小蛇，令他心中一阵绞痛，但他又无法不被一种强烈而古怪的情绪引导，觉得眼前的女孩就是优优，她只是长大了，样貌变了，因为除了她，谁会有着深琥珀色的眼睛？

女孩突然感觉到对面男人目光的异样，尤其是微微抽搐的脸颊，令她吓了一跳。她觉得他像某个熟悉的人，但不能准确地记起他是谁。很快，她的厌恶淹没了疑惑。她把烟头弹入门外的雨帘，冷冷地问兰小歌：“你这儿都是些什么人啊？这位大叔，瞪那么大的眼睛，要吃人啊？！”

谭哲初心头战栗。他艰难地走到女孩面前，声音颤抖地问她叫什么名字，女孩嫌恶地别过脸，对年轻男子叫道："林冬阳，你瞎了呀?!"

"你是优优吗？告诉我，你是不是优优？是不是？告诉我！求你告诉我！"谭哲初追问着，声音由乞求渐渐转成控制不住的低哑的哽咽。女孩吓呆了，她张了张嘴，想要说什么。

"你神经病吧！"林冬阳一个拳头挥过来。谭哲初一个趔趄闪开，才刚站稳，林冬阳的拳头又挥来了。

兰小歌急跑过来，一把拉住林冬阳呵斥道："别在我这儿闹事，不然我报警了！"

"吓唬谁呢？你报啊！"他一把甩开她，她没站稳跌了出去，想是跌得不轻，眼底的小火苗跟着蹿起来："林冬阳，你别后悔！"

似是被那两束火苗吓到，林冬阳脸上现出一丝无奈来，踹向谭哲初的脚缩了回去，但还是不甘心地冲他晃晃拳头，女孩急忙过来把林冬阳拖走。

优优走了？优优走了？他等了十年了，怎么可以就这样走了？谭哲初魔怔般呆立着，好半天才反应过来追出去，两人早已不见踪影。雨水如注，周遭变得昏黑一片，他跑过对街，膝下突然一软，整个人跌倒在雨里，仿佛又一次跌回十年前的那个下午。

只是这一次，他的头顶有一把黑色大伞密密实实地罩着他。兰小歌蹲在他的身边，不说一句话，只是陪他待着，听沙沙的雨声在伞面响起。

"那个女孩，你也认识？"他终于开口问了一句话。

"我不太熟。"她短促地答。

"男的呢？你一定很熟吧？他住在什么地方？我要去找他！"他满脸痛苦焦虑，似乎陡然间老了十岁，刚刚被泪水浸过的眸子，沉郁的色泽也黯淡了。兰小歌心中莫名一酸："他住的地方不好找……你先进来休息一下……我慢慢跟你说。"

听她的声音有些发抖，他这才注意到她的身体完全暴露在雨里。

他急忙把伞推给她站了起来。"我不想休息，你先回去吧，把他的地址电话告诉我就行。"

不行！她心里想道，可不能由着他像个神经病一样泡在雨里，她也不放心他独自去找林冬阳。经过这件事，她不用再证明他名字的对错了，十年过去，他依然是那个苦苦寻找女儿的可怜父亲，是那封匿名信的收件人。

优优虽不幸，但有个好爸爸。她心里念着，嘴上却说："谭先生，也不差这一时半刻的，你先回我店里歇一下，我有东西给你，待会儿我陪你去找他。"

还车钥匙给他？谭哲初想到不久前的纠葛突然大笑起来。他早已失去了最宝贵的东西，却仍旧处处计较，实在太可笑了。

“谭先生，你没事吧？”兰小歌被他的笑吓了一跳，担忧地追问道，那把伞又不知不觉地倾斜过来。

“你是个好姑娘，谢谢你，但我不想再麻烦你了，这些东西对我来说都没有意义了，我不想要了。走吧，我送你回去，你把他的电话号码写给我。”说完，他从她手中接过伞来，把伞遮在她的头顶。她稍微靠近了他一点，觉得他好高大，心头涌起了一丝不明所以的暖意。

回到书店，兰小歌给谭哲初递上干毛巾，又倒了杯热茶给他，这才小心翼翼地说：“如果我没猜错的话，你在找人，但这世上长得相像的人很多，我并不是窥探你的隐私，但刚才那个女孩不是你的优优，她叫乔伊伊。”

“她叫乔伊伊？乔伊伊？”谭哲初猛地起身，脸色变白，“但刚才你说不认识她！你骗我？”

“我没有骗你，我跟她只见过两次面，只知道她的名字。”

“现在，立刻，带我去找他们！”谭哲初失态地抓紧她的手，眼睛里充满急切的渴求。仿佛万年玄冰碎裂，那两束沉郁的光令兰小歌心中一阵惊悸。

“你能告诉我一些你和优优的事吗？”她定了定神，迟疑地问。

谭哲初沉默了好一会儿，十年伤痛被过滤成几句简单的答复：“优优八岁那年在一家书店门口走失，我找了她十年，但只有无数的失望、失望、失望……”

兰小歌听在耳里，心中再无疑惑，黑眸又湿了一层。原来，人世间的悲伤是不重样的，谁比谁更不幸呢？

4 扶郎花

“扶郎花”？是妈妈最喜欢的花呀！兰小歌记住这个动人的花名，书店那道跟随叶庆瑜消失了的金色光芒又一度亮起来。

叶庆瑜去世前一周，兰小歌第一次见到父亲兰树枫。他头发微卷，穿卡其色休闲裤，格纹衬衫，神情疲倦。

从小到大，妈妈从不跟她谈论爸爸。她偶尔听街坊说起，知道爸爸是个浪荡子。兰小歌十五岁那年，妈妈被诊断罹患乳癌，直到生命将至尽头，她才握着女儿的手对她说起兰树枫，神情中无喜无悲。她简略述说他们之间的过往，叮嘱兰小歌要怀宽容之心，并说兰树枫没有大的过错，是自己对他要求苛刻。“小歌，人生除生死无大事，以后你跟着爸爸过吧，他会好好待你……这些年我阻止他来看你，你也要原谅妈妈。明天他会来接你，你们以后要好好相处……”

兰小歌并不知道那是妈妈最后的嘱托。第二天一早，妈妈让她去买一束金色非洲菊。

三年里，兰小歌眼看着身患癌症的妈妈一天天失去女人的美丽容颜，熬过放化疗的痛苦，却为了安慰她始终坚强乐观。主治大夫心疼她年纪小，也是信心满满地对她打包票，告诉她妈妈一定会被治好。她天天奔波于医院、书店、学校，生活艰辛，但她和妈妈的信心从未被挫败，她们扛得过从前，自然也能扛得起未来，因而妈妈那天的嘱托，她并未真的当回事。但死神突然一声令下，第二天妈妈便过世了。她蹲在医院走廊里，一拳一拳地捶打自己的胸口，她哭不出来，好像有个东西哽在喉头，哽得她一阵阵干呕，却放不出一丝悲声，而她头顶上方一只男性的手，握了握她颤抖的肩膀，又无力地垂下去……

“爸爸？爸爸！”兰小歌心头盘旋着一个令口舌生涩、唇齿僵硬的称呼。好一会儿，她才抬起头，见他头发上落满一层灰，这是一个脆弱又沧桑的陌生中年人。蓦地，痛恨汹涌而来。“一定是他！是他杀死妈妈的！他不来，妈妈一定不会松了这口气，不会舍得丢下我！”

这样的恨，在叶庆瑜死后几乎淹没兰小歌的巨大悲伤。兰树枫恳求女儿原谅自己，说他又娶了妻子，人很好，可以照顾她，她还有个妹妹叫兰小诗，今后姐妹俩可以做伴。

“我没有爸爸，从来没有过！更没有什么妹妹！”这是她跟兰树枫说的第一句话。

“小歌，你恨我可以，但你是爸爸的孩子，你还这么小，让我来照顾你，你跟小诗也好做个伴，她也很想要个姐姐。”

“做伴？妈妈辛苦生下我，辛苦把我养大，就是为了给她做伴？你走吧，我要一个人陪着妈妈，我要好好看着她的店，你们以后都别来烦我！”

她打断兰树枫的话，独自从墓地跑回家，几公里路，她没有乘车，一气不歇，一滴泪未掉地跑了回去。她生怕松掉这口气，就会无法面对突如其来的糟糕人生。回到家，兰小歌哭了三天，兰树枫竟真的没来找她。夜里她会突然惊醒，感觉兰树枫站在床前，摸着她的头发说：“小歌，别怕，你还有爸爸。”然而，当心里那个神情疲倦的影子越来越清晰时，她会更大声地对自己说：“兰小歌，不怕！不要怕！”

料理完妈妈的后事，最初因为有店员她还能上学，但到高中毕业，终因支付不了店员工资，她无奈辍学，一个人支撑店里的工作。

突然有一天，兰树枫来看她，并且带着兰小诗。兰小歌怔了片刻，她没想到这个同父异母比她小三岁的妹妹，竟像是她的孪生妹妹，并且像她一样穿一身旧而干净的校服。她也不爱说话，只用一双漆黑无辜的大眼睛远远地望着她。

那天兰树枫很兴奋，脸上全无一丝疲倦神情。他握紧女儿单薄的肩："小歌，爸爸打听过了，这书店不赚钱是因为租金太贵，爸爸很快会有一笔钱，我们把这店买下来，再雇个店员看着，你去复读考大学。"她打量着父亲，他仍旧穿那条卡其色休闲裤，那件格纹衬衫，看起来寒酸，他哪里来的一大笔钱呢。

看出她的疑惑，兰树枫朝门口站着不动的小诗说："快来跟姐姐说说话，小诗，以后我们就是一家人了。"

小诗慢慢走过来，兰小歌看着她的眼睛，像是镜子里的自己，虽坚决却无法掩饰眼底的凄楚之色。迎着她的目光，小诗主动拉住她的手，声音轻软："姐姐，我能跟你住在一起吗？"

"哦。"兰小歌顿了顿，结结巴巴地说，"你要愿意的话……我很开心。"

"爸爸说要卖了房子给你买这间店，我没有地方住，只能跟着姐姐住了。"小诗声音还是软软的。兰小歌转过头看父亲，他的疲倦神情在小诗道破真相后又挂回脸上。

"你的心意我领了，小诗想来玩就来，卖房子的钱我不要！"

之后，父女之间算是在某种程度上和好了。有一次，兰树枫来看她，带来一束金色的非洲菊，他告诉女儿这花叫"扶郎花"，代表守护和扶持。

"扶郎花"？是妈妈最喜欢的花呀！兰小歌记住这个动人的花名，书店那道跟随叶庆瑜消失了的金色光芒又一度亮起来。

乔伊伊正在打电游。这回她扎起头发，卸了妆，摘掉深褐色"美瞳"，也摘掉了一贯的冷漠神情。谭哲初揉了几次眼睛，终于确信书店那一幕是场误会，长长叹了一口气。

对他的询问，乔伊伊显得很不耐烦，她说很多事她都不记得了。"十年前你去过我家了，我早就告诉过你了！"她强调。

"优优很喜欢你，你是她最要好的同学，真的一点联络都没有？"谭哲初还是不甘心。

"你烦不烦？都说了我早忘了她！就算是大活人也有不联络的，何况她活不见人死不见尸，你以为满世界人都跟你似的啊？"

“乔伊伊，你能不能好好说话?”兰小歌打断她的话。

“关你屁事!”乔伊伊头也不抬，嘴里却愤愤地说：“林冬阳求你的时候你什么态度，现在也有你求人的时候……对了，林冬阳让我告诉你，你有件宝贝寄放在他那儿，他准备卖了去翻本!”

兰小歌顿时脸色煞白，但她没有继续追问，只对面色铁青的谭哲初勉强挤出一丝宽慰的笑：“我们走吧。”

这一路二人无话，兰小歌也不敢去看谭哲初的脸，那种希望和失望擦肩而过的滋味，令她胆怯起来，万一那封信也是一个误会呢?

“今天谢谢你了。”快到柏杨路，谭哲初率先打破沉默，为了维持礼貌，嘴角还勉强挂了一抹苦笑。

“不用客气。”兰小歌淡淡地接了一句，心里仍在犹豫要不要跟他说那封信的事儿。

“我会去买书的。”他又说。

“欢迎，欢迎。”她虚应着，眼睛看向车窗外。雨停了，灯火流莹，城市被凝成一格格流动的画面，与车厢里凝重的气氛全然不同。

“今天耽误了你半天生意，我会给你补偿的。”

“不用，不用，没关系的。”她急忙摇手，心中却做了一个决定，她准备先回家拆开那封信看看内容再说。

又过了一个红绿灯，谭哲初打破沉默：“我先下车了，让师傅直接送你回去。”说完，他打开皮夹拿出一百元递给司机，一声不吭地下车离去。兰小歌看着后视镜里他的身影一点点缩小，显得落寞至极，心里又是一阵难受。有那么一会儿，她觉得自己的举动太过荒唐，他的事关她何事呢?

“兰小歌，关你何事?”回到书店后，她找出那封信一遍遍地自问，犹豫了好久，这才翻出谭哲初的名片打电话给他，但电话那边久久无人接听。

回家换下湿衣服，谭哲初一直待在优优房里。这房间有一整面墙是考究的壁柜，拉开柜门，里面分门别类地贴着标签，标着优优一岁、二岁……直到八岁的所有衣服、鞋子、书本、玩具，每一样都精心收纳。谭哲初平时并不打开它，今天也是格外小心翼翼，他先是捧出那套《圣斗士星矢》来，再拆开上面的蝴蝶结，最后才拿起一本翻开。看了一会儿，书往脸上一盖，竟然沉沉睡去。

等他醒来，夜已深，书页上泪痕宛然，他苦笑着把书收进壁柜，这才走了出来。

客厅里竟然亮着灯，有低沉柔软的歌声飘来。

……

认真到一种，绝对的执迷，就像活在云端里

爱需要勇气，更需要距离

他们说的真，我在梦里陷太深，清晨守到黄昏

……

谭哲初倒了两杯红酒走到沙发边，把顾嘉言叫醒。

“听歌听到睡着，你的偶像会伤心的。”

“你还有心思说这个，知道我为什么来吗?”顾嘉言坐起来，接过他递来的酒，随手拢拢被压扁的头发。

“哲初，卢湾那块地我心里没底，对方的意向很含糊，这事你不该撂挑子!”

“我说老板，你这大半夜还记挂着训员工啊?”

“你还知道我是老板，不是你的跟班呀?”顾嘉言睥睨他一眼，“下午我去替你考察，晚上去替你陪客，刚才一进门，又听说谭总你把自个儿锁起来了，我知道您抑郁，我就不该这么没眼力见儿，来打扰你对不?”

“嘉言，你如果来喝酒聊天，我欢迎，如果来谈工作，我的假期还没有结束。话说回来，今天也就是逢场作戏，别人还派不上用场。”

“呵呵，你哪场戏能用得上我?”

“你才是博扬的王牌嘛，钓大鱼要下肥饵！不过你也别抱怨了，我谭哲初就这命，除了工作，除了赚钱，我也做不来别的，明天我就去上班。”

“听你这话说得，好像是我在逼你。”

“我……”他欲言又止，“算了。卢湾的事你尽管放心，有好消息我随时汇报。”

“你拿主意就是了，汇报什么？你知道我最烦听这些。”顾嘉言站起身来，狐疑又担忧地看着他，“哲初，优优会找到的，我们从来没有放弃过她。”

“嗯。我明白。你回去吧，我叫司机送你。”

“如果我不走呢?”顾嘉言仰起脸问，谭哲初捏着酒杯垂下了头。

顾嘉言心知肚明，他们的感情红线仍旧坚挺。她裹紧披肩往外走去，高跟鞋的声响格外清脆有力。谭哲初关掉唱机，持酒杯坐在幽暗的光影里，想着她那句意假情真的话。不是他不肯，只是不能。这么多年，如果他们可以在一起，不会等到今天。他们都明白，他的心里没地方放她，他的罪还没有赎净。“除非，优优安然无恙地回来。”他又用这个念头阻断自己的思绪，不知是自以为是，还是自欺欺人。

5 游鹏来了

兰小歌冲他吐吐舌，黑眸里的黯然却是一览无余。莫名其妙地，游鹏感觉自己整个人都不好了。

早上九点整，谭哲初准时出现在办公室。

天放晴了，秋阳的穿透力强，他坐在桌前，大幅落地窗使阳光洒满一室，签了几份文件后，他交代朱迪，召集高管开会。

博扬传媒的员工都知道，谭总每年秋天都会休息些日子，多则十天半月，少则七八天。而这一次似乎时间很短，大家颇觉意外，开始交头接耳，有人说他是为了卢湾的项目，有人说公司上市前景可观，大家一派喜气洋洋。然而相对于员工的热烈，高管们围着圆桌，眼观鼻鼻观心，气氛显得十分沉闷，他们都在揣摩谭哲初临时召集开会的意图。

这种状态谭哲初自然是不满意的，即便过了几天与世隔绝的日子，也不该如此生分，因而一番开场白说得极亲切："今天这个会议召集得有些突然，咱们也别搞什么议程，就当畅聊会，我希望大家发散思维，畅所欲言，说说你们期待未来卢湾影视城能实现什么功能，能融合什么资源，或者想象它未来的样子都可以！"

经他暖场，讨论渐渐热烈起来，他笑着观察每个人的表情，不发表任何意见。关于卢湾，他早有蓝图，但在出发前，他想验证一下员工的野心和魄力，在他看来，信心和共识才是战胜一切困难的关键。

法务部和财务部两位总监说话谨慎，他猜测两位对他缺乏信心。法务部陈总提到卢湾地块的权限和时限问题，国家目前没有特殊政策倾斜，几个亿投进去，风险太大，建议他不妨效仿其他城市的同类项目，由政府牵头。财务部阮总担心的是，股东对这种大项目投资的支持度。说到底，博扬靠经纪和制作起家，凭的是一手一脚干实事，对过亿的资本运作他自觉底气不足。

"我问你们，这几年博扬的项目有没有失过手，不失手的原因是什么？"谭哲初问。

"这固然与谭总判断准确有关，但也得到了股东的支持信任，他们在出钱上从来不会含糊。"阮总接话道。

"阮总，你和我说的其实是一件事。股东信任我对项目的判断，不是信任我的感觉，而是我对项目的周密考察和掌控能力。还有，我做事的态度和决心。我希望二位消除疑虑，拿出信心来。至于拿地和出钱，我会通盘考虑，毕竟这是我们整个团队的事，这事我们不仅要做，而且要做到最好！”

博扬这艘船的航向，谭哲初从来是胸有成竹，可以说，作为总裁的他是非常称职的。顾嘉言当年慧眼识珠，以至博扬几年内就能成为民营影视企业中的翘楚。这几年，整个城市发展迅速，人们置身于信息爆炸时代，柏杨路上那个撕心裂肺的单身父亲没有谁会记得。尽管这很残忍，但对于掩埋痛苦的人来说，也是一种慈悲。现在的谭哲初，在外人眼里是个贴着黄金标签的中年高富帅，个人魅力和财富有增无减，他比小伙子更受姑娘们的追捧和垂青。然而，几年来，他除了在生意中逢场作戏，鲜有感情传闻，人们当他是不解风情的工作狂，也因不近女色显得更加讳莫如深。所以，这天下午当他签了一张十万元支票，交给朱迪叫她拿给一个叫作兰小歌的姑娘时，朱迪啃着手指呆住了。

“她帮过我，这是一点谢意。”他无意解释给助理听，只是让她的嘴巴合拢，“去吧，顺便把吴美娜叫来。”

吴美娜是博扬经纪总监，人如其名，走起路来袅袅娜娜，却又不失资深经纪人的派头。谭哲初近年很少过问艺人之事，一来吴美娜是元老，二来她做事他放心。只是上次她提过一个英国学戏剧的男演员，说是很难搞，他突然想起问问进展。

“我出马哪有搞不定的，我许了他《魅影》男一号，这是他的资料，您看看，二十六岁，海归，外形佳，关键还有才华，您就瞧好吧！”

“新人啊，美娜，男一号是不是太冒险了？”

“您别担心，《魅影》成本不大，这种题材咱们驾轻就熟，而且话题度好，以游鹏的外形和学院背景，我保证有话题让他上位。不夸张地说，我看他第一眼，就觉得眼前是座金山！现在快三点了，我约他来签正式合同，您掌掌眼，看我有没有吹牛！”

吴美娜深知，老板要是看上眼，公司未来的资源都得为她开路，但眼瞅着过了半小时，游鹏人还没到，怎么第一天就掉链子？

谭哲初看了看表，面露不悦。

突然，办公室的门咚的一声开了，一个高大俊朗的小伙子急匆匆地进来。

“游鹏！今天什么日子，你怎么能迟到?!”吴美娜轻声责问，然后又急忙笑着打圆场，“谭总，下不为例，游鹏是新人我还没教他规矩，您看他都来了，要不你们先聊会儿？”

一眼，谭哲初就看出游鹏的与众不同来。游鹏大大方方地直接走过来跟他握手，然后坐到他对面，对吴美娜的话充耳不闻。至于外形，谭哲初倒没觉得长得如何惊天动地，毕竟这一行帅哥多如繁星，但游鹏的气质是他欣赏的那一类。这些年他见多了阿谀之辈，脸上尽是写满急功近利的年轻演员，根本见不着他这种有股满不在乎劲头的。他莫名喜欢这个年轻人，待把话题引到电影、表演，游鹏一番侃侃而谈，知识面丰富得令谭哲初望尘莫及。最后，谭哲初才问到他的出身，他以为游鹏与生俱来的气度与良好的家世有关，但游鹏却说自己是个孤儿，十六岁开始独自生活，靠亲戚资助去英国留学，完成学业也是靠打工和奖学金。

是颗未来之星！谭哲初表达了对他的期待后，游鹏起身告别。出门之际，谭哲初赫然发现他黑衬衫的后背豁开一条很长的口子，这也许是他迟到的原因。

游鹏急匆匆赶回来，见那姑娘果然蹲在下水道旁，一件米白风衣染了很多污泥。他走得匆忙，并不知道一个小时前自己捅了多大的娄了。跟谭哲初聊天时，他隐约觉得好像把抢回的包抛给姑娘时，一时得瑟耍帅，那包没有落到姑娘怀里，却向更远处飞去。

兰小歌并不知道他又返了回来，自顾自低头抱着肩膀，好像在哭。再看她一身的污泥，难道包掉进了下水道？不能够啊！游鹏仔细一看，那下水道盖着栅格，她的包也在脚边，只是敞开着，东西凌乱地洒了出来。

他吸了口气，弯腰递给她一张纸巾，兰小歌被他高大的身影挡着，不得不抬起头。

游鹏心中一震！怎么会是这样一张脸？尤其那对浸着泪水的漆黑眼珠，仿佛蓄满人世的不如意，而这眼神，他也似曾相识。

“是不是丢了什么？别担心，我赔你就是了。”游鹏声音放软。

她没有接他递来的纸巾，反而一仰脸把泪花收回去，冷声问：“你说赔？”

这信躺在书店十年安然无恙，被她拿出来不过一小时，就生出变故。如果那天痛快点交给谭哲初，甚至看了信的内容，就不会眼睁睁看它掉进下水道栅格里无影无踪了，那种无力回天的感觉又一次抓紧了她，而这一次她丢失的不是自己，而是对别人永远无法补偿的一个交代。如果这信与优优的失踪有关，她等于亲手毁掉了这仅有的线索。

拿什么赔？他赔得起吗？火气自心头蹿起，兰小歌腾身而起，使出力气把他推开，大声道：“怎么赔？拿命赔吗？浑蛋！”

游鹏先是一愣，见她瞬间从楚楚可怜变得张牙舞爪，眼底那丝他熟悉的神色也荡然无存，他冷静下来：“小妹妹，你能告诉我什么东西比命还值钱？你这一上来就要命，这不讲理吧！”

“就知道你赔不起，还跟这儿装好人，浑蛋！”

“你有病吧！我怎么就浑蛋了？我要不帮你把包抢回来，你这会儿得跟警察叔叔哭呢！别管你掉了什么值钱宝贝，哪个贼会傻到赔给你？真是不知好歹！”

“你狗拿耗子！我就愿意跟警察叔叔哭，你不想挨骂就滚远点儿！”

“白痴！”游鹏被阵阵抢白得气不过，回骂了一句，正要转身离开，她盯着他的背影又来一句：“装什么高富帅？搞什么狗熊救美？”

“狗熊救美？”游鹏心里一阵狂笑，他回转身，发现地上散落的东西里有面小镜子，他捡起镜子在兰小歌脸上直晃：“救美？你确定？”

兰小歌一怔，镜子里自己的脸上道道泥痕，生气、失望、无奈的坏情绪层层堆叠，显得十分难看。

游鹏啪地一声合上镜子，冷笑道：“是不是人间绝色，宇宙极品！”

“叫你笑——”兰小歌一脚狠狠踹在他的小腿上，裤子上顿时现出一块醒目的污泥，还散发着难闻的气味。见兰小歌脸上涌起一丝大仇得报的快感，但很快，便被一股更大的失落淹没。就算出了气，那封信也回不来了。她蹲下身，把散落在地上的东西一股脑扫进包里，没再理会游鹏，自顾自离开。

“喂，别走！”游鹏愣了一下，拉住她。

“你到底掉了什么？是不是在下水道里？信不信我翻了这整条街的下水道帮你找？”

“呵呵，我信，英雄！今天风有点儿大，小心舌头。”兰小歌冲他吐吐舌，黑眸里的黯然却是一览无余。莫名其妙地，游鹏感觉自己整个人都不好了。那双眼睛又映出了另一个远去的女人的样子。他长长叹了口气，她已经走远，只有白衣的一片衣角撞进他心底深处那块最柔软的地方。

6 秋日春朝

风虽冷，但她肩背挺直，曲线婀娜，像一幅行走的画卷。看着，看着，谭哲初的视线渐渐有些模糊。恍惚中，他觉得优优也该有这么高了。

半个月后的晚上，忙碌整日的员工下班了，只有谭哲初站在办公室窗前若有所思。

那张十万元支票在送出两天后又回到他面前，朱迪说兰小歌不肯收。

“朱迪，我不相信你连这点事都办不了。”谭哲初皱眉道。

他想兰小歌也许不适应这种“打发”式的感谢，但他也没有更高明的方法，他希望这件事尽快结束，最好两两相忘。他也想过郑重其事地登门道谢，但由于从未示人的内心隐痛被兰小歌一语道破，他不知道如何化解那尴尬。因此，明知有几通电话是兰小歌打来的，他仍然没有接听，只把她的号码存进手机里。

后来朱迪又拿着那张支票进来，他眉头紧皱，只说了一句："需要换成现金吗?"朱迪怯怯地退了出去，不再提起。

朱迪是不是办妥了？谭哲初自问，又在窗前站了好一会儿。

天幕满月高悬，萦绕月亮的云彩轻轻流动，比尘世间灯火动人百倍，而指间一支香烟正要燃尽。谭哲初心中一动，快步下楼。

不知不觉中，谭哲初的车子开进了那条僻静小街。他下车，拂掉车顶上细碎的落叶，这些叶子仍然透着绿，像与天气僵持，不肯转黄。他笑笑，开始倚着车门吸烟。透过不太明亮的街灯，马路对面的小书店仍未打烊，店里依稀几个客人，门口的台阶上坐着几个年轻小伙子。

他开始吸第二支烟时，相邻店铺陆续关门，整条街的灯光渐次暗了下去。

兰小歌整理好书架，拖完地板，又搬了把梯子攀上高处，开始寻找什么。她把一本本书拿起来翻阅，偶尔会偏了头细看，似乎不放过任何一个细节，也不在意时间正在流逝。一幅小小剪影映着灯光，显得玲珑剔透。

这么晚了还不下班？谭哲初熄了烟坐进车里，在半明半暗的光线里，不知更漏几转，直到看着兰小歌关上店门，锁好卷闸门，一幅清丽的身影消失在夜风中，他才安心地发动了车子。

接下来一个月，谭哲初的作息变了。

他的司机小林完全能按正常时间上下班，朱迪的加班也少了。两人私下议论老板的变化，朱迪认为他大概是钱赚够了，但小林隐隐觉得不安，老板自己开车上下班，作为司机的他岂不是要失业?

谭哲初并未意识到自己的变化，大概是一个落霜的清晨，他开车偶经柏杨路，远远地看到兰小歌正吃力地蹬辆小三轮车回来，像是清早去进货，车上都是整齐的新书。霜薄路滑，她从车上跳下时，不小心摔了一跤，大概自觉狼狈，急忙爬起来四下张望，见无人注意又傻笑起来，雪白贝齿迎着晨曦闪闪发光。

后来，他发现她独来独往，几乎从不休息，显然书店收入有限，请不起店员。他明白做小生意的艰难，往往辛苦一年只为房东打工。这么看来，那十万块虽然不多，但对她来说应该不少，她竟屡次退还给他，可见不是个贪心的女孩儿。相比之下，他的"谢意"未免显得浅薄，他应该多了解些情况，给她更切实的帮助。

一天中午，天色极好。兰小歌的书店很热闹，有孩子把午餐带给她加热。她招呼孩子们吃饭后，把餐盒一一洗净，任由孩子们在店里闹，桌上的样书被翻得乱七八糟，她一点不生气，反而耐心地整理好，直到下午开课，孩子们才四散而去。她送出门来，仰脸浅笑，阳光如金色花洒蓬然而开，那一刻她像一个发光体，温暖而迷人。谭哲初站在一棵槐树后，抬头望了望天空，那时天如镜，云如絮，黄叶舞秋风，他想起刘禹锡的两句诗："自苦逢秋悲寂寥，我言秋日胜春朝。"

人生匆匆，他已近不惑，那一刻方才读出诗中的豁达之意。

兰小歌晚上九点打烊的时候并不多，做生意，多一刻赚一刻，但这一天有些特别，她锁好门，又在门口兜转了好一阵，才下定决心朝马路对面走过来。

那是谭哲初的车，她不记得他是从什么时候开始来的，她没有刻意去记，只是每一次都在心里暗暗纠结，要不要跟他打招呼，要不要问优优的事？想到那封信因她丢失，她满腹愧疚。这段日子，她把书店的每个角落都翻遍了，但奇迹并未发生，信确确实实只有一封，那个谜，尘封十年又身陷污淖，令她没有勇气道出真相。

从他令秘书送支票表达谢意开始，兰小歌就知他是个可信善良的人，虽然用钱不是最好的表达，但茫茫人海仅一面之缘，他能把承诺当黄金，就值得珍惜。但是，他后来的用意她是猜不透的。开始以为他只是路过，但那辆车有时停在那儿几小时，直到她下班才开走，显然是在等她，甚至有一次她故意拖延下班时间，他仍旧不急不躁、平心静气地等着。在她看来，他的驻足除了一份感激，还有一种孤独。有时他也会突然几天不露面，她会感觉失落，等她终于释怀时，他又猝不及防地出现。渐渐地，他们之间有了一种相互陪伴的默契，就算不交一语，她的内心也是满足的，因此他来不来已经比他为什么来更重要。

今夜，他仍旧端坐在车里，英挺侧影寂寥漠然，却有股无形的吸引力。兰小歌不知道自己主动走出这一步是对是错，但她不想再这么下去了，因为在朱迪的百般请求下，她收下了那张支票。

见她走过来，谭哲初走下车，双手插在裤袋里，像是碰巧路过。

"怎么不进去？"兰小歌直言道。

他被这种扑面而来的问话方式惊到，一时语塞。

"那张支票数额太大了，但你的助理说我不收她会因此丢饭碗。"她说。

"一点小心意，谢谢你帮了我。"

"你们有钱人都只用支票表达谢意吗？"她问得很认真，他的世界她不懂，但听在谭哲初耳里，好像变了味，他以为她有别的潜台词。

思绪一乱，谭哲初的嘴就变笨了。“哦，我没有别的意思，因为太忙不能亲自道谢，实在抱歉。”

“不，不，谭先生，我不是怪你，那笔钱太多了，真的用不着给那么多。”她顿了顿，“我妈妈常说，不义之财不可取！”

“你那天是义举，我这钱也不是不义之财！”谭哲初纠正道，心里暗笑。

兰小歌的脸孔唰地涨红了，她尴尬地捧住脸，黑眸难掩羞涩。

谭哲初急忙转换话题：“今天正式当面感谢。小兰，以后有什么事需要帮忙，尽管给我电话！”

说完，他折身钻进车里，准备发动引擎。

“等一等！”兰小歌甩甩长发，手扶住车窗，“我还有话说。”

她拉开肩上大包的拉链，取出一沓书来。“我记得你是想看这套漫画的。喏，这些给你，你慢慢看，还有很多。”她抽出几本，像扇子一样在他面前展开，又问：“你懂不懂怎么看漫画？”

他摇头。她继续说：“漫画跟其他的书不同，你要从后往前，从左往右……”书页展开，正是那套《圣斗士星矢》。

又是这套漫画！谭哲初突然觉得好累。

“我知道了。”他打断她，但没有接她的书，而是说，“我其实对漫画没有兴趣。”

“没兴趣？我还以为——”她黯然把书放回包内，讪讪道，“好吧，那我走了。”

“兰小歌——”莫名其妙地，她的名字从他嘴里脱口而出。

“很晚了，你家远不远？我送你吧。”

说出这句积压已久的话，谭哲初如释重负。

“不远！”兰小歌丢下一句话，人已经跑开，但跑出几十米后，她又突然站定，远远地望着他笑了，然后轻朗的声音随风飘进谭哲初耳朵里，“我会给你打电话的，你一定要接啊！”

他的心头蓦地一跳。这张笑脸，一个月来他看了很多次，一次比一次美好，一次比一次令他开心。下意识地，他在后视镜中看了看自己的脸，觉得不可思议。人的眉眼不会说谎，他的脸虽然不年轻了，但此刻神采飞扬，甚至还很帅。

谭哲初满心喜悦，车子慢慢向前开着。目送不远处的兰小歌，街灯把她的影子拉长，长发和浅色风衣舞在风中。风虽冷，但她肩背挺直，曲线婀娜，像一幅行走的画卷。看着，看着，谭哲初的视线渐渐有些模糊。恍惚中，他觉得优优也该有这么高了。

突然，一辆满身尘土的白色吉普在兰小歌身边停下，车里走出一个高大的男人。兰小歌惊怔片刻，那男人慢慢地，一步步走近她。

7 风月把戏

兰小歌还有一个世界，是一个年轻的，他不懂的世界，就像桥与路，它们在某一处相通，却各有归途。

"一飞，你回来做什么?"坐上这辆车，兰小歌心中并非不情愿，而是不能够，包括这句问候，她满可以有更真实的情感，但她只能闷着声，冷冷地问。

"看看你。"男人顿了顿，沉声问，"小歌，听说书店搬了? 怎么不去我给你找的地方，那里租金你不用管，为什么不听话?"

"我不能再麻烦你了，我也不能再那么做。"她顿了顿，叹气道，"我已经答应了叔叔阿姨，我发过誓了，我们不可以再见面。"

"我只有三天假。小歌，这些不用你提醒，我只想看看你。"他说。

兰小歌看着他，他还是一点没变，还是那个爱她护她无怨无悔的贾一飞。一年时间，西北的风沙只是打磨了他的轮廓，却未能磨平他骨子里的锐气，他可以蛰伏，但不会永远蛰伏。

"那个地方，很苦吧?"她问，目光落在他满是尘灰的衣襟上，抬起手轻轻拍了拍。

"小歌!"贾一飞猛地握住她的手，握得很紧。

"小歌，你跟我走吧，有我在，我不会让你吃一点苦，我们走得远远的，永远离开北海!"

"你，别发疯了——"兰小歌抽出手来，"一飞，你好好工作，我才会安心。"

他只好放开她，沉默半晌，讷讷地转了话题："林冬阳有没有找你麻烦?"

"没有。"她闭着眼应付着，只要她把小诗顺利送出国，就没什么好怕的了。

"一飞，明天你就回去吧，还要开长途车呢，我去给你买点吃的吧。"她转移话题。

"不，小歌。你就陪我坐坐吧! 那个地方，除了风沙什么都没有。我贾一飞是个把朋友看得多重的人，可这一年，一个个跑得有多快! 但小歌你不会，我知道你会等我，我一想到这个就难受。"

兰小歌心头一沉，她不能多说，也不能解释。如果没有三年前他的路过，他不会与她们姐妹落入同一张命运大网。如今，他好不容易挣脱了，她绝不会让他再自投罗网。

树的阴影里，一台黑色车子静静停着。许久之后，车里的男人才调转车头，方向盘打得略猛，把自己闪了一下。

绿果 CLUB。

“威士忌冰星。”谭哲初对服务生说。

这地方他并不熟悉。公司员工聚会时他来过几次，但这里不适合他。

找了个小角落，他在躁动的音乐里看年轻人狂欢。有两个身材性感的女孩在幽暗处打量他，他朝她们招招手，示意她们过来。

“一起坐，想喝什么随便点。”两个女孩互相挤挤眼睛，雀跃着坐到他身边来。几巡酒过后，一个女孩大胆地把手臂绕上他的脖颈。另一个也醉得不轻，对他说：“大叔，你好帅啊！”说着在他颊边一吻，举止轻佻。

这类风月把戏，谭哲初自然熟悉，往常他不是个活跃的王老五。但今天有些例外，他很自然地把两个女孩拥住，显得戏份十足。

喝了不少酒，但心头积满的惆怅，始终让他无法沉醉。相反，那些纠缠得他痛不欲生的过往，以比平日更重的力道撕扯他，喝下眼前的酒，他才会看到一张比明月更皎然，比春风更美丽的笑脸。这让他贪婪，一杯，两杯，三杯……林冬阳、乔伊伊，还有那个风尘仆仆的男人……兰小歌还有一个世界，是一个年轻的，他不懂的世界，就像桥与路，它们在某一处相通，却各有归途。

谭哲初疲倦地合上眼皮，想强迫自己睡一会儿，但一些念头却越发清晰地盘踞在他的脑海。事实上，从雨夜相遇开始，他便感知了整个秋天的变化，不再像往年风雨萧瑟，这些日子甚至是闪闪发亮的，他心中微澜起伏，生活变得不同往日，这给十年来麻木不堪的他一份全新的生命体验。不知不觉中，他内心复苏了，他停不下来了，如果他停下，似乎乌云就要把明月遮没，严霜就要把春风埋葬。

再睁开眼时，一个女孩已经离开，另一个仍偎依着他，在他耳边低语：“今晚我陪你。”

女孩的眼波漾出浓情，那张年轻的脸庞在酒精里褪去了粉妆，简直与兰小歌一样青春，他有些意乱情迷，呼吸发紧。他松了松领带，女孩的红唇趁势贴在他的唇上，又缓缓摩擦到他耳边，轻轻说：“要不要现在就走？”

桌上的手机突然呜呜振动，谭哲初心中一惊，急忙推开女孩，酒意去了大半。

电话是顾嘉言打来的，他顺势说：“嘉言，我在绿果，有些喝多了，你来接我。”

“哦，原来是‘盯关跟’来了，真是同情你。”女孩戏谑地拍拍他的脸，识趣地走开。

顾嘉言把满身酒气的谭哲初扶回家，一边抱怨着一边把他小心翼翼放到床上，准备去拿湿毛巾。

“嘉言，等一等。”谭哲初伸手拉住她，顾嘉言一怔。

“优优一直没有消息。”他突然没头没脑地说，顾嘉言站在那里长长叹了口气。

“也许，没有消息就是好消息。”谭哲初自说自话，顾嘉言只好回转身来，却见这个醉汉虽然忧伤，但神情并不颓废。

“你喝多了，先睡吧。”她冷静地说，不明白自己今天为何不想听到优优的名字。

“我很清醒。”

“谭哲初，你很清醒?!你知道把你扶上楼费了多大力气?”顾嘉言鼻尖一酸，耐性尽失。

“让你受累了，对不起。”

顾嘉言凝视着他，说他醉，他说话并不乱，说他不醉，他平时可不是这样。

“嘉言，我们认识那么多年了，你是眼睁睁地看着我人到中年吧？尤其这几年，你比谁都了解我过着什么日子……很多次，你跟我说不要再惩罚自己，我想听你的劝，但我做不到，优优一天不回来，我都觉得罪孽深重……”

说着，他突然坐起来，声音变得激动：“今天我突然想明白了，我那是愚蠢！优优会这样对我吗？会这样惩罚我吗？她不希望我活得开心吗?”

“那是当然，你总算绕过弯来了。”顾嘉言长吁一口气。

她坐到床前，握住谭哲初的一只手：“优优一定希望你幸福。”

“如果我能过上踏实平静的生活，我可以照顾人，可以关心人，可以活得像个人样，她会开心的，是不是?”他望着顾嘉言，另一只手出其不意地覆在她的手上。

“谢天谢地，你总算想通了!”顾嘉言喜出望外。

“嘉言，这些年我最该感谢的人是你，谢谢你帮助我振作起来，又担待我的坏脾气。”

“你——”顾嘉言突然觉得不对劲，“今天怎么这样见外?”

他抬头凝视着她，缓缓开口：“我想了很久，我要过全新的生活，也想永远保留你的友谊，我希望无论我怎样改变，你都能理解我的决定。”

顾嘉言先是耳鸣，继而语塞。她无法确信这是他说的话，却偏偏字字千钧，把她心头刚刚泛起的一点绮念击打得无影无踪。

但很快她便恢复平静，接着他的话问：“你有女人了?”

谭哲初望着她，握了握她的手："不，我只是想照顾一个人，我也没有把握她一定会接受，但我知道这个决定会让我自己改变，会让我有能力去追求新的生活，但是嘉言，我同样在乎我们的情谊。"

顾嘉言明白了，他这是正式通知她。只不过，他了解她的心思又懂得如何保全她的面子。

窗外万木萧条，撒入室内的阳光还算温柔，但顾嘉言有些冷，她拥紧身上的白色羽被，思绪纷纭。昨夜回来后，她一直辗转难眠。

在过去几年里，他与她始终保持合作伙伴关系，不让自己的情感越界，也从不与她谈任何友谊之外的话题。这样反而让他在工作上尽心尽力，在生活上也能不遗余力地彼此照顾。可以说，他用心制造了一个能让两人舒服相处的空间，尺度把握得当。而这正是顾嘉言痴恋他的原因，除了仪表堂堂，谭哲初还有缜密的心思，聪慧的头脑。尤其他对优优的执着和自伤，更让她深深心动，心里容不下其他男人。

她有时间等，她不在乎等。她有一种自信，就算没有她，谭哲初的心里也不会有别人。她把更多的时间用来扶持他，帮助他，而不是追求他，情感绑架他。但昨晚他破天荒地对她说要去改变，要开始新的生活，并且认真郑重，到底是谁令他改变心意？

想到这儿，顾嘉言一颗心悠悠下沉，她的骄傲令她无法接受这样的现实。

8　故人之子

"人生的意外真多，有好的也有坏的，对我来说，今天就是好的。"

开始！如何开始呢？谭哲初并不知道，在情感上他一向是个被动的人，而令他独自守候和等待的那片天地被兰小歌贸然闯入，他并未找到重新打开局面的方式。公司近来多个项目启动，要不是老友于志国的一通软硬兼施的邀约电话，他已经忘记自己已经一个星期未走出办公楼。

下班晚高峰，车辆被堵在收费处，像一条僵卧的长蛇，谭哲初很焦急。"卡诗动漫嘉年华"是于志国的局，他一定得去捧场，但看堵车的阵势，等他开到城郊恐怕要结束了。他打了电话过去，于志国殷切关照，说无论多晚都会等他。他知道，晚上喝一顿酒是免不了的，听于志国吐吐槽，抱怨抱怨做项目的艰苦，所谓朋友一场，说是情场，更是钱场、人场。

开宴前，谭哲初终于到了，正赶上一段COS古风舞台剧。他悄悄坐在边上的位子，用眼神跟于志国打了招呼，专心看起来。

舞台上，身着锦衣的王子正目光沉痛地看着一位楚楚动人的蓝衣女子，冷声道："修兰，你当真不想活了？"

"我知天宫处处云蒸霞蔚，诛仙台下千仞万戾，有无数的冤魂和累累白骨！"

"我九重天给你千般恩宠，万千尊荣，都比不上他箫音一曲？"

"心乎爱矣，遐不谓矣，中心藏之，何日忘之……"

"好，好！你非走不可，我拦你不得，但要留下你的眼睛！"

女子缓缓解下蒙在眼前的一条深蓝锦带，两行泪汩汩流出："这本是你借来的眼睛，有来处自有去处，拿去！"说罢，她横目一剑，委顿落地。

是兰小歌！

于志国不出所料地与老友大发牢骚，谭哲初趁机劝他加入博扬，把动画项目带过来操作。

"我还是再撑撑，等等你的卢湾项目。兄弟我就指着在你那个动漫园大展拳脚呢，现在权当先练着，铺铺前路，别到时候跌你的份儿！"

"志国，这事由着你，能坚持住最好，你这是朝阳产业，好日子在后头，钱紧的话尽管开口，多了不敢说，找个家底雄厚的勾兑一二还可以。"

"啥也不说了，兄弟我今天酒管饱！"于志国拍着大腿就要站起来。

谭哲初拉他坐下："刚才的COS秀是从哪里请的人？"

"没请！都是发烧友来演的！"

"演得很不错啊，故事也还行，现在年轻人追仙侠剧，可以买过来操作一下。"

"一帮孩子闹着玩的，我的钱每分都得花在刀刃上！"

"说真话，我想买这个本子，谁管这事，他们人在哪儿呢？"

"应该在卸妆吧，我安排了晚餐，不给钱，也好歹招待一顿饭，你要真看上这个本子，我去搞定吧，这花不了几个钱。"

"好，就这么定了，你先问问价，别亏待作者，后天我跟几家电视台领导吃饭，你把那套动画样带带过来。明儿一早还有会，今天咱就不喝了。"

于志国点点头。锦上添花易，雪中送炭难，他这位老朋友，话少，跟谁都是君子之交，帮忙却是实打实的。

谭哲初的车停在路边，大约半个小时后，兰小歌独自走了出来，这次他没有犹豫，直接迎着她走了过去。

“咦？好巧！”兰小歌黑眼睛亮了一下。

“是啊，很巧。这活动是我朋友办的，刚刚看到你的表演，还不错。”

“瞎玩呢，让你见笑了。”兰小歌脸红了。

“你的同伴呢？”他环顾四周。

“他们留下来吃晚餐，我还要赶回店里，这里不好打车，那边有趟回市区的公交车，我还得赶末班车呢。”她指了指西边。

“上车吧，我送你。”

“怎么好意思，太麻烦了。”

“只是顺路，我正要回去。”

起雾了，车灯晕开浓雾，兰小歌静静坐着，侧转脸望着雾蒙蒙的窗外，城市的万点灯火仿佛隔离在尘世之外。或许有些累了，此情此景，让她十分安心。

“我抽支烟，你介意吗？”谭哲初轻声问。

“没关系，你随意。”

车窗恰到好处地飘进一缕清风，把香烟的气味吹散。一明一暗的烟火，令他英挺冷峻的侧脸更有一种深邃的味道。

“听于总说你们是COS发烧友？”他问。

“我算不上。我妹妹喜欢，本来是她演，但她今晚临时加课过不来，我只是来帮忙。”

“你还有一个妹妹？在读书？”

“嗯，她叫兰小诗，她平时住在学校。”

“哦，你们的父母很会取名字。”

“是吗？”兰小歌笑说，“我的名字是妈妈取的，小诗是爸爸取的。”

“你挺有天赋，表演这种事可不是说来就来的。”谭哲初由衷道。

“我们就是闹着玩，怎么能算表演呢？”她说得云淡风轻。

“你还没吃晚饭吧，饿不饿？”他问。

“你怎么知道？”她转过头问，眸如双星，随即恍然，“我的肚子肯定在叫，真丢脸。”收回目光，眼神尽处的一丝甜意，被谭哲初收入眼底。

他无法形容她每一次的笑容给他怎样的震动，只觉心中前所未有的愉快，一贯冷峻的脸上也不由得浮起一个轻松的笑容。

“车上有巧克力，你先吃几粒垫垫肚子。”

一颗软心巧克力慢慢融进舌尖，苦甜杂糅的味道，令兰小歌心中泛起一丝悸动。她悄悄看着他的侧脸，目光捕捉到他嘴角似有若无的笑意。从知道他女儿失踪，到不小心丢失他的信，再到上次送书被拒后他不再露面，虽摸不透他的心思，但心里还是有感知的。即便他不来，她不寻，他不说，她不问，但空气中的味道变了。然而先苦后甜，还是先甜后苦，就像巧克力融进舌尖，能否回甘是未知的。

“没想到在这儿遇到你，人生的意外真多，有好的也有坏的，对我来说，今天就是好的。”兰小歌自言自语道。

“意外？没那么严重吧？”谭哲初故作糊涂。

“当然，在我饿扁了的时候，突然有一盒巧克力，巧克力就是最好的意外。我常常想，什么‘柳暗花明’‘有惊无险’‘绝处逢生’，创造这些词的人，真的很了不起。”

“怎么会想到这些？你还这么年轻！”谭哲初疑惑道。

“我妈去世早，已经七年了，我忘了在哪本书里看过一句话，‘如果人生到头终是分别，那么父母子女，也是聚散一场’。我妈走后，爸爸和妹妹来了。这七年，我有很多意外，也体验了很多聚散，也许未来还有更多。我能做得了主吗？能做主的，也就这一时半刻，如果下一秒注定是意外，我希望是柳暗花明的，有惊无险的，绝处逢生的！”

谭哲初心头一震，车子驶离快车道，在一处港湾停下。见他停车，兰小歌暗暗叫悔，再见他神色中的震惊，她以为自己哪里说错话了。的确他们还没有熟到可以交换彼此秘密的程度，也许他没兴趣了解她的身世，他会误会她收割同情。

“你妈妈去世七年了，这些年你都是自己过的?!”他问，像是不太确定。

“哦……没错！我是‘柏杨路一霸’，人挡杀人，佛挡灭佛！”兰小歌尴尬地笑笑，一边抬手比画了个劈人的动作，想把那篇话若无其事地掩盖过去，但谭哲初的眉心皱得更紧，狭长的眼睛也眯了起来：“小歌，再说些你的事，全部的，真话！”

兰小歌突然沉默了，他的要求未免太霸道，什么叫全部？然而他的脸近了，眼睛定定地注视着她，眼神中饱含的关切令她的心抽痛了一下，一番话不经思索脱口而出：“妈妈癌症走的，想想她不用那么疼了，不用再为我熬了，我接受了她离开的事实。但我爸来得太突然了，像从天上掉下来的，他要我跟他走，要重新决定我的命运，我不答应，我跟他说我的命运要自己说了算……”

谭哲初心如鼓擂，被她的话一句一句地捶着：“你为什么不愿意跟爸爸一起生活？”

“我三岁那年他们离婚了，我一直跟着妈妈过，她很辛苦，她不太会做生意，好在还可以养活我，生活虽然不富裕但我们很开心……”

“你妈妈叫什么名字？”他突然打断她。

“叶庆瑜。我家的书店是去年拆迁才搬走的。”

谭哲初不再追问了，他把头仰靠在座椅上，思绪倒回十年前。世事无常，他的世界整整陷落了十年，作为曾经的见证人，那个热情善良的书店老板娘叶庆瑜，与他所有伤心往事都是连通的。他想不到她那么年轻就离开了这个世界，更没想到她留下来面对一切难题的女儿是兰小歌！她那么勇敢，了解生活的无情，却没有抱怨，反而热情善良，在他难堪的时帮助他……前缘后路，兰小歌突然成了故人之女，那么后路呢？

玻璃窗外的风景，被他眼底浸透的泪意幻作一片模糊，他擦了擦眼睛，这才深深地看了她一眼：“小歌，你妹妹又是怎么回事？”

兰小歌继续道：“小诗跟我是同父异母，但她长得跟我很像，她天生柔弱，需要我，也依赖我，爸爸把她送来后，我们一直相依为命。妈妈曾说，碧绿的叶子最终要离开枝头，只有风雨会令她成熟，小诗的到来让我……后来，后来……”兰小歌的声音开始颤抖，然后越来越低，低到听不见。

“后来，你就长大了……”谭哲初接过她的话，心底陡起酸楚，因为眼前那张眉目如画的脸，双眸蓦地合住，两道睫毛像雪白衣裙上的黑色拉链，把过往一下锁住了。她的身子也莫名地蜷缩，仿佛整个人被突如其来的痛意裹挟起来。谭哲初不想再问，下意识地，他想抱抱她，但心里突地一咯噔：她是叶庆瑜的女儿，跟他差着辈分。

谭哲初心里如一团乱麻。好一会儿，他默默地发动了引擎，直到车子开到柏杨路附近，兰小歌说下车，才打破沉默。

“好。小心点。”他没有挽留，声音里却多了怜惜。

“今天我说的太多了，但愿没让你的心情变坏。”她一脸歉意。

他拿起那盒巧克力：“这个给你，它叫 LINDOR，希望你喜欢它的味道。”

兰小歌接过来：“这个味道，我已经不能自拔了。”

“我这里还有很多，你喜欢的话，一辈子管够。”他微笑了一下，把内心深刻的悸动掩藏起来。

9 聚散无常

两人像站在拉紧的橡皮筋两端，似乎一松手，所有的人和事都会堕入相遇前的时空里，而他来之前努力说服自己的理由业已全线崩溃。

接下来的一周极忙碌，终于到了周末，谭哲初让朱迪把应酬取消，决定去看看兰小歌。

想她不过大优优几岁，没有父母照顾，却偏偏还故作坚强，打趣说自己是“柏杨路一霸”，她越是懂事，越是周全，越让他怜惜。

等他开到“漫漫时光”，已是晚上七点半以后了。他看到门口进进出出很多人，似乎今天生意不错。兰小歌正在忙，看见他，笑了笑示意他稍等。

有个孩子眼尖，看到放在收银台后的那套《圣斗士星矢》，立刻缠着妈妈买，兰小歌解释说这套书不卖，但孩子不依不饶，硬是耍赖不走。孩子妈没辙，拉着她的手说：“小兰，我们没少照顾你的生意，你就卖了吧！”

“阿姨，您这真是让我为难了。这套书是一位客人早先预订的，先放在我这儿，而且是套旧书，您再去别家看看，这书出了新版，好多店都能买到。”

“我不要新的，不要！”那孩子依然不走，一向温和的兰小歌也不容再商量的样子，令孩子妈十分气愤。

“不卖？不卖摆出来现什么眼？”她一边拉走孩子一边冲孩子屁股上打了两巴掌，那孩子哇地哭出声来，店内其他客人见气氛不对，走得走散得散。

谭哲初走过来，对孩子妈说：“怎么能打孩子呢？”

“哎哟喂！你是有多闲？我教我自个的孩子，想怎么教就怎么教！可不像有些白眼狼，不是邻居们照顾生意，早喝西北风啦！”

“妈妈，别说了，别说了！”那孩子扯住妈妈的袖子，哭得更大声了。

“瞧您把孩子吓得——”兰小歌看了一眼女人，不急不怒地蹲到孩子面前，贴着他耳朵说了几句悄悄话，那男孩眼睛突然亮了，眼泪都没擦干就笑得合不拢嘴。孩子妈正不知所措，那孩子已撒开她的手往外跑去，她只好去追。

那对母子走后，兰小歌脸上并没有显出开心的表情，谭哲初以为她还在生气，好意道：“刚刚的事，别往心里去，再说你都把人家骗走了，还不满意？”

“被你看出来了，看来我的道行还是浅。”她莞尔而笑，“这点小事我才不生气呢，不然我能活到今天？我们做小本生意的，什么人都能遇见，肯进来的客人我都感激不尽呢。”

“所以要帮忙看孩子，热盒饭？书翻坏了不生气，不停拖地板也不生气，被人骂也不生气？”他稍顿一下，面露关切，“小歌，这份工作非做不可吗？”

“这工作有问题吗？”兰小歌温柔地打断他，目光中闪过一丝不悦。

“没有——”他迎着她的目光，“我是好意。”

“当然，我心里有数。”她脸上虽笑着，神情却落寞了，“你先坐一下吧，客人都说我做的奶茶不错，请你尝尝。”

“不用了。”他拉她坐下，拿起桌上的圆珠笔，在便签纸上写了三个字：谭泽初。

“这是我真正的名字。”他一本正经道。

“你果然改了名字！”她脱口而出。

“你，怎么知道？”谭哲初一脸疑惑。因为优优在雨天走失，有一次顾嘉言请了个大师，说他与水相冲，令他改了名字，这事再没有第三人知道。

“你给过我一张名片，你忘了？”她急忙改口，手臂撑着桌子看他，“你刚刚问我这份工作是不是非做不可？”

“对，我想知道令你做下去的理由。”

“因为我别无所长，也不需要特别的同情。”

“每个人都有自己对生活的安排，这我能理解，但你这么年轻，有大把学习的机会，何不尝试改变？”

“改变？去做店员？职员？文员？谭先生，换一份工作并不代表改变，何况对我而言，经历的改变还不够多吗？”

她的声音很轻，黑亮眼睛上一抹超龄的忧郁令他心头发沉。

“当然，我谢谢你的善意，学习的提议是很不错，或许等一等，等我们家小诗出了国，我才能考虑自己。”

“你妹妹要出国？听起来她很有想法和主见，她小你几岁？”

“三岁。”

“小歌，恕我直言，这件事你做起来应该很吃力。小诗是大学生吧，她毕业出来做事，会减轻你的负担，或者再过几年你们经济条件好一点，她再考虑出国也不晚，姐妹要互相照顾扶持。”

“小诗跟我，你不明白，我们不能双双做命运的弃卒，完成她的梦想，也是成全我的心愿！”

他沉默了。什么叫“命运的弃卒”？正当不惑之年的他曾以为自己是命运的弃卒，而她正值花季，人生不过刚刚开始。

“小歌，我知道你独自打拼不容易，如果你还算信任我，小诗出国的事我来帮你办。你大概不记得，你妈妈当年帮过我，算起辈分来，我是你的长辈，我有这个能力和责任帮你。”

“哦？我果然引起你的同情了。”兰小歌不自在地笑笑。

“可能你觉得有点唐突，但是，小歌……我和优优分离十年，心中的遗憾是永远无法弥补了。我想，万事皆有因果，优优是在你家书店门口走失，我又在这儿遇见你，我希望我的优优也能遇到好人，可以真心真意对她好的人……”

“好了，好了……”兰小歌忙不迭打断他的话，眼眶不禁湿润了。

“谭先生，你这话让我挺感动的，我已经拿了你十万元，我不能再接受额外的资助，就算我妈帮你找过优优，这也足够了。我们非亲非故，你论长辈什么的，我觉得我和你一旦变成这种关系，很多事就说不清了。”

“什么事说不清了?”

“你听不懂就算了吧。”兰小歌的声音压低。

“你，到底想说什么?”见她神情异样，他尴尬地站起身来。

“我，我和小诗有父亲，他虽然穷，但也是我们唯一的长辈，而谭先生你年轻帅气，哪一点能做我的长辈?”

谭哲初怔在那儿，空气发紧。两人像站在拉紧的橡皮筋两端，似乎一松手，所有的人和事都会堕入相遇前的时空里，而他来之前努力说服自己的理由业已全线崩溃。

兰小歌知道这话让他不自在，也不晓得是哪根筋搭错了把气氛弄得这么尴尬，她低垂了头语速极快地说：“辜负你的好意了，你看上去很年轻，很有气质，长辈什么的我是不敢认的，但如果作为朋友你能经常来坐坐，这个小地方能让你找到一丝安慰，我倒很开心!”说完，她迅速逃离。

谭哲初长长舒出一口气，一丝不易察觉的浅笑涟漪般从嘴角扩散而去。

“别忙了，今天请你吃饭。”他的声音温柔低沉，令她不能拒绝，她不知一切是否能停在此处，就这样一直下去。她摇了摇头，不敢放任自己胡思乱想，但对面那双眼睛里的万年玄冰已然融化，那温暖仿佛蕴藏了一万年，她像一条斑斓的热带鱼，正身不由己地朝温暖的水里游去。

“你知道这种花吗?”兰小歌拿起一枝非洲菊问谭哲初。

“是你最爱的花吧，我看你的花瓶从来只有这一种花。”

她直视着他的眼睛，有些伤感地说：“这花叫‘扶郎花’，爸爸说代表守护和扶持，我妈妈也喜欢，特别是金黄色的，一瓣一瓣地开着，像太阳的一道道光芒……”

“小歌，你爸是做什么的？”

“他种花，研究花，他有一项生物科技专利，他总说在找人投资，要建工厂改变我们的命运，一走就是几年，但是很遗憾，现在还没有人为他的技术冒险……其实他常年在外，也是在躲我。你知不知道有一种男人，他认为自己以前错了，他要弥补，他要表现伟大的爱，他常年在外颠沛流离，其实是在表演受难，只有受难，才会让他感动自己的付出，原谅自己的过错，但是他不知道，只有陪伴才是最好的爱……”

谭哲初浑身一凛，觉得兰小歌的话像鞭子一样，道道抽在他的身上。过去十年，他不也是在把受难当仪式，定期上演吗？优优如果还在人世，他当然会给她长久的陪伴。然而，小歌不明白“下落不明”比“盖棺定论”还残忍，如果连受难都不能表演，他还能做什么呢？

他的脸色阴郁了，双眉低低地垂着，刚才还漾着暖意的眸子瞬间黯淡下去。她感觉到他突然的伤心和失落，取了那枝扶郎花递到他面前。

“我爸也许不知道，他辜负了我的昨天，还在辜负我的今天，包括他自己的……而我觉得，过去就是过去，现在就是现在，明天就是明天，所以我喜欢这种花，它像太阳，而太阳每一天都是新的！我也喜欢它的名字，‘扶郎’‘扶郎’……”她的语气转柔，“谭先生，你认为呢？”

他接过那枝花，深深地看了她一眼：“小歌，你是要我喝了这碗鸡汤？”

“什么鸡汤？我这儿只有奶茶。”显然，她没听懂他话里的意思，还真去端来一杯奶茶。他大口大口地喝下去，好像一并吞掉了自己的伤心，然后倦在椅中沉沉睡去。

这一觉睡得很沉，等他醒来，夜已深了，她正在灯下忙碌，他就那样一言不发地看着她，觉得那杯奶茶还是换来了内心的安宁。

“喂！你笑了。”兰小歌回过头来，见他气色好了很多，心头涌起一丝喜悦，觉得他这样笑着真好。

终于他说：“小歌，陪我坐一下。”神情格外认真，眼睛里似乎有股专注的吸引力，兰小歌心头似有万只小鹿狂奔，她羞涩起来，急忙用手背挡住脸和眼睛。

“你在手指上画了什么？”他抓过她的手，看到左手五指的指肚上画了五幅漫画。

“星矢、紫龙、冰河、一辉、瞬，画这个干吗？”谭哲初问。

她急忙抽回手去，手指弹钢琴似的在膝盖上动来动去，掩饰不安。

“怎样，还不错吧，我是不是很有才华？”她故意卖弄道。

“小歌。你很有天赋，人也很聪明。”

“我想画这样的书签给客人，让他们翻书的时候都会记起‘漫漫时光’，他们会说兰小歌不仅人好，还心灵手巧。”

“心——灵——手——巧。”他喃喃道，看着眼前的她，那样的眉目如画，灵气逼人。他轻轻叹了口气，压住内心的悸动。他知道有些事情她仍然排斥，但他不得不老调重弹，他希望自己的出现，无论以任何名义，都要助她插上翅膀，拥有一片更广阔的天空。

“小歌，这几天我都在观察，说真的你这家店做零售前途不大，这么维持太辛苦，不如你先去念书，你画画这么有天赋，可以走一条更好的路！”

“不要！”她仍然一口拒绝，黑眸炯炯地望着他，“你不懂它存在的意义，这是妈妈留给我的书店，有我过去和现在所有的记忆，也是我获取能量和热情的地方，只要能撑下去，哪怕只有一天，我都会尽全力撑下去！”

谭哲初望着她，不再言语。如果每个人都需要一个安身立命的所在，那么兰小歌只有她的书店，也只信任她的书店。他帮她，不应该要她放弃，而是让这家店活下去，意气风发地活下去。

心中一个计划虽然未成形，但他已经做出决定。

10 双面人

仿佛神明干预，他被一种无法描述的酸楚控制住，心头刚燃起的火苗，又霎时间熄灭了……

接下来的日子，谭哲初去“漫漫时光”小坐的时刻多起来。有时只是片刻，如果兰小歌忙，他会随手拿起漫画书来读。她闲下来，他会旁敲侧击地问书店的经营状况，诸如房租、税金、流水，等等，有时他会出个新鲜的点子，他建议她精简仓储，倾向服务和体验。

兰小歌听得入迷，他的商业经验和头脑，正为她打开一个全新的世界，她突然觉得，这块小天地完全可以有大作为，她不该拘泥于传统零售模式，但未来如何改变，她需要系统梳理，全新规划。

无疑，谭哲初是她从天而降的贵人。

所以不管兰小歌愿不愿意，一天，一份动漫专业的招生表格到了她手中，谭哲初说每周二、四上课，两年后拿结业证。甚至，他自作主张为她请了一名店员。兰小歌把表格放进抽屉，心里盘算着增加店员的支出，不算业务提成每月至少增加两千六百元。她为难地看着谭哲初，大老板们是压根不懂小本生意的艰难啊！就算她打算改变经营策略，但增加人手的举动显得略仓促。

谭哲初修长的身子正斜靠着书架，兰小歌的心思一览无余地写在脸上。

“小歌，你不要拒绝，做生意我比你经验丰富。钱从来不是攒出来的，你要让它流动起来，一个能干的职员可以帮你获得更多。”顿了顿，他双手握住她的肩膀，狭长的眼睛微微眯起，“你想过五年后吗？现在是互联网时代，生意要做下去必须考虑转型，更重要的是你的思维要先行转变，别再固执！”

跟着，她的额头痛了一下，他屈起手指弹了她一记：“该开窍了！”

兰小歌晕了晕，心头微微起了甜意，看着眼前的面孔不由得出神了。一张极有男人味的脸，英俊、刚毅，眉峰若有若无的忧郁使他总显出深思的、专注的表情，而那份专注总是格外地令人沉迷。

“那个店员该不会是你吧？”她强把自己从沉迷里拉出来。

“我你是请不起的！我是来考察考察，看你这地方值不值得别人把未来交出去。”

“你现在就像双面人，有时候特别热情，有时候又特别悲情。”兰小歌托着脸，开着半真半假的玩笑。

谭哲初敛了笑，一本正经道：“你知道我人生的第一个职业是什么？”

“难不成是耍帅？”她笑他。

“你猜对了，我曾经是个演员！”

“所以，你也不知道哪一面的自己是真实的？”

“都是真实的。只不过，演戏的人是疯子，看戏的人是傻子。”他的神情严肃，兰小歌仰脸看着他，突然有点心虚。

“优优一定很可爱。”她没头没脑地冒出一句。

“是。优优聪明，可爱，你也一样。”他下意识地，宠爱地摸摸她的头。

“不，我不同，等你真正了解我，你就知道我是不同的。”她把头发拢到脑后，闭闭眼，两排睫毛颤动着，似从谭哲初心头刷过去，他不由得脱口问道：“我能了解吗？”

兰小歌轻轻跳开，佯装做事。为什么，他们看上去已经很熟，她却越来越没有勇气让他了解呢？

周末下午四点，谭哲初来到“漫漫时光”，下周一他请来的人正式上班，他反而不太方便常来。此人名叫宋文涛，在图书经营方面有相当的经验，通过这段时间了解，谭哲初心中已为“漫漫时光”画出一条清晰的发展轨迹，店面以后将作为会员体验中心，而销售业务转到互联网，宋文涛是替他来帮助兰小歌完成转型的。至于宋文涛的待遇问题，兰小歌能拿出来的两千六百元只是补助，而他则另开一份丰厚薪金。一年后，他将以幕后投资人的身份正式注资，而这又必须做得不显山露水，要让兰小歌觉得书店的发展是水到渠成。

今天他来，本想与兰小歌做一次长谈，意外的是，兰小歌不在，乔伊伊正坐在桌前看书。这女孩儿今天仿佛变了个人，素净的脸上架着一副扁框眼镜，穿灰粉色大毛衣，显得清丽至极，让谭哲初莫名欣慰，本打算走，却上前问了一句：“小歌出去了？”

乔伊伊抬起头来，神色里依旧含着嘲弄意味，十分不友好。她拿着桌上一沓似乎是画稿的东西，在他面前哗啦啦地翻着，懒懒地应了句“是——”之后，又把那沓画稿扔在桌上，撑起手臂打量他。

谭哲初知道那些画定是兰小歌的，但不明白乔伊伊为何以那副表情看他，便去拿桌上的画稿。

“别动！”乔伊伊说，一把抢了过来，“吓到你我可不负责！”

他更疑惑了，但脸上不动声色地露出浅笑：“告诉小歌，我来过了。”

“你俩现在很熟吗？”

“还算聊得来。”

“想知道她今天去哪儿了吗？”

“我刚才问过你，但你很不友好。”

“她跟林冬阳出去赌！”

“什么？赌什么？”谭哲初吃了一惊，眉头皱紧。

乔伊伊抬头嬉笑：“谭叔叔，你们年轻时候不都玩‘滚轴’吗？现在叫‘滑轮’，你是不知道——兰小歌玩得野着呢！她是我们柏杨路的NO.1，如果她今天赢了，他们俩就可以赚一笔钱，林冬阳还说把从前的事给抹了！但谁知她走不走运，听说跟他们对赌的那帮人挺厉害，没准她还得挂彩回来！”

乔伊伊一脸看笑话的神情，令他的心揪得更紧了。

“你说清楚点！她为什么要这么做？是不是林冬阳在为难她？！”

“急什么？这么有兴趣你就等着看喽！”乔伊伊故作神秘地眨眨眼，把手中那沓画稿随手扔在桌上，“我走了！”

乔伊伊走后，谭哲初忧心如焚，而兰小歌的电话一直打不通。突然一阵风从门口卷进来，桌上的那沓画稿立刻被吹得四散而去，他捡起来拢好，手臂却是一僵。

原来，那些漫画竟然是在画他。

她用唯美的画风讲述了一个唯美的故事。男女雨夜初遇，他热心帮忙惹出口舌是非；她目睹他的痛苦，抚慰他的焦虑；他怜惜她的身世，感怀她的不易……她用一笔一画，用细腻的情思和精巧的构图描摹了他们相遇的每个片段，笔触巨细无遗，旁白情意流露，她了解了他全部的心意和情感，也表达了自己的心动和喜悦……

谭哲初越看越激动，他感觉血液在体内加速流窜，心脏跳动迅猛异常，整个人被一种无法形容的喜悦牢牢控制着。

“谁让你看我的画?!”突然，兰小歌冲了进来，又恼怒又窘迫。

他愣了一下，画自手中散落。不及他反应，她迅速捡起那些散落的画，唰唰唰全部撕碎，然后轻描淡写地对他说：“我是画着玩的!”

谭哲初怔住，见她脸色苍白，黑眼睛闪烁着凶猛的光，然后随手一摘头盔，黑发如瀑泻落，额角一块新添的紫色瘀痕十分醒目。她的身边，站着林冬阳，也是头发凌乱，面色苍白。他意外发现，林冬阳身上有一股逼人的桀骜帅气，今天他与兰小歌穿着同样的蓝白条运动衣，紧身牛仔裤，说不出的青春耀眼。

他心头似被什么东西刺了一下，尖锐又直接，令他特别心疼特别难受，但又说不清道不明。他只好强抑着起伏的情绪，淡然道：“我不是故意的。”然后转过身去，凉凉地补充了一句：“如果有些事让你误会了，那么，对不起。”

“是你误会了，你这个自以为是的家伙!”兰小歌冲他的背影喊道，声音里，有了若有若无的哭意。

她竟然说他“自以为是”!

谭哲初有些不甘心，他回转身来，只见她的脸庞仿佛失去了往日晶莹的色泽，她的黑眸裹上一重迷雾，她没有一滴眼泪，也没有一句挽留，只是漠然地看着他，像看一个陌生人。他觉得奇怪，但无法冷静地去分析她的变化，仿佛神明干预，他被一种无法描述的酸楚控制住，心头刚燃起的火苗，又霎时间熄灭了……

11　一分为二的世界

纵然一念之间万水千山，他还是做了一个最世俗、最平常的决定。

从“漫漫时光”走出来，谭哲初觉得疲倦至极，本要冷静想想，却一倒头沉入了梦乡。恍惚间，他做了个梦，梦中他一路在追寻什么，脚下却被一团浓雾裹紧，令他迷茫又无法摆脱，他吃力地拔起脚，走了一步又一步，却始终在原地打转。

他究竟在追什么？直到醒来，都没有答案。早知如此，不如不醒。

他想点烟，却突地怔在阴影里一动不动，看火苗在他眼前渐渐幽暗，终至熄灭。

虽说太阳底下无新事，这世上有太多让人意外的男欢女爱，太多人以追逐自由的谎言刈割情感，太多拥有财富、地位的老男人身边活跃着青春美貌的佳人。很多女孩成了男人追逐攀比的资源。男女间单纯的年龄差距，早已不会被人指手画脚，更不会有人像他这样如履薄冰。

与优优失散后，他已习惯在追悔和自责中过日子，看到与优优年龄相仿的孩子，心中更多的是伤感和自责。他说服自己，人到中年，儿女情长早应看淡，他不会让任何女人以爱的名义进驻内心。甚至每想到自己在追逐理想和爱情的岁月里，她们才蹒跚学步，更觉荒唐。

然而他也是个平凡的男人，在感情上无法自欺欺人，兰小歌的确是他十年来遇到的唯一想改变生活态度的人，并且他们感受到了彼此的心意，他们早已被一条无形的线牵在一起，根本不是谁在自以为是！为什么她要矢口否认？

他又试着去分析，是不是她太早尝尽人情冷暖，因此把世界一分为二。那么她的感情，是出于对他有所求，还是情不自禁的好感？他想到深夜来看她的风尘仆仆的男人，想到以各种理由找她麻烦只是想接近她的林冬阳，这些早已在她的世界里的人，她面对他们时，必须背对他，并且封住他通往那个世界的道路！何况，她撕碎那些画时态度决绝，是有多担心他因此误会？

“肯定只是画着玩玩。”年轻女孩的心思，已不是他这种中年男人所能揣度。他尴尬地笑笑，眼角细若游丝的纹路游荡开去。然而，兰小歌的脸和碎了一地的画，仍旧固执地不肯离去。

“是你误会了，你这个自以为是的家伙！”他被这句话吓了一跳，好像突然在她的话里听到不舍、委屈和心痛。继而，他又想起画上那些已经变成碎片的句子：“被电到鸟，怎么办……”这让他又像个傻瓜似的笑起来。

“喂！你在偷笑！”恍惚中，似她走过来，然后垂着长睫毛取笑他，“哦，原来你是个专门耍帅的家伙，为什么我生晚了呢，早生几年我就做你的‘脑残粉’！”

下意识地，谭哲初把这些或细腻琐碎的，无心或有意的画面一片片组合起来，心脏又开始不听话地狂跳，他很想知道，那些画之外，还有多少事是他从未想过，更不敢去想的？

但她却把一切都撕碎了。一切都无法去想，但一切又都无法忘却。

“改变太辛苦，伤筋动骨更不值得。”最后，他点燃了烟，吐出一口浓浓的烟雾。

纵然一念之间万水千山，他还是做了一个最世俗、最平常的决定。

半个月后，兰小歌再次见到谭哲初。他一身黑衣，靠车站着，显得腿特别修长，若有所思。他不过来，她也没有过去，只是隔着隐约的街灯，看着他挺拔的身影渐渐融入暮色。

她明白，那天她不由分说地撕掉漫画，等于撕掉了他们之间那层朦胧的情愫，但她却再也不敢主动做什么，因为她输了，不光是没有赢得比赛帮林冬阳弄到钱，而是早在谭哲初闯入之前，她已经没有可与任何人平等交付感情的筹码。

林冬阳对于谭哲初的存在已经越来越介怀，他不止一次地威胁她若哪天惹毛了他，他会说出所有的真相。她不要！她宁愿一切从未开始，也不想那丝温暖的、若有若无的情愫在那个远去的残忍真相里结束。

像往常的许多静夜一样，店铺渐次熄灯关门，整条街暗了下去。兰小歌独对一室孤灯，像一个玲珑的剪影。不同的是，她没有往日那么忙碌，只是安静而固执地坐着。

终于，谭哲初手机响了

“好久不见。”她发来一条短信。

“你过得好吗?”他回信。

“好。”她回了一个笑脸表情。

“锁好门，出来。你该为你的不礼貌道歉!”

谭哲初闭着眼，深吸一口气。无论兰小歌以后做什么，他都得令她知道他的决定，他不想让她觉出突然抽身的残忍，而她今后的学业也要提上日程。

这算是想要见她的理由吗？他自问，又摇摇头，在心里否定了这个事实。睁开眼时，兰小歌已站在面前。

素白的脸，更显得明眸灿烂如星。他暗暗抿了抿唇，心里抽痛了一下。

“最近天气不好，生意是不是很冷清?”他放柔了声音。

“没事，生意都是好一阵坏一阵的。”她脸上露出一点微笑，眼睛里却没有半点欢喜。

“你这么忙还来，真是过意不去。那天的事是我不对，我该跟你解释清楚，那些画是以你为原型画的，我想象力匮乏，也没什么见识，只好拿你做文章了，希望你别介意，真的只是画着玩，练练手。还有，你以后不必再来看我，我可能要出趟远门。”

“去哪儿?”他一怔，没理会她的一长串解释，下意识地追问。

“去西北看一位老朋友——”她的声音不高，却难掩其中的向往和暖意，“听说西北的天特别蓝，风特别野，人们淳朴可爱，也有很多帅哥，也许我会多待一段日子。”

他立刻想到那个载着秋风秋雨而来的风尘仆仆的青年，喉咙里像刺入一根尖锐冰凉的针，想好的很多话顿时没了出路。好一会儿，他才讷讷应道：“这个季节西北又冷又荒凉，你要注意安全。”

“谢谢你来。”兰小歌神色黯了黯，“今天我很意外，其实遇到你的每一天都好意外，我很庆幸这一段路上有你。”说完，她迅速转身，跑进书店关紧了门，像把与他有关的一切过往都关在门外。

谭哲初的脚刚迈出一步便缩了回去。他觉得悲哀，过了大半生，对于女人的心思他从来都是摸不透的。他以为自己对兰小歌十拿九稳，他以为可以在安全距离内维护一段只求真心的感情，哪知她的几幅漫画就探出了他的底细。

马路对面迅速紧拢的门，把他的心压得扁扁的，扁得无法呼吸。

冬天来了，整个城市陷入灰霾中。

因卢湾项目所需资金巨大，谭哲初很快便投入工作，他觉得如此甚好，省得胡思乱想。安慰的是，兰小歌虽然不再跟他见面，但对宋文涛相当信任和倚重，那个动漫研习班也不曾缺课。

顾嘉言说有好消息告诉他。上次回加拿大之前，她要走一张优优的照片，这让谭哲初十分感动。尽管她总劝他想开些，却在优优的事上始终不遗余力地坚持帮助他，但一次次失望带来的痛苦，谭哲初已不敢再生希望。他想不通顾嘉言的执着，有时替她生气，生自己的气，但又不能说破。哎，能维持现状已经很好!

下个星期六是顾嘉言生日。她喜欢绿色，谭哲初决定买样珠宝送她做礼物，但顾嘉言对珠宝极挑剔，他怕买不合意被她取笑，因此也颇犯难。

朱迪进来，送来“伊莎明星慈善夜”的邀请函，他对这种事向来兴味索然，随手便丢在桌上。

“哲初。”顾嘉言进来，笑吟吟地唤他。

“哦——”他佯装正色，“你有什么吩咐?”

“艾伦的杂志做慈善，你是从没给过面子，这次我可不能再依你，我们还得给卢湾化缘呢!”

谭哲初笑着，人已站到顾嘉言面前：“听起来你对我的工作很不满啊!”

“你就狗咬吕洞宾吧，我这样的老板你打灯笼都找不着。我不管，我一定要拍件宝贝回来，你陪我去!”

“我不懂那些玩意，不怕我丢你面子?”

“你——就是我最大的面子!”顾嘉言虽在调笑，却满脸柔情，谭哲初觉得应该拒绝这个要求，但还未来得及开口，一只素手在他面前摊开：“生日礼物。”

像很多影视剧场景一样，到处珠光宝气，衣香鬓影，水晶酒杯清脆碰响。顾嘉言挽着谭哲初一出现，人们的视线很快便被吸引，认定他们在传递一个信号。因为顾嘉言一直是个谜，谭哲初尽管行事低调，能力手段却出色，奇怪的是这么多年来他们很少同时亮相。人们一窥真相的胃口，轻易便被吊了起来。

顾嘉言很满意亮相的成果。在她心里，女人戴再华贵的珠宝，都不如挽一个出色的男人夺人眼球。

一枚老坑玻璃种翡翠方戒，正被喊至天价。

“我要它，无论如何都要拿下!”顾嘉言悄声对谭哲初说。

一百六十六万元！一锤定音。谭哲初的手还僵在半空中，兴奋至极的顾嘉言已跳起来，紧紧地拥抱他。之后，他像个木偶般被顾嘉言挽着手臂走上台，说了一番冠冕堂皇的话，紧接着，他听到主持人要顾嘉言也说几句。

顾嘉言深情无限地望着他，突然说：“哲初，今天当着这么多朋友的面，我正式答应你的求婚，但我想把这份爱传递给更多的人，也希望我们的爱能帮助到更多的人。”

举座哗然。谭哲初一阵心惊，呆若木鸡。

她竟然设计这样一场求婚，让他骑虎难下!

一丝漠然浮上嘴角，他竟以为了解这个女人，真是可笑。但这样的场面，他也只能配合着她，脸上挂着笑，与她演完这场戏。

散场后，一群记者追着顾嘉言问婚期。

“咱们圣诞节订婚，好不好，哲初?”

她故意把问题抛给他。一个记者满脸期待地望着他，他不置可否地笑笑：“你这么有兴趣，到时候请一定来。”

说罢，他松开顾嘉言的手径直走开，依稀听到那位记者在身后开心地对同伴说：“谭先生邀请我参加呢，啊！他好帅啊!”

顾嘉言去拉他的手，他轻轻拨开，背对着她：“嘉言，我有些累，你招呼朋友吧。”

她心头一沉，突觉失落，不知自己做的是对是错，但开弓哪有回头箭。

12 神秘的姐姐

她不要哭，她要随时随地让微笑挂在脸上，过劳而不死！

谭哲初在做出一个世俗的决定后，以为他与兰小歌的情愫无疾而终，他想不到顾嘉言早已去揭开新的一页。就在她设计那场求婚之前，就在他以为她仍在枫叶国度假时，她已经查得清清楚楚，“漫漫时光”作为谭哲初整个秋天盘桓的地方，怎能不令顾嘉言好奇？

只是一家漫画店，顾嘉言觉得不可思议。

那天，她站在书架前左挑右选，借机与兰小歌攀谈起来。

“怎么只有你一个人？”她问。

兰小歌看看她，很友善地笑：“我的同事外出了。”

“你很可爱。”顾嘉言突如其来地评价道。

兰小歌虽然一头雾水，但还是顺水推舟地打趣：“是可怜没人爱。”

她暗暗打量顾嘉言，她不仅容貌端丽，衣着华美，笑容也让人顿感轻松，但骨子里却有种侵略性。兰小歌隐隐觉得压迫，强烈地预感到顾嘉言从另一个世界而来，就像曾经的他也从另一个世界而来一样。

叹了口气，兰小歌有些气恼。既然所有的选择都是自己的决定，就不该如此患得患失。她就该是直面妈妈离去时的兰小歌，是面对青春撕裂后还能活下去的兰小歌，她早就没有资格和条件做一个天真的、可爱的、温柔的女孩，她的懂事、坚韧、温和、顺从只是求生本能的延伸，是她活下去的面具，这些谭哲初完全不了解，她也决定不让他了解。

那天，她关紧了门，看着谭哲初的衣角关进黑色车门的瞬间，她终于体会到，花开在彼岸，她看得越分明，越无法度过自己的劫难。

“怎么会没人爱？我猜追你的人会从东边的大厦排到西边的巷口。”顾嘉言打断她的思绪，揶揄道。一双眼睛不放过任何一处细节地打量她，果然天生丽质，一头黑发如墨，一双明眸生辉，肌肤晶莹白嫩，就连发际处的茸毛都闪闪发光！

“你是在给孩子挑书吗？我能帮什么忙？”兰小歌岔开话题。

“我自己看！”她冷冷说道，兰小歌顿生尴尬。

“对不起，可能我太直白了，这儿没有适合你的书！”

“我喜欢诚实的人。”

“诚实?”兰小歌恍然，“是我不懂事，你慢慢看……我店里还有奶茶。”

“对，说起奶茶，我是慕名而来的呢。”

兰小歌略怔：“那你稍坐，我很快便做好。”

顾嘉言随手拿了几本书，悠闲地走到一把藤椅前坐下，透过木制栏杆，目光正好追到兰小歌忙碌的身影。她想，这把椅子大概是谭哲初常坐的。

然而，单凭年轻可人、容貌姣好，怎么会夺走谭哲初的心？只有她了解，谭哲初尽管不年轻了，但仪表不凡，从来都是众女追求的对象，其中多是妙龄佳人，但让他动心太难了。而这小小的角落，却让他的情感驻足停留，她唯有弄清来龙去脉，才能稳操胜券。

“伊莎明星慈善夜”之后，顾嘉言和谭哲初果真承包了各大报纸的娱乐版头条，“谭哲初顾嘉言牵手六大猜想”“谭顾翡翠定情，博扬上市提速”等内容，以及他们各个角度的幸福秀。

一个风仪超群，一个明艳动人。兰小歌盯着电脑屏幕，五味杂陈。原来，他和她竟是如此有分量的人物，她也终于明白，那位神秘姐姐为何对漫画有兴趣。幸运的是，她不过是他生命里一个行色匆匆的过客，没给他带来任何麻烦。

回过神来，她的手指轻轻划过屏幕上他的脸庞，指尖在他的眼睛上停住。他在笑，笑得讳莫如深，那双眼睛盛着万载玄冰幻化的炫目光彩，那光彩曾令她情不自禁地温暖，而此际却是伤心决堤。

她忘了自己有多久没掉过眼泪了，那种自卑的、认命的、无力对抗命运的眼泪，一会儿，便湿透了整个手背。

“一个微不足道的人，犯不着啊！一个过路的人，关你什么事啊!”许久之后，她抬起手背擦干眼泪，又拿起一面镜子照着，努力让自己笑。这是她鼓励自己振作的方式，她从来记不住带手帕或纸巾，却永远揣着一面小镜子，她不要哭，她要随时随地让微笑挂在脸上!

然而，镜子里出现了一盒拆开没多久的 LINDOR 软心巧克力，正放在她身后的桌上，他曾说她爱吃，他管她一辈子。

兰小歌拿出一颗巧克力轻轻一咬，苦甜杂糅的滋味瞬间漫过舌尖，令她鼓起勇气再次面对电脑，她把伊莎明星慈善夜的所有新闻、图片一条条看下去，终于看到一条更劲爆的消息，让那颗巧克力停留在舌尖的苦，像原子弹般爆炸开来。

一位娱记微博爆料，谭顾二人将于平安夜订婚。

她慌乱地站起来，阳光正从大玻璃窗长驱直入，窗上有几团污迹格外碍眼，她无意识地跑去接了一盆冷水，把抹布投入水盆，想把那团碍眼的污迹擦掉。

手一入水，便觉刺骨冰冷，她拧干抹布，不停地用力地擦起来，但那团污迹仿佛深入骨髓。

谭哲初一直躲着顾嘉言，因为未对她许过感情的承诺，自然不会主动言和，他觉得只要冷淡下去，顾嘉言自然会理屈退让。另外，卢湾项目也让他分身乏术。但顾嘉言并不着急，不仅不催促他，反而像煞有介事地张罗起订婚的事来。

圣诞节快到了，谭哲初终于忍不住开口："嘉言，你如果执意这样，我只能说抱歉，博扬的事我也不再管了！"

"那怎么行，就算我同意，博扬上下这百十多口人还不愿意呢。"

"这世上还没有人能逼我做我不愿意做的事！"

"我不是逼你，是成全你。"顾嘉言轻描淡写地说着，拉开抽屉取出一份文件。

"你是个有事业心的人，别说你不在乎博扬。你好好看看，咱们今年的报表多难看，博扬想上市，那是做梦！但如果不上市，卢湾那块地你就等着别人捡现成的吧！"

谭哲初当然知道，但娱乐业是轮盘赌，只要不出局，总有进入下一轮的机会。

"那跟我们订婚有什么关系？"他眉头皱紧了。

"人们都说顾嘉言的财富是个谜，不用这谜做个局，算我对不起他们！这趟回加拿大，我和华生研究了很多文件，终于想出个法子来，你就当配合我演一出双簧！订婚的事愁什么，大不了完事后我再甩你呗！"她狡黠一笑。

谭哲初眯起眼来，心头的疑惑虽未打消，但他相信顾嘉言的商业头脑和手段。

"你仔细看过文件，就会相信我了。"他迟疑地从她手中接过那几页纸，一看心中了然，继而又忧心忡忡。经此一事，他对他们的感情是否能像过去那样在他划定的范围内发展，已经没有把握。更令他担心的是，如果超越友情边界，被顾嘉言这种高智商的女人套牢，对大多数男人来说都不是幸事。

顾嘉言似乎读出他的心事，安慰地拉着他的手站在窗前。

"我并不是相信命运的人，但命运却安排你到我身边。那时我还小，有一天你骑着自行车从一个高坡冲下来，傅明美坐在你的怀中，你眼睛那么亮，她笑得那么开心，那是在爱中，是被疼爱的女人的样子，我很羡慕她……后来，你们出国了，我也嫁人了，但史蒂夫去世，优优失踪，当我们终于有机会站在一起，但已经伤痕累累。大概正因为我们已经失去了最宝贵的东西，那么一份好的事业算是补偿吧，在我看来，博扬就是你的第二个孩子。哲初，我早已不相信命运之神会眷顾我，但至少在博扬和优优的事情上，我想我们是有默契的。”

这样的话，谁听了能不动容？谭哲初内心掠过一阵前所未有的激荡，环着她肩头的手臂紧了紧。多年来，他们一起走过，眼睁睁看着彼此青丝染霜，才有了如此默契，他又怎么忍心放弃博扬？

13 订婚试演

谭哲初明白了一个很重要的事实：他最害怕失去的是什么？是爱！他是真的爱上她了！

冬天的第一场雪在圣诞前夜来临。下午五点，美都酒店贵宾云集。

谭哲初穿了白色西装礼服，站在红毯一侧，迎接前来道贺的宾朋，显得有型有款。

香槟、蛋糕、粉红玫瑰装饰的宴会厅，已经入席的宾朋，围在红毯四周的媒体，都在等待顾嘉言盛装而出。只是对于一出戏的男主角来说，剧情早已了然，内心也便没有特别的开心、激动和不安。

六点一刻已过，顾嘉言还未出现，人们开始窃窃议论，司仪焦急地看表。这时，服务生来到谭哲初身边，悄悄塞给他一个信封。

哲初，计划有变，仪式取消。我已身在温哥华，回来再向你解释一切，万望见谅。嘉言，勿念。

宾客渐渐散去，有人体谅地过来跟谭哲初握手道别，而更多不明真相的人在看笑话。谭哲初不知这是一出戏中戏，还是顾嘉言的连环计。无论是什么，他表面上都在承受有生以来最大的尴尬，他知道明天一定会有令人难堪的新闻出炉，但那又有什么呢？就算是被耍了，哪一次玩笑能让他这样如释重负？

他踱到大蛋糕旁，伸出手指蘸了一点儿奶油品尝，甜味丝丝渗进心头。

旁边有人递过一条手帕，他拿起来擦了擦手。

“谭先生，你需要喝一杯吗？”

他转身，这才发现身边站着个高大英挺的年轻人，目光中透着微笑。

“游鹏?！哦，你不是已经进组了？”他问。

“谭先生事情多，你大概忘了，那个角色我已经推了。”

“《魅影》的剧本要重写，你就这么干等呀，总要串些戏历练历练嘛。”

“谢谭先生照顾，我还有等待的资本，属于我的机会我不会放过。”游鹏说得从容不迫，谭哲初不由得认真地注视着他。

“也好！走吧，我请你喝一杯！”他开心地说。

“谭先生果然潇洒，受教，受教了！”游鹏由衷感叹。

两人走到宴会厅门口的签到台边，一束横躺在桌边的金黄色非洲菊，像阳光一样亮晃晃地撞进谭哲初的眼睛。

“这花叫‘扶郎花’，爸爸说代表守护和扶持……”

“兰小歌！”谭哲初心脏蓦然一紧，脸色白了，可四下望去，眼前只有清场的服务生。

“请问，这花是哪来的?”他拦住一个人，焦急地问。

“刚才有个女孩送来的，放下就离开了。”

“你说刚才，刚才有多久?”

“我也不太清楚，应该不会太久。”

谭哲初拿起花，急奔出去。

游鹏笑了笑，跟着走出酒店。

兰小歌曾说人生有很多意外，有好也有坏，此刻她若晚走十几分钟，意外遇到游鹏，四年后，她与他的故事可能会是另外的版本。

而另一边，顾嘉言推开一扇门，怔然望着谭哲初离去的身影。

下雪了。大片雪花软软地扑向车窗，谭哲初视线一片模糊。但他可以确定，前方不远处，正是兰小歌穿白色羽绒服的身影。在车灯与雪片交织的混沌光源里，一身白衣的她仿佛随时会被大片白色吞没。这情景，似乎正是他深秋做过的那场梦，与他想追寻，却又追不到的梦境一样，非但没有与季节渐行渐远，反而隔了一季重来，更有天命难违的力量。

他扶着方向盘的手臂有些酸软，心底却被喜悦与伤感杂糅的情绪涨得满满的，满得没有空隙去思考。他明知自己理不清楚这段奇怪的情感，更不知接下来该怎么办，只知此刻心中的害怕，他害怕眼前的失去，好像她随时会被那片茫茫白雪吞没一样。片刻之间，谭哲初明白了一个很重要的事实：他最害怕失去的是什么？是爱！他是真的爱上她了！

熄火，下车。他站在飞舞的雪花中，仿佛十年大梦初醒，先是一声长叹，然后喊她的名字。

兰小歌停在前方不远处，怔立片刻后回转身，惊愕地望着他。

雪花袭来，长身玉立，他的白礼服看来格外单薄。片刻后，她毫不犹豫地飞奔过来。

车内一片静寂。谭哲初闭上眼睛，定定心神。

“你好吗，小歌？”他轻声问。

“你，谭……先生……”她口齿僵硬地，好半天才挤出几个字来，“是不是我打扰了你？实在对不起。”

“不要说对不起，你能来我很高兴。”他仍旧闭着眼睛，心跳得厉害。

“抱歉，我想不出送什么礼物给你，你知道那花对于我有特别的含义，也能代表我所有祝福的心意……但是今天下雪，因为不容易打到车，所以去晚了，我听说……你的未婚妻没来……”兰小歌结结巴巴地，突然觉得词不达意，索性不说了。

她并没有发现，谭哲初轻轻笑了，脸色一片温柔。

“小歌，你能答应我一件事吗？”

“什么事？”她问，声音很轻，心中仍在打鼓，不知自己来得是否唐突。

“我们好像不应该这么陌生。‘谭先生’这样的称呼我不喜欢，不要再这样叫我。”

“那该怎么叫？”她转过身，略显诧异。

“老谭！”他认认真真地注视着她，“你能不能答应我？”

“哦！你哪有那么老？”她心头一松，冲他笑了。

“我不想这么叫你。”她说，笑容慢慢敛去，今天来难道是为了纠正一个称呼吗？

“上网看到新闻才知道你的事，你竟瞒了我那么久，不过不能怪你，我只怪没控制好自己，但我怕今天不来，以后见到你的机会更少。”

“以后？你想见我？”谭哲初追问，心头微甜。

“嗯。你订婚了，对我来说你就是被挂牌了，从今以后的每一天，以前的所有故事都只能画上句号了。”说罢，她的头低了下去，一句更无奈的话从衣领里传来，“我想要忘记你，但却事与愿违，真没办法。”

“小歌，你说得对，我们都在做一些违心的事！”他叹了口气，“事实上，你的画我全都看懂了，但那天你很生气，你说我自以为是，我以为是我让你难堪了，而我是个重视回应的人，我也不懂得去解读什么弦外之音，那会令相处变得别扭，那样的你也并不可爱，但我却情不自禁！”

兰小歌听着，黑眸慢慢浸上泪光："是的，我从来都不是个可爱的姑娘。"

"小歌!"他凝视着她的脸，眼底掠过一丝痛意，"我并不懂你!"

她咬咬唇，显得顾虑重重："就算想懂，也晚了。"

"不晚。"像神明干预般，他轻轻吐出两个字，握紧了她的手。

她十指冰凉，阵阵沁心，他不由得又握紧了些，眼睛深邃的、长久地凝望着她，满是探询和期待。

兰小歌眼睛一闭，一颗心酸涩难当。然后，他在她的指尖轻吻了一下，她内心掠过一抹痉挛……

兰小歌不是没有幻想过，如果谭哲初肯给她机会，让她勇敢地坦承过往，缝补那段破碎青春，她会肝脑涂地地报答他。因为他了解人世间的悲苦，也了解世界的无情，他一生沧桑，却心怀善意，他能让她真正站起来，而不是躲在一团污迹后，像那块永远擦不干净的玻璃。但是，顾嘉言春风得意，她高傲的背影顷刻便挫掉了她的勇气，他们订婚的消息，更是一颗深水炸弹，把她那点可怜的幻想轰得灰飞烟灭。但现在他所做的一切，是命运洗牌，重新落座吗？兰小歌一时悲喜难禁，两行眼泪汩汩而下。

"小歌，别哭。"谭哲初掏出手帕，仔细擦掉她的眼泪，"如果你肯给我机会，我想好好了解你，完整的你。"

她抬起头来，他的两道灼热目光仿佛直抵心脏，咚咚咚！她听到他猛烈的心跳声，于是情不自禁地，伸出双臂抱住了他，心底一股火热随之奔涌而出，顺着细嫩的颈烧到她小巧的耳朵，又漫上莹白的面颊。

谭哲初呼吸骤紧。他用双手捧起她的脸，把自己的额角贴在她火热的脸颊上，闭上了眼睛："小歌，你愿意，愿意，是吗？"

她用力点了点头，缠绕他的手臂更紧了。

14 琥珀项链

就算我有一点财富和地位，那能说明什么呢？它不能挽回流走的岁月，也不能弥补我失去的快乐，在时间面前，我们并不平等。

顾嘉言坐在温哥华寓所的大沙发里，慢慢从两膝间抬起头来。

女人示弱，是无坚不摧的利器，她自然明白。但对那位据说"优优不回来，没有信心再爱任何女人”的男人，她的软弱，只能在暗夜声张，对一份从来没握在手里的情感，她的眼泪，也只能压在心底。好在，过去十年她像堂吉诃德，而未来的日子，有个不错的人做对手，应该更有意思！

总有一天，她要他心甘情愿地爱她。

“华生，明天安排我见优优母女。”给华安康打完电话，顾嘉言握着酒杯站在窗前，已是神采奕奕。

华安康是顾嘉言的私人律师，同时在加拿大帮她打理一部分产业。顾嘉言的丈夫史蒂夫车祸去世后，她卷入他们家族的遗产大战。华安康是当时华人圈最有名的律师，帮助她打赢了官司，拿到巨额保险金，也成为她最信任的朋友和伙伴。

上次顾嘉言回去，两人一起吃饭。那天华安康感慨得很，说起自己有位同乡得了绝症将不久于人世，把女儿托付他照管。

“她叫傅明美，当年是小有名气的模特，裙下之臣云集，后来嫁给一位英国商人。但有一年回国，竟带回一个八岁大的女孩，说是自己的女儿。英国人不接受她的欺骗与她离婚，那时她已不年轻了，模特圈子回不去，又因女儿拒绝了不少追求者，生活艰难……不过，她一直坚持让孩子读最好的学校。那孩子也懂事。我去医院体检时遇到她，她拜托我照顾女儿。现在，那孩子为给她治病打了几份工，很辛苦，我让她在我的律师楼帮忙……”

“傅明美?!”顾嘉言心惊，急忙打断他的话追问，“她的女儿叫什么名字?”

“谭乐优，大家都叫她 YOYO。”

顾嘉言屏息不语。无巧不成书，谭哲初找了十年的女儿，竟然就在她的眼皮子底下，但为保万无一失，她又找谭哲初要了优优的照片。

“华生，你看仔细，YOYO 跟照片上的女孩是不是一个人?”

“虽说女大十八变，但我确信是一个人。嘉言，YOYO 美丽不可方物，她继承了明美的好基因。你说她是谭哲初的女儿?”

“是的，华生。是他找了十年的优优，他一定开心极了！但我不明白，明美重病后为什么不把 YOYO 交给她爸爸照顾? YOYO 走失那年已经八岁，她很爱自己的爸爸，为什么十年来音信全无?”

“我不清楚，这话还是当面问她们比较好。”

“也好。我现在需要你尽一切可能照顾她们母女，我会找机会让哲初来与 YOYO 相见，拜托你，华生。”顾嘉言挂掉电话。现在 YOYO 是她手中的一张王牌，也是她同华生确定消息后，故意消失在订婚宴上的另一个原因。

车窗外白茫茫一片，兰小歌睁开眼，觉得像场白日梦。或者是她醉了，在那样一个悠长的深吻里，她醉得不轻，整个人都昏昏沉沉的。

谭哲初的手臂略略松开，下巴仍温柔地抵着她的肩。她抬抬手，想推开他的头，却很无力，只把纤纤十指梳过他的发间，轻声说："送我回去吧，已经很晚了。"

他抬起头，看她的脸庞残留丝丝飞霞，黑眸难掩羞怯，不由得叹了口气："小歌，你果然是个害羞的小姑娘，让我好有负罪感！"

"你胡说，谁是小姑娘?!"她抗议，声音很低。

"那你笑一笑。"他故作忐忑，"不然我会以为你后悔了。"

"你刚刚——"她艰难地启齿，"你刚刚，你确定不是昏了头？因为顾嘉言逃婚，你很生气，你昏了头！"

"哈哈！我是昏了头，我被人甩了！"他全然不觉难堪地大笑道，然后才认认真真地看着她，狭长双眸漾满柔情，"小歌，你不觉得我早就昏了头吗？但是，我很开心！我福至心灵，醍醐灌顶！"

"这是病，得治。"她幽幽地说，心里的不安渐渐退去。

"你是我的药吗？"他问，手指抚过她的长发，停在颊边，眼眶有些潮湿，"小歌，因为公司的缘故，我跟顾嘉言订婚本来就是演给别人看的戏，说来话长，资本运作的事情你也不懂，以后有机会我再讲给你听。但说真的，这场戏黄了，甚至我都不知道明天要怎么收拾残局，但我觉得是最大的解脱！当我又看到你的'扶郎花'，心里的阴云一下子全扫空了！小姑娘，你很有本事，能在秋天播一颗花种，让它在冬天开花，你不愧是你爸爸的女儿。"

他说得那么坦白真挚，神采奕奕，让她心里的疑云荡涤一空。那么，她该坦白吗？

"我也有病，而且病入膏肓。"垂着黑眸，她轻轻说了一句。

"我有药！"他接着她的话，将错就错道，"西北太冷，那可不是个养病的好地方，那里的帅哥也不见得是好大夫！跟我走，我会带你去一个春暖花开的地方！"

说完，他用力地把她裹入怀中，紧紧抱住。兰小歌痛苦地闭着眼，长睫毛使劲剪碎了那些不堪回首的过往。

回到柏杨路的住所，兰小歌失眠了。

妈妈在世时，总是告诉她平和做人。然而，她面临的变故太多了，无论主动还是被动，她都被生命中的未知改变着，从来没有一天平和的日子。

而谭哲初呢？外形、修养、财富，无一处不令女人动心。正因为一切太好，上帝才给他失去女儿的劫数。她与他相遇后，他面对她的每个瞬间，他对她的点滴关怀，都带着一种无法抵抗的、宿命般的吸引力。最初她觉得，自己除了年轻，并没有令他特别留恋的地方。那命运到底是垂青于她，还是另一种劫数？

就像三年前，贾一飞来救她和小诗，他亲眼看见两个少女的青春被撕碎的残酷，不仅没有鄙弃，反而凭一身血气之勇为她们出头，甚至因她而被人报复陷害断送前程。她以为苦尽甘来了，她想报答他，甚至愿意以身相许，以命相抵，但在他父母眼中，她自以为宏大的爱，甚至比不上一张破席。

命运从来如此，翻手为云，覆手为雨，谭哲初要了解她，真正地、全部地、完整地了解她，情热之际，他要做她疗伤的药，但过往的伤疤真的可以揭开吗？时机成熟吗？

她又咬了咬唇，让自己更清醒一点。如果她有百分之百的把握，为何不敢吐露那封匿名信的真相，她不确定，他们的感情若游离在优优的事件之外会是什么状况。

想到这儿，兰小歌不由得一阵瑟缩，但心中一个更强烈的念头提醒着她，不要因为未知的明天而失去今天。

一个星期后，当兰小歌迈进谭哲初海边的房子时，见到的第一个人，是被他唤做王叔的一位老人家。老人对她恭谨有礼，安排好一切后不声不响地退下，但临走前一个了然的笑容，令兰小歌觉得不知所措。

为了掩饰，她夸张地表现出一副没见过世面的样子，故意摊开手臂在客厅里转了好几圈，又舒舒服服地把自己往沙发里一扔，才油腔滑调地问：

“喂！老谭，你是不是很有钱？”

“还可以，有一些。”他抄着手笑道。

“你可小心了，我这次是来劫财的！保险柜在哪儿呢？”她翻转身，在墙上东摸西看。

“碰上艳贼，我一般会请她顺便劫个色！”他猛地从身后抱住她，把脸转过来吻她，直到她软绵绵地挣扎不动才松开。

其实，从她走进来，他就看出她的怔忡不安，甚至，她把他的生活想象得五光十色。

“别问我都被谁劫过，当心特务把你收了！”他温柔地威胁着，揽住她的头，手指一边细细拨弄散落在她肩头的黑发，一边声音低沉地说，“小歌，这里没有任何女人来过。我们错失过一次，走到现在，我跨过了很大的心理障碍。蒙上天眷顾，给我了解你、珍惜你的机会，我希望你也能信任我。我大你十几岁，已过不惑之年，就算我有一点财富和地位，那能说明什么呢？它不能挽回流走的岁月，也不能弥补我失去的快乐，在时间面前，我们并不平等。而很长一段时间里，我的感情行将就木，我爱你，是因为你让我重新看到灵魂之光，也令我燃起希望之火!”

兰小歌心中一震。她坐起身来，凝视他的眼睛，目光渐渐变得晶莹坚定。然后，她的唇猝不及防地堵住他。也许爱本身就是这样简单，炙热、温暖、坚定。没错的，她几乎是一眼就爱上他了，他的外形，他的风度，他的成熟，他的忧郁，他的喜怒不定，他身上的来自另一个世界的光芒!

“是的，是的，我爱你，我爱你，我一直都那么爱你!”她在心里呐喊着，在深长的拥吻中，命运的车轮转动，把她推入另一个未知的世界。

第二天傍晚出海，夕阳沥金，他们相拥着凭栏而立，谭哲初那双深褐色的眼眸被映得越发浓郁。

“回眸三生琥珀色，转生一世琉璃白。”兰小歌对着他的脸轻轻说。

他握了握她的手，眉心微皱着笑道：“什么琥珀琉璃的，好好的怎么作起诗来?”

“在一本闲书里看到的，我觉得意境很美。”

“我还以为你比其他女孩子成熟，不看这些伤春悲秋的东西。”

她笑了笑：“是，我是女汉子！我的心思全部都用在这儿!”她握紧拳头，在他面前威胁地晃晃，然后往甲板另一端跑去。

谭哲初笑着追过去，揽她入怀：“小歌，你知道你哪里最吸引我吗？除了你长得美，最主要的原因是——”他顿了顿，“你同样遭遇不幸，却懂事、坚强、乐观，让我觉得生活并不绝望，优优的处境也许并不绝望，她会像你，像草一样纤细，却能把根扎进地下。”

兰小歌心中一软，眼泪不觉悄悄地涌上来。

“小歌，这十年我没讨过女人的欢心，说真的，很多时候我毫无情趣，甚至木讷，你刚刚念到的句子，反而令我有些感触，也是巧了，你看——”

说着，他的手里多了一条古朴雅致的项链，链上挂着的正是一枚质地温润的琥珀。

“琥珀?”

“对。琥珀是佛教七宝之一，也有传说是古希腊女神赫丽提斯的眼泪化成的。”

她接过来仔细看着，发现还有一只小小的蝶被包裹在里面。

“有只蝴蝶，是真的蝴蝶!”她惊叹道。

“所以，设计师给它取名叫‘爱的永恒’，但我觉得，它更代表‘永恒的爱’……设计师叫阿卡，她每年只为全球十对情侣设计定情信物，她还为每款信物设计了婚书，如果对方愿意收下信物，两人要在婚书上留下指印，再请法师赐福封印，修百年之好。小歌，你愿意戴上它吗？”

“永恒的爱？我真的可以拥有吗？”兰小歌偎在谭哲初的怀里，抚摸着手里的琥珀喃喃自语。

船下，浪花尚在翻滚，并未察觉海风已经转凉。

15　一张王牌

她感觉眼前的女人在她不曾参与的时光里，以罕有的耐心，打磨出他今日的风华。

一天下午，顾嘉言的司机来了，请兰小歌前往“红栌”一叙。与谭哲初在一起后，她偶尔会想到顾嘉言，会隐约不安，但很快，便被铺天盖地的喜悦取代，她甚至不想猜测顾嘉言的用意，尽管早晨那个可怕的梦让她不安。

她梦到爸爸被人关起来，在一间房子里，里面开满红色的花，他的头流了好多血，与红花混在一起。被梦吓醒，谭哲初拍着她的背，她仍语无伦次，哽咽得厉害：“我要救他，我要救他，可我没办法，我救不了他……”

“没事，没事的，小歌。”他抱紧她，“你给自己的心理暗示太多了。不用怕，以后有我，你什么都不用怕，等小诗放假，我会陪你们去看你爸！”

她圈紧他的腰，那一刻觉得他既温暖又强大。

车子绕过一行行枯涩的树木枝丫，碾过灰色石子铺就的路面，停在一幢精巧的三层别墅门前。顾嘉言正坐在客厅的大沙发上等她。

见兰小歌进来，她站起身来，亲热地上前拉住兰小歌的手。

“外面很冷吧，瞧你这手冰的。来，小歌，我们到壁炉这边坐。”

她让兰小歌脱掉外套，拉她坐进沙发里。

“小歌，喝点什么？”

“都行。”

“哦。你应该爱喝奶茶，也不知我这里的合不合你口味，不过你的奶茶做得好，有机会一定教教我。”

“啊？”兰小歌迟疑了一下，硬着头皮道，“我现在就可以教你。”

“瞧你这小姑娘，真是急脾气。”她笑道，亲热地拉着她的手，“我前阵子一直在国外，感觉好久没见你了。”

“是，好久不见。但我们——好像并不太熟吧。”她笑得勉强。

“以前是不熟，以后会越来越熟。小歌，人与人讲缘分，我也想不到我们的关系会变得这么微妙。”

兰小歌的脸腾地红了。

顾嘉言尽管一直微笑着，满面春风，眼里也没有一点与她声音里相似的讥诮，但兰小歌的脸色一直阴晴难定。

“我如果是你，一定会好奇，订婚这样的日子，未婚妻怎么会突然离开?”顾嘉言单刀直入。

兰小歌何尝不想了解内情，只是那天谭哲初说是资本层面的事，她不感兴趣，便从未追问过。

“你应该知道，谭哲初有个失踪十年的女儿，他这辈子最大的心愿就是跟女儿团聚。”

兰小歌心中一怔，又莫名想到那封信，点了点头。

顾嘉言继续道：“订婚那天，我突然接到一个消息，是关于优优的。”她故意顿住，观察兰小歌的反应，见她低垂的睫毛猛地扬了起来，显然吃惊不小。

“其实十年来真真假假的消息无数，如果不能证实这消息是真的，我怕他空欢喜，他也受不起重复的打击。”她慢悠悠地说。

“你亲自去验证消息的真假?”兰小歌脱口问道，顾嘉言的心境与她当时留下那封信时并无二致。

“是。我连夜飞去加拿大，皇天不负苦心人——消息竟然是真的!”

“你找到了优优？谢天谢地!”兰小歌紧握双手抵住额，指节隐隐发白。

“你好像很激动?”顾嘉言盯着她问。

“是。”她仰起脸来，脸色恢复平静。

“你爱他?”兰小歌突然问，问得耐人寻味。

兰小歌看着她，抿了抿唇。爱？当然爱，但怎么能轻易对她说出口。她能在那么重要的日子去帮他找女儿，她对他的这份心，这份情意的重量，大概也因一个沉甸甸的“爱”字吧!

“小歌，我了解你的境况，如果你想改变命运，我也可以帮你。”顾嘉言目光如炬，她像所有人一样揣测兰小歌的意图。

壁炉里的火光映着兰小歌的脸，顾嘉言看到她圆润美好的下巴线条因难堪而慢慢紧绷起来，心中掠过一丝恻隐，但视线再往下，兰小歌胸前的那颗琥珀惊得她乱了方寸。

精通珠宝的顾嘉言自然知道这颗琥珀的独一无二，罕见的化蝶，谭哲初过去从不懂珠宝却能弄到这个，可想费了一番心思，如今挂在这个小女人身上，他对兰小歌的喜爱，是她始料不及的。

“我当然不是。”兰小歌终于平静下来。

顾嘉言立即打断了她：“我还没有把优优的消息告诉他。因为优优将无法接受你，你让她无法理解十年没见面的爸爸身边突然多出个小女人，如果未来你要做她的继母，你不觉得尴尬吗？”

“优优怎样？这些年她过得好不好？”她并不正面回答。

“一个没有爸爸的孩子，你以为能有多好？”

“嘉言姐——”兰小歌顿了顿，恭恭敬敬地说，“请你相信我，我跟你一样盼望他们父女团聚，更不想自己成为这件事的阻碍。至于我自己的命运，改变也好不变也罢，那都是早有定数的事。从我妈妈走的那天起，我就知道，想好好生活下去，只能靠自己，你不用为我费心。”

“你倒是个有骨气的姑娘，挺对我的脾气，你是打算离开他了？”

“不，我不会离开。至于他的想法，我希望他亲口告诉我！”

“小歌，你太天真了！你以为谭哲初是什么人？十年来，优优一直是他最牵挂的人，没有任何人能代替。如果优优不接受你，他只有放弃，你要等着被抛弃吗？”顾嘉言声音提高，显得急不可耐。

“没有人要代替优优。”兰小歌依然平静地说。

“如果你亲眼见过他十年的煎熬，你就会听我的。我是这么过来的，我知道未来要面对什么，内心要承受什么。我宁可让他丢面子，也不愿在这件事上有半点闪失。你听说过一句话吗？一个女人能在艰难中持久守候，一个男人能在收获后不离不弃，这才是患难与共、令人尊重的情感！”

兰小歌被这句话敲击着，内心开始一点点动摇。她感觉眼前的女人在她不曾参与的时光里，以罕有的耐心，打磨出他今日的风华。她的眼神犹如玉石雕刻家坚定，又透出灼灼光芒，整整十年，那是她无论如何也追不上的时光。

顾嘉言察言观色，见她雪白的脸庞渐渐笼上一层无助和苍凉，嘴角抽了抽，“如果你怕他不放手，我自然有办法说服他。”她继续施压。

她太急于求成了，说这句话时，她眼底的得意出卖了刚刚铺垫的一番真诚，兰小歌的眉心蹙住，思忖片刻，心头豁然明亮。

“我猜以下是这样的剧情：你说服了我，再编造一个理由使他相信我只爱他的钱，你再替他解决麻烦，对吗？”她冷冷一笑，“绕这么大个弯子，你不仅仅是想赶我走，还要收买他的心，对吗？”

这一串问话，正中顾嘉言窍要。她在惊诧之余无奈叹了口气：“小歌，你很聪明，很坦白，我说过我喜欢你的坦白，所以我才会心疼你。你跟他相处时间太短，彼此还新鲜着，对中年男人的感情，你不该如此笃定。不说优优，单说事业、财富、名望，其中任何一样都足以抵销男女之爱了。”

“听起来，中年男人凉薄成性，但这样的谭哲初，也值得你如此费心？”

“呵呵，你好天真。不是我轻视你，你和我们是两个世界的人，你不了解这个世界的规则。我和他，我们是利益共同体，我们的瓜葛也是你无法想象的，我找你出来谈，是希望你早点清醒，我并不想伤害你……”

兰小歌看着她两片薄唇傲慢地开合着，深埋在内心的不甘和怒火顿时喷涌而出。

“你们的世界我不懂，但你们这几年既然是各取所需，为什么还要强求他的感情？你是不信任他，还是不信任自己？你有那么多时间，那么多机会，如果你真为他好，你会心疼他痛苦，你会第一时间与他分享找到优优的快乐！请问，对他来说还有比这件事更重要的吗？”

顾嘉言注视着兰小歌，听她的每一句话都咄咄逼人：“你大概霸道惯了，你们的世界再无敌，也还没到让你为所欲为的地步！”

是吗？顾嘉言心里冷笑着，这不是个容易对付的丫头，难怪谭哲初沉迷。战局才开，她得有耐心，更不能在她面前失了体面。

“小歌，你果然是伶牙俐齿，难怪哲初喜欢你……但你以为我在求你施舍感情？笑话！我只是不愿说难听的话。我一片好心怕你被人误了，你竟然不领情。”

顾嘉言面不改色，继续说道：“我只问你一句，求婚算不算男人对女人情感的承诺？”

“什么求婚？报纸上说伊莎明星慈善夜的求婚是你自己安排的。”

“你相信报纸？”顾嘉言顿了顿，语调放柔，“或许他是累了吧，有一天他跟我说想过踏实日子，问我愿不愿意与他一起等优优回来。我虽然不年轻了，但还是有自尊的，如果我和他的感情从未走到这一步，我何苦难为你？”

“可是，他说你……你们在演戏，为了公司。”兰小歌声音有些发抖。实情如何，她并不能真正确定。

“小歌，你虽然贫寒，却是好人家的女孩，人又天真单纯。我真心劝你一句，千万别踏进这个是非之地，你有爸爸和妹妹，我可以给你们一笔钱，让你们解决所有问题，踏踏实实过好日子，何必蹚这浑水。”

“爸爸、妹妹——你连他们都查了，你，你还做了什么？”

“我还查了你的老朋友，比如贾一飞、林冬阳……并且，我给林冬阳找了一份不错的工作，我们最近混得很熟……如果你肯听我劝，我就当什么事都没发生，如果不听——”

兰小歌脸色越来越白，一双黑眸盯紧她，焦躁地打断她的话：“我是个孤儿，我没有爸爸，没有妹妹，也没有朋友！我所有的事都与他们无关！”

“你还真是不见棺材不掉泪！好吧，我给你看样东西。”顾嘉言冷冷道。

16　女人的交易

果然，征服人心远比征服世界有趣，而遇到一个不错的对手，就更加有趣。

下午，顾嘉言突然出现在董事会上。没有人得知她提前回国的消息，包括谭哲初。因此，他按原定会议流程做下一年度工作报告。会后，顾嘉言到谭哲初办公室小坐，说对刚才的报告有些疑问，言谈间一派热络，仿佛一个月前的圣诞夜，并未发生那件令彼此难堪的事。

“哲初，你刚才说明年要开十个项目，是不是有点冒进？你知道现在电视剧存量巨大，市场冷淡，我们保持一年四五个项目的投入应该比较稳妥。在会上我没有挑明，我想你可能有些不一样的想法。”

“嘉言，我等不及你那个高明计划！明年是博扬最关键的一年，我的想法是卢湾动土、公司上市一起推。目前跟进卢湾项目的几个风险投资公司，已经对我们的业绩做了评估。我算了一笔账，四年前我们的年产值只有两千万元，而去年是一个亿，这个成长速度让风投很有信心。你看，用我们的成长速度乘以十，就是我们的未来产值，风投公司会投入高于未来价值十倍的资金进来。而我们要做的就是扩大生产规模和市场占有率，争取平均利润最大化。何况，现在十几家公司都在抢版上市，当务之急是要抢占商机。”

“看上去你成竹在胸啊！但十个项目是笔大投资，在投资没进来之前，你接下来怎么做？”

“第一步是合并名导演和演员工作室，而且这十个项目不会全部由博扬出资，他们自己会带一部分资金进来，我们再私募一部分，但项目收益会做成股权积累，他们对搏扬上市信心十足，拿股权做条件是相当诱人的。”

“哲初，这个计划算是被我逼出来的吗？”

谭哲初大笑，倒了杯红酒给她：“嘉言，公事谈完了。我们之间的事是不是也该聊聊，上次的事情，你似乎欠我一个解释。”

顾嘉言晃晃酒杯，不由得讥笑道：“哲初，大家都是成年人了，抱歉之类的话你也不想听。时机未到，我暂时给不了你任何解释。就算你不在乎这么多年的情分，我还怕失去你这棵摇钱树呢。”

“好吧，嘉言，不管你那天离开的理由是什么，我终归要感谢你。我呢，就安安分分地做你的摇钱树。”

“这样最好。来，为了我们的默契，干杯！”说着，顾嘉言一饮而尽，唇角抿起，“你会感谢我的，哲初。”她笑着说，略带酸楚。

莫名地，谭哲初感觉到一丝不安。听着她的脚步声渐行渐远，不安感越来越强烈。

窗外，天色阴郁，像要酝酿一场雪，灰色的云堆积在对面的楼顶，也堆积在他的心头，像一团沾了灰的棉花糖。

兰小歌在回来的路上，与这场雪不期而遇。她在一座立交桥下下车，迎着雪往回走。光亮处，迎风的雪絮笼成一个白色罩子向她兜头压来，她感觉心中的那团火，正被渐渐扑灭，仅剩一点残存的灰烬。

她漫无目的地走着，直到看见“漫漫时光”的灯火。

站在门前，神志渐渐清醒。窗里有灯，她似从末世重返人间。

“他来了吗？”她站在门前，两行清泪汩汩而下。

“这场交易是你我二人的，你应该不方便对谭哲初讲吧。”顾嘉言的声音像冷风掠过她的耳垂，她缩缩脖子，抬手擦干眼泪，掏出钥匙开门。

书架后的休息区，谭哲初睡着了。头仰靠在椅背，长腿架在茶几上，似乎睡得很不舒服。幽暗的灯光映着他的额角、下巴、鼻梁，显得冰冷肃然。

兰小歌解下羽绒服，轻轻盖在他身上，然后坐下来看他，就像看这个熟悉又陌生，残忍又凌乱，却仍然让她必须拼尽全力面对的世界。她伸出手，轻轻抚向他眉间那道深纹，这道纹从未像今天这样深过。睡梦中的他，不知是欢笑还是忧伤。

“小歌，你回来了？”他蓦地睁开眼，抓住她的手翻身坐起，搭在身上的羽绒服轻轻滑落。

“手这么冰。你去哪儿了，打你电话也不接!”他责怪道，一边握她的双手在自己的手心焐着。

“没事。外面风大，手机放在袋子里听不到。”她佯装轻松，从他的手心抽出手来，弯身拾起地上的羽绒服，穿戴妥当。

“回去吧，这里怪冷的。”说着，她头也不回地往外走。

“小歌，你有事瞒着我。”他一把将她拉进怀里，“怎么突然变得冷冰冰的?”

很明显地，他感觉到她的身体有些微颤：“到底出了什么事?”

“没事。”她把脸深深埋进他的胸膛，含糊不清地说：“让我抱你一会儿。”

“怎么会没事?”他抬起她的脸来，见她脸色惨白，双颊浮着一抹不正常的红晕，摸摸额头，果然烫得厉害。

兰小歌发高烧了，整夜烧得昏昏沉沉，抓紧谭哲初的手不让他离开一步，直到天色渐亮，才沉沉睡去。谭哲初支着手臂，看着枕边热度初退后那张苍白小脸，一对黑眸被长睫紧紧关住，灵动收敛殆尽。他俯下脸贴贴她的额头，感觉烧退了，终于放下心来，才觉得眼皮有些发沉。

等她醒来，一定要弄清楚是怎么回事。他想着，一合眼竟进入了梦乡。

兰小歌醒来的时候，窗外一片雪白，耳边是谭哲初均匀的呼吸声。她屏息听着，一动不动，甚至不敢看他一眼。她庆幸的是，她还没有时间和机会，把那些不堪过去一一向他道来，否则，岂不是连他的梦境都生生辜负。而那封藏着秘密的信没有通过她交到谭哲初手中，想必也是天意。

她麻木地看着窗外，风撩起的一片片薄雪，隔着大幅落地窗，有的认命飞旋，有的纷扬下落。她轻轻地起身，轻轻地离开了他的住所，就像窗外紧贴窗棂的一片薄雪，只是来过，只是路过。

顾嘉言就像是兰小歌的一面镜子，她用财富和强势映照着兰小歌的贫穷和无能，她让兰小歌明白，爱与被爱，都需要条件。

“你的条件我答应了，不过，你也必须答应我三个条件。”下午，兰小歌在电话里对顾嘉言说。

“我让司机去接你，我们见面谈。”

“不用，如果你有时间，就来我这里一趟吧。”

翌日下午，顾嘉言来到“漫漫时光”。她想，这应该是她最后一次造访。这是她最不愿停留的地方，每寸角落都在提醒着她，谭哲初曾用脚步丈量过。她今后所拥有的感情，是兰小歌用无力和清贫来交换的。但这种感觉并没让她太不舒服，毕竟她是顾嘉言，从史蒂夫去世以后，她艰难取得她想拥有的财富之后，没有她不能得手的东西，她同时好奇兰小歌还有什么资格跟她开条件。

见兰小歌脸色苍白，顾嘉言佯装不忍地蹙蹙眉，随后从袋子里拿出一件银狐小外套，披在兰小歌身上。

那件外套华美高贵，看上去价值不菲。

她满意地端详着说："小歌，我一眼就看中这件衣服。看看，和你的气质简直太衬了，真美。"

"谢谢。"兰小歌微微一笑，没有拒绝，"我昨天仔细想过了，你能帮爸爸建实验室，也算偿了他多年的心愿。小诗最大的愿望是出国读书，现在她可以出国实现她的愿望了，我很开心，也希望你言而有信！这就是我的第一个条件，用我换他们的平安健康。"

"小歌，你放心。这年头像你爸这样专心搞研究的人已经不多了，我一定全力支持。至于小诗，她像你一样聪明漂亮，是该有个美好的未来。"

兰小歌脸色煞白，咬唇不语。

"哦，对不起，我不该再提这事。你继续。"

"第二，我离开之后，无论我去哪里，我都不想再见到你，也不想跟你有任何瓜葛。"

"看来你已经恨透了我。"

"第三，你帮我找一个比谭哲初更有钱的人配合我演一场戏，我要用一个月的时间让他死心，你也不用再费心编故事了。"

顾嘉言心里一惊，她没想到兰小歌年纪虽轻，做事倒是狠绝。

"你凭什么让他相信你会移情别恋？"

"我想，你用优优拖他一个月应该没什么难度。至于像我这样的穷人，自然会因为自卑、贫穷而让别人乘虚而入。何况，穷人大多是拜金的，他没理由不信。"

"小歌，你让我刮目相看。"她顿了顿，"本来我还给你准备了一些安置费，看来我是多虑了。"

"用来换你良心上的安定吗？那岂不白白便宜了你，我们再也犯不着假惺惺地给对方创造机会！"

兰小歌的黑眸漫上一层令人捉摸不透的迷雾，她不疾不徐、不卑不亢的语调令顾嘉言心头发紧。

果然，征服人心远比征服世界有趣，而遇到一个不错的对手，就更加有趣。

17 展家的秘密

十年往事纷纭，历历铺陈眼前，她从未停止过内心的追求，这只会令他心中不安。

名利场上多的是狂蜂浪蝶和花花公子，但要找一个让谭哲初心服口服，又不给她惹麻烦的人，似乎也不容易。顾嘉言在脑子里过了一大圈，终于想到展翔。一来他的财富打败谭哲初绰绰有余，二来他的背景不寻常，并且他长得不难看，换女友速度如转风车，很容易骗过谭哲初。

顾嘉言在五年前认识展翔，那时他刚回国做生意，因喜欢一个女演员进入娱乐圈。他为了捧女友找谭哲初合作，愿意出钱出力出资源，但谭哲初不看好他的项目和女人，劝他另找他人，后来展翔果真被骗，折了三千多万元。但对展大公子而言，三千万元如同儿戏，他常对人说自己赌运好，在澳门随便玩一圈，几千万元轻轻松松卷回来。后来，他追过各种女明星，也成为活跃在娱乐记者镜头里最有名的花花公子。

顾嘉言与他交情一般，究竟能不能请动他，心里没底。好在，展公子新近并无交往的女人，兰小歌的可人模样也应该能令他心动。但她知道这远远不够，商人无利不起早，她得有与他交换的筹码。

多年的经验告诉顾嘉言，需要怎样的敲门砖，得亲自去试探。

见到展翔后，顾嘉言委婉地把来意说明。令她意外的是，展公子不仅一口应承，开出的条件更让她大吃一惊。

“顾总，我听说你们博扬新签约的演员叫游鹏，你答应捧红他，我们就来做这笔交易。”

她最初以为展翔对女人失去了兴趣，但若真是这样，她反而不便把兰小歌交给他，一来容易穿帮，二来她毕竟还有一丝良心。见她踌躇，展翔摊手大笑：“哈哈！顾总，你可别想歪了，我是个正常男人。”之后，他开诚布公，对顾嘉言讲了一段家族往事。

原来，博扬新晋小生游鹏，正是展翔同父异母的弟弟。游鹏从小便被送往英国读书。十六岁时，游鹏亲生母亲意外去世，他悲愤难抑，发誓从此不再踏入家门半步。展老爷子上了年纪后，越来越对他心生愧疚，一心盼他重回家门，继承家业。

“老实说我心里没底，怕我们老爷子哪天心灰意懒，突然犯个糊涂，把展家的钱变成了慈善基金。至于游鹏，我费了不少心思巴结，但他实在难搞。好不容易他回了国，我看他真心热爱演戏，应该也想闯出点名堂，听说他因为欣赏谭总才投到博扬旗下，我若能在这事儿上出把力，一来对老爷子是个交代，二来他志不在家业，展家自然还得我这个长子来挑。”展翔顿了顿，“顾总，我难得如此坦诚，至于接下来怎么运作，你比我懂。我也希望展家这点事话到你这儿便打住，咱们今后只是各取所需。”

呵呵，这不是老天爷上赶子成全吗？顾嘉言听完后喜出望外，近来的事办得简直是要风得风，要雨得雨。

“展公子放心，游鹏确实优秀，公司也有捧他的计划，我们接下来开拍的电影他是男一号，这也是博扬第一次在大银幕起用新人。”

“顾总，你可别忽悠我，这种小角色我就算外行也看不上。你给他配最好的经纪人，用最牛的宣传，演大片！总之四个字——快速上位！”

“展公子是痛快人！我一定会竭尽全力！相信你也会吧?!”

“当然，当然，泡妞也是好事，只要别太丑，我对女人可是有要求的！”

“她足以秒杀你那些小明星！”顾嘉言笑道。兰小歌生得雪肤明眸，大有动人心处，若真能令展翔假戏真做，她也算对得起兰小歌。因此她又补充道：“有一点我要说清楚，虽然是做戏，但展公子得追出点真动静来。”

“这点钱我还出得起。好奇地问一句，你为什么这么做？”

“这女孩家境不好，不过是想改变命运，这样的人你也见过不少，没什么奇怪的。”

搞定这件事，顾嘉言松了一口气。接下来，要把优优的事告诉谭哲初，对于自己的刻意隐瞒，她已想到一个万全之策。

听顾嘉言说完优优母女的下落，谭哲初一时怔立无言，只有两行泪无声地在脸颊流下。

“谢谢你，嘉言——”很久之后，他才回过身，轻轻拥抱了她一下。

顾嘉言听到他声音里的颤抖，再看他黑发里的根根银丝，心中一阵恻然。十年心路，她亲眼见证，他的一时懵然，也在情理之中。

“希望你不要怪我瞒着你。”见他情绪略平复了，她才详细说起在加拿大与优优相见的经过。

“真是造化弄人，我们哪里想到，优优这些年都跟明美在一起。我去时明美已病危，所以我在温哥华耽搁了一段时间，一来处理明美后事，二来优优长大了，她性格倔强，妈妈又刚刚去世，心中难过，也不肯跟我回来。看来，你要亲自去趟温哥华找她。”顾嘉言说得意味深长。

“优优，她不想早一天回来见我吗？”他伤感地问。

“大概她怕你不能原谅明美。她说妈妈十年来没有一天不在悔恨中度过。她还说，只有从心底真正原谅一个人，她才能上天堂。”

“不，不，嘉言。我谁都不怪，谁都不恨，明美肯把优优还给我，是对我最大的恩典。我现在只庆幸当年是明美把优优接走，她没有经历其他不堪的遭遇。这十年，我就算做梦，都怕看到她遭遇一点不幸，否则我早活不下去了。”

“你真心原谅明美了吗？”

“不能说没有恨过她。当年优优那么小，她为了金钱声望攀附高枝，是个足够无情的女人，回国后抢走优优不跟我通半点音信，更是十足可恨，但总算是她把优优照顾长大了，现在人都去了，一切恩怨也应该随她去了。”

他走到她面前，声音里充满感激：“嘉言，我真的不知道该如何报答你，这些年我想尽办法，你却比我先找到优优，一定做了很多连我都不知道的事。我会永远记得你的好，也会尽我所能报答你。”

“你言重了，哲初。优优能够回来，相信是上天被你的诚意打动，只不过借我之手。你记住，我对你从来没有要求，从我们成为合伙人的那天起，你的事便是我的事。找到优优，我真心为你开心，每个人的不幸都过去了，我们应该好好计划一下未来。”

“对对，我要先把优优接回来——”想到这儿，谭哲初搓着手笑起来，激动不安地走来走去。

“嘉言，你说我带什么礼物给优优？还是——我现在给她打个电话？”他像个毫无主意的孩子，没有半分平日的沉稳镇定。

顾嘉言心里叹气，同时，她知道自己赢定了。

“你就是最好的礼物，优优见到你肯定开心，你也别急着打电话，那多尴尬！明天我们把公司的事安排一下，你马上飞温哥华，把你送过去，我就回来，你陪着优优把那边的事处理完，再做回来的打算，这段日子给自己放个长假，只管安心陪女儿。”

“对，对，嘉言，还是你想得周到，你看我都高兴糊涂了，但卢湾怎么办，正是关键时刻。”

“有什么事比优优重要？”她的尾音扬起，并不是要他的答复，而是自言自语起来，“不过有件事一直不便问你，但现在不问，终究会有点麻烦。”

谭哲初心里一咯噔，沉吟道："还有更要紧的事？"

"兰小歌——"

谭哲初一怔。顾嘉言连名带姓地说出兰小歌的名字，显然知道了不少事。像是回答他的疑惑，她自顾自道："不要怪我多管闲事，我也是刚刚听说这孩子，据说只比优优大几岁。"

她故意说"这孩子"时拖长了声音，谭哲初感到空气中飘过一缕不快的气息。

"哦，这件事——有机会我跟你解释。"

"我只想知道，你打算怎么跟优优解释？"

说完，顾嘉言走到窗前站住，背对着他。她挺立的背影有种执拗的气势。他眉心紧皱，既不能点破她的心思，更不能言明自己对兰小歌的情意。爱情，是他唯一不能给予她的东西，而她要的偏偏是这个。十年往事纷纭，历历铺陈眼前，她从未停止过内心的追求，这只会令他心中不安。但此时，他却无论如何都说不出半句无情或决绝的话来。

"嘉言，那些事还是等优优回来再说吧。现在，不要让她知道。"

顾嘉言看透他的迟疑和担忧，他是万万不敢拿优优来冒险的，而以后，她更不会给他任何冒险的机会。

18 烟花易冷

似乎有什么东西从她身体里蓦地飞了出去，就像夜空中盛放的烟花，让人来不及去挽留什么。

顾嘉言走后，谭哲初一颗沉甸甸的心慢慢放松下来。他觉得不该辜负这巨大的惊喜，他冲进优优的房间，把自己陷入椅中，手里翻着一本旧相册。他抚摸着女儿的笑脸，屏紧了呼吸。他想着顾嘉言夸赞优优的话：聪敏、懂事、容貌极美、身段高挑……尽管她的形容词并不高明，他却一再回味着，就像每个父母的虚荣心都需要旁人肯定一样。事实上，他的女儿八岁时，那双眼睛已有一种夺人心魄的美。

优优的眼睛像他，狭长、飞扬，有着琥珀的浓郁色泽。为此明美总吃他的醋，也因为有了这个小宝贝，他们虽身在异国，经历生活的艰辛，仍给了彼此生命中最美好的三年。但傅明美的背叛，强烈地打击了他的自信，他用尽一切办法把优优抢到手里，并带她回国，以为此生不会与傅明美有任何交集，谁料世事难测，明美到底是不甘心！想到这儿，谭哲初站起身来，也许是室内太热，他身体开始冒汗。曾经，他与傅明美所有的欢爱时光，都在失去女儿十年的痛苦中消磨殆尽，现在，仅存的那点怨也随着汗水从每个毛孔蒸腾出去。明美去世了，却成全了他人生最大的一次圆满，让他彻底卸下心灵的重负。

一层汗水出透，谭哲初微微有些眩晕，下楼时步子飘浮。他强稳住心神，去淋浴，然后套上一身黑色衣裤，又胡乱绕上一条灰色羊毛围巾，出了门。

这时候，他并没有意识到自己要干什么。他只是开动了车子，拧开音响，一首罗大佑的老歌飘了出来——

乌溜溜的黑眼珠
和你的笑脸
怎么也难忘记你
容颜的转变
……

兰小歌的黑眼睛不经意间映上心湖，与此同时，是优优那双灿若星辰的双眸。

“告诉她吗，告诉她吗？”谭哲初难抑心中的激动，车轮却像被神明干预，往他最熟悉的一条道路开去。

然后，他拨通了她的电话：“小歌，出来！有事跟你说。”

“很要紧吗？我不在店里。”

“那我等你。”

“不用等，我会很晚，有事电话里说。”

“很重要，不管多晚，我都等你。”

兰小歌刹那晕眩。眼前的谭哲初神采飞扬，仿佛一夜间年轻了十岁，那双满是笑意的眼睛告诉她，优优要回来了。那么，她也该打起全副精神，投入新的剧情。

“小歌，跟我走！”他兴冲冲地过来拉她的手。

车子往郊外开去，兰小歌温顺地坐着，手搁在他温暖的手心里，目光依依不舍地游过微光里的英挺侧脸，鼻梁和下巴似远处隐隐的山，沉静却有力，嘴角那个始终不愿收敛的微笑，道尽内心的欢喜。

“小歌，我们到了，下车。”他停车，摸摸她的头发，把她的围巾拉上来一点。

她发现他们已经远离市区，郊野风声鼓荡，空气冷冽，一团冷月映着地上未融的白雪。打开后备厢，他取出一些烟花筒在空地摆好，点烟深吸两口递给她。

“小歌，敢不敢放烟花?”

“当然。”兰小歌跑过去把几支烟花筒的燃线点着，突然听到一首歌散在夜空里，她不由得呆住——

荒凉一梦二十年

依旧是不懂爱也不懂情

写歌的人假正经啊

听歌的人最无情

……

烟花啾啾飞上夜空，光华如万顷银河泻落。

谭哲初急奔过来，把她拉进怀里，紧拥着往后退去。她靠在他的肩头，目光紧紧追随着烟花，一忽儿升腾、璀璨，一忽儿游离、灭失。

周遭归于宁静，几缕白烟随风漫入月色。

他生气地拧了下她的鼻子：“你是想炸伤眼睛还是炸没鼻子?”

“要是毁了容，我就赖上你。”她轻声嘀咕。

“赖就赖吧！也不用把自己弄得这么惨。”他笑着，把她拥入臂弯用大衣裹住，“小歌，你近来好像不太开心，但今天是个好日子，我希望你能开心起来。”

“烟花易冷，人事易分。开心？那也要选对时候。”她冷不丁射出一枚软钉子。

谭哲初哑然，好半晌才叹道：“本来想跟你说件事，突然开不了口了。”

“抱歉，我感觉迟钝，你不想说就不要说了，我开不开心不重要，只要你开心就好。”

一颗更猛的钉子，谭哲初被噎得说不出话来，随之一层莫名隐忧蹿上心头。他盯着她的脸，月光下，容颜如雪，黑眸迷离，却比晶莹黑亮更令人心忧。看来，优优的事暂先不提，他不想有任何意外，打破他祈祷了十年的父女相聚。然后，他拥住她，在她额头轻吻了一下，换了话题：“小歌，我要出国一段时间。”

“什么时候走?”她无所谓地问。

“就这两天，公司的事情安排一下，走前我会给你打电话。”

“去加拿大?”她又问，声音里有一丝不易觉察的颤抖。

“你安心读书，店里的事交给宋文涛，小诗和你爸爸的事等我回来从长计议，我这边事情顺利的话会回来陪你过年。”

“哦。”她抿抿唇，短促地答。似乎对他回来一起过年的提议并不热心，而她的冷静漠然让谭哲初更加担心，不由得握紧了她的手：“小歌，你能不能不让我担心?”

兰小歌心想，到底还是顾嘉言了解他，他击鼓敲槌，始终不愿意把优优的事说出来。既然如此，她知道接下来该怎么演了。一抹调皮的笑飞上嘴角：“谭先生，你就别自作多情了！我独自过了这么多年，有什么好担心的?”随着笑意一点点放大，迷蒙的黑眸仿佛也亮了，谭哲初这才慢慢放下心来。他感觉自己的确是老了，因此才这么患得患失。

之后，兰小歌不再沉默，还说了学校一些好玩的事给谭哲初听，时间不知不觉滑过去，很快就到家了。

“我一定赶回来陪你过年，说说，想要什么礼物?”下车后，他捏了捏她的脸。她却推开他的手，别过脸去。

“怎么了你？怎么又生气?”他不解地问。

“是啊！是啊！我就是生气了!”她转回头来，黑眸灼灼。

面对突然反复无常、阴阳怪气的兰小歌，谭哲初一时有些蒙，只好故意调侃：“你不会这么怂吧，瞧这不情不愿的，我会当你是舍不得我!”

“你很稀罕我认怂吗？好吧！我认！我就是舍不得你，我就是不让你走！你肯听吗?”

撂下这句话，她的一双黑眼睛仍旧不讲理地盯着他。

“小歌，你到底怎么回事？翻脸跟翻书一样!”屡屡被抢白，谭哲初也有点火了。

“翻书？那是你们文化人才干的事，我只翻脸!”不管他的脸色已经气白了，她继续嚷道，“你要做戏做到什么时候?!”

“你——”谭哲初气结，“你到底想干什么?”

“你肚子里就没一句真话吗?!”

“什么是真话？我是那种人吗？你竟然不信任我?”

“你信任我吗?”她讪笑，神情中竟是嘲讽。

兰小歌并不是无理取闹的人，今天却不断地找碴儿，谭哲初迫使自己冷静下来。的确，她的莫名其妙并不是从今天开始，那天她发高烧，他整夜忙碌照顾，第二天她竟不声不响地开溜，而他因为忙，还没来得及问。想到这儿，一丝疼惜淹没了薄怒。

“小歌，最近我太忙疏忽了你，办完这件事会找时间好好陪你……我也希望无论我在哪里，你的坏心情都不是因我而起。说真的，我很想好好了解你，听你说说心事，我一直等着你哪一天主动开口，但今天看来，我等不了了，你藏着这样的心事，我会很难受……”

听他温柔地叫她的名字，兰小歌一颗心更加酸楚。她再也控制不住，眼泪汹涌而来，她狼狈地抬起手背胡乱擦着，越擦眼泪流得越凶。“对不起——”她声音哽得厉害，“刚才都是骗你的……虽然我会很难受，但我保证没事……你放心，我能照顾好自己……”

谭哲初拉她过来，没有说话，而是从口袋里掏出手帕仔细抹去她的眼泪。对于这个永远不知道怎么收拾眼泪的女人，他能做的，只有让她不掉眼泪。

他搂紧了她，似乎有什么东西从她身体里蓦地飞了出去，就像夜空中盛放的烟花，让人来不及去挽留什么。

19 毒舌男

“今天你是土豆，明天或许变成一个榴梿，小姑娘，尝过后你就会替自己不值!”

看着谭哲初乘坐的飞机没入云层，机翼划出的两条白弧越来越细，兰小歌终于顺着廊柱颓然坐了下去。她恍惚觉得，这段感情从开始起，就是一个叫作兰小歌的灵魂落进一个梦里，或许是她的幸运，因此痛苦也没那么真切。反而她拼命想忘却的那段不堪往事，像深冬旷野里的疾风，在他走后的每个夜里，都会一刀一刀划过她的皮肤，告诉她那才是真正痛苦的根源。

三年前，在那座冰冷的水泥房子里，她的青春和尊严被残酷攫夺，更糟的是，那盘记录她所有不堪的光碟阴差阳错落入林冬阳手里。这几年，他折磨她，威胁她，他希望她有一天勇气尽失，永远地臣服于他，但顾嘉言的出现，让他意识到手里的小光碟远比她更有价值，别说他出卖了一起长大的义气，出卖了逼她认输的戾气，甚至连人性的底线也出卖得一干二净。她低估了他的坏，也高估了自己的能力，她开始后悔当年没有由着贾一飞去解决这个隐患。

这个念头一冒出来，兰小歌被自己吓了一跳。如果是过去，哪怕自己被碾压成泥，也不会再让贾一飞为自己冒一丝风险。在她心里，贾一飞是金刚一样勇武、菩萨一样慈悲的汉子，他已被调到千里之外，再过两年就可以与家人团聚，到时候他会更血性，也会有更好的女孩配他。他于她来说，是曾经燃烧在她心头的一团火，是温暖她，并令她鼓起飞蛾扑火般勇气的人。然而，从她的勇气在他母亲乞求的眼泪中决堤之后，她就再也不敢说那个宏大的字了，那个字是属于母亲的，是辉映亲情的，而她不配。在谭哲初不曾参与的日子里，她早就想开了，也想透了，但未料到类似的话从顾嘉言嘴里说出来，当事人变成了谭哲初，给她的却是更加致命的一击。

顾嘉言可谓天生的谈判专家，她说："就算哲初不在乎这件事，但他处在一个捕风捉影的行业，每一天都活在风口浪尖，除非他舍得抛下一切带你离开中国，但博扬投注了他太多心血，这份事业在他心中的重量未必比优优轻……"

她就这样一招毙命，掀了她往事的伤疤，坦露出陈年的血肉，并以小诗和爸爸为威胁，再狠狠补上一刀时，她蓦地从那个梦里跌落出来，她不敢奢望谭哲初是她疗伤的药了。她的面前，将永远站立着无数个贾一飞妈妈，她在她们面前是永远抬不起头的。

想到这儿，她捂着脸哭起来，心头随之起了一股破罐破摔的劲。让他们走，走得越远越好，远得像从未来过才好！

电话突然响个不停，兰小歌擦干眼泪接通。

"喂！我是展翔！"

展翔？她脑子发晕，一时搜索不到这个名字，"打错了！"她的声音犹带哭腔。

"没错！明天中午十二点，翡翠餐厅，我们在那儿见面。"

"你是谁？我并不认识你。"她强调道。

"哦？看来我也没那么有名，你可以百度一下'展翔'！"

"原来是他！"兰小歌想起来了，再看看表，已是午夜。

"明天穿漂亮点，我很要面子，有不少人等着看戏呢。"他又说。

明天，明天会是新的一天吗？兰小歌咬咬嘴唇，吞下一片安眠药。

眼前就是顾嘉言为她找的人，城里最著名的花花公子展翔，本月正在空档期，不过马上将忙碌起来。兰小歌打量着他，三十出头，比新闻图片里显得清瘦斯文，他穿铁灰色薄羊毛套装，考究合体，反而像个有为青年。他示意她坐，略抬头，手指指对面的座位，然后自顾自低头翻看菜牌。

真是傲慢。兰小歌心想，坐下喝了口茶，满口清香馥郁。

"把我那瓶'绿袖'拿来，菜式还是老规矩吧，让耿总搭配，精致点儿。"展翔对服务生说，随后挥手示意对方退下。

"兰小歌？"他抱着双臂，玩味地打量她，"我不知道你跟顾嘉言什么关系，我也没兴趣，这叫游戏规则，你也懂吧。"

"我当然懂，我会好好配合你。"

“为什么要找有钱人谈一个月恋爱？”

“有位作家说，青春就是那么回事，不用它也会过去。我很认同，人生苦短，恋爱无非是尽情享受人生。”

“这观点倒合我心意，但跟我谈恋爱不见得快活！为了那点小名气，你觉得值得吗？”

“被一大堆人围着、追着、拍照、做访问，想想还蛮刺激！你不知道我有多想出名！”她故作轻浮地道。

“是吗？”展翔举起一杯“绿袖”问，“敢不敢干了它？”

兰小歌本能地皱起眉头，但还是装得豪迈，展翔倒一杯她干一杯，很快脸红脑晕，不知身之所在了。

“吃完饭做什么？”她晕乎乎地问。

“制造绯闻。”顺势，他紧揽着她走出餐厅，头俯向她耳边，“马上有场好戏。”

一片闪光灯，满耳不三不四的话，让兰小歌带着几分醉意的脑袋嗡嗡作响。她只觉眼前一片缭乱人影，展翔在故意提高嗓门骂人，突然不知从哪冒出两位黑西装警卫，一个护着她与展翔，另一个上前抢夺娱乐记者的相机。

“喂！够了啊！别人混口饭吃不容易，再演就过了！”一个男人轻朗的声音响起。

兰小歌晕乎乎地抬起头来，并努力睁大眼睛。眼前一个年轻男人，穿牛仔裤，黑衬衫，站在那儿英挺高大，风姿潇洒。她努力聚拢意识，不知是不是酒精的缘故，只觉眼前的男人很英俊，眉目乌黑，薄唇紧抿，但一脸嘲讽神情。

竟然觉得十分面熟，好像在哪里见过？兰小歌敲敲脑袋，拼命集中意识。奇怪的是，展翔对这个美男子十分客气，主动招呼道：“游鹏，你怎么也在这儿？”

“跟你没关系，快把相机还给人家！”他仍旧咄咄逼人。

展翔招招手把下属叫来，让他把几个娱乐记者带下去打点，仍然好脾气地对游鹏笑笑：“你总是喜欢跟我作对！”

游鹏没理他，反而盯着兰小歌，声音里嘲讽的意味更浓：“原来你是干这个的？展公子的口味可真是多变！”

被那人一双乌黑美目盯着，兰小歌的头更晕了，感觉面前的他又高大又倨傲。

“你还是学生吧？喜欢跟有钱人谈恋爱？喜欢被一大堆人围着？呵呵，小妹妹，大概你还没尝过被甩的滋味吧？”

虽然晕，但她听得出他声音里浓浓的讽刺之意，心中好一阵不自在，她干笑了两声，仗着酒劲反驳道：“用你管？我偏想尝尝呢！”

呵呵。他冷笑，头俯得更低。兰小歌蓦地看到他乌黑眼睛上一双足令所有女孩妒忌的长睫，不由得吸了口气，一声惊叹堵在嘴里。

“让我猜猜你是怎么想的？”他微忖，然后学着她的语气，又夸张又骄傲地道，“青春不保鲜，放着也会过期！”

然后，他的眼风唰地划过她的脸。然后他起身，冷冰冰地说：“今天你是土豆，明天或许变成一个榴梿，小姑娘，尝过后你就会替自己不值！你记住，你用青春换取机会，机会也像青春一样稍纵即逝，最后你会恨这个世界。离有钱人远点吧，他们的游戏，你玩不起！”

兰小歌心中一凛，酒醒了大半，终于想起他来！

“信不信我把整条街的下水道翻了帮你找！”那天，他也是口出狂言。这个连累她把信弄丢的浑蛋，还敢这么狂！她站在那儿，心头怒火上蹿，定了定神，讥讽道：“你今天这么闲啊，怎么没去翻下水道？”

他笑了笑，冷冷地补来一刀：“小妹妹，听人劝吃饱饭，你不能总是狗咬吕洞宾！”

显然，他也认出她来。兰小歌的脸色一阵红白不定，这个叫游鹏的，明明年纪轻轻，但那英气逼人的范儿总让她不由得矮三分，这大概就是气场吧！

这点心理素质，能成什么事？就算他是天神，能对你指手画脚吗？这个念头一起，兰小歌故作轻浮地把手伸进展翔臂弯，娇声问：“展翔，他是你朋友？是‘国民老公’吗？瞅着不像啊，我听说你们这行骗子巨多！”

“别胡说八道，小鹏可是根正苗红的高富帅！”展翔难掩眉飞色舞，假意解释。

“高富帅？！”兰小歌依旧嘴巴不让人，“哦，那肯定被你抢过女朋友！”

“我哪敢？”展翔轻佻又认真，“只要他喜欢的东西，我全部让给他。”

兰小歌一怔，见游鹏眉头锁得更紧，然后深思地看了她一眼，神态倨傲地走开。

“小鹏，你等等！这几天我们约时间碰个面，我有重要事情跟你谈，关于你以后的发展。”展翔急切地说。

“红不红我从来不在乎，你看重的东西我也根本不稀罕！”

“我知道你有自己的想法，但你这么清高哪里有机会？这次我特意请了谭哲初，拒绝了你会后悔！”

“谭哲初？！”兰小歌冷汗涔涔。究竟，她身边的人编了怎样一张天罗地网？

“我是新人，懂得做新人的本分，我会一步一步走路，请你不要再插手我的事情！”游鹏并不领情，甩手大步离开。

展翔的脸色相当难看。兰小歌更甚，游鹏的轻视和骄傲都震动了她。

展翔看着她苦笑："还真像个学生妹。"又指指她的雪地靴，更加没好气："我提醒过你穿漂亮点，这算什么？你很冷吗？"

兰小歌盯着自己胖乎乎的鞋，她今天特意穿了双新鞋。蓦地，她想到谭哲初穿着高贵体面，却从未嫌弃过她，不由得咬紧了嘴唇。这个人明显在拿她出气，神情和语气都很欠扁，但她又不是真的来当交际花，凭什么受他的白眼？就算他是什么大公子，那也只是顾嘉言请来演戏的。

"我没求你来追我，穿什么是我的自由。"兰小歌扬起脸，不服软。

"自由？我是什么人？你又凭什么做我女朋友？你给我记住游戏规则，哪怕这戏只演一天，你得跟我齐头并进！别跟我这儿摆臭清高！"展翔盯着她，居高临下，仿佛她是他脚边的一株草。

这就是有钱人的游戏？兰小歌心想，游鹏的话还热乎着，也许他说得都对，这游戏她玩不起，但她能不玩吗？

"好啊，展公子，我现在是你的人了，那麻烦你破点财，用你看得上眼、拿得出手的大牌来包装我，我会领你的情。"

兰小歌脸上笑着，声音却是冰冷的："我明白，凡是上赶子的都不是买卖！不过呢，如果对方是美男子，倒也值得费心。"

展翔的脸顿时绿了。

20 父女团聚

人越是贫穷，越能闻得到机会的味道，爸爸自然也明白其中的道理，可见她是特别的，而他是心甘情愿的。

谭乐优站在温莎墓园，白黄菊花掩映着嵌入墓碑里妈妈的美丽脸庞。十几年前在华裔模特圈风生水起的傅明美，曾有那么明艳的美丽和夺目的风华，如今已化作一抔飞灰，深藏在异国冰冷的石碑下面。

优优触摸着冰冷的墓碑，生离死别的人生况味，已经像两道深深的疤刻在她最美的年华里。但她来不及心疼自己，只顾着为父母收拾残局。特别是妈妈，最终她都没有勇气再看一眼爸爸，她辜负他一生，也把所有的悔恨带进了坟墓。

"优优，我们回去吧。"谭哲初上前揽紧哭泣的女儿的肩。

"回哪里去？"

“回家，我们的家。”

优优不再问什么。她靠在爸爸怀里，像小时候那样，脸庞压着他的衣襟。

“爸爸，不要恨妈妈。”她说，声音低低的，眼睛里全是泪水。

“优优，只要你开心，爸爸什么都答应你。”谭哲初端详着女儿的脸，抚去她的泪。日光从优优的黑发上一点点滑落，沉沉暮色中，属于傅明美的一切都结束了。

十年前，傅明美在一个雨天偷偷回国。她只想远远地看看女儿，却被强烈的母爱牵引，把优优带回酒店。当晚，她写了一封匿名信放在叶庆瑜的书店，她以为寻找女儿的谭哲初一定会翻遍书店的每个角落，然而造化弄人，叶庆瑜的确翻遍了书店，那封信却掉落在书籍的缝隙中。

与优优相处几天后，傅明美越发不舍得放优优走。她想过找谭哲初谈判，但当年自己的无情背叛，谭哲初拼尽所有跟她打官司的一切历历在目，他怎么肯把女儿给她？她也没有再见他的勇气。临走前，她又写了一封信寄到谭哲初单位，但那时他正辗转到其他城市找优优，那封信在传达室一躺数月，最后与沾满尘灰的报纸一起进了废品回收站。

傅明美用两封信骗过了自己，带着优优出了国，她最初只想留女儿住段日子，让她像个无忧无虑的小公主。但她对自己强烈的母爱和与之伴生的怯懦统统估计不足。更难堪的是，现任丈夫在见到她的优优后，态度一百八十度转变，他说自己不能接受欺骗，尤其被自己以为诚实善良的黄色面孔欺骗。他提出了离婚，并且不付她任何赡养费。

傅明美从这段失败的感情中得到教训，又怕谭哲初找来夺走她的一切，大概两个多月后，她才鼓足勇气挂了一通越洋电话，但他所在的单位说他已经辞职，且不知去向。

一切从头开始。但模特圈早已物是人非，就像谭哲初的怀抱一样，是她无法回头的。她最初用积蓄开了一家高定成衣店，但生意没做起来，还折了本。之后，她又换了很多工作，甚至去二十四小时餐厅做侍应。仍有老男人讨她欢心，送花送酒送钱送关怀，但她统统拒之门外。

优优目睹着妈妈的狼狈和不幸，那颗小小心灵本不坚硬的外壳，彻底剥落了。妈妈就像一只被拔了漂亮羽毛的鸟，内在的挣扎和外部的矛盾激烈冲撞，让她慢慢变得懂事，而妈妈，像每个普通女人一样，辛勤工作，过平凡的日子，清清白白把优优拉扯长大。

渐渐地，优优出落得如妈妈一样美丽，也如她一般被众星捧月，更如她一样不屑讨好任何男人。因此她正当妙龄，却没有一个男生敢追求她。除了读书，拿到好成绩，获奖学金为妈妈赚医药费，这世上似乎没什么其他的事值得她操心。

优优考上大学后，傅明美总算柳暗花明，不料好景不长，一次大病让她重堕劫难，与世长辞。

这几天来，谭哲初了解到傅明美带走优优的真相，便没再追问女儿为何不主动找他联络，斯人已逝，不要再揭女儿的伤疤了。现在，他只想尽快处理完优优的学业问题，同她一起回国，但此事令优优一度困扰。

“爸，我想毕业后再回国，换学校太浪费时间。”

“优优，爸爸已经等你十年，人这辈子有几个十年？”

“爸，别这么夸张，你年富力强，还很帅呢。”

“可是优优，人生无常，你妈妈何尝不年轻？爸爸既然找到了你，每一天都想在家里看到你，你不知道这十年没有你爸爸都过着什么日子。”

“对不起——”她上前圈住爸爸的腰，温顺地靠进他怀里，“爸爸，原谅我，因为这些年要陪着妈妈，她已经一无所有了，不能再没有我。我在网站看了很多关于你的报道，我以为你过得不错。而我，也不想逼自己选择。”

“我明白。所以，也请你理解我。”

“会有人代我照顾你。嘉言阿姨，还有——”

“没有谁可以代替，优优，你是爸爸的唯一。”他打断她的话。

最终，优优选择回香港读书，谭哲初知道这是她所能做的最大让步。毕竟她在异国长大，生长环境造就了她性格独立，这个距离已让他大感安慰，很多事还需一步步来。而优优在香港的学业和生活，顾嘉言已让华生帮忙安排，并且要他们父女二人回国过年，她已经准备了欢迎酒会，她在电话里说：“让咱们的优优惊艳亮相!”

“优优还戴着孝，酒会的事就不必了，她喜欢安静。”谭哲初委婉拒绝，他觉得，顾嘉言并不了解优优。优优没有漂亮女孩的虚荣，也不像她这个年龄的女孩容易让人看透。不因曾有的艰辛而幽怨，更不因父亲现在的富有而得意，甚至，她对自己的美丽都是懵懂的。她喜欢穿简单的衬衫、牛仔裤、长大衣。她常常说：“爸爸，你是拍电视剧的，但是不能把戏放进生活。我们的家里只要有温暖的炉火，我烤点小饼干，你煮煮咖啡，我们的桌上放着很多书就够了……”

优优的话把谭哲初带回十年前父女相守的日子，简单，清贫，温暖，想必十年来优优与明美过的也是这样的日子，那是他不曾参与的成长，也是他永远都无法弥补的遗憾。

他揽了揽女儿的肩，泪花涌上眼眶。马上，他们将动身回国，兰小歌的事他终究未对优优和盘托出。就如同他与兰小歌分别的夜晚，他害怕优优的消息扰乱他们相处的平静。此刻，他也同样害怕优优因小歌的存在，而让这份来之不易的相聚蒙上尴尬。

所以，他没办法给兰小歌任何信息，一两个电话，无法说清发生在温哥华的事。

或许，他并不知道自己潜意识里在逃避什么。

在兰小歌的事上，谭哲初父女俩默契十足，这让顾嘉言十分安心。在安排他们父女相见之前，她曾与优优谈过兰小歌，优优的反应并不激烈。

“我爸黄金单贵，帅气大叔，这不奇怪啊!”

“我了解得也不多，听说那个姑娘很美，也很贫穷……优优，你爸爸这些年洁身自好，能令他心动很难，只能说她是幸运儿吧。”

优优双手插进裤袋，转过身背对着她，目光落到窗外。“嘉言阿姨，也许幸运儿是我爸呢!”她顿了顿，“你看看外面那个剪草的男生，他工作多认真，我也做过各式各样的工作，它们为我提供了生存的机会。人越是贫穷，越能闻得到机会的味道，爸爸自然也明白其中的道理，可见她是特别的，而他是心甘情愿的。人们追求财富名望地位，不就是为了能自由地为自己的心愿买单吗?”

“是的，优优。兰小歌很特别，追你爸的很多女明星，哪个不是年轻漂亮，哪个不是机会主义，她们头脑也并不简单，但你爸爸从未垂青过谁。”

“或许，她只要一份简单的爱，是我们把事情想复杂了。再说爸爸除了富有，还那么帅气，他值得被爱，被他爱着也应该是件快乐的事。”她顿了顿，“如果爸爸确定了自己的感情，我不在乎她是谁，但未经爸爸亲口说出的事，我不会下判断，我们都需要他的确定，对不对?”

顾嘉言无以言对，她很难相信这话出自一个不到二十岁的女孩之口。她差点道出实情，但还是忍住了，局面未扭转之前不能自乱阵脚，虽然优优从容大气，但谭哲初把她当小孩子，内心仍旧顾虑重重，这会为自己的计划争取更多时间。

21　停摆的决绝

她的确没有一滴眼泪，只有嘴角那缕血迹，被她狠力擦过后往脸颊上斜去，像是一条歪斜的鞭痕，又像一个嘲讽的感叹号。

一个月后，兰小歌独自坐在“漫漫时光”里。昨天，她跟宋文涛签了一个转让合同，宋文涛大为错愕，他问："要不要跟谭先生商量一下？"

"不必。"她说。只需在明晚演完最后一场戏，她便能离开这个城市。

从窗口看出去，雪已经停了。今年冬天雪格外多，有孩子在放炮仗，点燃引线后往雪地里扔去，嘶——一股细烟腾起后，炮仗没了声息。孩子们大概以为炮仗会震天响，个个撒丫子跑出老远，边跑边不甘心地回头望着。

她莫名其妙地笑了笑。想起这段荒唐日子，她见识了女人的身价如何水涨船高，只因为她是展翔的新宠，她在名利场迅速鹊起，就算此刻展翔甩了她，她依然裙下之臣云集。她还这么年轻，年轻意味着更多机会，珠宝、裘皮、香车，原来看似高不可攀，却只需献上一张青春可人的笑脸，再折点自以为是的尊严。麻雀变凤凰，多少女人求之不得的事就成了，就像小诗曾经心心念念的一样。但变了又怎样？她不用再为钱发愁了，对谁都能端出笑脸，却连妈妈的方寸之地都保不住，就要过年了，她却马上就是无家可归的人。

她苦笑着："妈妈，我只能对不起你了，妈妈。"

突然，她的心一怔，看着窗外呆了。

马路对面，一个男人正打开车门下车，然后走过来。他穿黑色大衣，风仪超群。

谭哲初——

兰小歌百感交集。快一个月了，她终于再见到他，他是来看她吗？

喉咙发哽，她急忙稳定心神，然后开口："你回来了——"

"是的。"他冷冷地应道，深褐色眼珠好像蒙着一层寒冰，抬眼之间，一道寒光把她冻在原地。

"生意好吗？"

"还好。"她答。

"你过得好吗？"他又问。

"只能说——我喜欢现在这样。"她艰难地答。

"为什么做那些事？"

"金钱、虚荣心、安全感……"她停顿，叹了口气，"也许是因为爱。"

谭哲初把手里的一本杂志递到她面前："这就是你的爱？"

"你都知道了？"她抬头看他，声音有点颤抖。

"只有一点点，我想听你亲口告诉我——"

他仰着头，下巴线条绷得很紧。他无论如何都想不到，杂志上绘声绘色的段子，女主角竟是兰小歌。这位新晋名利场的仙蒂瑞拉，被描述得比狐狸精更聪明美貌。文中说她行动火速，擅出奇兵，而展公子秀爱不遗余力，名车、美钻，各种场合高调表白……

在飞机上，谭哲初越看脸色越白。

“爸爸，你没事吧。”优优握住他颤抖的手，眼中一片关切。

“有点累，我想睡一下。”他合上杂志，仰靠椅背，眼前一片杂乱纷纭。本来，他以为小歌与优优没有两样，清白纯净，自立懂事。但这么快，这么快他就看到她的另一面，见识她如何讨另一个男人欢心，如何瞻望着有钱人的眼睛鼻子做人！究竟她本来虚荣，还是展翔的诱惑太大？

僵立片刻，谭哲初终于坐进椅中，点起烟深吸一口，眼神黯然地看着她。

“小歌，这种女人满地都是，你知道她们过着怎样的日子吗？你真的确定要成为她们？”

“我不知道。但这个时代对女人特别残酷，我也想活得痛快点，过瘾点！”

“如果你只是喜欢出风头被追捧，我能理解，因为你还年轻，没有什么经历，不知道成名的代价，也不懂生活的真谛是什么。”

他掐灭烟，双手握住她的肩：“如果只是这样，小歌，我不敢说自己财大气粗，但让你做一个尽情享乐成天让媒体追逐的女人还是办得到的！但是，小歌，我从一开始就不认为你如此肤浅，我们这个圈子，最不缺的就是这种粉红女郎，我不信我看错了你！”

兰小歌轻轻挣开他，站起身来搓了搓手，让自己镇定：“好了，你可能真的不了解我，那先请停止炫耀你的财富和见识吧！你高估我了，你自以为我是你想象中的样子，我清纯脱俗，我安贫乐道？那才是笑话呢。一个二十多岁有几分姿色的姑娘，又是穷惯了的，我现在终于有钱了，可以住好房子穿漂亮衣服，我为什么要拒绝？”

“所以，还是展翔了解女人，你们喜欢的东西都是一样的！呵呵，原来这样简单就算付出了！这样轻易就被收买了！原来，过去是我自作多情了！”谭哲初冷笑一声，神情里的不屑一点点地剥着她的伪装。

兰小歌只好转过身去，继续言不由衷道：“当然不光是钱，跟他相处我很轻松！我们彼此都开心！我不用装矜持，扮高雅，我可以俗气浅薄、无聊无趣，我还强求什么！”

“他要你的不过是一张年轻漂亮的脸蛋，你总有一天会给不起！”

“你轻视他？呵呵，你呢？大叔，你要得比他更高尚吗？”

一片死寂，她听到他的呼吸沉重起来。然后，她转过身来，碰到他喷火的眼睛，还没来得及躲闪，他猛地抽来一耳光。

舌尖漫过一阵涩咸，兰小歌站直了，缓缓抬起手背，狠狠擦了擦嘴角，“你的气消了吗？如果消了，请走吧。”

谭哲初的手哆嗦着插进衣袋，他下意识地想掏条手帕出来。那条手帕染过她很多眼泪，他曾经想，他不会给她哭的机会。而现在，她的确没有一滴眼泪，只有嘴角那缕血迹，被她狠力擦过后往脸颊上斜去，像是一条歪斜的鞭痕，又像一个嘲讽的感叹号。这让他的手像折了一般，根本无力抽出衣袋。

他只是望着她的眼睛，一片幽暗处，是立在他心尖上停摆的决绝。

曾经，兰小歌是爱穿白衣，留平顺黑发，眉目如画的女孩，她聪敏可人，热情懂事，然而，她已经死了。

现在，她挽着展翔，穿银色晚礼服，纤巧高跟鞋，露着修长的颈和娇嫩的背。她仍是雪白的肤，乌黑的眉眼。她擎起酒杯，裙摆飘飘，纷纷有人向她献殷勤，她与他们推杯换盏，笑得满脸虚情假意。

这与场面上那群红粉骷髅有何分别？谭哲初笑笑，他不明白自己为何要来展翔的宴会。据说这个没有任何名目的派对，只为哄他的新女友开心。

这些阔少果然知情识趣！靠在窗边，谭哲初看兰小歌像广场上的白鸽，忙碌地啄食人们投来的殷切目光，一时悲从心来。人生苦短，及时行乐？这时代快速催动了人们价值观的裂变，不能融合便被抛弃，多数人已经这样认为。

忽然，人群中一阵骚动，人们纷纷转向门口，水晶杯锵锵轻响。

“看！大美女！”“她真的好美！”无论男女，人们都发出由衷赞叹。

说话间，那个少女如风而至。她穿香草绿拖地长礼服，顿时，满室鲜氧充盈。她的一双深琥珀色眼眸掠过众人脸庞，点点华彩飞扬。兰小歌心中莫名一紧，不由得松开展翔的手。

她眼睛的颜色如此特别，她却再熟悉不过。甚至她轻笑的神采，微翘的唇角，她统统熟悉不过。而她的高挑、她的仪态，她艳丽不可方物的面庞，她视线的去向，都在说明着同一件事。

展翔的目光僵直，像被一条无形的线牵到她亭亭而立的窗前。

窗前，站着谭哲初。

“爸爸，怎么不带我出来玩？”优优轻声问，并娇嗔地拉起父亲的手。

“原来是大小姐？谭总，从未听您提起过。”展翔走过来，见缝插针地献殷勤。

“哦，她刚回国，自己淘气来玩，给展公子添乱了。”

“哪里哪里，大小姐一来，咱们这里蓬荜生辉！”展翔突然文绉绉地扔词，谭哲初皱了眉头。

“不知大小姐怎么称呼？”

“我叫谭乐优，叫我优优好了。”优优主动答道，并大大方方与他握手。

她生了一张少女脸，却如此艳光四射，举止大方得体，而她身边的父亲，高大英挺，对她呵护备至，微笑地接受众人的恭维，兰小歌顿觉自己的生命苍白极了。谭哲初的眼睛偶尔碰到她，光彩便如入鞘的宝剑，倏地暗下去。更让她局促的是，展翔已经完全不顾她，目光始终追随着优优。

最后这场戏充满意外，顾嘉言的台本里没有这一幕。兰小歌晃着手中的空酒杯，看着那个万众瞩目的宠儿，知道自己可以消失了。所有的难堪，过了今夜就完全结束了。

22　你穿秋裤了吗

“听着！自由、尊严、情感这些都依存于你的生命，你叫兰小歌，你年轻，美丽，可爱，就算踏错一步也还来得及回头！”

优优也注意着兰小歌。第一眼，她便想到格林童话里的描写：上帝啊！我们都是好国王好王后，请您赐给我们一个孩子吧！后来，王后生下一个可爱的小女孩，她皮肤白得像雪一般，双颊红得像苹果，头发乌黑柔顺。她心里赞叹，爸爸的眼光真是不出错。然而，兰小歌心神不宁，她站在展翔身边，神色间满是不安。

“展先生，怎么不介绍你的朋友？”她问。

“唔，兰小歌——”展翔言不由衷地应着。

“是你女朋友？”优优再问，大眼睛一闪，展翔一阵心慌意乱。

“你好。”兰小歌不得不走上前来，故作大方地张开双臂轻拥了下优优，然后回身挽住展翔，仰脸温柔道：“展翔，优优小姐好美。”

“有点自知之明。”展翔斜她一眼，趁机甩开她的手，继续向优优献殷勤，“想喝点什么，我去帮你拿！”

优优笑了：“我来看一个人，看完就走了，好好陪你女朋友。”说完，她拖着长裙逶迤而去。展翔把兰小歌拉到一边，脸色十分难看：“她为什么走？你胡说什么了？”

“你不会忘了今天是什么日子吧？”

“什么日子？是我真命天女驾临的日子！”

“呵呵，按辈分，你该当叔叔了吧，想什么呢？……展翔，你令我难堪我也不怪你，但我有义务提醒你一句，三拜都拜过了，也不在最后这一扭啦，你能专业演戏吗？”

“小妹妹，我提醒过你，有钱人的游戏不好玩，现在你懂了吧？”兰小歌话音刚落，便听到一句刺耳的话。

游鹏？除了他，谁会无聊地叫她“小妹妹”？谁又会在她难堪的时候找她不痛快？

正想找人出气呢！

然而兰小歌一转脸，气势不由得先弱下去了。这个没什么作品的小演员，却有着与生俱来的气场，特别是今天，一身黑礼服使他越发显得俊朗不凡，光芒夺目，但那轻蔑的语气，倨傲的神态，实在欠扁。

缓过神来，她没好气地讥讽道：“你要是没戏拍或没通告赶，姐姐可以帮你介绍啊！一个人连圈子都不会混，一辈子只能跑龙套了，长得帅有什么用！”

很快，怕他有更损的话等她，她走到他面前，狠狠地补了一句：“别盯着我看，真是闲得蛋疼！”

游鹏气定神闲地听她说完那句话，一双似笑非笑的黑眼睛越发盯紧了她。好一会儿，他才摊开双手，显得无可奈何：“既然敢做展翔的女人，就该知道，他的事对我来说从来不是闲事。”

兰小歌想起先前展翔对他剃头挑子一头热，便做恍然状：“哦——我忘了，你专门喜欢跟展翔作对来着！他原来的女人都是你踢走的？”

“兰小歌！你够了！”展翔低吼一声，打断她的话。

果然，她没有猜错！兰小歌望着两人，黑眼珠滴溜一转，心里特别把那个帅帅的，自以为是的游鹏鄙视了个够。

游鹏瞧她神情有异，眼睛里满是淘气天真，完全异于初见时难掩凄楚，再见时醉眼迷离的神情，心中不觉涌出一丝异样，这张脸，总是让他情不自禁想去接通她曾经掩藏的过往。

“展公子，你一向自认绅士，不该对女孩子这么粗鲁！”为了掩饰自己，游鹏退后一步，拍了拍展翔的肩。

一点小摩擦，已令场上嗅觉灵敏的人窃窃议论起来。展翔知道此时不能把事态放大，他狠狠瞪了兰小歌一眼，正要转身离开，却听到游鹏对兰小歌说话，声音竟然变得异常温和，就像对一个已经远去的，他特别珍视的人说话。

“我说过，这种日子总有一天你会厌倦的，现在离开还能保留点尊严。”

游鹏突然变了语气，令兰小歌意外。她仔仔细细地看他，想在他脸上寻找惯有的嘲讽神情，却在他长睫覆着的黑眼睛里看到一种朦胧的关切。她见惯人情冷暖，对温暖和体谅都是敏感的，但此刻她已经不在乎。优优的出现，展翔演砸了最后一场戏，她不知场上那位至关紧要的观众什么反应。她希望他悄悄地注视着她，哪怕他眼睛里是恼怒，是嘲讽，甚至是鄙夷。然而，她失望了，她视线寻觅过每个角落，都没有看到那个人。原来，他连看都不屑看。她觉得无限悲凉，也就没接游鹏的话茬儿，自顾自走了出去。

白雪未融，冷月半弯，谭哲初在展家花园的长廊里，不知站了多久，感觉寒气越来越重，他把外套裹紧了些。听着远处烟花爆开的声音，一束束璀璨在浓黑夜空纷纷绽放，而指间的香烟已经燃尽，一阵阵冷意直往骨子里浸去。

他想起去加拿大之前曾答应兰小歌回来过年，那天她情绪不好，已经露出了日后分手的苗头，而他身在加拿大时一直担心她，礼物更是精心挑选，想陪她过一个快乐的新年。然而现在，一定有很多人排队约她吃新年大餐，带她赏浪漫烟花吧！

但是，她又有什么错呢？年轻人被浮华迷惑不是很正常吗？等有一天，她明白仰人鼻息的滋味不好受，一定会后悔今天的选择吧！但后悔有用吗？他们还回得去吗？

回去？谭哲初被自己的意识吓了一跳！难道他竟盼着她玩够了回心转意？

这时，远远地走来一个身段玲珑的姑娘。冷月披洒在她的肩膀，如一副铁衣寒甲，而她的一双眼睛正茫然四顾，像在寻找什么。

是兰小歌！谭哲初心头掠过一阵痉挛。

“喂，小妹妹！”谭哲初还来不及做什么，听到一个年轻男人在她身后喊着。

“你的外套。”年轻人追上她，抖开一件银狐短斗篷，披在她身上。

“你突然走了，是在怪我吗？我并不是故意坏你的事。”年轻人说。

她看着他，瞪圆了眼睛：“怪你有用吗？也不知上辈子欠了你什么？成事不足败事有余，你倒是去翻下水道啊！去把我的东西找回来还我，还我！”

他笑笑没答话，像变魔术似的从西服下拿出一瓶酒来：“要不要喝点酒？吃饱喝足好干活啊！看你穿那么少，冻不死你！”

“你穿秋裤了吗？”她突然问。

游鹏一愣：“你要干吗？”

“脱掉长裤，借我穿！”说着，她贴上前来，去扯他的裤腰带。

游鹏傻眼了，他万万没想到兰小歌这么猛，吓得急忙推开她的手退开几步。

哈哈哈！兰小歌大笑起来，好一会儿才停住笑，“猫哭耗子。我不稀罕谁关心，也不需要谁同情，告诉你，都已经晚了，一切都已经结束了，你就是把整个城市翻过来都跟我没关系了！”

“真这样是你的幸运。”他不疾不徐地说，“你转过去，我把裤子让给你。”

兰小歌睥睨他一眼，猛地一把抢过他的酒来：“小气劲儿，等半天了，这么冷咋还不喝呢？今天你要把我喝晕了，我们就举杯一笑泯恩仇！”说着对嘴猛灌一口。一股热辣的暖流瞬间流入胸腔，瑟缩的毛孔顿时舒展了。然后她把酒递给他，他也对着嘴猛灌一口，两人相视大笑，轮流拿起酒瓶子，一口接一口地喝着，笑着。

“兰小歌。”游鹏突然正儿八经叫她的名字，“其实很多次我都想帮你的，真心实意地想帮你。”他说，黑眸凝视着她。

“你还不如不帮，我真是谢谢你了，净帮倒忙。”被他乌黑的眼睛盯着，兰小歌虽然还有怪怨，但声音不觉柔和了，眸中因酒精燃起的狂热却黯了下去。

“我真的弄丢了你最重要的东西？”见她神色一黯，他心头微微一悸。

“曾经最重要的，我以为比我的命都重要，但现在看来，失去他我也还活着，有酒喝、有钱花、有人追，呵呵，我的确要谢谢你呢。”

“谢谢！谢谢！干杯！干杯！”突然，她大声喊道，又猛灌了好几口。

游鹏从她手里夺下酒瓶子，定了定神：“听我说，对于活人来说，任何过去都没有意义，无论好的还是坏的！你如果懂得这个道理，任何事都不值得难过！”

“那是因为你没有失去过，游鹏，你一定没有吧……你那么骄傲，就像一个天之骄子，什么事什么人你都不放在眼里，那都是因为你没有失去过……”

“没有失去过？”游鹏的眼前，兰小歌的脸变得朦胧模糊，另一张远去了的脸越来越清晰：如月面，含水眼，一身蓝色锦缎衣衫，永远冰凉冰凉的手指，随着她一起远去了的，还有她的自由、尊严和全部的情感。

游鹏仰仰脸，天际冷月如辉，眼前的姑娘不胜寒恻，他倾身向前，猛地抱紧她：“听着！自由、尊严、情感这些都依存于你的生命，你叫兰小歌，你年轻，美丽，可爱，就算踏错一步也还来得及回头！”

“踏错一步？你是上帝吗？你怎么知道我踏错一步？”她喃喃问道，酒劲儿渐渐泛起，意识开始模糊。

“展翔不过是你的一块垫脚石，过了今晚，你就用不着了！”

兰小歌一个激灵，觉得他简直未卜先知，但她的意识好像并不听她的指挥。

“用不着？你说得轻巧，别忘了你曾经有多鄙视我，你说我是一个土豆，将来更是一个榴梿！展大少爷，我不用白不用！你尽管轻视我吧，谈什么自由、尊严、情感？游鹏，你知不知道，一个穷人没资格讲这些的！”

游鹏的脸色深不可测：“轻视你？怎么会？”然后，他扬起嘴角笑了，长睫弯出一个好看的弧度，“好姑娘，我并不悲天悯人，也不是道德模范，但从不说谎，你跟他们根本不是一路人！”

“所以我要滚蛋了！你就是上帝，你未卜先知！你这个没有同情心的、狼心狗肺的人！我输了，我悲剧了！”

“你根本吃不了这碗饭！”

“为什么？”她仍然大声，“我不漂亮，不出色，不聪明，十足像个傻瓜吗？”

“因为你有自尊心。”他声音低沉，许是酒精的缘故，黑眸灼灼，“对于你来说，多少钱都买不走你的自尊心，越往后你就越会替自己不值。”

终于，兰小歌在他的目光中安静下来，她不再说话，眼泪却无声无息地流出来。

他抬起一只手抹去她脸上的泪，她突然扑笑出声来，一脸天真。

游鹏心头一热，他喜欢看她这样笑，仿佛一下子照亮了人心最深处的黑暗，他也喜欢她，倦鸟如归般依在他的胸膛醉去。

23　那一眼

似乎天地间所有的生死与共，都化作这雪地上的两行足印，可以铭记，却不可挽留。

世界真小，花园这一幕真美，有朋友陪伴真好。

年轻人正是游鹏。谭哲初并不知道他与兰小歌如何相识，但显然他们年龄相当，既谈得来也开得起玩笑。那种融洽，是他无论如何做不到的，年龄的代沟，使他与兰小歌无法站在一个纬度思考和处理问题，他从未见过她如此洒脱的举止，未听过她如此纯真地大笑。

月亮一点点隐入云翳，远处仍有烟花零落的声响，在他们对饮的时候，谭哲初就已悄悄地离开了花园。大厅里的客人也散了，优优已经离开，留给他一条短讯：爸爸，她很美，什么时候带她回家？

谭哲初笑笑，一下子宽心不少。果然，他不了解这一代人，兰小歌、游鹏、优优，他以为很沉重的那些事，或许都只是庸人自扰。他该认真想想，他们说好了要走很长一段路，要如何走呢？

等他把车子开出大门，意外看到一个门童正扶着兰小歌，她显然喝醉了，东倒西歪倚在门边。

“把她交给我吧。”他停了车，坦然上前说道。

“先生，兰小姐的朋友去拿车子，让她在这儿等。”

“哦，你是说游先生？小伙子，我是这位兰小姐的男朋友，我特意来接她！”

小伙子将信将疑。兰小歌迷迷糊糊地，好像听到谭哲初在说话，但因强烈的酒精作用，她软软地靠了过去，伸出手臂钩住他的脖子，含糊地说：“哦，你来了，你来接我回家吗……要过年了，我们去放烟花，好不好？我们去放烟花！”

门童看他们关系亲密，这才不再起疑。谭哲初扶她离开他人的视线，这才一个横抱将她抱起贴在怀里，觉得她又轻了很多，心中蓦地生出无限柔情，把她放进座位，端详着灯下她的脸，见她的眉心固执地紧蹙着，好像又要把那片未对他展开的世界关闭，心中更是自责。当他把车子开进柏杨路，影绰的树影灯影更加勾起初见时的种种回忆，他想着她在自己小小的世界里闪转腾挪的不易，曾那么安于清贫却又认真努力，为什么他却忽视了她的自尊心？

黎明前的黑暗似炭漆墨染。四五点钟的时候，兰小歌突然醒了，她见谭哲初坐在床头，吓了一跳。

“你醒了，睡得好不好？”他柔声问。

“怎么是你？”她撑起身子看他，半梦半醒，仍然不太确定这件事。

“如果没有这场酒，小歌，我无法重新认识你。”他的话意味深长。

“我，跟你喝酒了吗？”她仍然有些晕，使劲摇摇头，见他一双眼眸恳切地望着自己，突然想到了什么似的，往床里缩了缩，眼神也暗了下来，“你到底要干吗？”

“对不起，小歌，那天我打了你，我很后悔……希望你原谅，别再怄气，我们讲和吧。”

“讲和，为什么？”

“因为——”他深深叹了口气，“你仍然戴着这个。”他轻轻拿起她胸前的琥珀，“我说过这是信物，而我这里也收着你的。”抓起她的左手，贴在他胸口的位置，“那封印笺对我来说相当于婚书，你早就许配给我了。”

许配？兰小歌听到这两个古老的字，恍若隔世。他哪里知道，他离开的短短一个月，他们已经堕入不同的轮回，他的爱，她不能要，也要不起了。

垂下眼睑，泪花不听话地涌上眼眶，她尽力克制着，维持声音的平静：“嗯。

那条项链那么贵，我舍不得扔，正好今天物归原主吧。”说着，她摘下了项链，“今天见到了你的女儿优优，她好美，好幸福，祝福你们父女团圆。”

谭哲初点点头，嘴角斜斜地浅笑：“故意的对吧？呵呵，我不生气，我也不许你这个小脑袋瓜子再胡思乱想！”顺势，他拿出手机凑近她，“给你看看咱优优是怎么夸她小妈的！”

“不要！”兰小歌一下被窘得脸红耳热，阵脚大乱。

他温柔地摸着她的头：“小歌，你别胡思乱想，很快我们就是一家人，优优善良懂事，她不会成为你我的困扰。”说完，他握起她的手，安慰地轻吻了一下，“天色还早，你再睡一会儿。”

“不了！”她说，她必须下床把他赶走。

“那我睡一下，我很累，我很快会睡熟的，可怜我坐了一夜。”

说着，他已经躺下去，整个人修长舒展，沉入暗夜的轮廓冷峻英挺，兰小歌觉得呼吸都紧了。她知道留他一夜，此前所有的努力都将白费，无奈之下，泪水夺眶而出。

“不要哭。”他坐起身来，头俯向她，狭长的眼眸里盛满柔情，“小歌，我们的心一直醒着，为什么身体要睡着？”

他吮掉她下巴上沾着的泪珠，跟着眸里痛意一闪，霸道地吻住她的嘴唇。

兰小歌的理智倏忽飘散，在他深长婉转的吻里，整个身体像被扔进熔炉，她明知那一吻的尽头是十八层地狱，她也不管了。这是第一次，也是最后一次，完完全全的神魂交合，她只要缠绕着他，缠绕着他，缠绕着他，直到骨成灰，发成霜；直到魂魄相离，堕入茫茫未知的洪荒，死而无憾！要他，给他，不知东方即白！

等兰小歌再睁开眼睛，又是一个雪天，苍苍茫茫的，他人的人间，她的地狱。她使劲咬咬唇，想翻身起来，却动弹不得，谭哲初在身后搅紧了她。

兰小歌痛苦地闭上眼睛，使劲推开他，腾身下床，快速穿好了衣服，狠狠心说：“你快起来走吧！我还有事！”

“还闹？”谭哲初强忍不悦，跟过来站在她身后。

“昨晚我喝醉了。”她冷声道，“能给你的，昨晚我都给了，放我走吧。”

“转过身来，看着我说！”谭哲初低吼了一句，扳转她的肩膀，目光中的不解和受伤，像要把她的心给揪出来。“都给我了？什么意思？你把自己当什么人？把我谭哲初当什么人？!”

她缓缓抬起头来，神色冰冷漠然，没有说话。

“究竟发生了什么事？为什么你完全变了一个人？”

“现在不比从前，你知道像你这种有钱有地位的男人很多，我不想把自己绑定给你。”

“你说的不是真的！我听到了你跟游鹏的话，你不再需要踏脚石，不要再拿这样的话骗我！”他怒道。

“是吗？你别忘了，我对另一个男人说的话，你也信？”她冷笑着，“你帮我打开这扇门，铺出这条路，已经够了！我谢谢你，也请你不要再管我的事。”

空气静止了，只有窗前大片大片的白雪兀自扑上玻璃，像要挤进来看热闹。谭哲初半天没说话，只是目不转睛地看着她，越看脸色越阴沉。好像，她并不是在说气话，而是真的，因为无论他的神情是疑惑，忧伤，还是难过，她都不为所动。

兰小歌的一颗心早就被他的目光揉碎，在他起伏不定的呼吸里，她感觉他极力压制，如果再过分点，他就经不起刺激了。

“在情感上我依赖过你，你也帮助过我，就算我们不在一起，我也一样会感激你，祝福你。在我心里，我会像优优那样敬爱你，关心你。”兰小歌又说道。

“你太荒唐啦！你跟优优能一样吗？”谭哲初突然暴怒，眼神也凌厉起来。

“不荒唐。”她勇敢地，平静地回视着他，“我从来都想有个好父亲，一直都想。”

“我对你的一片心，是那种意思吗？你这个白痴！我做了什么令你这么不满意？令你总是盯着优优？”谭哲初像一头负伤怒吼的狮子，一只手几乎捏碎她的肩膀。

不，不！坚持住，你没机会亡羊补牢的！兰小歌皮肤激起一层冷汗。她甩开他，再度狠心地背转身：“是的，你千好万好，但是欺骗，有一次就足够了！”

谭哲初顿时僵住。果然，他先是不解释，然后便无从解释。

兰小歌转回脸来，一句紧一句地问：“为什么你不能告诉我优优找到了？为什么一个月不肯透露半点消息给我？为什么这么不信任我？在你心里，在这段感情里，我们是平等的吗？”

“小歌，别怪我，当时发生了太多的事情。”他的声音软起来。

“我不怪你，只是庆幸这件事让我看清楚你。”她的声音同样柔软，却句句尖锐，“过去我一直以为你强大，可以给我有足够的安全感和信任，我以为我也可以给你，但我高估了自己，也看错了你。你有你的怯懦，有你解决不了的事，解决不了你就会逃避。而我们相处下来，你的事我又知道多少？我没有信心，我不知道你以后还会因为什么逃避，我冒不起这个险！”

兰小歌闭住眼，吸了口气：“你太深，而我又太年轻，算了吧，我们不合适！”

谭哲初芒刺在背，一片心寒："原来你不能容忍我的一丝缺点，软弱时的我，不值得你爱？"

"我可以尊重你，敬爱你，关心你，但我不能再爱你！"她断然道。

"你，当真?!"半晌，谭哲初又问一句，已觉筋疲力尽。

见她没有回答。他终于慢慢走到床边，拿起外套，走到门前，再然后，回眸看她一眼，最后一眼。

兰小歌完蛋了。

这一眼，有生之年，就算失去记忆，她也不会忘记这一眼。此刻她并不知道，四年后的一次生死大痛，将再次为这一眼正名。此时她能体会的，不过是爱历时愈浅，痛则历久弥深，就像他说过的那句："你以为那痛是给你的吗？那是给我自己的！"那好，她就要这样，要不起一份爱，起码有一种痛也是好的！

"有人喜欢你的身体，但不代表你能强迫别人对你奉献爱情。"她用这句话作为回答，全不介意在那伤口上再戳一刀。那副神情语气，在谭哲初听来，像是打发一个无关紧要的过客。

她的一张雪白的脸，如寒月照映的冰面。

谭哲初眉心的那道纹越来越深，终于，在眼神彻底暗下去的同时，变成噙在嘴角的一个冷笑。

"你好自为之。"说完，他一声不响地拉开门离开。

卷帘人去，天地为零。几片雪花在窗前飞旋，天地之大却不知落向何处。兰小歌倚在窗前，看着茫茫雪地上的两行足印，慢慢闭上了眼睛。似乎天地间所有的生死与共，都化作这雪地上的两行足印，可以铭记，却不可挽留。

第二部　琥珀

（2014 · 春）

24 退意萌生

我们作为男人，应当为自己所从事的职业拼搏奋斗！并不是谁都有资格和机会做这样的事，你不要让我失望！

一闲下来，游鹏便觉得寂寞。四年来，这是他唯一一次的春节休假。

他走红的速度太快，而一线的代价必然是终年奔波。剧组，商业活动，广告，媒体访问，粉丝的争相追逐……似乎除了睡觉，任何时间都不属于他。名利场是个巨大的欲望黑洞，但不明真相的人们为它镀上梦想的光环，此际梦想触手可及了，而人已站在欲望的悬崖边，疲惫不堪，摇摇欲坠。退意萌生后，每一天的工作都是煎熬，直至年末又一轮宣传轰炸后，他几乎不能忍受这种工作状态，他想永远逃离，甚至不计一切代价。

见到谭哲初，游鹏开门见山地提出解约："我没法坚持下去了，我要解约，现在的工作状态不是我想要的。"

谭哲初起先不以为意，明星们闹点解约的脾气，无非是对自己目前的"价值"不满意，他已打算重新拟一个"价值"分配合同。

他笑了笑，"你才三十岁，我们合约八年，公司在你身上投入巨大，别耍孩子脾气，想改善条件尽管提，跟我不必见外。"

"我会按合同赔钱给公司。"游鹏坚持道。谭哲初蹙起眉来，在他散淡又认真的神情中分析真伪。

"你赔不起——游鹏，我知道你不在乎钱，但你不是一个能把理想和前途都赔进去的人!"

他的声音稳定铿锵，一下子堵住游鹏的嘴。

"我从未说过要做大明星，我不过是演自己想演的角色!"游鹏辩白。

"别说这么天真的话，如果你不坐着现在的位子，你不会有这么多选择。"

"你大可再捧个'一哥'出来，我烦了，不想干了!"

"你知道，我只把精力用在值得的事情上，不是谁都有你的天分。别再意气用事，我可以放你一个月大假，也可以缩减你的广告和商业活动。但我们开春的第一部是 3D巨制，那角色是你一直想演的。"

"你不能让我成为跟你一样的工作狂!"游鹏声音高起来，有些激动。

"你错了，小伙子。这毕竟是对你的人生有意义的事。假以时日，相信你的名字必然留在人们的记忆里。你想过没有，我们作为男人，应当为自己所从事的职业拼搏奋斗！并不是谁都有资格和机会做这样的事，你不要让我失望！”

“每个人看待成功的角度不同，就算取得和你一样的成就，那又怎样？”

“只有事业不会背叛男人！”

“所以你会不惜一切，甚至不在乎别人的议论和诋毁娶顾嘉言？”

“游鹏，你过分了！我的私事与我们的话题没有任何关系。”

“是，我不该说这样的话。想你能走到今天这一步，自然早已不惧任何诋毁。”

“任何事都是得失相伴，现在的结果是我想要的。而你呢？当年你对我大谈电影理想，我们虽是上司和下属，但我引你为莫逆之交，但你现在要半途而废。游鹏，你真要放弃自己？”

每次交锋的结果，必是游鹏完败。从谭哲初的办公室出来，一种无力感牢牢地攫住他。回到家，他觉得困，便锁上门，迷迷糊糊地睡着了。

母亲在向他招手，恍惚间他起了床，一步步走向母亲。她穿蓝缎绣花睡袍，素脸如月，黑发如墨。

“妈妈。”他轻轻喊，在她身边坐下，她的手指抚过他的脸颊，指尖冰凉。

“把你的手给我，你好像冻坏了，妈妈。”她想伸手给他，人却突然从沙发上飘起来，然后越飘越远，游鹏惊叫着追出门去，却见门外一个人影立在雪地里。

她穿银色礼服，裸着双臂，晶莹的脸庞被白雪衬得透明。

“兰小歌？”他轻声喊，伸出手去拉她，指尖才触到她，她就像个雪人在他眼前一点点融化了。他摸着雪人，手心里满满的全是水。

游鹏睁开眼来，脸颊一片冰凉，手心里竟然真的有水，梦境似幻似真。窗外，正在下雪，雪落在地上又变成雨。

他起身，把烛台上的一支蜡烛点亮。火苗在脸庞上跳跃摇晃，他端起桌前妈妈的照片，一直看到她美丽的眼睛里去。

十二年前的一个深夜，她的灵魂以接近天堂的方式与他永诀。展家的金玉华堂，再不能成为埋葬她青春和灵性的墓场。她在遗言里说，从她告别舞台的那一刻起，她就在预演这场诀别，只是她的小鹏太小，她要等他长到十六岁。

那时，他还叫展鹏，是展家的小少爷，但因母亲是外室之故，从小就生活在国外。后来母亲身体不好回国休养，只留他一人在外国读书、生活。除了放假，他见妈妈的时间少得可怜。印象中，妈妈爱穿蓝色裙子，皮肤雪白，眼睛大而乌黑。她总是冷，握着他的手总是冰凉。年龄渐长，游鹏终于知道自己不能跟母亲厮守的原因，因他们母子从未正式成为展家的成员，也从未得到过那个家族的认可。这样尴尬的身份令他觉得羞耻，对母亲的孺慕之情也渐渐疏淡了。

直到有一天，展翔把他带到她面前，他握住她搭在被子外的手，觉得更加冰冷。

“小鹏，你妈妈是自杀。”父亲和哥哥冷静地对他宣布妈妈的死讯。

他疯狂地指着他们的鼻子骂他们凶手，他跑回楼上妈妈的房间里翻找证据。然后，他看到她抽屉里的一本日记，最后一页，妈妈写着这样一行字：小鹏，你已经十六岁了，你可以走你自己的路了。

她三十六岁，她才只有三十六岁！就这样狠心与他诀别了！

游鹏的眼泪啪啪地往日记本上掉，很快便把那行字洇得模糊，一如他们母子不清不楚的身份。

母亲去世后，他切断与展家的一切关系，改名为游鹏。正如他对谭哲初所言，他是个没有家的人，他干过各种各样的工作。他也深知，展翔一直被父亲命令着关注他的一举一动，甚至找机会和理由帮助他，但均被他拒绝。

他有他的骄傲，在展翔面前尤其如此。渐渐地，他发现展翔怕他，无论自己在他面前多无理多嚣张，他都能忍，这越发让他觉得他们有愧于心。

令他意外的是，兰小歌竟与展翔一起出现了。他说不清楚是怎样一种悲哀的感觉，她名字里的“兰”字，她雪白的皮肤，她眼神里的黯然，她时而天真淘气的笑容，甚至她把展翔当踏脚石的所作所为，都一幕幕映入他的心里。这让他莫名牵挂，仿佛曾目睹过的悲剧随时随地要在她身上重演，因此他千方百计地阻挠她，甚至出现在他向来不屑一顾的展翔的宴会上。

那晚，他们在花园里喝酒，他们相对大笑，她醉在他的怀抱，是他多年来最开心的回忆。

然而，好梦易碎。兰小歌突然就不见了，没有人告诉他她去了哪里。他去质问展翔，展翔说那是一场戏，他是临时演员，戏演完了，他不关心她的去向。他给了他“漫漫时光”的地址，找去时，书店易主，兰小歌就像泡沫消失于大海。后来展翔又说一切都是兰小歌的计划，但游鹏想不明白她为何要布这样一个局。他莫名其妙地闯入，又稀里糊涂地退场。

然而，遗憾和惆怅都是片刻的，很快他成为票房黑马，他成为上位迅速的新星，前途一片坦荡，又得到谭哲初不遗余力地栽培，他再也没有时间惆怅兰小歌的事情，恍然间数年已过。

然而今天，兰小歌竟然与妈妈一起走入他的梦中，也真是奇怪。正胡思乱想着，手机响了，是谭哲初。

“游鹏，忘了告诉你，明天来我家一趟，我女儿回来了，请你过来玩，优优可是你的影迷。”

“好，我会到的。”游鹏挂断电话，想起曾在展翔宴会上艳惊四座的优优。那之后他再没有见过她，甚至“谭顾婚礼”这件震动圈内的大事，她都未曾出现。

25 前世轻梦

他已经无法享有圆满的感情了，如果成功是一种弥补，男人几乎都是欣然接受的。

游鹏到得早，见客厅里有人在忙碌布置，便去书房找谭哲初闲聊，顺便跟他拿了几本书，一个人坐在花园里读起来。在一本导演传记里，夹着一页纸，写着“片场忙乱，等待漫长……”是谭哲初一段探班手记，他一直保留着那个年代人特有的书写习惯，游鹏越看越觉得有意思。

三年前开始，他对谭哲初渐渐有了一种亦父亦兄的崇敬。这对于一个桀骜惯了的人来说，最初很不习惯，并为自己对他日益加深的敬服而挣扎。公司众多小生眼热游鹏“一哥”的位子，他却从不在乎，他的经纪人和公司高管直言他为人处世有问题，谭哲初总是呵呵一笑，给予他最充分的信任：“我们从来不缺聪明的人，但缺乏正直和有勇气的人，你们所谓的成熟无非就是世故圆滑，这只能磨蚀他的才华！”

“还不进去？”谭哲初的声音和他的眼神一样温暖，他站在一株冬青树前，身边是他的女儿优优。时近傍晚，游鹏的眼前仿佛亮起一道明艳的霞光。

相比四年前的艳惊四座，眼前的优优牛仔裤、奶茶色大毛衣，头发柔顺地垂至脖颈，两只手悠闲地插在裤袋里，朴素却不掩明丽。她朝他笑，嘴角微微翘起，笑容如春风过境。

“嗨！游鹏你好，我是谭乐优。”她主动招呼道，声音欢快动听。

游鹏走上前来，像认识她好多年，轻拥着她贴了贴面颊：“认识你很高兴，美丽的姑娘。”

她回礼，然后说：“常听爸爸说起你，你也在国外长大？”

“是的，英国。我从小就在那里了，冬天很难熬的。”他停顿了一下，“最要命是没有好东西吃。”

“我会自己煮东西，我曾在唐人街的餐馆打工。”优优说。

“啊哈！我也一样，不知刷过多少盘子！”他补充。

“我还是更喜欢中国！外国好山好水好寂寞！”他们几乎同时说，又同时笑起来。那股默契劲儿，仿佛偶遇的故人。

“我还是走吧，插不上话。”谭哲初嘴上说着，却往二人中间一站。

“爸爸——”优优吐舌，撒娇地挽起他的手臂。

“把我当空气不要紧，里面一屋子人怎么办？”

“爸爸，我说过不喜欢这种场面，我更愿意在这儿聊天。”

“就当给你嘉言阿姨一个面子，她张罗了很长时间，你毕业了要进公司工作，总要跟大家打声招呼，她今天还有更重要的事宣布。”

“为什么我们家每天都像拍肥皂剧？”她皱眉道。

“因为爸爸比较庸俗。”他言不由衷。

“好吧，是我们都拗不过她！”优优叹气。

“乖乖去换件衣服。”

“这样不好吗？”她摊手，看着游鹏问。

“我觉得美翻了！”游鹏挤挤眼，“美丽的姑娘，你愿意与我一同进去吗？”

“我当然愿意，荣幸之至。”

谭哲初穿黑色羊绒衫卡其布裤，游鹏穿皮褛牛仔裤马丁靴，加上优优，三个衣着随便的人往大厅一站，像走错门似的。然而，他们的光彩夺目反令盛装而来的客人霎时黯淡下去。

顾嘉言看着他们，不由得皱起眉头。

“哲初，你又跟着孩子们胡闹，真是失礼。”

“家宴嘛，搞那么隆重干吗？你啊，凡事太认真。”他拍拍她的肩。

“就算是家宴，我们也不能这么随便，你让人家怎么看我这个女主人，优优以后是要做接班人的，怎么能让她这么散漫下去？”

“难不成你要她像你一样天天盛装登场？”

“你这叫什么话？！”

“好好好！嘉言，你去招呼客人好吧？”

顾嘉言殷切而忙碌的身影，令谭哲初叹气。优优说得没错，他们家每天都在拍戏，导演永远都是顾嘉言。她一个劲地展现名利场中女人的游刃有余，像那些富婆样公式化地生活，似乎不把手头那点富贵拿到台面上炫耀，整个人都会不舒服。

结婚一年多，婚姻对于他来说，已是每天一睁开眼便看得到今后每一天的模样。这样一种程式化的生活，如一潭死水，让他的灵魂渐渐麻木了。

所幸，这不是四年前。他现在已经不在乎了，也不想把精力耗在经营男女感情上。人的生命有限，热情有限，他能全情投入的只有那么多，而事业永远不会背叛男人。

短短四年，他让博扬上市，卢湾破土奠基，他积极推动青年影人创作联盟，每年为圈内培养有创新力的新人，而帮助他把这个事业做大，顾嘉言的确功不可没。对于他们的结合，有八卦杂志说他把自己给卖了，他暗暗冷笑，一个老男人还真够值钱的。但若非如此，他为什么娶她？

他已经无法享有圆满的感情了，如果成功是一种弥补，男人几乎都是欣然接受的。这种圆满，已如流沙一般掩盖了感情真相和曾经的过往，别人的议论都阻碍不了他对光影江山的描画，何况他仍然年富力强，有的是充沛的精力。

然而，优优对他表示不解。

"优优，活到爸爸这个年纪，更看重实际的、能抓到手里的东西，比如事业，比如金钱。爸爸已与世俗的成功范本越来越近了，你大概并不认可，但无论如何，你以后可以随心所欲地活着，可以永远丰囿无忧，甚至子子孙孙都不用为生计发愁，这也是一种值得。"

"爸爸，人只能活一辈子，我说过，一个学期我有两条牛仔裤足够了，我不知道这些钱对我有什么用处？"

"金钱是最万能的东西。"

"它离万能最近，也离内心最远。"

谭哲初当然明白，有一段时间他内心何尝没有描绘过这样的场景：优优回来，卢湾进入轨道，他带着心爱的女人和亲爱的女儿，去国外某个风光秀丽的小镇，开一家小小的店，种花、养猫、读书，但他想象中人生的平静，一早便给兰小歌碾碎了。

"爸爸，我曾经说过，除了你的幸福，任何事对我都不重要，如果你确定你现在要做的这件事是正确的，那么我祝福你。"

他最终还是与顾嘉言走在一起。

兰小歌是前世的轻梦，已被他封存在柏杨路的小屋里。

26　一念成灰

"有时候人们做出的选择，看似经过深思熟虑，却往往是一个让自己身不由己陷入固执与偏见里的决定。"

那年春节之后，宋文涛把书店转让合同拿给谭哲初，他终于确信，兰小歌铁了心与他分道扬镳，至于人去屋空的“漫漫时光”，他让宋文涛看着办。如果他不想从事出版工作，也可以来博扬上班，宋文涛自然选择了后者，“漫漫时空”随后转给他人。

据宋文涛讲，兰小歌刚跟展翔在一起时，已经把妹妹兰小诗送出国，签证和大笔留学费用，都是展翔一手安排。谭哲初又辗转查到她的父亲兰树枫，知道有人在离北海三百多公里的采石岛帮他建了一个实验室。也就是说，他刚去加拿大，兰小歌就开始了紧锣密鼓的安排。动作好快！过去他简直轻视了她。

坊间也有人猜测兰小歌突然消失的原因，问起展翔，他则是漫不经心的一句“合约到期，拿钱走人”。富少花钱泡妞儿，花边新闻，很快便揭了过去。奇怪的是，柏杨路上的林冬阳、乔伊伊，却随着她一起无影无踪。

顾嘉言不失时机地补了一刀：“没想到区区百万元就把她打发了，真是井底之蛙，她也太没把我们谭总放在眼里。”

几件事互为对照，谭哲初认定兰小歌与他的交往，与展翔的交往，是蓄谋已久的一场戏。惊痛之余，更多的是被愚弄后的愤怒！他不能原谅自己活了四十岁，却被一个小姑娘玩得团团转！

谭哲初难抑心痛，但每想起她又会情不自已，一颗心算是伤透了，这让一向健康的他病倒。那年优优未能如期返港，她侍奉床前，心中萦绕无数谜团，但怕节外生枝，未把顾嘉言与她聊起兰小歌的旧事对爸爸说起。

有一天，谭哲初精神尚好，他握着女儿的手说：“我知道你担心，知道你有很多疑惑，但爸爸没有什么可说的，一切都已经结束了。”

“爸爸，也许事情并非你想象的那样，你应该相信自己眼睛看到的。”

“优优——”他叹道，停顿了很久才说，“你还小，在感情上一片空白，你知不知道有一种感情叫‘求不得’，它最想让人飞蛾扑火，因为那会牵动人内心深处的悲壮，但一经背叛，它也是最没分量的东西。”

“妈妈去世前跟我说过一句话。有时候人们做出的选择，看似经过深思熟虑，却往往是一个让自己身不由己陷入固执与偏见里的决定。”

“你妈妈因为歉疚而放不下，但我不同。”

“你就能放下，爸爸？”

“优优，除了你，没有什么是我百分之百确定和拥有的，也没有什么是生命中百分之百不可或缺的。有些事只是锦上添花，没有了锦，再绚丽的花也无意义。”

病愈后已经开春，优优赴港就读，他投入工作。当时博扬正处融资关口，他一丝不敢懈怠，顾嘉言陪他披荆斩棘，她的能力、手腕以及充裕的资金，助推博扬全速前进。

一个女人毕生可依靠的东西只有两样，男人与金钱，顾嘉言现在真是没有遗憾了。她站在客厅里，脸上的光彩是真实的。她穿海蓝色阿玛尼长礼服，俏丽的微卷短发，耳畔美玉琅珰，让她看起来更年轻了。而她的丈夫依然风度翩翩，令人心醉，她摸摸手上的戒指，不禁笑出来。

兰小歌离开四年，她逐渐没有了后顾之忧，即便她回来，她也无须再用恐吓手段，一张结婚证就能令兰小歌望而却步，谭哲初的心意和决定也一直在她的掌控之中。因此她更加坚信，女人对最初认定的男人，对爱情，必须豁得出去。

现在，这个男人是她的了。她决定公布一件事，送百分之五的股份给优优，作为她进博扬的见面礼，也是今天举行宴会的大名目。

展翔的出现令顾嘉言略显不安。他一双眼睛始终追随着优优，神情里满是倾慕，顾嘉言从未见他在女人面前如此流露感情，正要抽身前去与他攀谈，却见游鹏走了过去，开始不冷不热地挤对他。

似乎在这个弟弟面前，展翔从来占不到上风。

尤其是优优与游鹏形影相随，形成一种奇妙的气场，令展翔看着不爽。

“优优，几年没见你长大了，也更美了！欢迎回来！”他微笑上前轻拥她，脸转向游鹏时，笑容开始僵硬。

“你也来了？”他问游鹏，语气中有几分无奈。

“很不幸，但你我都没得选择。”游鹏微笑，“不过，你也可以做多点好事，让老天保佑下辈子别再撞到我。”

“两位很熟吗？”优优笑问。

“不，我们仅仅认识。”两个人异口同声地答，游鹏还不忘补一句：“而且永远都不会很熟。”

“我好像，听不懂你们在说什么。”优优做不解状，望着游鹏。

“有的人天生就喜欢让别人不痛快。”展翔眼睛看着优优，话却是说给游鹏听的。

“不痛快？你有什么把柄在我手中吗？”游鹏反唇相讥。

“游鹏，有些事我让着你是我愿意，但有时候我会不愿意！”

游鹏不置可否地笑笑，不再接他的话，挽起优优就走。

“你对他的确不友好。”优优说。

“为什么要友好？”

“我看他对你没有恶意，但你在有意刁难他。”

“美丽的姑娘，那是他对着你。”游鹏笑容僵硬，“大概在你眼中，我才是坏人。”

“你不开心了？”

“优优，你看过八点档的《豪门恩怨》吗？”

“我们家的一切，情节不比八点档更狗血?”

“也对，我们彼此彼此，都不幸成为狗血分子！哈哈，不如，我们逃走吧!”

“我也想！如果你能帮我把外套偷出来，那就再好不过了!”

“车里有我的羽绒服，品相不佳，但保暖一流。”他扬起睫毛，神采飞扬。

看着这一幕，谭哲初窃喜，他喜欢游鹏，觉得他与女儿十分般配。同时，一对嬉笑着跑开的身影，瞬间使他想起几年前的冬夜发生在展家花园里的一幕。这样的游戏，只有年轻人玩起来才有趣。他真的是老了，女儿都这么大了，她会有自己的感情，自己的生活，甚至自己的儿女……突然心头泛起一丝酸楚，疲倦如潮水般袭来。

顾嘉言急匆匆地奔了过来：“优优去哪儿了？说好有重要事情宣布的。”

“好了，嘉言。你对优优的好，我心里有数，优优也会领你的情，咱们就不必宣扬得满世界都知道，她不爱应酬就随她去吧。”

他拍拍顾嘉言，牵着她的手往大厅走去，这双手，会是他余生必须牵着的手吗?

27 琥珀

三人循声看去，那孩子极英俊，穿一件冰蓝色小棉服，戴蓝色小帽子，眼睛很大，但不像一般小孩那样乌黑，反而有一层淡淡的琥珀光芒，难怪他叫“琥珀”。

“你曾经对我说，你以为那痛是给你的吗？那是给我自己的！那好！我也要这样，要不起一份爱，有同样的痛也是好的！因为我终于明白，只有痛过，才会把一个人永远留在心里。即使我再回到这座城市，再见到你，也不会改变阻隔我们的一切，我会静静走在你身边，让你根本注意不到我，就像我曾经走在这城市任何一条路，任何一个人身边……”

游鹏手里握着一封信，读着读着，泪水静默地流了满脸。

导演喊“卡”！结束了拍摄，并大赞他今天的戏情绪饱满，然后让他去休息。他把信交还给道具师，坐进软椅，助理乐乐递过湿毛巾，他擦了把脸，沉默了好一阵子。

一段看似平常的台词，却让他有种内心塌陷的感觉。

“下雪了吗?”他瞧瞧窗外，问助理乐乐。

这时，谭哲初推门进来，他拍拍大衣上的雪花，对忙碌的工作人员说：“这山里条件艰苦，你们再坚持半个月就可以下山了，到时我给你们放大假!”

“谭总，您来得正是时候，别看风林地方小，但十里过四季，这边山上飘雪，那边山下草绿。我听附近的农民说，风林的河鱼养了一冬的膘，现在是最好吃的时候，这地儿有道名菜叫‘开河鱼’，晚上我们去尝尝。”制片主任说。

“呵呵，看来我很有口福！不过今天我还有事，你们先忙着，我找游鹏聊点事，他今天的戏拍完了吗？”

“完了，我可以走了。”游鹏应道，把手中的剧本交给助理。

谭哲初笑笑：“你看起来情绪不怎么样。”

他们在山坡的两块石头上坐下来，耳边的风呼呼刮过，搅了一团雪沫往两人脸上扑来，谭哲初拉了拉羊毛围巾，遮住半张脸孔，意味深长地看着游鹏。

“今天感觉如何？”

“看我，这流泪的双眼——”游鹏故作夸张，表达不满。随后叹气道，“昨天导演说这段改了，我还不高兴，今天演过之后才觉改得好，但糟糕的是情绪真被拖累了。”

“你可是专业演员。”

“怎么可能做到不念过往，不恋过往？”游鹏的话题还在戏上。

“人无法控制和影响的事太多了，很多时候是神明干预。”谭哲初说，目光变得飘忽，“你的台词是我改的。”

“你？为什么？”他十分吃惊，他知道他基本不插手具体工作。

谭哲初没说话，不动声色地从衣袋里掏出一个墨绿色的缕纹真皮盒子。

“其实不是我写的，你打开这个看看。”

游鹏接过盒子打开，是一个空的项链盒。

“这条项链很贵吗？”他笑问

“不是贵，是珍贵。”谭哲初从他手中接过盒子，手指抚过丝绒面上的那处凹纹，“你读到的那封信就藏在这盒子的夹层里。我不久前才看到，命运弄人，一切都晚了。”他说，然后沉默。

两年倏忽而过，转眼到了2012年深秋。

那天谭哲初走出办公室，已至傍晚，灯火流萤，人们匆忙又静默地走着，很久以来，他未注意过行色匆匆的人们，也未留意过天气的变化，若不是树叶上的积雨滴进衣领，让他内心蓦然揪起一片旧痛，他根本不会把车子开进柏杨路那片灰暗的楼宇。不知受了谁的指使，他会再次抬步走上那段楼梯，会留着她家的钥匙，当他把钥匙插进锁孔，轻轻一转，门竟然开了，他苦笑着自言自语：“原来她真的没换锁。”

屋里一片静寂，有雨飘过窗棂的沙沙声响。他静了片刻，打开灯，鼻端钻进一丝灰尘的气味，屋里的家具都被白布覆盖着。

如果爱有葬身之地，就当是一次凭吊吧。

他抖开布，拉出桌前的一把椅子，坐定下来，见桌上有一支好看的烛台，插着两支未燃的蜡烛，便摸出打火机点燃。

烛火影绰，映得他昏昏欲睡。恍惚间，似她站在他面前，眼波流转，神色温柔，只是一步都不肯向前，他也坐着不敢动，怕向前一步她便不见了。两人默默相视，良久，她调皮地笑笑，说了一句：“我回来了！”他怔了一下，看着两段仿佛流了半世眼泪的蜡烛，忽然笑起来。生平从未有过的欢喜与悲伤同时袭上心头，将那片幻梦冲撞得支离破碎。

夜色渐浓，许是坐得久了，他的脊背又凉又痛，便下意识地往椅后靠去，一眼看到桌子中间的抽屉虚掩着。他拉开，看到一只墨绿色的项链盒子，里面已经空空如也，黑丝绒面上有一处凹纹。

她竟然带走了项链？难道她忘记了那代表什么？谭哲初触摸着那处凹纹，往事如水漫过，内心却似火灼。

那代表不了什么，只说明她有高超的演技！胸中一时气血翻涌，谭哲初从胸前的口袋摸出那张朱印签文，差点撕成两半，突觉脸颊凉凉的，一行泪珠犹如冰凝。想起她曾念过的一个句子：“回眸三生琥珀色，转生一世琉璃白。”其实她也不是没有暗示过他，离散或早或晚而已，只是人啊，不到粉脂残污不懂退场。

终于，他把那张签文叠好放进空盒子，像是物归原主。最后笑了笑，吹灭蜡烛，把盒子揣进衣袋，也永远地关上了那扇门。

这年冬天，他与顾嘉言结婚了。

“项链的主人，是你曾经的爱人？她离开了你，为什么？”

“我不知道……她走得太匆忙，我当时只是一味恨她，这些年我们中间又隔了太多的人和事，实在不知从哪一件算起……如果我早一天知道，早一天看到这封信，我会改变我当初的决定，可现在，我恐怕没机会了。”

“你把这些写进台词里，是想让她知道你发现了这个秘密，你明白了她的心意，也放下了对她的怨恨？”

“四年过去了，我最初怨恨，之后麻木，但近来心乱得厉害，她在信中提到还会回到我们曾生活的城市，或者她已经回来了，或者她一直在我身边，但我不知道她的存在，像她说的，我根本无法注意到她！”

“除了这封信，你还找到什么？”

“还有一张支票，也在这个夹层里。那时我们刚刚相识，她帮我找优优，我开了十万元的支票以表感谢，但她一直不肯收，果然，从始至终她都不接受任何敷衍的情意。”

“不收？哈哈，我看那是在放长线钓大鱼！就像这封信，她要真想在你面前消失，何必留个尾巴？”谭哲初深深地望了他一眼，差一点脱口而出，“你认识她！”但游鹏神情里的不屑阻止了他。然后，谭哲初拍拍他的肩膀站起身来，“说来好笑，过了大半生，能让我讲这件事的人竟然是你。不提罢了！我们去城里走走，优优来了，正在城里闲逛，去找她吧。”

小城很热闹，虽然不像大都市那样繁华，也是行人熙攘，摊档鳞次栉比。看上去，再过几十年，小城也将重复这样的日子，人们互相打招呼问候，脸上也是家常的笑容，即便有几个陌生的旅人，他们也看不出有什么不同。然而，这三人太过耀眼，尤其游鹏，被认出来不免要签名拍照，是以三人走走停停，等走到街市尽头的一间小餐馆时，已经灯火通明。

一个年轻姑娘走来，笑容满面，眼神妩媚。

“你们家有没有‘开河鱼’？”游鹏开门见山地问。

“昨夜刚刚捕来的，很肥，很新鲜，你们想要什么做法？”

“有会拉面的师傅吗？”谭哲初问。

“您想吃‘丝被河鱼’？这太麻烦了，我们很少做这道菜，不然您尝尝烤鱼，整个风林我们家的味道最好。”

这时，游鹏已摘掉了帽子和墨镜，姑娘转脸一看，立刻惊喜得合不拢嘴：“游鹏？你是游鹏？我很喜欢看你的电影！”

“谢谢。”游鹏礼貌地笑笑。

“想吃‘丝被河鱼’是吧？这是我爸的拿手菜！你们看看再配点什么小菜？和面比较费时间，你们多等一会儿，嗑点瓜子，喝点茶。”说着，姑娘把瓷碗斟满茶，“我们这儿都喝大碗茶，配上‘三道眉’瓜子，正好打发时间。”

“你真热情，老板娘！”优优拿起茶碗喝一口，“我喜欢这儿。”

“你俩都在国外长大，有时间应该各处走走，中国地方大，各地风物美食都有引人入胜的地方。”谭哲初对女儿说。

“我被你么压榨，哪还有时间各处走走？”游鹏佯装抱怨。

“爸爸，我听说人的怨气多了会伤身呢，再好的东西吃着都会变味，我会欢天喜地地吃‘鱼’，然后各处走走转转，远离负能量！”

“看吧！这就是小姐和长工不同的人生命运！”

两人打着甜蜜的嘴仗，谭哲初笑眯眯地看：“你们听过‘丝被河鱼’的故事吗？”

优优托腮要听，游鹏扫她的兴：“一定是被哪个皇帝看上，然后入口即化，千篇一律。”

“别扫兴，游鹏！爸爸快说。”优优捂他的嘴。

“游鹏说对了。当年八国联军打进北京城，慈禧逃难到西北，有一天想吃鲜鱼，命令当地官员准备。当地地处黄河中下游，鱼肉不够鲜美，且土腥味重。道台为怕不合慈禧胃口犯愁，这时厨师想出个办法：他把鱼烧好，在上面覆盖一层如头发丝一般细的拉面，吃时与鱼拌在一起，用面味掩盖土腥味。这鱼做好端上桌时，慈禧见鱼身金黄，银丝覆盖，十分好看，竟有些不忍动筷，便问道台这菜叫什么名字。道台说‘丝被河鱼’，并说，这里的鱼儿知道老佛爷慈悲，怕不忍心吃它，所以蒙了被子出来，请老佛爷放心用，这话逗得慈禧十分开心，这道菜就此传下来。”

优优听完不作声了，游鹏接口道：“好好一道菜，尽被奴才给毁了。”

“我常说，中国人从不缺这种小聪明，很懂得趋炎附势，但缺乏真正的正直和勇气。”谭哲初喝口茶，转向优优道，“所以，你该明白爸爸为什么希望你活得随心所欲。为什么游鹏做事可以由着性子。”

“为了我们的真性情！”优优站起身来，绕到谭哲初身后环抱住他的脖子，俯脸说，“爸爸，我爱你。”

游鹏看着，心中漾起一片暖意。

这时，一个小女孩抱着个三四岁的小孩进来，似乎抱累了，一进屋便把孩子放在一张空桌上：“琥珀，你又变重了！”然后她朝厨房喊：“姐姐，琥珀来了，你快弄点吃的，他饿了！”

三人循声看去，那孩子极英俊，穿一件冰蓝色小棉服，戴蓝色小帽子，眼睛很大，但不像一般小孩那样乌黑，反而有一层淡淡的琥珀光芒，难怪他叫“琥珀”！

孩子见大家在看他，便自来熟似的挥挥手，咯咯地对他们笑。

优优见他冰雪可人，走过去抱起来：“喂！小家伙，你好漂亮！”

小家伙眼睛笑眯了，甜甜来了句：“大美女姐姐！”

“爸爸，你看他嘴巴多甜，多可爱。他怎么一直看你呢？”说着，优优把孩子抱给谭哲初。

孩子眼睛睁得大大的，一动不动地盯着谭哲初。

“你叫琥珀？”谭哲初去牵孩子的小手，孩子先是躲了一下，然后抬起小手碰了碰他的脸和鼻子，迟疑地，短促而僵硬地喊了一声："爸爸。"

谭哲初凝神向孩子看去，心头像被什么东西拨了一下，莫名柔软又莫名酸楚。

"爸爸?！琥珀在学我吗？他是在学我说话吗?"优优笑起来，在琥珀颊边亲了一口，"嘴巴甜也不能乱叫啊，琥珀。"

谭哲初伸出双手，朝琥珀做了个抱的姿势，那孩子却猛地别转脸去，把优优抱了个结实。游鹏觉得这一幕甚有趣，不由得笑出声来。

"游鹏，你笑什么?"优优觉得他笑得不怀好意。

"你说这小家伙嘴甜不认生，难不成跟你爸八字不合?"说着，他接过琥珀，一把把他架到脖子上，"我带你跑圈圈，好不好?"

"喂，你小心点！当心闪了孩子的腰！"谭哲初急忙喊。

玩了一会儿，大家都有些累，小女孩端了鸡蛋羹给琥珀，他急不可耐地抓起勺子大口吃着，吃完后一双大眼睛又盯着谭哲初看，看得他心中忐忑不安。

"琥珀，你的名字好好听，是你妈妈取的吗?"优优意犹未尽地逗他。

"你的名字也好好听，是你爸爸取的?"

谭哲初听在耳里，莫名有些心慌，他上上下下地打量着琥珀，又看不出问题，转问小女孩："琥珀是你什么人?"

"是我小弟弟啊。"

"你弟弟这么小？老板娘呢？她是你们的姐姐?"

"当然……"茵茵才说了两个字，吃饱喝足的琥珀突然困倦至极，他揉揉眼，打断谭哲初的话："琥珀困了，要睡觉觉。"

"我们去后面睡吧。"小女孩忘了谭哲初的问话，抱起琥珀进了里屋。

优优这才踏实下来吃饭，一边说："爸爸，琥珀眼珠的颜色好特别，跟我很像呢。"

游鹏打趣道："这么喜欢孩子，赶紧嫁了吧！"

"我看这件事应该考虑。优优，爸爸如果能提前退休，再有个外孙抱，该多有趣。"

"我才二十二岁，才不急着当妈呢。爸爸，我看你干脆再生一个，给我当弟弟妹妹！"

饶是再宠爱女儿，这玩笑也有点过了。优优见爸爸脸色立刻沉了下来，心里直叫后悔。她知道，顾嘉言平时给过爸爸这样的压力，她今天忘形了。

"你是个有分寸的孩子，以后不能再说没轻重的话。"他又别有深意地看看游鹏，"快动筷子吧，等久了心都凉了。"

游鹏听出他话里有话。说到底，父女间就算有点小不愉快也是幸福，他却永远没有这样的福分。

28 重逢

在兰小歌的生命中，她以为他只是匆匆而过的人，她已经太久没念过他的名字，尽管这名字总与另一个名字一起出现，她的手只抚摸另一个人的脸庞，心里也只念另一个人的名字。

熏风拂过，嫩黄的叶芽已经茁壮。游鹏和谭乐优之间的情谊也像春生万物，自由生长。他们并不急着去认定对方的身份，或许时机未到，彼此心中都守着一份默契。

然而，人一旦太过出色也是麻烦。尤其优优，不少名流公子使尽浑身解数，又纷纷被她的淡然杀得片甲不留。男人通常没有太多耐心，他们若感觉不到自己在所追求女人生命中的重要性，很快便兴味索然。当然，也有例外的，比如展翔。

游鹏每想到展翔望着优优时近乎膜拜的目光，觉得乃是此生最大乐趣。

在梦里，他经常会触摸到妈妈冰凉的手，每每让他胸如重击，当旧日的仇恨和悲愤袭来时，他的目光会变得阴沉不定。因此，他作为最懂优优的朋友，成心不去点破，他想看着展翔白忙一场。同时，他身世的秘密无人知晓，他从未对优优提起过，他以为这无关正直和勇气，也无关信任和疏离，毕竟展家给予他的，是一块先天的难看胎记。

也有意外，似乎优优并不十分讨厌和排斥展翔。如果说她对别的男人不屑一顾，对展翔可算得上是和颜悦色了。她知道他过去的名声很坏，爸爸也一再提醒，不希望她跟展翔走得太近，但她认为他是个有趣的人，有时也会接受他的邀约。

有一天，他们甚至被记者拍到一起吃早餐！

早餐？这还了得！谭哲初着急了，一个电话打给远在风林的游鹏："你看今天的新闻了吗？我不喜欢这个人，你是优优的好朋友，帮我劝劝她！"游鹏隔着听筒，仿佛看到他的脸色难看，而电话里的用意也是再明显不过。

他可以体会一个父亲的良苦用心，但他不想干涉优优的自由。何况，他懂她，展翔总有一天会狼狈谢幕，戏演得久一点才好看，若不先给点甜头让他尝，他肯演得这么卖力吗？

放下电话，游鹏决定去城里走走。戏将杀青，难得清闲，他还没有好好看一眼这座小城。

天色如洗，柳条拂动间，有一种说不出的明媚。临街的早餐档仍未收摊，见他走过，有人颇狐疑地望着，他怕被认出，只好把帽檐再往低压压。走过几条小街后，太阳已跃过屋脊，无遮无拦地洒满街，他有些热，便信步进了一间“咖啡语茶”的小馆子，选了临窗位置，点壶碧螺春，悠然喝起来。

这条街不宽，他的位置刚好把对面的街景一览无余。突然，他拿茶杯的手微微一颤，水泼出去一些。

那家小店挂着一块特别的招牌，木制，从屋檐下用粗麻蝇系下来，四角各挂一串铜铃，木牌上写着“漫漫时光”。

游鹏腾地站起身来。小店卷闸紧闭，如同那个人去屋空的冬天，他循着展翔给他的地址找过去，也只看到几只铜铃在风中飘荡。

“那边是一家书店吗？”他指着小店问老板。

“没错，是卖漫画书的。”

“今天没开门？”

“往常早就开了，这会儿应该正是人多的时候。”

“这店在这儿开几年了？”

“少说也有三年吧。”

“生意好吗？”

“风林就这一家卖漫画书的，附近学校的孩子都去。别看是个姑娘当家，到底是大城市来的，很有生意头脑。”

“姑娘？她从哪个城市来？”

“她皮肤白，模样俊，应该是大城市来的。本事也大，一个人又开店，又带孩子！”

“她还有孩子？她姓什么？”游鹏一再追问，老板不由得皱起眉头。

他急了：“我在找一个朋友，请您帮帮忙！”

“她姓兰。平时跟我们来往不多，有人说她是被一个有钱男人给蹬了跑这儿的。哦，后街有家‘明明菜馆’，石明明跟她很要好……”

是兰小歌吗？他们真的会在四年后的西北小城意外相逢？游鹏难掩激动，眼窝微微有些发热，细想起来，她突然消失，又千里迢迢来到这个地方，难道是为了一个孩子？这其中隐藏着什么秘密？

可惜过去他们寥寥数面，尽管他热心却并不真的了解她，一点分析的头绪都没有。

他一直等到十二点，书店仍然紧闭。时逢正午，路上行人渐渐稀少，他不得不折回茶馆去，对老板娘说想去“明明菜馆”吃饭，请她指个路。

“见红绿灯右拐，三百米往南，路西那家就是。”

不消十分钟就到了。更意外的是，这家竟是一个月前他与谭家父女吃鱼的地方。

真是无巧不成书。游鹏感叹着，思绪有点混乱。更奇怪的是，“明明菜馆”今天也是店门紧闭，门上贴着一张打印纸：有事外出，暂停营业。

他有些懊恼，又不甘心离开，便把耳朵贴在门上，听到里面似乎有欢笑声传出来。确定里面有人后，他用力地敲起门来。果然，里面的人被他敲烦了，一个小女孩拉开门凶巴巴地喊道：“喂！你不认字吗？我们今天休息！”

“茵茵！”游鹏记得她的名字。

女孩一看是他，顿时开心地叫道：“游鹏叔叔！怎么是你？”

“茵茵，你们家今天不开饭吗？我饿了，想吃东西！”

“有有有！当然有吃的。今天我过生日，我请你吃蛋糕吧！你快来，我们有很多好吃的，上次你答应跟我合影的，快来！”她欣喜地拉着他，往后堂走去。

兰小歌怔了好一会儿。原以为，这世上或许会有一个人来找她，却无论如何想不到，会是眼前站着的人。

她张了张嘴，终于艰难地喊出他的名字：游鹏——

在兰小歌的生命中，她以为他只是匆匆而过的人，她已经太久没念过他的名字，尽管这名字总与另一个名字一起出现，她的手只抚摸另一个人的脸庞，心里也只念另一个人的名字。

游鹏怔立着，依然风度潇洒，却比几年前多了成熟味道，也更加光芒内蕴。他的嘴角露出他惯有的上扬的笑意，睫毛里覆着惯有的温暖。她想起他的骄傲、他的善良，以及那夜白兰地的温暖，她笑了，目光中有些水意闪闪发光。

然后，他走上前：“小——”他差一点叫出“小妹妹”三个字，眼前的她，这次真的变了。她的长发短了些，下巴尖了，发尾弯弯地垂着，一张素脸依然清澈，依然眉目如画，却难掩一段轻愁。而那双大眼睛，淘气敛了，倔强弱了，反而笼了层淡淡的娟媚。比之过去，她更加有种楚楚动人的韵致。

他轻轻拥住她，像对老朋友那样说：“小歌，好久不见。”心底，也随之涌起一丝酸楚。

“是，好久不见。”她抬脸望着他，泪和笑同时染亮双眸。

“你认识游鹏？你竟然认识大明星？”石明明吃惊地睁大眼，随即热情地拉他们到桌边，“哎哟，傻站着干吗？还不快招呼人吃东西！”

“我认识他的时候他还不是大明星呢。”兰小歌笑说。

“是的，老板娘，那时候她是小姑娘，我是小演员。”游鹏也笑。

“喂！别老板娘老板娘地叫，好像我多老似的。我叫石明明，你要比我小呢，就叫一声明明姐，要是比我大，就叫我明明。真是山不转水转，小歌，你说咱们吃着喝着聊着，怎么就跟戏里似的，天上掉下个大明星来？”

游鹏朗声大笑：“上次我来过，咱们都是小歌的朋友，别生分了，叫我游鹏吧。你父亲手艺好，我一直惦记着再来吃一顿，没想到在这儿遇上小歌，也算缘分！”

“尽管来，尽管来！以后我这儿满墙贴着你吃饭的照片，当活招牌！”

“好了，明明，就你脑瓜子聪明！”兰小歌说着，夹起一筷子菜递到她嘴边，“这样能不能堵住你的嘴？”

石明明白她一眼：“小气劲儿，游鹏是客，咱们是主，你怎么冷落他光喂我啊！”

游鹏看她们说得欢天喜地，觉得开心，只有在这寻常巷陌里，才能看到这样心无芥蒂的情谊和快乐。

“游鹏，你多吃点儿。”兰小歌往他碗里夹菜。

石明明突然想起了什么：“对了，游鹏，上次跟你来的那对父女，也是演员？”说着，她转向兰小歌：“小歌，我忘了跟你说，那姑娘美得像仙女，她爸那叫一个风度翩翩。我怎么形容呢？那天他们三个一进来吧，我的小店顿时蓬荜生辉！”

“是的，小歌，是我的老板谭哲初和他的女儿，上次我们一起在这儿吃过饭。”

兰小歌的脸色白了，她讷讷地接过游鹏的话：“你老板，他好不好？”

“你认识他？”

“哦，在杂志上看到过……不认识，不认识，我们接着吃。”她的脸色更白了。

这时，有个小男孩跟着茵茵跑过来，他看到游鹏，竟然十分不客气地趴上他的膝头，仰起小脸咯咯朝他笑：“大帅哥叔叔，你是开飞机来的吗？”

“琥珀，你怎么这样？”兰小歌啼笑皆非地拉住他。

“是啊！叔叔就是来带你开飞机的！”说着，游鹏抱起琥珀，把他高高举过头顶，跑了几个来回，逗得琥珀笑个不停。

飞了一会儿，他气喘吁吁地坐回兰小歌身边：“这孩子不怕生，但上次谭先生想抱抱他，他就是不搭理！”

兰小歌的神色起伏不定，游鹏并未注意到，又说：“现在的小孩都是独子，就算年纪小，也知道寂寞，能主动找朋友，是很好的性格。”

“看不出来，你还有套育儿经？”那个名字，已令兰小歌心如鼓擂，为了保持平静，只好把话题引向别处。

“没当过父母，但总当过孩子。小歌，我时常想，如果能重新回到孩提时代，我一定会比从前当得更好。”

兰小歌不懂游鹏的意思，只感觉他说得神伤，与育儿话题相去甚远，他们也还没熟到可以去了解他隐秘心事的程度。

避开游鹏的注视，她说：“我要回去了，琥珀玩累了，我们下次见吧。”

“我送你们回去。”游鹏说得意味深长，“下次不知要等到什么时候。”

29 风林旧事

她吃得很慢，像在行善，更像在送别。

游鹏并不爱管闲事，但从第一次遇到兰小歌开始，很多事就身不由己。

他倚在门边，看兰小歌轻轻拍着琥珀睡觉，头发柔顺地垂下来挡住半边脸，另一侧头发别在耳后，露出细巧的耳垂和雪白的脖颈。好一会儿，她才抬起头来轻轻对他一笑：“我们出去说。”

一种前所未有的柔软的美，触到游鹏。

她家的客厅小而整洁，深红色布艺沙发，铺着蓝色扎染沙发布。她端出煮好的咖啡来，为他倒上一杯，屈膝坐进沙发里。下午的阳光洒入西窗，她的脸颊光彩流动，游鹏坐在沙发的另一边，不动声色地望着她，内心千回百转。

“游鹏，你心里一定有很多为什么。”她笑了一下。

“你愿意对我说说吗?”

“老实说，我不愿意。但我不说，你会就这么走吗?”

她撩撩头发：“认识你的时候，我跟展翔关系暧昧，很多人认为我是他的女人之一，但那是一场荒唐的游戏。如果我不走，或者干脆就那么混下去，也是一种生活，不见得好，也不见得很坏，但我清楚内心真正的需要。我一直记得你跟我的那次谈话，也令我更加坚信自己，我的离开，确有迫不得已的原因，选择现在的生活，也是深思熟虑的结果。”

“我曾找过你，展翔给了我地址。他跟我提起过这个游戏，但是我不明白，展翔并不是轻易能接触的人，很多女孩为了制造与他相遇费尽心思，他却能配合你演戏，你的面子真大，说真的，这件事在我心中一直是个谜!”

“游鹏，我不想骗你，但不能告诉你真正的原因。总之，我跟展翔都遵守游戏规则，也没有人们议论中的不堪。我很感谢你曾经对我的认可，你让我知道要做一个有自尊心的人。那天晚上，你对我说的每一个字我都清清楚楚地记着。”

“真的吗？”游鹏眼睫上扬，乌黑眼珠里光芒闪过，“你现在生活得好不好？”

“大城市有大城市的热闹，小城市有小城市的宁静，我已习惯了这里的生活。最重要的是，能不被干扰地把妈妈的书店开下去，我已经很满足了。”

“妈妈的书店？我从未听你说过，我对你了解太少。”

“我们认识时间太短，没时间了解。”她顿了顿，“妈妈在我十八岁那年离开我，她留给我柏杨路上的那间书店，是我安身立命的地方。”

十八岁，妈妈留下的书店！游鹏心中一沉，眼前兰小歌的脸色异样。当年，到底发生了什么，让她放弃母亲留下的唯一温暖的港湾而远走他乡？

“可惜，我们相识太晚，否则我会帮你留住你妈妈的店。”他由衷说道。

“世事难测。你看，中国这么大，你偏偏来这里拍戏，我偏偏又遇到你，可见一个人若能释怀，老天会把幸运给她。”

“你在说，遇到我是幸运？”

“是的。游鹏，你是真正拿我当朋友的人，认识你当然是我的幸运！”她在日影里拢拢头发，笑得很甜。

这样笑着真好，游鹏想起那个冬夜在花园里喝酒，她也是这样笑着，不由得叹息起来。

“小歌，你今后有什么打算？”

“多少人纠缠未来，而失去现在。游鹏，我不大想以后的事。”

“那么，你的孩子呢？”他问。

兰小歌突然咬住嘴唇不说话，空气中流动着一缕难堪的气息。游鹏意识到自己唐突，想岔开话题，却听兰小歌说：“永远不要问我这件事，好吗？”

她的大眼睛，隐隐有两道冰冷而幽暗的光芒，游鹏心中一黯，被她的敌意刺到，他想说“抱歉”，兰小歌已从沙发上站起来，打断了他的话：“是我敏感了，是我抱歉，我们不聊这些。如果你现在不忙，帮我照看一下琥珀，我出去买点菜，晚上尝尝我做的菜，这几年我厨艺精进！”

她一口气说完，走到玄关处换好鞋，已是一脸云淡风轻的笑容，似乎他们之间从未有过一丝不快。

然而，她的云淡风轻里，他为什么感到心疼。几年里，他们相见不过短短数面，他根本不了解她的任何底细，但每一次相遇她都身处窘境。他端详着那个熟睡的漂亮孩子，伸手去抚摸他挺直的鼻梁，长长的睫毛，他很难不去想孩子的父亲是谁，因此一时担忧，一时恻然，他知道这很滑稽，却全然不想控制，一任情绪浮泛。

他同时想到优优，她美丽、大气、淡定，她更像是他走丢的另一半灵魂。他们在一起时，他是喜悦和安慰的，就像另一半灵魂回归。然而，他却很难心疼、担忧，甚至怜惜她。因他不惯于自怜，而她更是天之骄女，她有一个强大富有的，百般宠爱她的父亲。而兰小歌，除了连她自己都难以启齿的过往，她有什么呢？

从家里出来，迎面的晚风仍然煦暖，兰小歌跑了几步，腿有些发软，冷汗渐渐湿了衣衫。她不得不靠在墙边，慢慢地蹲下身来，压抑着心头一阵阵向舌根弥漫的苦意。她抿抿唇，把苦意往下咽咽，心里终于平静了些。

她必须逃离一会儿，才能抑制住心头一波波的强震。四年过去，在这个遥远的小城里，那人竟然真的来过。她想起两个月前的某天，风撩起她的发丝，有个声音随风而来，绕开鼎沸的市声，钻进她的心里，弥散进她的每一寸肌肤，那是他喊她的声音：小歌，小歌——他连声喊着，声音焦急而温柔，却如她的心跳一般清晰。

现在，她终于明白，那天他竟真的站在这里，看到了他们的孩子。

树的阴影掠过墙壁，似时光之手从她心头抚过，远去的时光在回忆与遗忘的拉锯战里被扯得漫长。

这四年里，白天她可以强迫自己遗忘，而每当午夜梦回，树影黑蒙蒙地叠在床上，她恍惚间总以为他来了，她会骤然坐起，仿佛回到他们分别时的前夜。他坐在她的床边，把头俯向她的脸，对她说："小歌，可怜我坐了整夜。"后来他吻她，她啜吻着苦涩与甜蜜，在灭顶的沉沦中无法自拔。

尔后，他们的琥珀来了。

最初，她告诉小诗卖了房子供她留学，她要去外地工作，并欢欢喜喜带她吃过一餐，约定五年后相见，然后拎着行李站在离贾一飞一百多公里的风林时，并不知道那枚胚胎已在她的身体里扎根生长。

见还是不见？贾一飞永远不知道，她出发时培植好的满满的勇气，在距离他一百多公里的路上抛锚了。一百公里，是个微妙的距离，像一只受伤的小雀精疲力竭地倒在他脚边，放弃曾经的承诺和尊严，还是守望在这百里之遥，在孤苦无助时把他当作一个精神的依靠，兰小歌最终选择了后者。

但无论哪一种，踏出这一步，生命里便不再有谭哲初。他彻底成了她梦里的人，曾经的人。就算五年后能重回旧地，她也只会走在不被他注意的角落里，像她留下的那段话，她要那种痛，一生一世都要。只是，她万万想不到，那痛竟真实地融为她的骨血，是她想藏都藏不住的！

第一次强烈呕吐后，兰小歌懵了，没有喜怒，只是害怕。虽然她已经二十五岁，更有着其他女人不具备的独立生活经验，但她并没做好自己来孕育和延续新生命的准备。

她拿着产检报告，手有些抖，医生并未看出异样，头也不抬地说："下次让孩子爸爸陪你来吧。"

她脸白如纸，站在医院的长廊里，反反复复地，把谭哲初的电话号码按了又删，删了又按，最后也没拨出去。夜里回到出租屋，打开电脑，她开始查询最安全的人流方法，几乎在当夜就决定堕胎。然后，每一次都是午夜千条计，黎明一碗粥，她像是患了拖延症，直到呕吐将她折腾得筋疲力尽了，才真正下了决心。

那天早晨，因为胃吐空了，她饿醒后给自己做了一顿早餐，她吃得很慢，像在行善，更像在送别。饭后，她慢慢地梳洗打扮，又一路慢慢走到医院，挂号、开诊、拿到手术通知单。

五个多小时过去，眼看着就要上手术台了，那小东西竟一直乖巧着一动不动。

兰小歌心中蓦然大痛，她以为她已经杀死了他，突然号啕大哭！活了二十五年，遭遇过那么多不幸，她却从未如此大放悲声，仿佛那些苦事加起来的总和，压死了这团血肉。

事后，石明明告诉她，她在一处走廊的尽头发现她，她哭得那么凄惨，有人看了几眼叹息着走开，她却一直陪在她身边，拍着她的背，替她擦着汹涌而出的眼泪。直到又一个早晨，她喝着石明明送来的小米粥，又一次强烈地呕吐，才终于把她从悲恸中拉回来。

石明明说："留着这条命，总是留着一个希望。"

30 若不见，便好过

曾经，她以为没有人是她疗伤的药，而现在琥珀是，新伤旧痕，他一并医了。

琥珀出生在新年第一天的凌晨，一元初始，一天初始，一生初始。兰小歌醒来时，护士把孩子抱给她，她只看了一眼，便感觉到他的生命在孩子身上延续了。孩子的每一声啼哭，都在告诉她，她保有着他的骨血，也就保有了他的存在，即便这个人今生无法再见，也已足够。

每当晨曦微露，琥珀踢蹬着双腿醒来，冲她笑着，小脸如晨花盛放，她便会忘了曾经被孤独和残酷撕裂过的青春。她像是真实地重新活过，青春已是无字脸书，不刻意，她几乎已经想不起那些。曾经，她以为没有人是她疗伤的药，而现在琥珀是，新伤旧痕，他一并医了。

等琥珀牙牙学语时，兰小歌买来刊登有谭哲初访问的杂志，抚着他的照片，会一个字一个字地教琥珀："爸爸。"孩子一个字一个字地跟读，一天一天地把那张脸印在幼小的心里。她觉得，父子虽未谋面，却有了一种奇妙的联系，这是她生活中新的乐趣。

然而，他的婚讯，是她的又一次切肤之痛。那些日子，她怔忡难眠，不知道琥珀长大后，她该如何向他交代父亲的事情。这是她过去从未想过，也从未担心过的事，似乎谭哲初真的不会再婚！或者，她隐隐盼着，小诗毕业回来后，她能去看望父亲，顾嘉言的威胁已经消失，她将给琥珀一个真实的爸爸！但她还是低估了她的情敌，也高估了她在谭哲初生命里保鲜的期限。

这一击足以把所有期待破灭，她终于知道要埋葬过去。她不再看关于他的任何消息，不再收集他的任何访问，甚至把曾经的杂志收起来，不再让琥珀看到。但是今天，当"谭哲初"这个已经很久不曾出口的名字，从别人嘴里说出来，她听在耳里，心中却是一阵阵带着巨大痛楚和喜悦的浪潮，冲击得她站立不稳。

这世上，怔忡难眠的又何止兰小歌一人？

从风林回来后，谭哲初的睡眠越来越差。有时候他忙至半夜回家，虽躺在床上，却不停辗转，有时候他整夜坐在客厅，等着曙色染窗。这样的情形差不多过了一个月，突然有一天，他说："嘉言，这样下去会累你神经衰弱，从今天起，我睡书房吧。"

顾嘉言望着他，笑容很不自然："那些药你没有吃？"

"我不想被药物控制，慢慢调整吧。"

"好，随你便，身体最要紧。"

"嘉言，过来。"他说，神色温柔却难掩歉疚，"让我抱你一下。"

她站起来走过去，环住他结实柔韧的腰，脸埋进他衬衫的领口里。他好一阵没有过这样的温存了，一阵热浪自心头涌起，她试着去吻他，他却僵硬地把脸别开。

她只好放开他，突然想到什么似的，带着试探的口吻说："哲初，你想不想再要一个小孩？"

他吃惊地看看她，转身踱到沙发边，背对着她说："我想想吧。"

顾嘉言心底一阵发冷，她拢拢头发："我知道，你仍在吊我胃口。"

"嘉言！你把我当什么人？"他似笑非笑地盯住她，"有人说我把自己给卖了，看来你也这么想！"

"你——"她气结，缓了缓说，"算了，我不想跟你吵架，你早点休息吧。还有，请你记住，我奔四了，生孩子有风险，若不是为了我们的未来，我不会提这种事。”

好刺耳的话！谭哲初强压着懊恼，满脸阴云。

顾嘉言跌坐在椅子里，他的神情和语气令她心寒，但很快一股强烈的倦意压抑了寒意。她当然看到了他的努力，他尽力维持表面的平和，给她所需的光鲜满足，而她却从来未曾真正满足过。她突然有种预感，他现在所说的每一个字，都预兆着，哪怕是表面的平静和光鲜，他都不愿意给了。

想起第一眼爱上他，并知他心有所属的时候，她独自在学校操场上跑了一圈又一圈，不停地起点终点，终点起点，然而无论多远，她都跑不出内心的牢笼。她常常自问，很多人会渐渐忘掉最初的人和事，而喜欢上新的感觉，她为什么不能？

她真的累了，好累。

拿起电话，她懒懒地拨给华安康：“华生，下周我要回去一趟。我想，我该去看看史蒂夫，你陪我吧。”

“你还知道回来？记得提个篮子过来，你的钱又下了不少蛋！”

“哈哈！真的没有比这更令人开心的了。”

“对了，你送来读书的兰小诗，说想见见你。”

“这个，先帮我推了吧——”顾嘉言沉吟道。兰小诗眼看要毕业回国了，谭哲初近来的表现让她难以捉摸，今后这些棋子该如何用，她还没有想好。

挂掉电话正要返身上楼，优优和展翔一起走进来。顾嘉言看看表，已经十一点多了。

这两人现在走得近，令她不能不担心，她不由得皱眉：“优优，快上去看看你爸爸，他今天不大开心。”

“哦？我以为有你陪着他，他该开心才是。”

“我好像有负所望了，优优，你实在太抬举我了。”

“我哪有，这几年来你费尽心思，我不认为你会这么失败。”

“你这是什么意思？”顾嘉言的脸色白了，同时，一层不祥的预感涌上心头。

“没什么，我去看爸爸。”优优跑上楼，回脸对展翔道，“明早七点跑步！”

展翔一脸神往又动容的表情，令顾嘉言更不能装聋作哑。

“展公子，你这次是来真的？优优接受你了？”

“路漫漫其修远兮，吾将上下而求索。”他文绉绉地打哈哈。

“那你可做好心理准备，追我们优优的人可不少，她似乎对你弟弟更好！”

“我没听错的话，优优的事好像轮不到你管。”

“我只是好心提醒你。你别忘了游鹏是怎么红的。在这件事上你欠我一份情。当然，我也不希望你弟弟不仅不领你情，搞不好还会为了优优与你反目！”

“说到底我们是一家人，总有一天他会明白我的苦心，现在只是时间问题。至于优优，她跟游鹏也只是朋友，目前任何人都有追求她的权利。”

“想不到，你整个人都变了。”

“当你知道了真正爱的感觉，你也会变。人的心，需要多晒太阳，如果没有优优，我永远不知道真心待一个人的感觉有多好，自己的内心会是怎样的满足和愉快。”

“你当情圣的样子真让人吃不消，但当年的事，你没提过吧?”

“你害怕了?”

“我觉得我们应该有契约精神。”

“我后悔做了这件事，现在想来，当年我对她的态度十分不好。但事情既然已成定局，也没有再挽回的余地，若能再见到她，我希望能弥补。”顿了顿，他又道，“我不是什么好人，但如果知道她是谭哲初的女人，我是不会帮你的。不过，你也尽管放心，我会守口如瓶的。”

今天，所有的人都疯了吗?

谭哲初的书房里，父女二人也在进行着一场令彼此难眠的谈话。

“这段时间你跟展翔被拍了几次？优优，你不明白人言可畏吗?”他拉女儿过来，收起一贯的爱宠，眼神和脸色都有些冷峻。

“爸爸，我正常约会朋友，他们爱拍是他们的事，碍不着我什么。”优优摊开手臂，一副无所谓的样子。

“做我们这行的风言风语本来就多，你还制造机会给人家议论？你知不知道展翔什么名声？他泡过多少女明星，跟多少人传过绯闻？你是我的女儿，又是博扬的总助，我不想你因为跟他搅在一起损坏名声。”

“你什么时候变俗气了，爸爸？还有哦，你并不了解他，不要轻易给他下结论，他是一个值得相处的朋友，对我也非常真诚，我实在找不出与他绝交的理由。”

“好，就算我不了解他，我们先不谈这个。你老实告诉爸爸，他是不是打动了你，你喜欢他?”

“最重要的是，我们都是看重自己感受的人，不会因谁的喜怒和脸色做事。”

“爸爸替游鹏问一句，你把他置于何地？我知道你们很谈得来，你跟他有共同的价值观。”他拉起女儿的手，神色转为凝重，“优优，如果一个人只在乎自己的感受，那他会永远不停地爱上别的人。你想想看，世界上那么多人，你如何能保证哪一个才是你最后想要的？人能守住的只有一份爱，并一直守下去，这虽然很难，但必须这么做。”

“爸爸，这些道理我都懂。但是，我和游鹏没有承诺过什么！爱情？这两个字对我们来说太严重了！不信你去问游鹏，他给你的答案肯定与我相同！”

谭哲初松开女儿的手站起来：“优优，如果你不是我女儿，我会欣赏你的个性！但你是我的女儿，你这种态度说是潇洒也对，不负责任也对，总是令爸爸担心，一个人总要有她在乎或追求的人和事。”

“恰恰相反，在我看来，有足够的快乐生命才完整。”优优把他按到椅中坐下，认真看着他的眼睛。“爸爸，相比来说，我更担心你。我知道你的心思，但你为什么不去坚守，像你刚才说的那样？”她睫毛闪烁着，“如果我猜得没错，你心里有这样一个人。”

谭哲初忽地站了起来，浑身紧绷。过了好一会儿，他才抬手摸摸女儿的头发，缓缓说：“嘉言待你很好，如果没有她，我们父女不知何时相见，收起对她的成见吧。”

“爸爸，但愿你的伟大可以令你心安。”她叹道，握了握他的手，离开。

谭哲初僵立着，内心翻腾不息。

命运正要这样捉弄他，把他锁进婚姻的牢笼后，又打开了一个神奇的魔盒。

若不见，便好过。

31　手擀面

隔着氤氲的热气，游鹏的眼睛有些潮湿，他独自走了三十年的路，在那一刻才摸到烟火的温度。

车子停在书店门口，因近打烊，游鹏举止悠闲地靠在车门吸烟，等着兰小歌。一会儿，琥珀跑出来，上前使劲抱住他的腿，软着嗓子，嗲声嗲气地喊：“游鹏叔叔，你今天好酷！”

“会聊天，有前途！”他揉揉孩子的脑袋，抱他在驾驶座上，琥珀抓紧着方向盘，笑得十分开心。

“游鹏，你怎么到这儿来了？”兰小歌怔怔地看着他，觉得意外。

“接你和琥珀下班啊！”游鹏似笑非笑地说。

“抱歉，我走不了，货站有批货到了，我得去接一下。”兰小歌语气温柔地赶他走。

“这车子够大，正好派上用场，我送你过去。”他佯装不懂。

“不用了，哪有大明星像你这样，做什么都不避讳。”兰小歌唇边携了丝无奈，“游鹏，你是公众人物，这样很不方便。”

“这里没有娱乐记者，怕什么？就算有，我也无所谓，我还没交朋友的自由？”

她叹气，一言不发地把琥珀从驾驶座上抱下来。

“你怕被人说闲话？”游鹏追问。

“是，你说得对。”她头也不回地答。

“对什么对？你跟他们很熟吗？!”他故意提高声音。

“可他们对你熟，游鹏！你看看，对面那家简直不用做生意了，大家都在看你！”

游鹏转过脸，果然对街“语茶”靠窗边的客人，正兴味盎然地看着他们。

“我当初选择这里，就是因为人生地不熟，可以无牵无挂地过平静日子。”

“你在怪我打扰了你？”

“我怕对你不好。”

“如果是担心我，就更没必要了。今天我的戏杀青了，我来蹭顿饭，顺便跟你和琥珀告别。”

兰小歌一时无言以对，游鹏的出现，令她心中又是欣慰又是忧愁。欣慰的是，这么多年，物是人非，难得他一如既往待她以真诚。忧愁的是，光阴是洪水猛兽，他的到来带来了四年她未曾参与的一切，她和琥珀今后的日子还能不能平静？好在他的戏杀青了，她长吁了一口气，他仍然是她遥望的美好星光，曾照亮过她的生命已经足矣。

“想吃点什么？”她问。

“手擀面吧。”

他想起在她家第一次吃饭的那个画面，她一边擀着面，一边喊他帮忙拿橡皮筋。他走过去，顺手挽起她的头发，她垂着雪白的颈，一句轻声的“谢谢”掠过耳垂，落在毛茸茸的发际线上，游鹏的手僵滞了。退到厨房门口，看她一把刀在叠好的面条上噔噔噔舞动，肩膀像律动的手风琴，随后将一把把又匀又细的面条抖落在热气腾腾的锅里，隔着氤氲的热气，游鹏的眼睛有些潮湿，他独自走了三十年的路，在那一刻才摸到烟火的温度。

“香菇肉丁、番茄炒蛋、红烧牛腩，我做了三种卤，你要哪一个？”

“每一种我都要试！”他兴奋地摩拳擦掌。

那天他吃了三碗面，外带横扫了醉黄鱼、青豆腐干、酱茄条、烧虾仁四样小菜。

“你们剧组伙食一定很差吧。”兰小歌被他的吃相惊到。

“差！差！差！简直像猪食一样！我能常来你这儿蹭饭吗?”

他今天只是想再吃一碗手擀面，那神情里的亲切和求索令兰小歌心中一动，她隐隐觉得他像某种好运气，有种从天而降的魔力，她看着自己映在游鹏黑亮的瞳孔里的影子，突然患得患失起来。

“兰小歌！给我一句话，要不跟我走，要不让我走!”他突然像个孩子一样地说道，声音中还藏着一点狼狈。

没等兰小歌说话，琥珀上前抱住游鹏，眼睛忽闪忽闪地说：“游鹏叔叔，琥珀可舍不得你走!”

“好乖!”游鹏轻捏琥珀的粉脸，从口袋里掏出支棒棒糖喂给他，扶额笑了。兰小歌叹口气，轻声骂了一句“小叛徒”。

游鹏抱起琥珀，靠近她的身边轻轻说了一句：“My girl，you are young，the world is yours.”

坐进车里，游鹏的手闲散地搭着方向盘，长睫的阴影投在高挺鼻梁一侧，兰小歌置身于车厢的紧仄空间中，恍然有种沧海桑田之感，她急忙按下 CD 旋扭，正好是一首旋律悠扬的老英文歌，猫王的《Blue eyes crying in the rain》。

“游鹏，你也爱听古董歌？猫王是上上一代的偶像。”

“这是我妈妈喜欢的歌。”游鹏说。

“哦，你妈妈，她还好吗?”

显然，兰小歌问了句不合时宜的话，很久之后，游鹏才缓缓说道：“人的一生有很多无路可走的时刻，但有些路，并不一定是非走不可的……她不好，她从来就没有好过……”他声音里，竟然有些莫恻的寒意，令空气莫名堆起浓郁的悲伤，然后，那首旋律悠扬的曲子戛然而止。游鹏的手落在唱机旋钮上，低沉地，压抑地补充了一句：“不要问我关于她的事。”

转脸间，兰小歌似乎看到一行泪漫过游鹏的下巴。“对不起，我不该问。”她急忙抽出纸巾，怀里的琥珀懂事地接过来，笨手笨脚地去擦游鹏的眼泪。

“叔叔，琥珀替你打坏人，不要哭，哭就不帅了!”

游鹏转脸吻吻琥珀的脸蛋，乌黑双眸中泪光隐隐，他故装轻松地笑笑，兰小歌不由得把怀里的琥珀揽得更紧了些。她可以想象人世间的悲伤不重样，但她从未了解过他，人们活在层层叠叠的假象里，从来没有谁幸免。没有问话，她只是更温柔地望着他，晚霞洒入车窗，她看到游鹏的下巴线条渐渐地放松下来。

六月芳菲尽，窗外突然飘起的雨中，带着蔷薇花香。游鹏走出丽园影棚，深嗅微雨的甜润气息，脸上一片喜悦。这两个月工作效率极高，之前签下的广告和几本大刊访谈已经全部完成，这意味着，他可以放大假了。

一出园门，他就让助理和宣传回去休息。乐乐噘着嘴巴：“鹏哥，你倒是可以安逸了，我们要喝西北风了。”

“装穷，你没有工资拿吗?”

“老大，你也知道那很低了，你把广告和活动都推了，那点可怜的钱连房租都不够交。”

宣传姚怡也接口道：“对啊鹏哥，我们可是大明星的跟班，这吃穿住行，也不能太给你跌份吧。再说，你这两年正在势头上，这凡事都讲个风水，谁知道明年到哪家?”

“吴美娜让你们来的?！告诉她，让她来找我，要不就去找老板!”游鹏断然道。

“鹏哥，鹏哥，你别生气嘛！娜姐她也不是那个意思。你想想，她做了这么多年经纪人，你是最大的腕儿了，她能放着钱不赚吗?”

“贪多了嚼不烂！不说她了，刚刚你们谁说没钱交房租？需要多少，我给你们。”说着，他拿过皮包，取了两沓钱出来。“一人一万块，够不够？我明白你们的辛苦，正好先休息一阵！姑娘们，别辜负青春!”

“你可真够意思！鹏哥，你是不是真的要那个了，所以老板才许你大假?”乐乐跳了起来。

“哪个?”游鹏被问得一头雾水。

姚怡接口：“鹏哥，都传你要做老板的乘龙快婿，所以演员这种抛头露面的工作，你以后不会做了?”

“咳——咳！哎，姚怡，我们晚上哪吃去?”乐乐急忙止住姚怡的话头。

游鹏似笑非笑，摸摸乐乐的头：“懂事很多嘛。以后外人怎么传话我无所谓，你们是我身边的人，不要瞎凑热闹，知道吗?”

吴美娜果然把状告到谭哲初这里来，说到伤心处还流了几滴泪。谭哲初站在窗前，听她发着牢骚，只是想笑。

“美娜，你是公司的老员工了，我一向佩服你的眼光和勇气，现在这副样子可不像你。”

“谭总，您知道现在竞争多激烈！像游鹏这样，我一不炒作，二不捆绑，三不见利忘义，一步步让他凭着演戏红起来，这多不容易！您看，他现在腕儿大了，推广告活动也就罢了，他连电影和宣传都推，我能不急吗？”

“这几年他的确透支了，就让他休息一段，养精蓄锐！钱是赚不完的，你正好腾出时间在别人身上下些功夫，我看好你的眼光。”

“您这可是偏心啊，谭总。再说，哪家公司不是靠几个大牌撑天下的。我知道，公司上市了，盘子大项目多，现在不怎么看重艺人经纪这块，但是您别忘了，我们是做经纪起家的，能培养出大腕来，才有品牌价值。”

“美娜，这一点你功不可没，公司和我都非常感谢你的坚持。你们经纪部今年新签了不少人，还有编剧，导演，我们要做一个完整的全产业明星包装机制，你的心思就从游鹏那里拐拐弯。想想看，这事要成了，可比你包装一个明星更有意义吧。董事会也商量过了，准备派你去韩国学习，现在国内还没有一家公司规范操作，我们要先行一步。”

听到这儿，吴美娜终于笑了，她欠了欠身站起来。

“谢谢您的信任。我呢，也并不针对游鹏，毕竟他是我带出来的，情分还是有的。我也知道您爱才心切，不过说句不该说的，以他的个性，如果要在这条路上走远一点，怕是要改改。这话我说不动，也就您能让他收收性子！除非您真打算招女婿，那就另当别论。”

“他最近表现不错嘛，应该没做什么让你头疼的事，也没在媒体面前捅娄子嘛。”

“是啊，他哪有那个功夫！跟您说实话，游鹏在风林拍戏的时候，认识了当地一姑娘，据说在交往呢，剧组人都看到了，是我把事情压着才没捅出来。您看着吧，这次休大假，他一准儿是因为这事。”

难怪，优优近来越来越少提起他。

吴美娜走后，谭哲初陷入沉思。这世上还有比他女儿更美丽更优秀，能令游鹏心动的女孩吗？然而，他明白情爱之事，本无标准可谈，对错可分。彼此合适了，老天再肯行方便，就足够慕天羡地。

可他活了四十多年，这世间的男女，多的是无心的错过，少的是圆满的姻缘。

想到这一层，他忍不住叹口气，座椅一旋，对着窗户发起呆来。

窗外正是雨潺潺，许是看得太久，眼前渐渐漫漶。有人正行过千山万水，他刻意忘却又无意记起的旧事，纷纷浮现在脑海里。

她常常坐在他的右手边，目光描摹他的脸颊和眉目；他睡着的时候，她轻轻蜷着身子把自己缩进他怀中，连呼吸都是轻轻地……那一夜，她化骨为烟，柔情万段，然而一觉醒来，她黑眸灼灼，咄咄逼人，用深刻的尖锐和固执决定了他们分离的命运。

“小歌，为什么?”他长叹，对她的决然远去百思不解。

既然在他未曾出现的光阴里，她早就习惯了主宰自己的命运，那为什么不把解除误会的时间提前?为什么她料定他会再回那所房子，会拿走盒子，更会在想念她的时候打开盒子看到她的信，为什么不把这些预知的结果，变成笃定的信念?

她不给他机会，让他的无心过错，变成一辈子的错过，让他在感情这条路上，步步踏空，坠入一个无底深渊。当初时的惊怒和怨恨过去，他必须习惯一种麻木的、无期的下坠，他所依赖的，也只有那几段纷纭往事了。

32 改头换面

一切都是轻轻地，对谭哲初来说却似一记重槌。

“爸爸，晚上有没有空，跟我们一起去玩?”优优打断他的沉思。

他旋正座椅，见女儿拖着游鹏的手进来，感觉屋子顿时被照亮了。美是一种能量，是连老天都不忍心辜负的美好，他们就是天生一对，这让他更加不相信那些捕风捉影的话。

他走上前，拍拍游鹏的肩：“你们好久没见面，好好玩吧，我就不掺和了。”

“一起吧，爸爸。展翔也在下面等着，你不去的话，他们要打起来!”

游鹏挑眉一笑：“看你女儿多虚荣，她到底有多想看两个男人为她打架?明知道我讨厌那个人，还故意给我添堵。”

“也在给我添堵呢。游鹏，不如我们自己找地方喝一杯。”

“你们两个!可不要后悔哦——”优优眨眼笑着，显得神秘。

“优优——”谭哲初起了疑惑，“你到底要干什么?”

“带你们去一个地方，一个我喜欢，保证你们也会喜欢的地方。”

看到“漫漫时光”四个字，游鹏脸色煞白，而谭哲初更是冷汗涔涔。没有任何一个人比他更熟悉这里，尽管这里完全变了模样：木地板光可鉴人，橙黄的扶郎花换作白百合，粗木椅子换上精致的白色铁艺椅，而夕阳正洒进大幅落地窗，屋内清风习习，一阵浓郁的咖啡香从书架后绕来，甚至连散放的玩偶也换成最时兴的款式……这仍旧是他的老地方，与旧时光一样盘根错节，顷刻间便揪起内心最深处的欢喜和悲凉。

他的手在裤袋里紧紧攥着，脸上却强装出云淡风轻的表情。

心中感慨的还有游鹏和展翔，这是他们来过，又各怀心思的地方。游鹏走过一排书架，不由得想起千里之外的另一个“漫漫时光”。它不及这里雅致堂皇，却是一对母子的温饱之所，安身之地，而这个原本属于她的地方，却被命运改头换面。

“怎样？这地方你们喜欢吗？”优优的眼光掠过每个人的脸，征询意见。

“优优，你习惯自作主张，今天只是通知我来参观吧！但你哪来时间管这间店，我有一大堆事等着你做。”谭哲初以不悦来掩饰内心的波动。

“爸爸，你别这么扫兴。你怎么不问我怎么找到这个地方的，不然你评价一下装修也可以啊！”

“好吧，女侠，我已洗干净耳朵，你说说怎么回事！”游鹏见谭哲初脸色不好，长腿一跨半仰进长沙发里，抢着问优优，又不失时机地嘲讽展翔，“这鞍前马后之劳，是不是算你功劳一件？”

“我也想知道为什么，你让让——”展翔绕过他舒展的长腿，坐进长沙发另一侧。

“喂！那边有位子你不坐，怎么抢我的？”游鹏喊。

“我们是一家人，我不跟你见外。”展翔道。

一家人？这三个字游鹏听来刺耳，他并不想当着优优的面令展翔难堪，但他不自觉地说：“你当然不见外，这地方你熟得很呢。”

“游鹏，你胡说什么？”

“那个被你戏弄的姑娘，就是开这家店的吧？你一句‘演戏’，所有的事就算完了？”

“我早跟你说过，我是临时演员，至于原因，我有苦衷。”展翔沉声应道。

“好一个有苦衷！公子哥们个个有苦衷！”游鹏冷笑，然后转问优优，“你也知道这是兰小歌的店，对不对？”

“没错，游鹏，世间不可能有第二间‘漫漫时光’，这也是我更换了所有东西，保留这个店名的缘故。”

“你为什么对这间店有兴趣？”

“很奇怪吗？我在展翔家与兰小歌有一面之缘，她突然走了，这家店也跟着易主，直到几个月前，我才知道来龙去脉。与我有缘分的不是兰小歌，而是漫画店！”她绕开游鹏，走到谭哲初面前，“爸爸，你说赚钱是为了让我随心所欲，开漫画店也是我想做的事，或许有一天，它对我们每个人都有意义，人没有力量让时光倒流，但至少，该有一个盛放回忆的地方。”

“游鹏，展翔确实做过一些荒唐事，你可以鄙夷，他也并不在乎，但唯有与兰小歌这一段，他确有苦衷。我不想知道你俩过去的纠葛，但是，作为我共同的朋友，所有的恩怨请在这里停止，我希望‘漫漫时光’这四个字，永远不再是悲伤的驿站。”

优优的一番话入情入理，但也有一番弦外之音。游鹏虽不能断定兰小歌的离去与展翔有关系，但仍旧没有好脸色，这令谭哲初意外，如果不是生气优优和展翔走得太近，他实在想不通游鹏为何处处挤对展翔。而游鹏心里的另一个疑团则是优优对这家店的在意，表面上是兴趣，但更像是寻找某种真相。

只有展翔心中了然，他只需说出前因后果，在场所有人的疑虑都会解除。但他不能这么做，对顾嘉言的承诺是一回事，谭哲初装聋作哑是另一回事。何况，优优话已言明，今天不是来追究结果的，他们不能辜负她的一番用心。

谭哲初的脸色终于和缓下来，他上前揽住女儿的肩：“既然是你认定的事，应该早点说，爸爸不希望你因此误了正事。”

“爸爸，我不准备用它赚钱，也不能锁着专等你们偶尔来坐。你看，我把后面的店一并买下来扩大面积，准备做一个西式简餐餐厅，我希望进来的人都是有缘人，就像在自己家里一样放松，可以看书、聊天、喝东西。”

“请问美丽的老板娘，你准备怎么款待第一拨有缘人呢？我可饿了半天。”游鹏说。

“我车里有两瓶好酒，大家喝一杯为优优庆祝。”展翔说。

“怎么样？游鹏，喝一点？”谭哲初略有所思地问游鹏。

“好，我一向听你的。”游鹏回答得甚诚恳。

这顿酒喝得各怀心思。但毕竟酒烈心苦，几杯后，每个人心头都添了莫名的愁绪。

“今天先散了吧。优优，打电话叫司机来接你，我实在累了，想在这儿躺躺。”谭哲初捏捏眉心，神色疲倦。

“我的司机已经来了，我送优优回去。”展翔接话。

“展翔，优优她还有爸爸呢，有些事不劳驾你了。”

“谭总，我做任何事都是因为优优值得，我不介意看你的脸色。”

“展翔，爸爸！你们要干吗？”优优急忙叫停。谭哲初叹口气，转问游鹏：“你呢？看来不着急回去？”

“哦，不急，不急，我放司机假了，待会儿打车回去。”游鹏看着热闹，然后懒洋洋地站起来对优优说，“我明天开始休大假，准备去一个很远的地方，你机灵点，害人之心不可有，防人之心不可无。”

“干吗说得跟生离死别似的？今天你吃了我的饭，回头要还礼的！”

“好！你等我回来，补你一份大的！那你要不要回我一个拥抱呢？”

“哪有这么便宜的事？”优优笑道，拖着展翔离开。谭哲初的脸色更加难看。

“游鹏，我没想到我的优优竟然不值得你下功夫。”他生气地说。

“我从来不喜欢凑热闹，这你知道。”

“没错，感情的事不能强求，男人更应这样，要把精力用在有价值的地方，但优优还不够优秀吗？”

“我知道，你是担心优优有一天会爱上展翔！”

“我当然担心！我看不上展翔并不是因为他的种种前科，而是他脱去财富的包装后，他跟所有市井男人一样灰头土脸，而优优正值花样年华，财富对她来说更是浮云，我不知他拿什么配我的女儿。如果优优不幸被他追到了，我怎么办呢？”

“如果换位思考一下，你是他，你会觉得自己配不上优优吗？”

“你——不要扯七扯八的！如果我是他，我根本不会有那个勇气。”说到这儿，谭哲初有些沮丧。

“不过，我敢打包票优优不会爱上他，她与他做朋友，是因为她珍惜缘分，她只会让他变得更好。”

“你凭什么那么肯定？”

“因为优优善良，坚定，她有大爱。因为你，你的忙碌和不幸福，统统令她无暇去爱别人。其实从一开始就是你在依赖她，在她失而复得之前，你愧疚悔恨惶惶不可终日，她回来后你又忙着用金钱和宠溺来弥补曾经的遗憾，你一直以为你是强大的父亲，她必须处处依赖你，但你忘了你比任何人都需要优优。”

“你不懂，游鹏。因为你没做过父亲，你不会明白我的心。说到底，爱与被爱都是人最原始的渴望，亲情和爱情到最后殊途同归，你不要把依赖想得这么简单。”

“但我懂优优，如果不是为了让你看到她的依赖，她可能会一个人远走天涯，她所做的一切，都是不想给自己的生命留遗憾。庆幸的是，她有机会这样做，而我却永远没有机会。”

“你知不知道，你越是懂她，我越觉得难过。你简直在跟老天作对！我可不想你某一天觉悟后，已经于事无补。”

“没有人会自恋到追求自己，我不能，优优也不能。我们彼此珍惜，但不一定会以爱情的名义，能像现在这样相处我已经无憾，也已经知足了。”

“所以，你决定要另一个姑娘，并且义无反顾？”

“你都知道了?”

“知道一点，吴美娜说你正与一个姑娘交往，我本来不相信。不知她有什么过人之处，能令你如此看重。”

“她有什么？我从未想过，也不用想。”

他的语气令人动容，谭哲初在他眼睛里寻找那些执拗和坚定的来源。

“她，令你心疼?”谭哲初又问。游鹏狐疑地看着他，没有回答，反倒突然问了句：“你也认识兰小歌?”

谭哲初略略一怔，想弄明白游鹏的意思，顺口道：“对，四年前的秋天，一面之缘。”

“所以，优优说你们与这家店有些渊源?”

“优优还没回来的时候，我曾在这里买过一套多年前发行的《圣斗士星矢》，优优很喜欢那套书。”

“就这么简单?”

“之后在展翔家见过她。”谭哲初深思着走到游鹏面前，“真是奇怪，怎么突然间每个人都跟她很熟似的?”

游鹏注意到他嘴角一抹不易觉察的苦涩，只听他继续道：“那时她风头无两，展翔还特意为她开宴会。哦，对了，我在展家的花园里看到她与一个年轻人在喝酒，好像是你吧?”

“嗯。但当时我们不熟，我只是在跟展翔作对。”

“但你们聊得很投机。”

“你好像对她有点过分好奇!”

“哦，对一个外人，是不该这么好奇!”

“外人?! 对，对，她的确是外人，微不足道的外人。”

游鹏轻轻说道，然后轻轻离开。一切都是轻轻地，对谭哲初来说却似一记重槌。他望着他离去的背影，眉头越锁越深。

33 为你而来

如果仅是一种情感关系，有人倾盖如故，有人白首不相离，我更愿意相信第一种，那是靠着本能和直觉。

游鹏的来去虽然在兰小歌一度古井无波的心湖投入一粒石子，但很快便随着时间恢复平静。七月流火时节，兰小歌像往年一样思虑书店的经营，她这些年手头有了积蓄，恰逢邻铺转租，想借机会把店铺扩大，便立即租了下来，装修工人开工之后，她又去了省城的图书交易会，谈妥了几家新的书商供货。这一天装修完工，她与石明明正在店内打扫，货站那边打来电话，说她的货到了，让她赶在六点前去提货。

她推开店门，风里的灼热令她轻轻皱了皱眉头。风林昼夜温差大，这个时段热力应该减弱，但走了没多远，整个人就像被投入烤炉一般，袖管下的两条白臂很快被晒成红色。石明明拿了把伞追出来，责怪她仗着皮肤底子好，不注意防晒，她嫌弃她的啰唆，又忙不迭撑开伞来，把她拉到伞下："你才要好好保养呢，将来可是要嫁高富帅的！"

"我可吃不起这种大餐，还是你好好享用吧！"石明明促狭地挤挤眼，"咱家的大男神什么时候重返人间啊？"

"滚蛋！人家跟我有什么关系？石明明你还真是个八婆啊！"兰小歌作势打她，石明明早已跳开，"好了，好了，口是心非！你还是早去早回吧，天气预报晚间有雷阵雨！"

兰小歌笑了，她站在那儿看着石明明跑走，心头的一丝燥热渐渐平复。抬起头来，不知何时大片白云覆在灼热的火球上，那些绯薄的羽毛云瞬间幻化万千，如层层鱼鳞向那片白云缓缓地涌了过去。她想，世事白云苍狗，石明明就是她的柳暗花明又一村，四年里，有她的真心陪伴，她和琥珀才撑过那些虚无等待的日子，她的生命开始充实，也开始有了新的光彩。她想想当时逃离那个城市，放弃那个人，竟然换来每个人的重生，就算过往痛苦层层堆叠，但也值了。

"明明！晚上我们吃顿好的，先把琥珀带你家去！"她对着石明明的背影喊了一句。话音未落，一个红色小影子飞快从她面前闪过，琥珀正开着他的小电瓶车飞过来，额头上满是亮晶晶的汗珠子。她蹲下身来，抹去他额上的汗："琥珀，这样疯跑会中暑的，你能不能乖乖的？"

"嗯，琥珀当然会听话，不会累着明明的。"他又撒娇地搂紧她的脖子，"妈妈，你有没有给游鹏叔叔打电话，他什么时候回来？"

兰小歌噎了一下。事实上，她一直认为游鹏的那句很快回来是戏言，毕竟，他的身份不允许他这样做。只怪琥珀记性好，人家一句客套话，他当个宝似的隔三岔五地追问，兰小歌只好随口应付道："游鹏叔叔是大明星嘛，大明星当然会很忙，空下来他自然来看你。"

"妈妈骗人——游鹏叔叔不忙，他在电视上说他要放大假了。"琥珀的嘴巴不高兴地鼓了鼓。

“是，是，是——他很快就回来！”石明明见兰小歌一脸为难，走过来把琥珀抱走，“你的美人妈妈要去办正事，要赚钱给琥珀买大玩具，我们去电视里抓游鹏好不好？”琥珀仍旧鼓着嘴巴，不情愿地点点头。

游鹏到达风林的时候，天色已经完全暗下来，浓云携着惊雷滚滚而至。他这次衣装轻简，走出站台时，与这城市每一位过客并无不同。

雨点很快大而密集，租车公司送车的司机晚到了几分钟，游鹏的头发已经淋湿了。等他开车到“漫漫时光”，发现店门紧锁，他只好去找石明明，她说兰小歌去货站提货没回来，不顾琥珀连声唤他，他已开车冲进雨帘里。

简直应了那句天有不测风云，此刻兰小歌糟透了，大雨如注而下，眼看着那十几包书要泡汤，她更加急迫地敲起库管的窗户来。里面的人想是喝多了酒，任她敲了半天，才歪歪斜斜地把门开了一条缝，见是个淋得湿透的女人，一双惺忪醉眼忽然亮了几分。

原来，为兰小歌拉货的小货车中途坏了，她见天色越来越阴暗，一场大雨要来，怕那些书没人管，便不顾司机劝阻赶了过去。果然，等她跑进货场，豆大的雨点噼叭砸了下来，空空的场站弥漫着黄土腥气，货站工人们不知是去躲雨还是已经下班，她的十几包书就被随意地堆在一辆卡车旁边。蛇皮袋哪经得住这么大的雨，她的一把伞遮得了这头顾不上那头，而雨越下越大，她必须找人帮忙。

屋门一开，酒气扑面而来，桌上未干的酒渍里，散落着一些咸花生。兰小歌心里迟疑了一下，迈进去的一只脚不由得缩了回去。

“请问吴师傅在吗？我想请他帮个忙。”她往常打交道的是看管仓库的花白头发瘦老头，怎么变成眼前的这个醉醺醺的男人。

“不在——”那男人不耐烦地说，“有事说事——”说着，一双眼不由得在她身上转了几圈，神情越发显得猥琐。

兰小歌心中漫上一层不悦：“没事！”她转身走开，然而已经迟了，肩膀被那人扳了一下，惊愕间她回转身来。

“你没事？没事乱敲门！老子还睡不睡？”那人骂道，一阵冲鼻的酒气差点把兰小歌熏倒。

她定了定神，知道这人不是善茬儿，如果硬碰硬肯定要吃亏，随口编了一句：“我找吴师傅，他前阵子旧病犯了，我正好打听了一个医生过来看看他！”

“旧病犯了？我咋不知道?！你说清楚，医生在哪儿呢？”

“嗯，那个，那个，因为我们的车坏了，他在修车我先过来看看！我这就去叫他！”兰小歌随口扯着谎，想快点脱身。雨哗哗地下着，门外的兰小歌被淋得不成样子，脸上的雨水虽令视线变得模糊，但那人脸上浮起的笑令她心惊肉跳。

“骗人也不挑个日子！外面那些书是你的吧！——”说着他大手一拉，要把她拽进门里来。

窗外雨水腾起的白雾使天地一片苍茫。兰小歌脸白如纸，奋力挣脱，那人因为喝多了，被她一挣一齐摔跌在门外的水洼里，扭打成一团。渐渐地，兰小歌力气不支，而那张扭曲的脸越贴越近，她想挥手给他一巴掌，手腕传来一阵钻心的疼，好像闪脱了臼。眼看无处逃脱，她突然面露惊喜之色大喊道：“游鹏，你来啦！快来救我！——”那人一听心中略慌，转脸去看的瞬间，兰小歌就势在他胯间狠狠踢了一脚，然后翻身就跑。

许是跑得太快太急，雨水又模糊了她的视线，砰的一声，她感觉自己撞到了一个人的身上，随即那只受伤的手腕被牢牢抓住，好疼！

不对！过了一会儿，她感觉脸上黏着的头发被一只温柔的手抚开，在模糊的视线中，她看到那只手干净白皙修长，她闻到一阵淡淡的薄荷清香，她的视线再往下去，是一双穿白色球鞋的脚。

“游鹏——”她抬起头来，不可思议地望着他。

他浑身滴着水，满脸焦急：“兰小歌，怎么回事？我听见你在喊我！”

“所以你来了，你真的来了？”睫毛上的雨水流进眼睛里，她不知道那是泪水还是雨水，只是不管不顾地望着他，喃喃说道，“没事了，我没事了。”然后她抬起手背想要擦一下眼睛，却忘了那只手脱了臼，于是吃痛地“哎哟”叫出声。

“怎么会没事！？”游鹏皱眉，眼前的兰小歌衣衫不整，头发凌乱，裤子上满是污泥，眼神里惊魂未定。尤其那一身湿衣令她曲线毕现，作为一个男人，游鹏用脚趾都想得到出了什么事。

“等我！”他脱下外套把她裹住，然后把她推到一辆轿车旁打开车门，“好好在里面待着，等我！”

兰小歌呆住了，雨水在脸上汇流：“游鹏，别去！”她轻喊一声，双臂圈住了他的腰，身子颤抖着把他抱紧。抱了一会儿，游鹏费力地把她推开，一转身奔入雨帘。等她再追过去时，看到他正对着那个醉鬼拳打脚踢。他的牛仔裤湿巴巴地裹着结实修长的腿，雨珠在他筋骨分明的手臂和肌肉饱满的胸膛上滚动，英挺的脸上汗水与雨水混合交汇……这一切，是一种兰小歌早已久违的力与美。

她只一恍神，一个瘦弱的老头突然拉住她：“兰姑娘，求求你叫他别打了，会出人命的！”

是看仓库的吴师傅，老人混浊的双眼泪花急遂打转。

“不教训他，让他继续害人吗？”

“他是我的外甥，从外地来看我，今天是喝醉了，他以后再也不敢了!”

兰小歌想吴师傅平日孤单一人，心中先是一软，再看那人已被打得口鼻鲜血直流，她怕游鹏下手没个轻重，立刻焦急地上前拉住他：“游鹏，够了，我们报警吧!”

游鹏看懂了她的不安，退后几步，嘴角浮起一个颇有意味的笑：“放心吧小歌，我有分寸，就是让他吃个教训！以后谁敢欺负你，我都一样教训他!”

雨水令兰小歌视线模糊，但她明白那笑的含义。这几年，除了谭哲初，她好像从未好好看一眼其他男人，而游鹏却是一个光芒耀眼的存在，由不得她不看。从第一眼开始，她认为他存在的意义，只是在帮人类证明美这件事无关性别，而他的骄傲，他与生俱来的星光更加令他高远，尽管他多次帮助她，但除了展家花园的共饮，仿佛有层东西隔着他们，他始终站在云端，是石明明和芸芸众女口中的“男神”，此刻她突然间明白，隔着他们的那层东西是她的胆怯和自卑，在他面前，她甚至连白日梦都不曾做过。然而今天，赤膊上阵的、充满正义和力量的游鹏，让她感到一种前所未有的、真正的亲近。

警察做完笔录把酒鬼拘走已是深夜，游鹏帮她把书全部搬上车，已经筋疲力尽，见她拿起一本用衣袖小心翼翼地拂干，心中不由得难过，“真是可惜了。”他说。

“晾晾干还可以打折卖，虽然卖相破了，故事还在呢，我的顾客很宽容的。”她自我安慰道，心中却一片黯然。这批货本来是用来装点新店的，很多来自二渠道书商，印量本来有限，这次泡了汤的更有不少是孤品，她心疼在所难免，意外的是游鹏感同身受。

“兰小歌，你还真是心大，这样吧，趁我这几天在风林，我陪你再去进一批货!”

“再说吧。”她虽淡淡应着，内心却是一片安宁喜悦。

车子向城里开去，雨仍然在下，雨刮器嗒嗒地滑动着，把车窗描成一幅漫漶的扇面山水，令人不由得心神恍惚。

“你，刚才真的没事吧?”看不透她一脸茫然未知的表情，游鹏试探地问。

“游鹏，你说车子要是永远开下去，可不可以开到神仙居住的地方?”她答非所问。

他沉默了一下：“不可以，先回家把衣服换了，然后送你去医院拍个片子。”

“为什么每次我们见面，我都这么糟糕?”她又问，眼睛里有一种闪光的东西。

“所以，我专为你而来啊!”他深深看她一眼，然后垂下眼帘。

“为我而来?”她咬咬唇，“我不明白你的意思。”

游鹏瞟了她一眼，似笑非笑地，然后一脚踩住刹车，车子停在重重雨幕里。车厢静默幽暗，两人眼前风雨如晦，灯火明灭，重重雨帘后的小城，似乎不准备给他们答案。

“兰小歌，人心莫测，尤其男女之事——”他的脸移近她，黑色瞳孔渐渐放大，“如果仅是一种情感关系，有人倾盖如故，有人白首不相离，我更愿意相信第一种，那是靠着本能和直觉。”

34 宿命的绝艳

那是多么悲哀的一张脸，白得几乎透明，仿佛轻轻一碰就会破碎。而她的眼睛紧闭，嘴唇微微翕动。

眼前一张俊脸，乌黑双眸开合之间，长睫凭空划过一条暧昧的弧线，兰小歌不由得心虚地别转脸去。游鹏是那样一种男人，他不需要说情话，却天生为触动女人心而存在，何况他又在她耳边轻声提醒：“兰小歌，你的耳朵红了——”

“呵呵，是吗?”她笑得很苦，强扭过脸来，鼻尖差点碰到他的鼻尖，而她的脸正好被他封在坐椅的小小角落里，一动不能动，她只是睁大一双眼睛看着他，他也不说话，目不转睛地看着她。

片刻后，游鹏两道长睫又是一扑一闪，兰小歌贴着前胸的湿发随着呼吸紧张地上下起伏着，而那件驼色衬衫几乎被她身体里的热气蒸干了。她猛地咬住嘴唇，那张眉目如画的脸上，红唇渐渐失去血色，莹白面颊上浮起一抹异于平日的红晕，有着一点凄然意味的绝艳。

游鹏轻轻地把她拉入怀中，紧紧抱着，只是抱着，心跳从狂烈渐渐变得平稳。

“兰小歌——”他叫她的名字，连名带姓地叫，充满郑重和珍惜：“you will have a new world before！你和琥珀的新世界！”

琥珀！兰小歌心中一凛，本能地推开他，游鹏的眼睛被她脖子上的一条项链晃了一下。链子是朴素的铂金，但做工细巧、精致，引人注目的是链上坠着的一颗琥珀，色泽深沉，光芒温润，更奇的是，里面有一只蝴蝶。

“阿卡的作品?”他拿着琥珀项链喃喃自语。

“哦，没什么。”她说，急忙把项链放进衣领，浑身有些轻微发抖。

他拉起她的手：“你怎么了?”

她抖着牙齿撒谎："突，突然有点冷，快回去吧，琥珀还在等我。"

那夜，谭哲初躺在"漫漫时光"里，心里一丝丝清明了。一周时间，他把繁杂的事务料理完毕，让人把游鹏的助理乐乐叫来。他的脸色令乐乐惴惴不安，她明白于公于私，老板知道游鹏的事后一定生气，她无论如何都瞒不住，只好一五一十把游鹏在风林的行踪汇报。

然而，消息价值并不高。游鹏私人时间不让她跟着，她并不能准确说出那女孩的姓名、样貌，只说这事千真万确，而且游鹏行事小心，并未给公司和他自己惹麻烦。

临走时她又补充："谭总，我想起来了，那女孩好像是开漫画店的。"

"开漫画店？"谭哲初心头的迷雾越来越重，"你怎么知道？"

"鹏哥有次外出带回几本漫画书，我说我喜欢，问他在哪儿买的，他说是他朋友店里的，还问我想看什么他下次帮我带回来。他在风林没有其他朋友，我猜应该是那个姑娘。"

谭哲初挥挥手让乐乐回去，坐进椅里陷入沉思。他必须亲自走一趟，才能证实心里的猜测。

他叫朱迪进来，吩咐她安排风林的行程。朱迪告诉他自己下个月要出国结婚了，提前跟他请辞，谭哲初对这个做事严谨的助理一向满意，因此有些不舍。

"我会叫人给你备一份礼，朱迪，希望你幸福。去了外边人生地不熟，好好照顾自己。"

"谢谢谭总关照，我会经常跟你们联络的，我先出去了。"才走到办公室门口，朱迪又折回身来。"谭总，有件事——我一直瞒着您，请您不要怪我。"她不安地说。

"哦？很严重吗？"他语气温和，"说吧，我不怪你。"

"大概在2010年入冬的时候，顾董曾向我要走您两个多月的行程记录，并且让我汇报您下班后的去向。谭总，您知道，我是打工的，老板的话不敢不听，所以，我当时按她的要求做了。"

"朱迪，你是有点过分，但事情都过去这么久了，我也不再追究了！但这次的行程，我不想让第三个人知道，好吗？"

"我保证，谭总。"朱迪心头的一块大石终于落地。

顾嘉言究竟瞒了他多少事？直觉告诉谭哲初，如果朱迪把他与兰小歌的事儿透露给她，以她的性格，不会坐视不理。她会做什么呢？兰小歌的突然出走，会与她无关吗？拿起电话，谭哲初艰难而迟缓地按出一串熟悉的数字，但很快又坚决费力地把数字一个个消掉。这么多年来，他们对彼此了然于胸。一丝凉凉的笑掠过他的唇角，事已至此，他还是要顾及她的面子，但再也不给她抢先的机会。

风林的夏夜宁静安谧，谭哲初走上一条树影幢幢的小街。虽然城市并不大，但想找一间漫画店并不容易。此际已是月上中天，街上摇扇纳凉的人们都回家歇息了，他也觉得十分疲惫。

一家叫作“咖啡语茶”的店亮着慵懒的灯火，谭哲初走了进去，坐进临窗座位。

不出意外地，昏暗路灯映照下的那块木牌，仿佛刻在宿命中的四个字出现了。他的眼眸被撞痛了，心头掀起的巨浪冲击得他一阵眩晕，他不用问任何人便立刻认定，这世上，不会有第二个人起这个名字，更不会有第二个人能把那块招牌原样复制。

夜风袭来，铜铃当啷。谭哲初站在店门前，视线一片模糊，心里却越来越明朗，仿佛那扇紧闭的卷闸正缓缓打开，她站在门里，眉目如画。

“喂！你不许耍赖啊，是我自己出来的，不是你找到的，我们重来一次！”说着，她闪身而去，撒下一串笑。

然而，两天过去了，那扇门始终紧闭着。第三天，谭哲初有些颓丧，心头的失望如海浪漫过。

或者，是他搞错了？他坐在“咖啡语茶”的窗前，朝老板招招手。

“那间店为什么不开门？”

“这位大哥，你是来找她的吧。我看你人挺正派的，不妨跟你说，这兰姑娘不知怎么回事，前些日子她还忙着装修，要把这店扩大，看样子是要长久干下去的意思。但最近她交往了一个外地来的小伙子，长得像电影明星似的，对了，你是她什么人？”

“哦，一个亲戚。”谭哲初讷讷应道。

“这女孩也不容易的，几年前一个人孤零零来这里，又开店又带孩子，很辛苦，要是能找个好男人嫁了也不错，你们这些做长辈的怎么不管管她呢？”

“她，离家出走，我们也一直在找她。”他艰难地应付着，突然问，“你说她带着孩子，那孩子多大了？”

“三四岁吧。哎哟，我跟你讲，那个小人精儿哦，嘴巴甜，长得那个俊哟，真是随他妈妈了。”

“是男孩？女孩？叫什么？”谭哲初急促地追问，心跳几乎失控。

“男孩，叫琥珀！”

老板还在说着什么，谭哲初已经无心听了。他一路踉跄着过了马路，也不知走了多久，直到没有力气迈出半步，才瘫软地坐在一条白红砖小楼的路边，跟着喉咙发紧，一阵剧烈咳嗽。他的头靠在墙上，一张脸惨白如纸。

兰小歌！这女人怎能如此心狠，做事如此决绝?！四十余年光阴，他简直是个彻头彻尾的情场败将。想到琥珀，那天的相遇正是天意安排，他竟然学优优的样子喊他“爸爸”，勾起他的一片舐犊情深。那是他的孩子，他长着跟优优一样的，是属于谭家人独一无二的琥珀色眼睛！但他多蠢，他无动于衷！此刻他多想拥他在怀，深深地亲吻他，再听他喊他一声“爸爸”。

深吸一口气，谭哲初强压住心头的阵阵痛楚，强迫自己冷静下来。他已经错失了优优十年，这一次，他再也不能失去！他知道自己已经疲倦至极，他再也找不回当年支撑他的意志。但是，琥珀，我一定要你！

夜风吹散他声音里的决绝，也吹走他脸上的一片冰凉。待心情平复了些，谭哲初缓缓站起身来，身边一丛蔷薇正在怒放。突然一阵疾风扫过，半空滚过几声闷雷，蔷薇丛无助地抖动了几下，月亮早被浓云遮没得无影无踪。借着昏昧的路灯，他发现这是一个小区，不算大，只有五六幢矮层小楼，是他在意识混乱中无意走来的。

看看天色，雨云正在急速聚拢，他必须马上离开。但迎面有人沿着花径急急跑来。天色虽暗，他依稀可辨那是一个女人，身段玲珑，白衣素裹，黑发正被风吹向脑后，像是急闪而过的幽灵，奔进花坛左侧的楼里。

惊雷滚滚，雨点急骤。谭哲初本想离开，暴雨却比他更急更快，他闻到地上溅起的一股泥土腥气，豆大的雨点没头没脑地砸下来，顷刻变成瓢泼之势。他只好折身进楼，站在门口等着雨停，地上溅起的雨水，很快便淋湿他半截裤管。

过了没多久，那个幽灵一般的白衣女人又从左侧楼里跑出来。在腾起的白色雨雾里，她扑通一声跪在花坛前，仰着头，双手合十过额，手心里似乎捧着某种圣物。

老天发狠似的，倾盆暴雨兜头向她浇去，顷刻间她便浑身湿透，一身白衣裹在身上，与鬼魅无异。

这情形，令谭哲初委实吓了一跳。就算他不是个鬼神论者，也是越看越害怕。在如注暴雨下，女人单薄的身子不停发抖，却始终挺立如初，双手合十抵额的虔诚姿势，仰头接受暴雨凌虐的意志，不曾有半点动摇。除了鬼魂，他无法想象常人会有这样的毅力和耐力，能承受如此灭顶的洗礼。

无论哪种，谭哲初终于看不下去了。然而他周身除了一件西装外套，并无遮风挡雨的工具，他只能试试看能不能把她劝回去。

刚跑出楼门。一道巨雷在脑顶轰响，紧跟着一道闪电劈开浓黑天幕，那女人的一张脸顿时被照得雪亮。

那是多么悲哀的一张脸，白得几乎透明，仿佛轻轻一碰就会破碎。而她的眼睛紧闭，嘴唇微微翕动。雨水、泪水、苦水，似乎人世间所有的水，都在同时淹没她白到透明的脸庞，又一刻不停地在她颤抖单薄的身体上肆意冲刷……

35 顺水推舟

游鹏越是如此，兰小歌内心越是挣扎得厉害，但箭在弦上，人又是天生趋利避害的动物。

小歌！

就在闪电亮起的一刹，谭哲初的心同时被巨雷轰成碎片，他的脸色不比她好看，一句呼唤也被堵在了喉咙里。

为什么是这样的相见？谭哲初僵立在离她十米之遥的雨幕里，似在等待神明干预。终于，他努力深吸口气，想让迈出去的脚步更坚定些，却被一声尖锐的刹车声阻拦脚步。

一辆蓝色轿车停在她面前，车里冲出个年轻男人。

“小歌，兰小歌！琥珀醒了，真的醒了！他现在没事了，没事了！”他紧紧地抱住她，在她耳边欣喜若狂地喊着，声音虽被雨帘隔着，谭哲初却听得十分清晰。

“你说的是真的？不骗我？”她睁开泪眼，声音颤抖着。

“不骗你。”他双手捧着她的脸，认认真真地往她的眼睛深处看去。

“谢谢，谢谢你——”兰小歌说着，声音越来越弱，然后身子一软，晕了过去。

游鹏大急，飞快地抱起她放进车里，发动引擎。

车前，突然站着一个人，像鬼魅般，高大而阴沉。

“游鹏，我有事问你！你下车！”谭哲初的声音凛然威严。

游鹏摇下车窗，简直惊得目瞪口呆：“怎么是你？”

“我让你下来！”谭哲初提高了声音，眼睛里怒光炽人。

游鹏大惊，那声音里的感觉已经完全是另外一个人，他知道自己闯了祸。

“现在不行！我有急事！我知道你是来兴师问罪的，明天！明天我会跟你解释这一切！”他说完，把手档往后一推，车子快速平稳地倒退而去。

谭哲初不知在雨里站了多久，渐渐地感知不到自己的存在。

雨停云歇。兰小歌躺在医院的病床上，慢慢睁开眼睛。如果琥珀没了，她也必然会死在那个暴雨如注的夜晚，雨水将一并带走她的所有过往，包括最心痛的，也包括最美丽的，都将随她一并死去。然而，她醒在这样一个阳光耀眼的早晨，琥珀也从生死线上复活。

三天前的晚上，琥珀突然晕厥，到医院急诊，偏偏值班医生脱岗，一帮护士推诿扯皮，任孩子躺在病床上不省人事。

游鹏急了，把在场当班的人一顿臭骂。哪知有人认出他来，看热闹不嫌事大，很快引来围观。等医生赶过来，琥珀已经晕过去一个多小时。因为一直未用药剂，情况危急。入院第二天，琥珀仍然没有醒来，该用的办法都用了，医生劝他们转院，但又担心路上出事，让家长拿主意。兰小歌心碎欲死，游鹏握紧她冰冷的手，替她做了为琥珀转院的决定，但就在游鹏办手续的时候，兰小歌突然不见了。

她走了，她不敢面对接下来发生的事情。在她贫瘠的生命里，除了这一脉骨血，已经一无所有了。她带着空荡荡的躯壳，并不知道要走到哪里，更不知道是哪股力量把她送回了家，她瘫坐在地板上，眼睁睁地发着呆，仿佛一支残烛在苟延残喘。然后，外面天空滚起阵阵闷雷，几朵乌云在她的瞳孔里聚集，在浓黑的深处里，她看到一抹温暖的黄色光芒。

琥珀！谭哲初曾说那是佛教七宝之一，兰小歌如梦初醒地喊了一声“菩萨保佑”，跑入暴雨中，双手捧着那颗琥珀，用最虔诚的心反复念着：菩萨，帮帮我，帮帮我的孩子！

琥珀在转院的救护车里醒来，医生们都说是个奇迹！

病房空无一人，凌晨游鹏曾握着她的手，对她说琥珀安然无恙。她虚弱地笑笑，转身又睡了过去。此际，脑子真正清醒了，她撑着身子坐起来想去看琥珀，仍然觉得四肢无力。

突然手机嘀嘀作响，她拿来看，立刻目瞪口呆，一额冷汗。

石明明告诉她，因为一条微博，在她几乎与世隔绝的三四天里，她再一次成为街谈巷议的女人。

这一次，她是游鹏隐婚多年的女人，琥珀竟被演绎成他们的私生子！这样一条未经证实的微博，在传了三天后，成了娱乐版头条。兰小歌更被人肉搜索，翻出当年与展翔的绯闻。这样一来，她当年的突然离开，更与游鹏有了千丝万缕的联系。甚至有神秘人士爆料，说她在那晚的宴会上邂逅游鹏，两人一见钟情私订终身，但为了他的事业，她主动转入地下，做他身后的女人。

她知道，在八卦人士的捕风捉影和牵强附会之下，这件事还会有更广阔的想象空间。先不说这会给游鹏带来多大的麻烦，让他成为公认的伪君子，更要命的是，她与琥珀已经暴露。想到这儿，兰小歌一阵揪心。很快，谭哲初会找到她，让她把琥珀交给他，让顾嘉言接受琥珀，并成为后妈？不不不！琥珀刚刚从生死线上回来，父亲和小诗已经是她致命的威胁，再加上琥珀，她光是想想就不寒而栗！

不知哪来的力气，兰小歌跳下床，想立刻去抱着琥珀离开，石明明的另一条短信到了：小歌，先别乱，想办法拖住游鹏，我稍后就来。

兰小歌来来回回地走着，大脑快速转动着。石明明的提醒再明白不过，已被扯进来的游鹏，倒是可以把琥珀给掩饰过去，这虽然对游鹏不公平，但他若肯顺水推舟，粉丝们骂几天也就认了，甚至会为他的负责任叫好，而她也不用再躲避顾嘉言。

但是，琥珀长大后呢？谭哲初呢？心底的苦意迅速蹿至舌尖，兰小歌不得不想他与优优失散多年的痛苦，倘若琥珀平平安安地长大，他会像优优一样，总有一条回去的路。这么一想，她被自己的念头吓了一跳！但没时间了，她别无选择，就算对游鹏的欺骗会令她下地狱，就算她天天要背负自责的枷锁，现在她也只能这么办了！她振奋精神，把头发拢齐，想着怎样假戏真做，显得不着痕迹。

这时，一阵清甜的香气绕鼻而来，病房的门开了，先是一束白色的百合花探进来，花叶上沾着露水，接着游鹏推开门，抱着琥珀。

“游鹏，早。你带琥珀去哪儿了，把他给我。”她假装若无其事。

“还早？十点多了，我和琥珀在下面玩了一会儿，他说要去给妈妈买花，真懂事。”

“琥珀才刚刚恢复，不能吹风的，你别这么惯着他。”

“没事。医生说了，他只要能醒来就没问题，出去玩也是大夫批准了的。”

“游鹏叔叔，那我要是醒不来呢？”琥珀软着嗓子插话。

“那，你妈妈和我，就要哭死了。”游鹏揉揉他的头发，“去吧，让你妈妈抱抱，你差点没把她吓死。”

“别胡说。”把琥珀搂过来，兰小歌嗔怪地看着游鹏，他也正温柔地看着她，唇角的笑容令她内心揪起一片歉疚。

“游鹏，你过来坐。”她拍拍床沿，温柔的黑眸中盈盈若水，显得情真意切。

“我刚刚上了网，我全部知道了，我很担心你，会不会很难跟公司交代？”

“呵呵，我无所谓，倒是那些捕风捉影的东西把你写得实在难堪，那天我太冲动，让你受连累了。”

“哪里的话，一直都是我不停地有麻烦，我是走了大运，一有过不去的坎儿你就来了，游鹏，我对你只有感激！再说这件事，是因我而起，我知道你的麻烦不少，不知道自己能做些什么？”

“无非就是名利，对我来说从来都是浮云，最坏的结果，大不了我不做这一行呗！”

“不要！你有这个天分，千万别说气话！而且做个好演员不也是你的心愿吗？你不要半途而废。”

游鹏蹙眉不语，兰小歌继续道：“无论如何，不要放弃，我和琥珀会陪你走下去。”说着，她的手轻轻覆在他的手上，手心微微有些潮湿，一双黑眸婉转流动，充满关切。

“小歌，如果——我们顺水推舟一起来做这场戏，你觉得怎样？”他突然凝视着她的眼睛问。

兰小歌一颗心扑通乱跳，她没想到游鹏竟会如此明了她的心意，但越这样，她越是惴惴不安。

“游鹏，这对你不公平，你懂我的意思，我和琥珀不能耽误你，你那么优秀，你会遇到自己心爱的女人，撒这一次谎，你这辈子得用无数的谎来圆。”

“我说过为你而来，这不是谎言。”他看着她，“小歌，琥珀总有一天要面对难堪的议论，我是这样长大的，我不想看着他与我有同样的遭遇，你有责任给他最好的成长、教育和完整的家庭……就算是谎言，如果对同一个人说一辈子，也是善意的谎言。”

游鹏越是如此，兰小歌内心越是挣扎得厉害，但箭在弦上，人又是天生趋利避害的动物，她的嘴角虽然浮着笑容，目光却歉疚难安：“你真的要我，顺水推舟？”

“你拒绝不了我！”他的神情庄重。

“看来，我只能下地狱了！”兰小歌的目光飘向窗外某处遥远的地方。

“地狱在哪儿？”琥珀不失时机地扑进她怀中搭茬儿。她亲亲孩子的脸，把他抱得紧紧的，好一会儿才说：“在妈妈的心里。”然后她扬脸，手按住胸口，几乎是虔诚地问游鹏：“你真的不介意和我一起下这座‘地狱’？”

游鹏没说话，只是走上前展开双臂，把她们母子团团揽入怀中。他并不知道，门外正有双眼睛，注视着这一切。

36 摊牌

让我像你那样活着？不，我不会！人这辈子可以做很多事，却只能爱一个人，我不会像你一样！

傍晚时分，楼顶的风有些凉，谭哲初双手插在裤袋里，目光放得远远的，将风林这座小城尽收眼底。正是绿树葱茏时节，城市的色彩很完整，更远处的山尖上隐隐一抹青蓝，令他想起跟游鹏曾在山上攀谈的场景，不胜唏嘘。

他闭眼深吸一口气，想让自己更决绝一些。

多年以来，他在游鹏身上投注的心血太多，要斩断这份情义，他的不忍更是真真切切的，但他能怎么办呢？

早上打开手机，游鹏和兰小歌的绮事已成为一场八卦盛宴，隐婚、私生子、展公子前女友，作料生猛刺激，游鹏的形象一落千丈。粉丝说他撒谎，不负责任，并为此伤心不已，更多的人骂兰小歌是狐狸精，准备到她门前扔臭鸡蛋，甚至骂到了孩子。

谭哲初立即打电话回公司，宣传总监说事情太突然压不住。他没时间为手下应急能力的低下生气，这种事见风就长，除非有更新鲜更刺激的事反转方向。

“第一，发声明称公司不知情，并代游鹏向影迷致歉；第二，放个大料出去转移视线。”

谭哲初吩咐完毕，嘴唇紧紧闭着，内心一番天人交战。这些年来，在这纷乱的圈子，只要不涉及个人感情，少有他摆不平的事，而这一次，他没有把握。

他对游鹏，不仅是老板与下属的关系，他内心里当他兄弟。就算天意弄人，他懵然不知，但琥珀和兰小歌已被扯进来议论纷纷，甚至琥珀变成他的私生子。流言愈演愈烈，谭哲初必须立刻扼制流言势头。

当然，上午在病房撞见的一幕，更加令他无法平静。如果他是血气方刚的小伙子，他一定踹门而入，但惯有的理性和冷静，阻止他制造一条更轰动的新闻。

他握紧拳头，把对游鹏的最后一丝不舍从心底抽离。

游鹏依约而来。天台上，他看到谭哲初的脚下散落着几枚烟蒂，知道他已经在这里站了很久。

他背影挺拔，仪表风度令人心折，一如当年慕名而来时谭哲初留给他的印象。几年来，他们对所从事职业的认同，更令彼此惺惺相惜，他引他为师，敬他如兄，他亦爱才惜才。而今天，看着那个背影浴在日光下，却无端让人无法靠近，整个人也散发着讳莫如深的气场。游鹏明白，有些事情改变了，特别是他现在做出的决定，必然辜负他多年的栽培，这令他满怀歉疚，也令他深感遗憾。

听到游鹏的脚步声，谭哲初转过身，比以往更认真地打量着他。

阳光洒在他的肩膀，那份逼人的青春俊朗，是他已然逝去的。他心头莫名聚起一团火，灼灼地盛放在瞳孔中，游鹏即刻感受到一股压迫。

“说吧，你有什么解释？”他沉声问道。

“对不起。”他歉然道，“我没有任何解释，你看着办吧。”

“好！立即离开兰小歌，我安排你出国。”

“我接受任何形式的封杀和雪藏，但我自己的事情，不希望你插手。我知道我辜负了你的栽培，也暂时不能给你什么回报——但天意使然，我也不想权衡选择，兰小歌是我想照顾的人。”

“游鹏！什么叫天意使然？你来风林的目的你自己最清楚，你早就找到了她，但你却瞒着我们每一个人！”

“我当然要瞒着你们，她对你们来说算什么？记得你说过她只是一个外人。”

“无论她是谁，你现在必须离开！否则，你这辈子休想再翻身！”

“我在乎什么？名？还是利？我早告诉过你，我从不在乎这些身外之物。”

“你也从不在乎我们每个人对你的付出？不在乎几年来大家的共同努力？是不是?！游鹏，我曾以为梦想对你是可贵的，我也曾以为在某些事上我们的方向是一致的，但今天看来，是我看走眼了，你竟然是一个能轻易放弃梦想，割舍情义的人！”

“我不会和你吵，我也知道你准备了很多劝我的话，我也曾多次领教过你的口才，但这次不同，我早就想清楚，这两件事处理得当的话没有任何冲突，你非逼着我二选一的话，我只能给出令你遗憾的答案。”

“你没得选择！如果你要把这份事业做下去，你一定要在其他事情上有遗憾。”

“让我像你那样活着？不，我不会！人这辈子可以做很多事，却只能爱一个人，我不会像你一样！”

“你会后悔的。”

谭哲初一步步走近游鹏，眼睛半眯着，笑纹里堆出层层寒意。然后，他点起一支烟，深吸一口，再长长地吐出来，那团烟雾瞬间遮住了他的脸。

游鹏看不到他的表情，却听到一串低沉的、忍耐的，又令人匪夷所思的话。

“游鹏，我并不想伤害你，但你一定要逼我这样做，我不妨跟你摊牌。”他顿住，低头吸口烟，再抬起头来，那团烟雾已散入空气。

游鹏看到他的脸，同样的五官，却变得晦暗难测。

“兰小歌是我的女人！琥珀是我的儿子！”他说，声音冷酷至极。

游鹏的脑子嗡地一响，他下意识地后退几步，不可置信地摇头。

他说：“你骗人。”声音有点弱，视线有些模糊，他隐约觉得他在残忍地冲他笑，冲他说：“我给你看过一个项链盒子，那里曾有一条琥珀项链，是阿卡的作品……她很爱我，所以她给我们的孩子取名‘琥珀’！”

“你曾经对我说，你以为那痛是给你的吗？那是给我自己的！那好！我也要这样，要不起一份爱，有同样的痛也是好的！因为我终于明白，只有痛过，才会把一个人永远留在心里……”游鹏脑中不断闪回那段被他亲口念过的句子，现在，他终于明白了她的闪烁其词，也知道挂在她身上的那颗琥珀的由来。

谭哲初还在说着什么，游鹏已不大想听。因为他知道每一个字都是真的，而每一个字都敲痛着他的神经，述说着他不愿面对的事实。

他只知道他们的关系变了，却没料到会变成这样。

为什么，他的妈妈如此，兰小歌又是如此？

一层挟一层的痛楚席卷而来，令游鹏的思绪一会儿混乱，一会儿清晰。如果他们倾心相爱？兰小歌何必逢迎展翔？又为何独自远走？甚至藏着琥珀？而今天，她又为何暗示并接纳我？疑团纷纭，像一条蛇缠绕着心，吐着血红的信子。渐渐地，他望向谭哲初的眼神变冷。

“游鹏，我该说的都说完了，你内心应该没有怀疑了。”谭哲初抬脸望了望蓝天。

一阵鸽哨响起，大群白鸽扑啦啦从他们头顶飞过。

他们目送鸽群飞过，各立一方，久久无言。

“那又如何？”不知过了多久，游鹏紧绷的神经突然放松开来，他漫不经心地问，“你还有资格爱她吗？你又能爱她多久？”

谭哲初脸色顿变，眉心纹越紧，越暴露了他心底真实的隐痛。

“的确，你问得我哑口无言，我没有资格，但既成事实，我找到儿子和女人，自然有责任照顾他们。”

“兰小歌有权利追求自己想要的幸福，你如果给得了她，早就给了，为什么要等到现在？”

“我们因误会而分开，我并不知道她在这里。”

“我可以告诉你原因！从始至终她都不信任你！否则她不会不告而别！”

“游鹏，你这代言人当得未免太着急了些。”他冷笑，却难掩落寞。

“我了解她胜你十倍，有没有兴趣打个赌？”他似笑非笑。

“算了，我没时间做这种无聊的事，就算你赢，我也没办法成全你。”

“成全？”游鹏盯紧他，话中带刺，“坦白说，你们根本不配，而我跟她才是情投意合！”

“如果真是那样，你又何必咄咄逼人？”谭哲初反唇相讥。

游鹏慢慢靠近他，声音变得凌厉：“你能抛下他们多年，她凭什么不能有新的感情和生活？昨天、前天、以前的那么多时间里，你忙着博扬的事业，忙着赚钱，忙着替优优打江山！在她被所有人轻视的时候，在她为生活挣扎的时候，也在琥珀几天前生死徘徊的时候，你在哪里？所以，别在我面前显摆过时的筹码！”

谭哲初看着眼前的游鹏，那张脸上腾起的正义和肃然，不由得令他动容。他想，若他是兰小歌，他也无法拒绝这样热烈的情感。如果他能再年轻十几岁，或许他会接受他的挑战，这个对手太优秀了。

他的脸色柔和下来，语气也变得平静。

“游鹏，我没看错你，谢谢你对他们的照顾。跟你说句掏心窝子的话，情情爱爱的事我早看淡了，如果不是因为琥珀，我并不愿意为这种事跟你争执。我也相信，如果小歌认识你在先，我半点机会都没有。”

他边说边仰头看天，笑容苍凉：“可惜，上天注定了一切，你来晚了，我们三个现在有了割不断的血脉联系，你没理由要求我放弃。我希望琥珀能身世清白、健健康康地长大，如果我放弃了他，我还算什么男人！”

谭哲初走上前来，像往常那样揽住他的肩：“我们的争执到此为止吧。琥珀我要带走，而小歌，我会尊重她的选择。你是要休息还是要解约，都随你自己，我不再干涉你。”

游鹏的一双眸子阴晴难定地看着他，他眼神里的执拗和坚定令他渐渐明白，什么叫无力回天。

好半天，他才急促地大步而去，一阵热热的风吹来，把肆意飞出的泪珠吹散在身后。

37 隐婚女主

他不能控制自己的探询、疑惑和不信任。他们之间空白的四年，瞬间被谭哲初填得满满当当。

她和他都曾在思念对方的夜里想象过经年后的相见，流泪、欢笑、拥抱，甚至擦身而过、泯然一笑。但在那场梦里，他们只是相对站着，谁都不去触碰记忆的闸门，以为望得久一点，平静就会久一点。

楼顶的风扬着兰小歌的头发和裙摆，他慢慢走到她的面前，手臂在她腰间轻轻一勾，头俯向她的脸。她笑了，手指抚过他茂密的胡茬，又故作轻佻地捏住他的下巴，他捉住她的手指，声音发哑：“小歌，你不该这样勾引人。”眼睛里的笑意却更深了，“你真的一点也不恨我？”

“我有千点、万点恨你！”她笑着，猛地俯下头，抓起他的手臂狠咬了一口，抬眸的瞬间面前突然出现了另一张更年轻英俊的脸，长睫覆盖着黑眸的冰冷。兰小歌维持着那个僵硬的姿势，盯紧他的眼睛，他的另一只手握着枪，已经对准了谭哲初的眉心，黑眸里的冷光像钢炉里淬火的铁条……

兰小歌大喊一声醒来，好一阵心悸难安。她理理混乱的思绪，这个三分恐怖七分荒诞的梦，如戏又似真实，她不知道顾嘉言这些年如何睡得心安理得，她才走出一小步，心中已不堪重负。然而，开弓没有回头箭，她并不打算改变计划。

“梦都是假的。”她自言自语地安慰自己。游鹏善良悲悯，她不该胡思乱想，而是要继续在他的怜悯心和英雄气上加码。

石明明牵着琥珀匆匆进来：“你醒了？我们快走，外面的娱乐记者正堵着游鹏呢，你当心被发现！”

“怕什么？明明，这是我跟游鹏必须面对的！”

“小歌，你来真的？”石明明迟疑道，“他在三楼走廊那边，你想好，今天你走出去，没机会回头的。”

三言两语解释不清，兰小歌索性把包递给她：“你去把出院手续办了，带琥珀先回去，晚些我去接他。”

隐婚女主的出现，令在游鹏嘴里挖不到料的娱乐记者打了鸡血般兴奋。

兰小歌面前伸出数支话筒，眼前一片闪光灯，游鹏不容分说把她拉到身后：“各位，这是我自己的事，我没有义务向你们交代，请回去吧！”

话音刚落，兰小歌拉拉他的衣袖，声音很轻却坚定有力：“游鹏，我不怕。”

接着一片七嘴八舌的提问。

“兰小歌，请你解释一下游鹏的话。”

“兰小歌，游鹏的影迷认为他这么多年都在撒谎，很受伤，你怎么看？”

“真正关心我的影迷，不会干涉我的生活！”游鹏急着抢答。

“这么说，你不否认与兰小歌的关系了？几年前兰小歌与浩海国际的展公子交往，是为你的入行铺路吗？”一位女记者追问。

游鹏脸色变得十分难看，讥讽道：“你不去写小说太可惜了——”

兰小歌定了定神：“那些事都是捕风捉影。游鹏取得今天的成绩靠他自己的才华和勤奋，他是个对人诚恳，做事认真的好演员，从不跟红顶白，没有趋炎附势。我站出来，是希望这件事到此为止，他有能力做一个好演员，也有能力处理与影迷的关系，更有能力处理自己的感情……”

游鹏不等她说完，立刻扣紧了她的手，又慢慢把两只手举过头顶，目光悠悠掠过众人的脸："她的答复你们满意吗？"然后揽着兰小歌的肩挤过一片闪光灯，疾步而去。

走过医院外的一道长廊，兰小歌看到一个熟悉的身影急速闪过，她的心紧了一下，步子不由得慢下来，她以为是自己眼花了。

"那些娱乐记者竟然没有跟来。"

"花钱消灾，怕是有人替我们打发了！"游鹏的声音懒懒的。

兰小歌心中一咯噔，这才注意到他的神情中有着无比的倦怠。

"是不是我做错了什么？游鹏，我只是不想你独自面对这件棘手的事，我们不是已经说好顺水推舟的吗？"

"没有，你没有做错，我还要谢谢你替我解围。呵呵，没想到你应付媒体还不错，可见那些年的事对你还是有用的。"他说得不紧不慢，黑眸中惯有的温暖和热情，被一层让人难以触摸的神情阻隔了。

兰小歌不说话了，她小心翼翼地，把五根纤纤手指扣进他的手指里，静静地跟着他走。游鹏眼角的余光捕捉到她的小心翼翼，他觉得这个明显带有讨好意味的小举动，更显出他几分刻意来。

"这样一来，你我都没有回头路了。"他突然叹道。

"我从没想过回头！"她停住，突然放开他的手，"如果你后悔了，或者我会错了你的意，请你告诉我！"

他怔然望着她："小歌，你能不能等我一年？"

"等？为什么？"

"为了琥珀。"

"你说什么？请讲明白点！我并不聪明！"

"我从未问过孩子的爸爸，也不知道他是生是死。如果他活着，也许，我是说也许有一天孩子的爸爸来找你们，我该怎么办？"

果然，人都是现实的，他这么问出来，兰小歌反倒宽了心，那层压迫了她整整一天令她喘不过气来的负罪感瞬间消散。

"对不起，我今天冒失了，以后做事，我会量力而为！"她了然一笑，却不料这笑刺伤了游鹏，只听他断然喊道："兰小歌！我突然说这样的话，你不觉得奇怪吗？你为什么顾左右言他？我跟你谈的是很实际的问题！"

她背转身，声音在长廊里显得空旷清冷："琥珀是我自己的孩子，他从来没有爸爸，你有这样的反应在我意料之中……其实我一直很忐忑，你光芒四射，而我太黯淡了，我根本配不上你，以前是，现在更是。所以，我是真的认为自己自不量力，也真心为今天的事抱歉。”

然后，她急奔而去。暮色四合，他并没有看到她脸上飘落的泪，却被那个渐行渐远的单薄身影伤透了心。他本来想喊她，追上她，带她离开这个是非之地。但是，他不能控制自己的探询、疑惑和不信任。他们之间空白的四年，瞬间被谭哲初填得满满当当。有那么一刻，他觉得重新认识了兰小歌，她是个随时随地需要踏脚石的女人，曾经她搬起过展翔，现在这块石头是他。

原来，他和展翔在某种女人眼里，不过是同一种属性的东西，这让他觉得羞耻难当。

兰小歌从医院出来，她抬头看看天色，发现与那个梦境一模一样，天空像块硕大的蓝色帷帐，几枚星星遥远而模糊地闪着。然而，她实在没心情欣赏美好的夜空，她也早已抹干了眼泪，她知道这种没出息的行为，对生活没有半点帮助，但她又不能这么若无其事地回去，她得想想如何面对琥珀的询问。

她迫使自己冷静，但从医院出来已经走了相当远的一段路，脑子仍旧混沌，并时刻伴有冲动，令她想不顾一切地对游鹏坦陈过往。然而，一想到游鹏与谭哲初的关系，便似一块黄连含在喉咙里，唉，再苦，都得独自咽下。

眼看天色由深蓝转入浓黑，星星彻底躲入云层，她才想起给石明明打了通电话，石明明告诉她琥珀吃完饭已经睡下，问她还过不过来。

总算躲过一天！她叹口气，对石明明说她要好好想想。

明天呢？以后她与琥珀的每一个明天，都将面对着无穷无尽的问题。她突然觉得很累，似乎从怀孕到生子，近四年积聚的所有疲惫和倦意，此刻正一股脑儿地向她压迫而来。她靠在一棵粗柳树上，长吁一口气，整个人像一块搁在火炉边的糖，一点点化了。她看到那些上街纳凉的人，扇了扇得手都酸了，热气仍然闷在头顶上不肯散开，这仿佛也在提醒着她，这个静谧的避风港，恐怕要迎来一场暴雨。

“我得回去了。”她勉力撑撑身子，抬手拭掉额头的细汗，迈开酸软的腿。

38　倒带

他说的对，对极了，可那是天意弄人！

兰小歌不知道，有两个男人默默地跟着她走了很久。他们互不相识，却心照地爱着她。或许，就在她叹气时，谭哲初敏锐地感觉到另一个男人的存在，他认为是游鹏，因此决定做一件让游鹏眼见为实、彻底死心的事。

身后的脚步似乎越来越近，兰小歌加快步子，但来不及了，手臂突然被一只强有力的手拉住，并往怀里带去，她的一声惊叫还未出口，已被另一只温热的手掌堵住。她脑中迅速闪过一个可怕的念头：顾嘉言的人已经找上她，出于本能反抗，她抬脚朝那人脚上踩去。

那人一声不吭，捂着她嘴巴的手松了，她趁势张开嘴，狠狠地一口咬下去。那人始终一声不吭，任她咬着，而另一只手臂的力道却半点未减，仍紧紧地把她裹在怀里。

很快，她被一股混合着淡香和烟草的气息紧紧攫住。这味道，她太熟悉了，熟得她心头阵阵痉挛，令她不由自主松开嘴巴，那人趁势把她的身子转过来，两只手捧住她的头，一张脸压了过来。

那样英挺坚毅的一张脸，有挺直的鼻和微翘的唇角，深琥珀色眼眸，犹如她初见他时的雨天。她感觉心搏骤停，血流加速，她困难地张了张嘴，还来不及叫他的名字，就被他蛮横地吻住。

他从未这样吻过她，带着像要撕裂一切的狂暴和刻骨的忧伤，使她浑身无半分力量，两条软软的手臂缠在他的脖子上，想用尽身体里所有的柔情。

他来了！她从心底呜咽，想开口叫他的名字，却又舍不得离开他唇齿的牵绊，她用舌尖追着他，想就这么永无休止地吻下去。直到眼泪溅湿了他的鼻梁，他的泪也淹过她的唇畔，她的意念飞灰化烟，回到琥珀来临前的那个漆黑前夜。

很久之后，他稍稍松开怀抱，她的身躯跟着一阵颤抖，更紧地抱住他。

“不要，不要走。”她抱紧他，像梦中呓语般的，脸庞紧紧贴着他的胸膛，任眼泪流个不停。

“小歌，让我看看你。”他捧起她的脸，抚干她的眼泪，细细端详起来，眸底胶着的痛楚最终化作一腔沉默。

在他亲眼看到一个母亲在暴雨中的虔诚后，他突然觉得，她清瘦的容颜里曾有的挣扎和坚持，让他的任何话都显得多余。

她也没说话，目光落在他的脸上。离开的几年里，她有了足够的时间来成熟，也累积出对他情感的厚度。因此，她比以往更能感觉出他身上醒目的、真实的沧桑。她慢慢抬起手来，轻轻触碰他的脸，眉心又紧了一重，眼眸又深了一重，而时常挂在嘴角若有若无的笑意，已消失在一重叠一重的疲惫里。

她心底掠过一阵震颤，另一只手不由得抓紧他的手。

“哟——”他吃痛地叫了一声，那只手刚刚被她狠狠咬过，伤口绽开，血肉模糊。

“我没事。让你受了那么多苦，该的！”他叹道，抚过垂落在她颊边的头发。

一对失散的恋人，看上去要互诉衷肠。贾一飞终于转身，大踏步而去，跳上他那辆风尘仆仆的吉普。他觉得自己出现在这个场景里，应该像电影字幕那样，打上一行：多年以后。

多年以前，在西北的风沙里，贾一飞看管着那座隔绝于人海的监狱里的囚犯，而囚犯也在看管着他。他渐渐懂得，只有自由，才能让一个人的灵魂高贵，而受难，只是自诩高尚者内心的一点可怜安慰。那次，他专程千里奔驰为见兰小歌一面，出发前还疑惑自己要不要与过去诀别，但见完之后，他的想法变了，他不再为曾经为她做过的事在意，他看到自己的可有可无，他似乎从未改善过她的生活，也未曾改变过她的决定。

就在兰小歌期待他血性回归，并停在远离他一百公里的地方时，贾一飞恰好在一次追逃行动中立了功。这次的勇猛终于为他赢得一枚奖章，他得以提前调回了北海市。相比当年的离开，他的回归神采奕奕，兄弟们很快又围拢过来，全然忘了当年他出事后，个个如临大敌惊作鸟兽散。

他耽搁了很久才决定去看兰小歌。多少有点近乡情怯之感。然而，“漫漫时光”人去楼空，小歌、小诗销声匿迹，甚至林冬阳、乔伊伊也从柏杨路蒸发，让贾一飞感觉自己像在穿越时空的路上走岔了道，他无奈地笑笑，真正体会到世事难料，人心难测。

他回来的几年里，最开心的是他的母亲，看着儿子肩头的星杠花一年一变，更觉得当年对兰小歌以死相逼是英明决定。如今儿子成了警界杰出青年，抛橄榄枝的女孩层出不穷，但他的心思似乎不在这上面，整天早出晚归地办案，父母也觉得男人的雄心壮志就那么几年，不能太早地拘囿在家庭里，倒是没有催促他结婚。偏偏，他母亲近来被兰小歌的八卦新闻刺激，又撩起了兴致。有天晚饭，她当着儿子的面将兰小歌一番鄙薄，得意时忘形，说完之后，她一看儿子的脸色，恨不得抽自己嘴巴。

贾一飞决定去风林看看。

石明明趴在方桌上，正在焦急地等兰小歌回来。一个眉眼浓黑，身材魁伟的男人走了进来，他操着一口好听的京片子，看上去风尘仆仆，他说他饿了，没想到还有餐厅亮着灯，就进来碰碰运气。

没有坏运气的结束，就没有好运气的开始。谁说不是呢？

“琥珀在哪儿？我想看看孩子。”谭哲初对着路灯下自己的影子说。

兰小歌颓然松开牵着他的手，两个重叠的影子分开一点距离，就那么一点儿，却像现实与梦境的距离，谁也跨不过去。她知道，他能问得这么笃定无疑，撒谎是没有用的。这也意味着，对敏锐的顾嘉言来说，这事更是瞒不过去，因此，她脸上神情显得惊惶不安。

“在，在——”她思忖着，边措辞，边避开他的脸。

谭哲初不由得皱眉道：“小歌，请不要再骗我！”

“我并不想骗你……只是他还太小。他，他还不知道你是谁，他什么都不知道，你这样突然出现，会吓坏他！”

“如果我不找过来，他恐怕一辈子都不会知道我是谁吧！”他声音低沉地道，突然像变了一个人。

兰小歌看着他，有些受伤，在琥珀的问题上，他不该不问青红皂白，说出这么不讲道理的话来。

“我承认当年不告而别是我的错，但我们已经分手，至于琥珀，我来风林后才知道有了他，我甚至想过把他打掉，但我始终不忍心！”

“你要是敢那样，现在我就掐死你！”谭哲初心中一荡，作势掐她的脖子，却一把把她搂入怀中，声音婉转柔和，“小歌，谢谢你的不放弃。”

见他如此喜怒无形，兰小歌一时不适。这些年他们彼此存在隔膜，令他们改变的不仅仅是外表，更是内心，而所有饮食男女在激情散淡后，都必须面对平淡生活里的琐碎，而他们因为分离，激情被贮藏，似乎还新鲜着，但相逢之外，首要面对的就是，她的冰冻往事在见光后迅速融化。单是一个顾嘉言，此际身份已变，她不能不顾及她的尊严，更何况，顾嘉言手段能力强她百倍，稍有差池，结果是她不敢想象的！

她突然有些后悔自己在游鹏那边意气用事。现在，必须找机会把事情转圜，无论如何，在她想到万全之策前，不能把琥珀交给谭哲初。

“不用谢我，琥珀是上天给我的礼物，我不敢辜负。”她用公事公办的口吻说。

“是给我们两个人的礼物，你怎么能独占？”他岂能没注意到她神情的变化，于是顺口抗议。

她笑笑，离开他的怀抱，干脆直截了当地说：“你是别人的丈夫，而我的儿子只能是我的儿子！”

他拉住她，眯着眼，让人看不清神色，但声音变了：“知道我有时候恨不得掐死你吗？”

她感觉到手腕有点疼，听他继续道：“因为你的愚蠢，你的自作主张，不仅更改我的决定，你还要更改琥珀的命运！我决不允许！”

他说的对，对极了，可那是天意弄人！兰小歌的脸白了，强自争辩：“无论你说什么，我没有办法把琥珀交给你们！”

“可你却有办法让我的儿子认别人做爸爸?!”谭哲初愤怒的脸上又多了几分嘲弄和讥诮。

“我那么做有错吗？我们已经结束了，我得为将来打算！”

他抬手，捏紧她的下巴，手指在用力：“那把琥珀留下！”

“你凭什么？你有什么资格!?”她吃痛，抖着牙齿问，眼睛也模糊了，眼前的男人就像一个影影绰绰的前世倒影。

“我当然有资格！因为我断了你的后路，我跟游鹏谈过了，他根本不敢要我的人！”他断然说道。

39　回不去从前

她却僵得像块木头，一动不动也不说话，只听见手里的纱布和剪刀，当啷一声掉在地上。

原来，一切都是谭哲初的安排！他告诉游鹏一切，并逼他对她做那样的事，说那样的话！原来，他是被他们左一刀，右一刀地刺伤后离去。他无辜，他在错的时间走来，用天性的善良帮助和爱护了她，却遭受这样的屈辱！她想到他英俊脸上的神情，他一夜之间降到冰点的心，他有那么潇洒的外形和美好的心灵，却要遭受这样的屈辱……

兰小歌一时心中悲愤，盯着他的目光变得鄙夷：“我什么时候成了你的人？我们不过谈了几天恋爱，根本尘归尘、土归土！”

“哦？为什么刚刚有人投怀送抱十分卖力？”他恶毒地说，“很舒服，对不对？哦，不对，我记得你说过，‘有人爱着你的身体，不见得会奉上感情！’兰小歌，你真是一点都没变！”

他报复她来了！隔了一千多个日子，她太低估他，也太高估了自己的分量。她越活越回去了，柏杨路的兰小歌不会自取其辱，更不会枉顾事实地做了四年美梦！真相只是他们着迷对方的身体，谈过几天恋爱，而琥珀只是个意外！

“我把琥珀给你！”突然，兰小歌一个字一个字地，大喊着说。

谭哲初不可置信地睁大眼睛说：“为了他，你连琥珀都不要了?”

“谭哲初，如果没有这个孩子，你还记得我这个人吗？你没想过那段日子有多艰辛多漫长！你也体会不了一个未婚女人怀孕生子、一个人在手术书上签字、一个人抚养孩子，甚至想为他上个户口都办不到的辛酸！所以你从来没找过我！而游鹏，他陪着我，帮助我！他是上天赐给我的，我感激他，从今天之后，我会一天比一天爱他！我会再生孩子，我给他生一堆孩子！”

说完，她笑起来，眼泪却一大颗一大颗地往下掉，泪影里谭哲初的脸色犹如罩霜的玄铁，他们面前流动的空气，都被痛苦的往事紧紧凝住了。类似的话，谭哲初听过两次，一次出自游鹏之口，一次出自兰小歌，大意相同，在她最煎熬的日子里他在哪里？他厘着这一段关系，先是怕，再是恨，后是怨，然后放弃，再来追悔！这些事绞成一股压迫他的事实，他们之间，没有一条路是能回头的。

游鹏年轻俊朗大有作为，对兰小歌情感深厚，最重要的是，年轻意味着背景清白，可以给她更稳定、更安全、更长久的守护，她选他没有任何不对！而兰小歌，比之四年前多经历了磨砺，她更成熟，更有主张。他知道女人的成熟与世故成正比，她们对现实的领悟能力，也比男人更快！

终于，谭哲初打破静默，轻吁一口气，淡淡地说：“也好，我尊重你的选择，我只要琥珀。”

果然，他这么轻描淡写地做了决定；果然，他生命中最重要的从来都只是孩子；果然，顾嘉言是了解他的！可笑她当年却不肯承认，连累全家！兰小歌想着这些，心底发出一阵冷笑，脸色努力维持着平静。

“你想见琥珀，明天在这儿等我。”说完，她转身离去，没有半分留恋。

琥珀迷迷糊糊地揉揉眼，两手勾紧兰小歌的脖子，犹带睡意地问：“妈妈，叔叔呢？游鹏叔叔在哪里？”

“现在已经很晚了，叔叔回家了，我们也要回家睡觉，好不好？”

“那他有没有打跑那些坏人？”

“当然啊，他那么凶。”

“妈妈，不许说叔叔凶，他很好很好。”

“好好，你个小鬼吃人嘴短，全天下数他最好，行不行？”

她拿条薄毯裹住琥珀，抱起来往门外走去，外面响起几声轰隆隆的雷声，琥珀的困劲儿并没有过去，很快便歪着脑袋又睡着了。

石明明塞了把伞给她：“这么晚了，叫你别来了，你偏不听！叫你别走，你又不听！这固执的个性不改改，有一天总被你气死！”

“没事，明明。我明天要带琥珀离开风林几天，如果有人来找我，就说我搬到别的地方了。”

“小歌，你别吓我！你这是犯着谁了，要你这么离乡背井的，你不说清楚，我今天不让你走！”说着，她哗啦把门关上，背倚着门。

兰小歌最不愿意欺骗的人是石明明，只有她眼里的关切是真心的，但如果把真相告诉她，她无论如何也会帮她，那等于又扯进一个至亲的人。

“明明，我们与游鹏去旅行。”她言不由衷地说。

“哟喂！游鹏这钢镚终于砸出响来！小歌，那我举双手双脚支持，再没见过比他人品好的了，你说以人家这大明星的身份，什么女人得不到啊！偏偏就对你实心眼，你要珍惜啊亲爱的——”

珍惜？石明明说得多好，可惜为时已晚，但至少在离开风林之前，她得跟他解释清楚。虽然他可能还在恨着她，但她了解他的善良，他尚不至于把她和琥珀拒之门外。

拿定主意后，她的脚步快起来，游鹏当时为了方便，所住的酒店离明明菜馆不远。但天不遂人愿，才走几步，雨点噼里啪啦地下起来。她撑起伞来，但雨势大，一手抱孩子，一手撑伞，走得非常吃力。

雨点唰唰扫着伞面，让她的内心更加焦急，步子也迈得更快了。

突然，一辆出租车停在她脚边，雨水溅湿了她的裙子。她挪开伞，车门正好打开，一只手伸出来拖住她的手臂：“上来！”

她惊魂未定地坐进车里，一脸狼狈地看着那个人，怔了半晌。

今夜她最想逃开的，竟然逃不开；她最想见的，短短的距离，竟然见不到？

“你住哪儿？”他问，然后俯下头，目不转睛地看着她怀里的琥珀。

把琥珀放在床上，孩子睡意蒙眬地对谭哲初喊了声“叔叔”，让他心里极不是滋味。兰小歌示意他别说话，拍拍孩子的背，帮他朝床里翻了身，嗓子里哼出几句柔软的歌来，只一小会儿，孩子便发出轻微的鼾声。

谭哲初靠在门边静静地看着他们。她神情专注而温柔，灯光幽柔地笼着她娟美的脸，也笼着那个雪团一样的宝贝。这一幕，令他心底一阵抽搐，眼眶不由得有些酸涩。

兰小歌示意他先出去，然后起身熄了灯，关上卧室的门。

夜深了，客厅窗台上的绿萝和吊兰的枝蔓长垂，谁也没有先说话，兰小歌走到窗前拉紧窗帘，深吸一口气，临窗站着，谭哲初则陷进那张深红色的大沙发里，两条长腿疲惫地伸展开来。

很快，倦意如潮涌来，他说了一句：“我累了。”

兰小歌心底真实的痛楚铺天盖地地涌来，那些决绝的话言犹在耳，伤得她不留一点余地。她一直站在窗前，直到听到他真的睡着了，才缓缓转过身来。无论如何，明天的太阳要升起，她不能耽搁了，她要快点找下一个落脚的地方。

她路过他的身边时，看到他垂下来的一只手，手上那个伤口血肉模糊，因为又淋了雨，整个手背都肿起来。她最初的确是怀着恨意找来药箱的，酒精棉球往伤口上一戳，倒像是成心报复，谭哲初“哎哟”一声，痛醒过来，她一声不吭，不理不睬地在那伤口消毒、上药，裹上几层纱布。

谭哲初一动不动，时针似乎转回他留驻“漫漫时光”的日子，每当他累了在椅子上睡着，她会替他盖上毯子，独自在一边忙碌。

时光倒转，泪光也在倒转，他迟疑地抬起另一只手，想去摸摸她的头发，她正收拾好纱布剪刀站起来，他摸了个空，手臂僵在空中。

心里好大一阵的失落，猛地，他把她的手臂拉住，握得紧紧的。她却僵得像块木头，一动不动也不说话，只听见手里的纱布和剪刀，当啷一声掉在地上。

他抬起脸，凝视着她：“小歌，陪我说说话。”

兰小歌感觉外面的雨小了，否则他的声音不会变得这样温柔，这样清晰，又或者，夜深了，她又在做梦了。

“小歌，我刚才做了一件最错误也最正确的事。”

她仍然不言不语，僵立。他继续道：“错误的是，不该不信你，那样伤害你；正确的是——”他顿住，“你有时像一个狡猾的猎手，所以我不能相信你。”

难道他猜到她不会把琥珀给他，所以跟踪她？

“小歌，你怨我说绝情的话。其实这不公平，因为你从不信任我。我不明白，有什么事情我不能替你办！我以为我的出现能够给你安全和温暖，却最终弄得你背井离乡，我不知道这中间发生了什么。你的过去，你的未来，我全都参与不了！我不年轻了，那些海誓山盟，撕心裂肺的恋爱，对我来说挑战太大了！还好有了琥珀，不管你愿不愿意，他都是联系我们的血脉了，你就算逃到天涯海角也逃不开这个事实。所以，我希望你别再逃了！能不能给我一点信心，不管以后发生什么，让我替你办！或者我们商量着办！即便你已经不再爱我，但为了琥珀，让我们停止伤害他……”

兰小歌紧握的手指关节隐隐发白。这是一番不同于梦里的甜言蜜语，又不同于现实冰冷无情的话，入情入理不卑不亢，是一个负责任男人该有的态度。那么她呢，如果是一个没有后顾之忧的女人，她该感谢这番话，把所有的秘密向他坦诚，让他给琥珀一个安稳的家，让小诗和爸爸回到她的身边，如果他不介意她当年的事，她甚至愿意去感恩地，单纯地爱他，不求任何回报。

但可能吗？可能吗？博扬是上市公司，他是商界精英、企业界的偶像，他与顾嘉言在事业、金钱、情感上的种种纠缠她是可以想象的，将来外界的流言，会比吞噬游鹏的力量更大。

她心里好乱，却不能对他的话无动于衷。

“我需要时间想想。”她说，“夜深了，睡吧。”

兰小歌一夜无眠，不时转脸看着睡梦中的男人，他呼吸均匀，英挺的轮廓也变得柔和起来，尽管眉眼间堆叠了风霜，还是她几年来相思时的模样。她深深叹气，几个小时前，她几乎被他伤到断气，却还用这口残喘的气息来验证自己的感觉，哪怕他是个无恶不作的男人，只因离别时那痛彻心扉的一眼，她此生想再放过自己，已无可能。

黎明时分，兰小歌把写给石明明的信折好，走回卧室。琥珀仍在酣睡，挺翘的小鼻子发出均匀的呼吸声，那么健康。现在，就是这样的时刻吧，是他们三人的天伦之乐，就算明天命运要他们分离，但至少，她此刻拥有两个人已是最大的幸福。

谭哲初那番话起了作用，她最终做了决定。有些路，走出去，便不能回头，她无法为自己活着。因此，能把伤害减到最低的办法是把琥珀留给谭哲初，而她与顾嘉言约定的时间也快到了。她想起石明明曾说，无论多难都不要离开琥珀，不要给他的生命任何遗憾，但有时，选择遗憾只是为了生命中更大的圆满。

40　展老爷子

谭哲初心头陡然一软，把自己陷进沙发里，这才意识到他与顾嘉言之间剪不断理还乱的关系。

兰小歌俯身吻吻琥珀的脸，一串泪珠凉凉地溅湿他的脸颊，他懊恼地伸出小手揉揉脸，一双大眼睛睁开，一骨碌翻身坐起，抬起小手去擦兰小歌的眼泪。

“妈妈，谁欺负你了？”

“妈妈想跟你商量一件事。”她抱起他来，令他的手臂圈住脖子，“如果妈妈要离开你一段时间，你让不让我走呢？”

“一段时间是多少时间？”

“也许要一年。”

“一年是不是很久很久？”

“你每天早晨醒来说一句‘妈妈我想你’，这样说三百六十五天，妈妈听到你的话就回来了。”

“但是琥珀只能数到一百！”

“嗯，那妈妈争取在你数到一百的时候回来。”她哽咽。

“那我开始数啦！一、二、三……”

“琥珀！”兰小歌更紧地搂住孩子，心头一阵颤抖，“你会替妈妈保密吗？”

“我可以跟你拉钩。”琥珀伸出手指，灵巧地牵住她的小拇指。兰小歌为了忍住眼泪，几乎咬破了唇，不能拥有完整的家庭，这是琥珀的命。

谭哲初在晨曦洒满一室的时刻推开房门，他走上前，红着眼眶把母子二人一齐揽入怀抱，满是柔情。他想这一刻已经想了太久，时间若能停下来该有多好，就留在这一刻该有多好，他的手臂收紧再收紧，虽嘴角带笑，眼底却有了泪意。兰小歌听到他如释重负的叹息，想着她将要办的事，身体无法自控地微微发颤。他感觉到她的颤抖，略微松开些怀抱，担忧地望着她。

琥珀挣了挣手臂，趁势从他们的怀抱中跳出来翻身溜下床，光脚站在地上气呼呼地看着他们。

“你为什么抱我妈妈？”他娇声喝问。

“琥珀，我是你的——”谭哲初蹲下身，小心地伸出手想抚摸孩子的脸，想要解释给他听，兰小歌打断他的话。

“你先出去一下，我来跟他讲。”

见她无奈而苦涩的笑容，他只好迟疑地，缓慢地站起身来。正要离开，琥珀猛地想起什么来，一把上前拉住他的袖子，仰脸说：“我认得你。”

兰小歌和谭哲初心中同时一怔。很快，琥珀放开他，开始屋里屋外地拉开柜子、抽屉翻找东西。

“琥珀，你在找什么？”兰小歌疑惑地问。

“书啊——”琥珀停下来，指指谭哲初，“他长得像一个人。”

说着，他从抽屉里抱出几本杂志来，边翻边说：“妈妈，你忘了，你以前说我是他的小心肝儿。”

兰小歌的脸腾地红了。谭哲初看着她，心中荡起一丝甜意，他上前一把抱起琥珀，把他往怀里紧紧一搂，激动地说：“对不起，爸爸来晚了。”

显然，琥珀并未被他的激动和热切感染，小身子略略有些僵，两只大眼睛定定地瞅着他，看了一会儿，他挣着手臂，表示不让他抱。

谭哲初心中酸涩，琥珀眼睛里的淡漠疏离，让他手足无措。这时，手机响了。兰小歌抱着琥珀进了另一个房间。

母子二人的背影和手机屏幕上闪烁的号码，像两只无情的手，把他的心脏抓紧了。

顾嘉言的电话来得不偏不倚。她开宗明义，委婉地讲了三件事。

这几天外界开始风传游鹏即将离巢，千万身价转投麦迪，这个消息令博扬几个项目停滞，谭哲初身为总裁不在公司坐镇，股东们意见很大；游鹏已委托律师向公司递交了解约函，并称得到谭哲初口头承诺，但博扬要为游鹏未履行的广告约和戏约承担赔偿责任；此外卢湾在建的动漫公园，项目总监说钢材断供，供货方称上一季度博扬未及时结款，要中止合作。

乍听起来，这些事没什么大不了。游鹏迟早要离开，有人肯接棒，对游鹏是好事，也让他心安。至于其他事情，顾嘉言几乎不费吹灰之力便能摆平，她的用意，无非是敦促他尽快回去。

他耐着性子听她说完，不置可否地回说了一句："你问问展翔，区区几根钢材，他还怕我赖账？如果不跟我们合作，他的损失更大！"

"哲初，这不关展翔的事，他跟我说，是他们家老爷子怒了！"

"这关他们老爷子什么事？就算他怒了又怎么样？难道你我二人还找不到几根钢材？至于游鹏，我们的确见过面了，我同意解约。"

"哲初——展老爷子先前什么身份你又不是不知道，归根结底，我们这行是跑江湖的，无论黑道白道，都要看人脸色，明着来自然不惧怕谁，但暗箭我们躲不了。"

"嘉言，你不要胡思乱想，博扬做的是正经生意，我们跟他一向井水不犯河水，更谈不上有什么事得罪过他。"

"有一件事你还不知道。"她顿住，声音突然变低，"游鹏其实是展翔的亲弟弟，展家的小儿子——"

谭哲初一惊，脑中闪过那两人剑拔弩张的画面，而每一次展翔对游鹏都百般迁就，他顿时心明如镜。

顾嘉言继续道："本来展老爷子不问世事很久了，但这次对游鹏的事很恼火，我们要是处理不好，牵一发动全局。哲初，倒不是钱的事，而是我们为博扬付出的心血，我怕这事对你有影响！"

"你早就知道他们的关系？为什么瞒着我？你这是在我身边埋雷呢！"

"我也是后来才知道的。"

“好了，你先不要说了，我不知道你瞒着我到底做了多少事情！我很快回去，先挂了！”

“等一下。”顾嘉言急促地喊，然后小心翼翼地问，“你见到了兰小歌？”

“你认识她吗？对她这么感兴趣？”

“哦，没什么，我只是想，如果你见着她不妨跟她提个醒，展家老二惹不起。”

“你还挺关心她的，你们很熟吗？”

“这，说来话长，等你回来吧，有些事我要跟你当面解释清楚。”说完，她匆匆挂线。

听着她刻意的轻言细语，谭哲初心头陡然一软，把自己陷进沙发里，这才意识到他与顾嘉言之间剪不断理还乱的关系，想到自己的不告而别和平时的淡漠，有些愧疚。只是，他现在没时间细想顾嘉言的事，单凭一纸婚约，她完全可以让他在兰小歌的面前不能再往前一步。

点燃一支烟，谭哲初把凌乱的思绪慢慢捋顺。展观山已退出商界十几年，深居简出。他们家族的生意外人也不晓底细，展翔近几年在国内活动，也不像他父亲那么神秘，成天在外拈花惹草绯闻满天，从未见展老爷子有什么举动，人们也渐渐忘记了这位曾经的风云人物。谭哲初心里清楚，这类人做事的方式，远非他这种循规蹈矩的生意人可以揣摩。他虽然让顾嘉言别胡思乱想，但也深知，娱乐业从来是被各种潜规则包围，一步踏错便满盘皆输。这些年来，博扬挺过了很多风险，但能走到今天一步，跟顾嘉言密不可分。无论资金还是人脉，她竭尽所能，他们算是同甘共苦走出一片天来，而博扬的未来，与其说对顾嘉言重要，不如说对他更加重要。所以，游鹏一事的处理，多少让他陷入被动。

现在棘手的是，兰小歌和琥珀瞒不住了。一切都来得太急迫，他还没想好如何安排他们的未来，便陷入一个混乱局面。游鹏若真心放弃兰小歌，也就罢了，若是放不下，就更加难办！顾嘉言那边，更是关乎博扬上百口人的利益，他一个举止失当，都可能闯出大祸。

如何才能把他们从这场乱局中毫发无损地拉出来呢？

41 危险动物

她慌不择路地站起身来，手臂却被他猛地一拉，失重地一头栽入他怀中。

兰小歌并不知道局面已经波诡云谲。

她避开谭哲初的电话，尽力劝服琥珀尽快接受爸爸的事实，毕竟，她比他更着急。

“琥珀，告诉妈妈，今天开不开心？”

“不开心。”

“为什么？”

“我不认得那个人，我也不想他抱你。”

“哦，你吃醋喽。这样好不好，妈妈陪你看书，找个好玩的故事。”

说着，兰小歌翻开一本旧杂志，找到一篇卢湾影视城动漫公园奠基的报道，她指着上面的谭哲初说：“想不想知道他是做什么的？”

见琥珀兴致不高，她干脆把他抱起来放在腿上，自顾自说道：“他要在这里盖一座好大好大的公园，孙悟空、蜘蛛侠、奥特曼……所有琥珀喜欢的人都会住在一起，到时候我们也会跟他们在一起……琥珀，他真的是你爸爸，这些年没有来看你，是因为他忙着盖公园，但他心里很爱你的。”

琥珀从妈妈手里拿过书，自己一页页翻着，突然，他咯咯地笑出声来。

“妈妈，游鹏叔叔！他们在一起盖公园吗？”

兰小歌心头一窒，急忙接过书来合上。

“琥珀。答应妈妈，待会儿要叫爸爸，好不好？”

“不好。”琥珀不高兴了，“妈妈，游鹏叔叔说要带我坐飞机，他什么时候来？”

“他来不了了，爸爸会带你去。”

兰小歌话音刚落，谭哲初走了进来。

琥珀眨着长睫毛，没头没脑地问：“为什么妈妈让我叫你爸爸？”

谭哲初的心咯噔一下，他急忙掐灭烟，想把琥珀抱入怀里，琥珀却转脸跑到兰小歌身后。

“琥珀，你是我的儿子，我自然是你的爸爸。”他语无伦次地说。

“我是妈妈生的孩子！”琥珀说。

谭哲初怔住，不知怎么办。兰小歌眼前浮起一层泪雾，她抱起琥珀，走过去倚在谭哲初身边，脑袋靠在他的肩头，握起他的一只手，把琥珀的小手放进去，又把自己的手盖上去。“琥珀，记住，这是爸爸、妈妈和你，我们三个人的手今天握在一起，你要记住今天的事，好吗？”

尽管琥珀并没有与这个陌生的爸爸达到多么亲密的程度，但暮色在窗外合拢后，兰小歌摆好一桌酒菜，觉得这是她有生以来最美好的时光。

晚饭后，她安顿琥珀睡好，决定与谭哲初谈谈。她递给他一杯酒，他接过来一仰而尽，把杯子放在茶几上，目不转睛地从她黑眸里直望进去，痛意泛起："小歌，原谅我，我不敢骗琥珀，给我一点时间，这件事我会想办法解决。"

"你的心思我都明白，不要急着想怎么办，我知道这件事很麻烦。"

"有时候，我倒希望你笨一点。"他歉然一笑，抬手摸了摸她的头发。

"你都骂我是蠢货了!"她也笑了。

"我只希望你以后别自作主张，一切听我的安排，好吗?"

"听你安排？刀山油锅——我也要去?"她瞟他一眼，又笑了笑。

"小歌，这件事来得太突然。我这么想，你跟琥珀先住到三亚去，那个房子你也比较熟悉，会住得惯，也希望你了解，事情千头万绪，要给我时间处理。"

"我懂。"她握起他的手，凝视着他的眼睛，"其实，如果你不介意的话我正打算跟你谈谈顾嘉言。"她顿了一下，"我知道她爱你，没有你，她会痛不欲生。"

谭哲初的心被这句话狠狠一挫，只听她继续道："所以，请拜托优优照顾琥珀，或者给他找个好的幼儿园。"她的指节隐隐发白，谭哲初心中一凛，听出她话里的意思："你想干什么？我说了这只是暂时的，我会跟嘉言好好谈，你何必说这种绝情话!"

"不，你误会我的意思了，我并不是因为你的安排而委屈。我无法让你去做那样的事。一个人的肉体和情感是无法撕裂的，如果我们在一起，对顾嘉言的内疚会永远折磨着我们，人不能这么自私!"

"你以为这样很高尚吗，兰小歌?"他低吼，"我一直以为你聪明懂事，而你却总在做傻事！我们抛开感情不谈，你让琥珀怎么办？刚刚找到爸爸，再失去妈妈?"

"不会，他不会失去我的，我保证。"

"你拿什么保证?"

"你冷静一点！我和琥珀的血脉是任何人都割不断的。你想，你总要给她时间适应吧，你总要处理好公司的事吧！还有，你要跟优优交代吧！一年时间，我们给彼此一年时间，好不好？你当年希望我去重新学习，我一直有这个心愿。现在，有你照顾琥珀我也放心了，给我们彼此一年，让所有的伤害减到最低!"

谭哲初无言以对，兰小歌的一番话的确入情入理。但是，她并不知事情不是她想象中那么简单，她不仅招惹了顾嘉言，还有展家，个个不是省油的灯。如果她能出国避开一年，倒也是个不坏的主意。他心里盘算着，把她垂落脸颊的头发理到耳后，眼眸里的疼惜加深了。

"小歌，这些年来你受苦了，我应该尊重你……但是，我实在没有把握，外面关于你跟游鹏的风言风语并未停止，你现在走到哪里都是被人猎奇的对象，除非……"

他忧心忡忡，盯紧她白皙的脸孔，心里叹息着，美女何其多，能担得起眉目如画这四个字的，只有兰小歌。想到这儿，他脸上的神情变了："小歌，你仍然是个危险人物。"

兰小歌不说话，她慌不择路地站起身来，手臂却被他猛地一拉，失重地一头栽入他怀中。他就势张开双臂，把她整个人紧紧箍住，没头没脑地吻了下来。

"别离开我！"他哑着嗓子固执地低吼，灼热的唇却始终不离她，吻得粗野、慌乱而失措。

但是，她的决定根本不容动摇。

42 谁是炮灰

展翔也算个人物，却有更胜他一筹的游鹏，而如此优秀的游鹏，竟也成了爸爸的炮灰。她呢，又是谁的炮灰？

在另一座城市，顾嘉言辗转难眠。她的唱机里，蔡琴在浅吟低唱，寂寞的歌陪寂寞的女人。

谭哲初去风林那天，她刚从加拿大回来，两人连面都没见，等到那件事曝出来，公司乱成一团，他却关了手机。顾嘉言最初也被整件事震得发懵，她想不到兰小歌以这种惊掉眼球的方式回到她的视线，她差不多对爆料信以为真了。然而，当每个人包括优优都联络不到谭哲初时，她用脚趾想想都明白，他冲着兰小歌和那孩子去了。

怎么能不恨？四年来，她虽然逼她离开，但也实打实地花了不少钱，而且并没有动她父亲和妹妹一根汗毛，而她却躲起来替谭哲初生了孩子，她又想到前段日子跟谭哲初提起孩子时，他一脸敷衍的表情，怎么能让她不恨？

她长叹一声，门铃响了，没想到优优会在深夜造访。

优优仍旧素着一张脸，虽白衫牛仔裤，坐在灯下却清丽夺人。

这些年轻女孩，个个美得令人嫉妒。

顾嘉言倒了一杯红酒给她，微笑着说："优优，没想到你来，饿不饿，我去弄点消夜给你吃。"

优优突然有点感动，不由得握住她的手，不知是不是冷气太凉，她的手有点冰，优优第一次感到她的手很瘦。莫名地，她心头掠过一丝怜悯："嘉言阿姨，你不必忙了。爸爸让我过来看看你，你怎么不回家呢？”

“你爸回来了？什么时候的事？”她急切地攀住她的手问。

“没有，他还要几天才回来。他在电话里说，公司的事让你不必心急，等他回来处理，爸爸还说——”优优顿住，拉她坐回沙发里，揽住她的肩。

“你一直这么疼我，可我却不够好。”

“优优，疼你是应该的——”她伸手摸摸她的额头，“你这孩子，今天是不是有心事？”

“我没事，我想去旅行散心，明天就要走了。对了，爸爸还说让你好好保重身体，你最近瘦了不少，不要让他担心，还是搬回家住吧，家里的饭菜更合你口味。”

顾嘉言摸摸优优顺滑的头发，泪雾弥漫。她看得出来，这孩子不开心，她与游鹏的感情一向莫测，她不信这件事对优优没有任何影响，但她知道优优向来不喜琐碎，便忍住没问，只说：“好孩子，谢谢你来看我，你尽管开心去玩，别担心我们。”

优优告辞出来，车子开上树影重叠的小路，车窗飘进一团夏季夜风独有的潮热气息，她感觉浑身发热，但血管里流淌的血却冷冰冰的，眼看着“红栌”华丽的房子在后视镜里渐渐变小，那层悲悯始终挥之不去。

今天，爸爸的确给她打来电话，让她去三亚等他，并告诉她一个人过来，不要惊动顾嘉言。

“你要带兰小歌回来？”她直言不讳地问。

谭哲初讷讷地说：“优优，爸爸回去再跟你解释一切，事情不是你想的那样。”

他算是承认了。优优心头缠绕数天的疑云也随之飘散，但她不觉轻松，反而有什么东西沉甸甸地压着她的心。

她想，在这件事上，顾嘉言和游鹏都是炮灰。

尽管他们都是爱起来不顾一切的人，但没有谁比他爸爸更过激。过去，她的确努力创造机会，并积极鼓励他寻找真正的幸福，但当兰小歌真正以这种方式到来时，她却接受不了。也许，过去的她只是在自欺，觉得兰小歌是幻境中的人，爸爸不会为这个幻境付出一丁点实际的努力，她可以为他再造一座“漫漫时光”巩固幻境，却很难接受兰小歌有一天真的从她营造的幻境中走出来。

她感觉脸颊有些凉，摸一摸，原来是泪。好久，她不曾哭过了，莫非她的心，比顾嘉言还要酸楚。她摇摇头，想挥去荒凉的感觉，泪却越来越汹涌。

没有回家，她开车去了柏杨路的“漫漫时光”。客人走得差不多了，除了吧台的服务员，店里只剩两个男人在下棋。他们很安静地下，两人手里捏着棋子若有所思。

优优的长腿一跨进来，一个人手里的黑子啪地掉在棋盘上，执白子的人，目光也追到她的脸上。

“展翔？游鹏？怎么是你们？”优优瞬间石化。

游鹏吹声口哨，洒脱地站起身来，朝她展开双臂：“美丽的姑娘，从现在开始，我自由了！开瓶好酒为我庆祝一下吧！”说着，他走上前来，很自然地把她拥入怀中。

她笑了，轻轻拥住他拍拍他的背：“又要庆祝？都不知找这借口抱我多少次了？”

“美人嘛，看一眼身轻体健，抱一抱益寿延年，经常抱呢，差不多可以长生不老。”他慢慢松开她，眼睫轻抬，一脸笑容。

“别贫了，你倒有好心情。对了，你们怎么一起来了？”

“我们不能一起来吗？哦，展翔，你来告诉优优怎么回事。”他眨眼笑笑，展翔无奈地走上前来，满脸歉然：“优优，很抱歉有件事一直瞒着你，因为一些特殊的原因，我们没有让你知道，其实我俩是亲兄弟。”

不过几天时间，为什么所有的事都变了。优优不可置信地看着眼前两个高大的男人，想在他们的眉目中寻找相似的地方，但她失望了。就外形来说，展翔虽不难看，但与游鹏显然不在一个比较级内。

像是在解释她的怀疑，展翔补充道：“我们同父异母，小鹏的妈妈是美人，所以他比我帅气。”

“哈哈，说这些干吗？”游鹏打断他，揽住他的肩，对优优说：“美丽的姑娘，你会吝啬一瓶酒吗？我没记错的话，如果我俩和睦相处，你应该开瓶木桐！”

他眼角飞扬，那股潇洒劲又回来了，是她刚刚回国时初见的风致，让人无可挑剔，也让身边的男人黯然失色。世道真不公平。她想，魔高一尺，道高一丈，展翔也算个人物，却有更胜他一筹的游鹏，而如此优秀的游鹏，竟也成了爸爸的炮灰。

她呢，又是谁的炮灰？游鹏尚且有哥哥关心他，而她只有一个爸爸，却又在两个女人间徘徊纠缠。

或许，满室皆是失意人，醉起来，根本不想醒来。

43　二次别离

她知道，他越是表面平静如常，心底深处越是炙热，她作为他生命中的某一部分，已经被放下或者割离了。

在航站楼里，兰小歌躲在柱子后，忐忑地看着琥珀把她的信交给谭哲初。直到，他脸色平静地读完那封信，深深地吸口长气，像是抑制内心的波澜，然后把信折起来，又平静地放进琥珀的背包。

她转回脸，咬紧嘴唇。这次的决定，是对是错，她已经没有力气去探究，只觉一阵阵苦涩打心底泛起。她终于费力地对自己说，走吧，走吧——可还是一步都挪不动。她隐隐听到离她不远的地方，他的脚步声越来越近，她把身体紧紧地贴着柱子，屏住呼吸，生怕自己一时不忍冲了出去。

“琥珀，想哭就哭出来吧”。她偷眼看去，他正凝视着孩子说，眼里是深不见底的愧意。

琥珀伸手摸摸他的脸，大眼睛里蓄满泪花，然后两只手圈紧他的脖子，哽声说：“琥珀跟妈妈拉过钩，我要说话算数，我不能哭，我要等妈妈回来。”

“她说什么时候回来?”

“一百天。哦，不对，是三百天。”

“那要很久，你怕不怕?”

“妈妈说我很勇敢。”琥珀小心翼翼地从口袋里抽出一张年历小卡片，“你看，我今天已经画了一个圈，琥珀会勇敢地把卡片画满圈圈。”

谭哲初心中一阵翻搅，他闭上眼睛，把孩子搂过来：“琥珀，别怕，你还有爸爸，从今以后，爸爸每一天都会陪着你。”他没有回头，没有看一眼身后，抱起琥珀默默向登机口走去，背影挺直孤单。

琥珀的头垂在爸爸肩头，一路紧抿着嘴唇，那双眼睛也如他的父亲的一样，没有惊惶也没有害怕，似乎关于风林的一切，已在他们父子二人的生命中完结。

望着他们渐渐没入人流，兰小歌的眼泪终如开闸之水。她知道，他越是表面平静如常，心底深处越是炙热，她作为他生命中的某一部分，已经被放下或者割离了。她这才真正意识到分离的剧痛，心中的痛恸快要把自己淹没了。

“琥珀——琥珀——”她靠在柱子上，念着孩子的名字，似乎每念一次，她便可从悲伤的沉沦中获得生还的喘息。

石明明想不通兰小歌突然离开风林的原因。一沓钱，一把钥匙，一封语焉不详的信，就这么让茵茵交到她手里，然后不知去向。一周没见面，说有事要做，竟做出这样的事来？说走就走，朋友四年竟不辞而别？还说什么一年后再见？还有什么脸要她照料书店?

她生了一天的闷气，直到傍晚，心头渐起的不安和疑惑才一点点将怒气压了下去。这四年里，只有她目睹了一个年轻美丽的未婚妈妈如何艰难度日，如何摆脱猎艳男人的纠缠，如何视她为这小城唯一可信赖和托付的人。兰小歌的过去在她心中一直是个谜，但她懂她曾有的难堪，也不忍心挑破，现在她突然要走，就像她当年突然到来，或者她正要面临更大的难堪。

石明明没心情工作，决定提前打烊，发现这几天总来的那个浓眉大眼的男人正坐在窗边的位子喝啤酒，面前的两个小菜一动不动。今天她再没耐性等他喝完，要过去给他提个醒。

“大哥，今天家里有事，我们店提前关门，你还要逗留多长时间？”

贾一飞抬抬眼皮：“本来要走了，突然想起饭还没吃，这样吧，你去把这俩菜热热，再给我包点饺子来。”

“我这儿没有饺子！”石明明不耐烦地答。

“那怎么办？我来吃顿饭还得饿着回去？”贾一飞较上了劲。

“这里是菜馆，麻烦你看清楚招牌，只卖菜不卖饭！”

“好——那给我再加几个菜吧！”贾一飞拿起菜牌翻看，随口念了五个菜名。

这是成心跟她过不去！石明明打量着眼前魁伟的男人，明知道硬杠下去要吃亏，却偏偏压不住一腔无名火。她劈手抢过菜牌，瞪圆了眼睛：“菜也不卖了，什么都不卖了，我现在就要关门！这一顿给你免单！”

“别废话，去做菜，我付三倍钱！”贾一飞不依不饶。

正在僵持，门外突然进来一个穿黑西装的陌生人，径直走到石明明面前：“跟你打听个人，叫兰小歌，是你的朋友吧？”

贾一飞与石明明同时怔住，心头浮起疑云。

“原谅我不能听你的安排，就让那个美丽的海岛，成为我们日后相逢的地方，现在我的等待已经完成……好好照顾琥珀，用心呵护他成长，这比什么都重要……”坐在飞往三亚的飞机上，眼前浮云如海，这令谭哲初想起多年前与兰小歌一起出海时的情景，仿佛已是极遥远的事。

为什么遇见是两个人的事，而离开总是一个人的决定？

兰小歌又一次留下几个字不知去向，这让他认为，她确确实实不愿以那种尴尬的身份留在他的生命里。一年时间，兰小歌给出的这个期限，是对他的了解还是不了解呢？现在，他无法衡量时间的长短，只知道眼前的路要自己一步步走完。他捏捏眉心，回脸看着孤单的琥珀，越是想从悲哀的情绪中抽离，越是难过。

他的身后，一对母女正在谈话，声音不大，却十分清晰。母亲像是劝女儿离开感情的三角旋涡，女孩声音悲哀地说：“但愿我有能力在不同年龄爱上不同的人。”母亲说：“人可以在爱里走下去，但不能丢失自己。”

谭哲初仰靠在沙发背上，闭上了眼睛，听着她们的对话，只觉世事皆如戏，所有的爱情故事都是雷同老套的，但个人命运有别。兰小歌没有溺爱她、收留她的双亲，但她比别人更珍惜亲情的慰藉，所以，她把相依为命的琥珀留给了他。这一次的聚首和分离，让他们更深地靠近彼此，只有彼此成全，经受住分离的考验，他们的感情才能翻开新的一页。

渐渐地，他的脸上难得浮起一丝苍凉的笑意。琥珀正偏过脸看他，然后从座位上站起溜进他怀中，一把搂住他的脖子紧紧抱住，却一句话不说。

谭哲初明显感觉到孩子在强忍哽咽，心中一颤。

“琥珀，怎么了，告诉爸爸，好不好?”

琥珀从他肩头仰起脸来，大眼睛里满是泪花，委委屈屈地问：“你，你会不会给我找一个新妈妈?”

“爸爸跟你保证，永远不会，琥珀永远只有一个妈妈，但是你会有个漂亮姐姐，姐姐会很爱你，会照顾你。”

“是优优姐姐?”

“嗯，你怎么知道?”

“妈妈说，让我以后听你和优优姐姐的话。”

眼眶好一阵发酸，兰小歌的确用心良苦。“好孩子——”他吻吻琥珀的额头，“爸爸跟你保证，所有的人都会很爱很爱你。”

又一天过去，兰小歌结清供货商的余款，登上飞往北海的飞机。

她精疲力竭地把头靠在窗边，浮云曼妙地从眼前飘过，内心一片烦乱。她只好闭上眼睛，直到飞机开始着陆，才慢慢睁开。往下看去，北海市笼在雾霾里，像一只又累又热喘着粗气的骆驼，目光疲惫，体形臃肿，没有继续前行的力气。

境由心生，想不到她离开不过四年，这城市竟同她一样老去。她待在座位上不想挪开半步，甚至希望这趟飞机能原封不动地把她递回到出发前的地方，一切都没有改变，她有儿子，有石明明，有家小小的书店，只单纯想念着远方的那个人，岁月漫长却平静。

终于机舱内没有一个乘客了，空姐礼貌地过来问她需要什么帮助。她摇摇头，深吸一口气，缓缓站起身步下舷梯。刚一沾地，脚下虚虚浮浮，像踩着棉花云，她稳稳心神站定，走在她前面的一个男人突然停下来，转回脸看她。

第三部　归去来兮

（2014·秋）

44 鬼迷心窍

一样眉目如画的脸，但她比兰小歌更冷艳，更淡漠，而她身上也没有那种宿命的绝艳，那种令他痛楚又欲罢不能的味道，那种令他想去探寻她灵魂深处的欲望。

游鹏从风林回来三个月了。

这天傍晚的一场急雨，令吹进室内的风有些冷，他打开窗，黑色树影覆上他英挺的脸庞。手中的烟燃了半截，他狠狠吸了一口，一阵猛烈的咳嗽令他弯下腰去，他扶着膝盖，整个身子都在发抖。

从他再一次遇见兰小歌到现在不过短短半年，他却像是过了一生。看到父亲的时候，他几乎以为是下一世的事了。

展观山容颜的苍老令他心惊。伟岸的肩背微驼，眼角堆满皱纹，深刻的发令纹如两道圆弧钩住他下垂的嘴角，他已经很难在他脸上找到昔日的威严和冷酷。没有一个人会看着垂垂老矣的亲人无动于衷，他也同样不能。

他看着面前的身影像纸片立着，感觉从未如此心酸过，几乎在瞬间，他为这个曾经痛恨的，甚至准备永远恨下去的老人模糊了眼睛。

展观山仍然话少，脸上也没有明显的喜怒，只说："小鹏，在家里住吧，你妈妈的房间一直留着。"然后，起身而去，步子缓慢。

游鹏转背，眼前又蒙上一层泪雾。

妈妈——她的大幅画像就挂在眼前的墙壁上：一袭蓝绸裙，一弯如水发，素脸如月，明眸如星。恍惚中，她又像每次出现在他梦中那样，坐进那张他熟悉的大沙发里，缓缓地把手伸给他，对他说："小鹏，过来，让妈妈看看你。"

他握住她冰凉的指尖，默默流泪。

十几年过去了，这房子里满当当地盛满妈妈的气息，这令他刚刚柔软的心又坚硬起来。

来前，展翔曾对他说，这几年父亲一个人住在这里，深居简出，希望他能好好陪陪他。

然而，他做不到。他沿梯而上，犹记少年的自己，在这道楼梯上踉跄而过，手里捧着妈妈的日记本，眼里满是泪。这房子里，过往的悲剧历历在目，瞬间，他便被一种悲哀的气息捆绑着。他挣挣手臂，想逃开这个曾经令他无法忍受的地方，然而，另一些回忆又阻止他这么做。

几天后，父亲曾跟他简短地谈起兰小歌，语气中充满试探。

“小鹏，那是个怎样的姑娘?”

“都过去了，我不想再提起她。”

“你大哥跟我讲，她不是外界写的那样，但我不相信。”

“算了，我真的不想谈她。”

“我看你根本没有过去。小鹏——听说你们还有个孩子，我老了，我不想看到更多的遗憾。”他深深地叹息。

他叹气了，他竟然在叹气！游鹏凝神望着父亲，眉头越皱越紧，失声道：“谁愿意看到遗憾呢？尤其这房子里的人。”

“你还是不能原谅我。”

“没有，你始终是我父亲，这些不开心的事，我们不要再谈了。”

“我会让你开心起来的。”说完，展观山站起身，背手慢慢向门外走去。

游鹏回来后，展观山的精气神好像又重回体内，但他仍意识到自己是真的老了，过往的辉煌和遗憾早成定论，小鹏妈妈的死，对他也是一次生死考验，这之后，所谓世情也在一夜之间看透。只是他的性情积重难返，他不允许自己承认这个错误，直到这个孩子改名易姓，离家出走。

他未奢望有朝一日游鹏会回头，更未想到这一日他的回头如此迅疾。甚至，不容他反应，游鹏直言不讳地提出，希望得到他的支持，游鹏要做最好的华语电影，要网罗最精尖的人才，做中国最大规模的电影公司。

当年，展翔也做这样的梦，但最后不过是玩玩而已。

见他神色间略显踌躇，游鹏斩钉截铁地道：“现在华语电影市场前景虽大，但离好电影的差距很远，大多数公司是不专业的草台班子，并且个个短视。做演员很被动，我无法做到令自己满意的作品，所以我要一间真正属于自己的公司!”

展观山的眼中露出一丝欣慰。小鹏从小有胆色，这他早就知道，这次归来，做事似乎更加沉稳执着。

“小鹏，我总有一天要离你们而去。你放心，展家的一切，本来就是你们兄弟二人的，我想你大哥也不会反对什么。”

只有游鹏自己心里清楚，他这样做的目的是什么。“我还会再回来的!”那天，他对谭哲初说完这句话，眼泪被风一点点吹干，但之后兰小歌音信全无，明显与他撇清关系，让有些念头不顾后果地冒出来。

风林回来后，他先见了展翔，并告诉他要回家，请他安排一切。

展翔目瞪口呆：“为什么要这样做?”

“我要拍伟大的电影，做最棒的公司，我不信我比不上谭哲初，你帮不帮我?”

弟弟的倔强展翔早有领教，这番话一出口，他知道他是受了极重的情伤。

兰小歌这丫头，何德何能？展翔相信游鹏因为年轻气盛，在这件事上绕不出来，假以时日，他的重心转到工作上，自然有配得上他的姑娘。他同时隐约有些担忧，游鹏因对兰小歌倾心，而忽略了优优。而优优对他们兄弟的不同态度，也让他担忧，似乎他只有激化游鹏和谭哲初的矛盾，才能令优优见厌于他。因此，他在看到博扬的声明后，故意停了动画公园的建材供应，并放话给顾嘉言。这是他给谭哲初信号，也为游鹏与谭哲初日后的矛盾埋下引线。

人在感情上都是自私的，他早就对游鹏说过，我让着你，是因为我想让你，而不是因为怕你。总的来说，游鹏的回归还是令他欣慰的，他在父亲脸上，看到消失许久的神采。他觉得，说服弟弟在父亲身边留久一点，才是最重要的事。

游鹏完全收敛了棱角，这段日子，他每天都会陪展观山吃晚饭，有时看父亲精神好，还会陪他下一盘棋。没有人能看到他内心真实的痛苦和隐忍。在他心里，似乎关于爱情的热望已在时间流逝中慢慢平复下去，又可能演员在看待人世间的爱恨上比常人要透彻得多。

窗外下着雨，只是这场雨，有点点愁滋味。他想起那个雨天里，兰小歌一头撞进他怀里时望向他的眼神，没有疑惑，没有挣扎，只有平实的依赖和婉转的情意；他又想到另一个雨夜，她濒临崩溃地跪在暴雨里为琥珀祈福，见到他时，那双似已死去的眼眸重燃的希望之光；想到那孩子抱着他的腿，软着嗓子“叔叔，叔叔”一迭声地唤他，他的心便会莫名一抽。

然而，对他们的所有思念总与欺骗交缠而来，令他每想一次，都伴着强烈的怨恨。此刻，他的脸色有些苍白，刚才的一阵咳嗽，令他额上浸满汗珠。

“小歌，你不了解自己，你怎么能爱他，怎么会爱他呢?”

想到她，心中顿时如火灼过，他抬手擦擦额头的汗，感觉触手滚烫。原来，他在风口站了太久。撑着身子回到房间，一头倒进床里，便昏昏沉沉地睡去。

再醒来，他看到床头的点滴瓶。父亲站在窗前，脑后一圈花白的头发被晨光镀上一层黄晕。

“我病了吗？抱歉，让你受累了。”他坐起身靠在床头。

“听说你一向壮得像头牛，那些年一个人在外面东飘西荡，吃了那么多苦，都没见你发烧过。”

“你知道，我在英国的事?”他心里黯然。

“小鹏，儿行千里母担忧，我也一样。”他转过身来，苍老的眼睛闪过一丝略显狡猾的光，“你如果好了，就到客厅来见一个人。”

游鹏拔掉针头，摊手一笑：“没事了，我仍然壮得像头牛。”

“好，跟我来。”

一抬脸，游鹏看到冷冷的一双眼睛，一双乌黑晶莹的大眼睛，险些让他惊呼出声。

然而，她从沙发上站起来，长身玉立，姿态婀娜。

“不是她，只是一张脸像极了她。”游鹏的心底浮上一丝难掩的失望。

敛了敛神，他又仔细打量。一样眉目如画的脸，但她比兰小歌更冷艳，更淡漠，而她身上也没有那种宿命的绝艳，那种令他痛楚又欲罢不能的味道，那种令他想去探寻她灵魂深处的欲望。

他终于明白，原来，鬼迷心窍是这么回事。

“你好，我叫尤敏。”

女孩主动伸出手。他眉心一皱，缓缓地伸手握住她。

她指尖传出的冰凉，又令游鹏一怔。

45 尤敏

他压回冲到喉咙里的痛苦的呻吟，眼前这张与兰小歌八分相像的脸庞变得模糊起来，心头甜意与痛意杂糅，竟化作一缕柔情。

尤敏正是兰小诗。此番归来，她借用了一个20世纪60年代邵氏明星的名字。

顾嘉言不大想得通自己为什么会答应见她，并应允了她的要求。也许只是一种直觉，让她意识到在当下的处境里，把兰小诗放在身边用起来会比较方便。

四年前，她对兰小诗全无兴趣，甚至懒得看一眼，她在国外的一应事务均由华安康代为打理，今次乍见，她被她的美貌惊到了。除了一张脸与兰小歌十足相像外，偏还生得大胸长腿，高挑的身材，比她姐姐高了不少，显得更艳丽清傲，特别是那份冷艳配上她的淡漠神情，显得十分神秘。

兰小诗直言不讳，她感谢她这几年来的慷慨相助，但不打算再伸手要她的钱，她说要做大明星，要出人头地，希望得到她的推荐，她会好好报答。

顾嘉言心想，做名利场的女人，兰小诗是天生的可造之才，而她心中的欲望，对顾嘉言才更有利用价值。

其实，就在她大脑里转着这些念头时，兰小诗已为争取回国准备了很长时间，姐姐那段长着翅膀飞到加拿大的绯闻促使她下了最后的决心。尽管那段残酷往事已在她心中结痂，兰小诗却不得不承认，自己是姐姐一连串不幸的制造者。

那天黄昏太阳早早下山，天际凌乱地抹着缕缕血色云彩，当兰小歌跑到破败的机车厂外，已隐隐闻到血腥的味道。很快，她听到小诗发疯似的尖叫。她先冲进去，林冬阳被远远地甩在身后。房间里，小诗的衣衫被凌乱地扯碎在地上，身上只剩内衣裤。她头发乱成一团，眼睛上蒙着一条黑布，手臂和脚踝被粗绳绑着。她在扭动、挣扎、尖叫，五个二三十岁的男人在尖叫，在哄笑，在不停地按快门。

闪光灯像闪电一样刺破了兰小歌的眼膜，直觉告诉她，小诗正经历着什么。血液瞬间涌上大脑，她不顾一切地扑了上去，去抢那个正拍个不停的相机。然而，她的双臂立刻被反剪到后背，疼得她几乎掉下泪来，她只能徒劳地喊骂。

“哥几个，看看，这脸长得真好看！她是怕咱们不够吃，主动送上门！今天就一锅烩了！”那个剪着她手臂的男人说。

“王八蛋！小诗还是个孩子，你们不得好死！”兰小歌骂着，双脚朝后蹬着。

脸颊一阵生疼，她被那人狠狠地抽了一耳光：“好啊！你不是孩子！你来——！哈哈！”他狂笑着把兰小歌推倒在地，压在身下，她的衣服被另外几只手撕扯着。

她拼命挣扎踢打，嘴角噙着血丝，脸颊已被打得肿胀，痛到麻木。

“哈哈哈！还挺横的？爷就爱吃口辣的——！”说罢，她的袖子被撕掉一只。

唯一清醒的只有意识，兰小歌慌乱中摸到地上的一只啤酒瓶，她抓起来，狠狠砸在那人的脑袋上。她看着他头上的血滴下来，滴得她满脸都是，紧接着，她的脖子被掐住了，喉咙被扼得死死的，最后的一丝意识变成眼前一片弥漫的殷红。

兰小诗眼前的黑布不知被谁扯下，她眼睁睁地看着姐姐激怒了一窝畜生，然后得到更疯狂的报复。她几乎吓傻了，想尖叫却叫不出来，直到那个年轻的警察闯了进来，她才疯了一样，尖厉地大叫。

警察正是贾一飞。他鸣枪示警，但那五人红了眼，见他一个人便一股脑扑上来，贾一飞在打斗中落了下风，手中的枪也已脱手。

突然，一个男生抖着嗓子喊：“不许动，再动我崩了他！”是林冬阳，他趁乱捡起贾一飞的枪，并控制住一个人。

“让他放人！让他交出东西！”贾一飞沉着嗓子命令道，人已跑到兰小歌身边。

兰小歌意识稍稍恢复，她模糊看到一个高大的穿警服的身影，便不顾一切地抓住他。手揪住他的裤管，嘴角干涸的血迹令她艰难地张不开嘴，她拼尽全力却声若蚊蚋：“求你，救我妹妹，救救妹妹——”

贾一飞看到她的眼角，落下一串血红的泪珠。

小诗受了强烈刺激，心里只留下了一个念头，她必须逃离那个噩梦，远远地逃离！姐姐问她能逃到哪里去，她说她要出国。出国！兰小歌把终日抑郁的小诗揽进怀里：好的，小诗，出国吧，姐姐会帮你出国！

直到考上大学，小诗的抑郁才稍稍好些，她加入了一个COS社团，她发现躲在那些人物面具后，她的心才能稍稍平静。理智也告诉她，出国的费用不是姐姐单薄的肩头可以扛得动的。但突然有一天，姐姐打电话来让她做好出国的准备，她说卖了柏杨路的住宅，也找到一份待遇丰厚的工作！

刚出国时，兰小诗天真地相信了姐姐的话。后来，她发现自己学费不菲，生活条件也不错，绝不是姐姐那笔小钱能够解决的。并且，她写邮件给姐姐，姐姐也不常回复，有时半年等不到姐姐的一通电话，她这才警觉起来。两年后，她凭着聪明乖巧，又会烧几道中国菜，得到华安康的信任，一有时间便去律师楼帮忙，因凡事格外留心，逐渐地，她知道了顾嘉言、谭哲初，也知道了姐姐与他们错综复杂的关系，直到她收到父亲的一封邮件，更加验证了她的猜测，然而她并不知道，如果不是林冬阳把她们卖了个好价钱，她的生命里断然不会出现这个叫顾嘉言的女人。

"还不睡?"顾嘉言扔掉手机，打量着猫一样蜷在沙发里的兰小诗。

"嘉言姐，我什么时候可以见谭先生，是不是博扬事情太多?"

"敏敏，你只担心这个?"

"是，没有事做，人闷得发慌。"

"那你上网看看嘛，看看别人怎么做风云人物！或者学学你姐姐……"

"我只关心我哪天是风云人物。"她抱着膝头，淡漠地盯着窗外，好像在说别人的事。

"你们是姐妹，你这么不关心她的事?"顾嘉言疑惑地试探。

她转回脸来望着她，目光仍然淡漠："眼睁睁看别人攀龙附凤，心里难免不甘。"

"你要走你姐姐的路?"

"我要赚很多钱！让爸妈后半生有好日子过。"然后，她的声音急切起来，"嘉言姐，你会给我这个机会的！华先生说过你是我的贵人，我会永远感激你，报答你的！"

"你真的，一点都不关心兰小歌？也不关心我为什么帮你，若不是她当年……"顾嘉言故意顿住不说下去，观察兰小诗的反应。

"爸爸从小便跟她分开了，但把所有的财产、房子留给她们，虽然不多，但那是他的全部。他的工资微薄，但总拿出大半寄给她们，她们母女有钱开店，而我们什么都没有。后来她妈妈去世，爸爸说要接她一起过，她不肯，弄得爸爸愧疚不安，甚至把我们的房子卖了要给她买下那家店……嘉言姐，我居无定所，因为穷才会被人欺负，她帮我，那是因为她钓到了有钱人，她炫耀！她凭什么？她生得比我美吗？……”

突然，她硬生生地咽回后面的话，改口道：“我只能靠自己，对欺负过我的人还以颜色！”

“如果不是为了救你，她也不会……”

“没有那样的事，没有！我不记得了，我什么都不记得……”她突然捂住耳朵，整个人蜷缩成一团，声音越来越低。

顾嘉言扬扬眉，那种得意的神情又露出来，今后该怎么做，她心中有数。

“敏敏，你长得这样美，出人头地是早晚的事。”隔了几天，她把吴美娜叫来，把尤敏介绍给她。吴美娜的眼珠在尤敏身上溜了一圈，顿时觉得如获至宝。

然而，令顾嘉言意外的是，不久后吴美娜带着还未签约的尤敏离巢。尤敏给她的解释是，她报答顾嘉言的诺言不会改变，她的心愿也不会改变，她目前只是需要一块跳板更快上位，而吴美娜无疑经验丰富，她需要她。而问到她下个东家的动向时，她神神秘秘地来了一句：一个月后你就知道了。

顾嘉言还是觉得吃了个闷亏，但如何利用她暂时没想好，只能按兵不动，却又不得不提防着，因此要求兰小诗住在她的“红栌”，兰小诗想都没想便答应了。

无端地病了一场，无端地冒出尤敏这个人，游鹏的心情差到了极点。

他握了一下她的手，触手冰凉。一个仪态万方的美人，周身每一根线条都在散发着令人心跳的光芒，只是，那双乌黑眼眸尽处的冷光与回眸时的冷漠，为她营造出一个更莫测的气场。游鹏暂时还不大确定，她身上到底有没有一种叫作亲和的特质。如果没有，那是作为演员的大忌。

“尤敏？20世纪60年代邵氏明星的名字？你故意引人注意？”他抬抬眉毛，眼睫划过一丝狐疑。

“是，大家容易记住。”她稳稳地接过话题，神情里无半分新人的局促不宁。

“我认为，你个人已经很有特质，你真名叫什么？”

“很普通，不值一提，记住这个就可以了。”

“你没有上过专业的表演学校，没有接受过正规的艺人训练？你哪来的自信认为自己就能吃这碗饭？”游鹏提高了音量，也含了挑衅的意味。

“游先生，我并不是自信，我只是非吃这碗饭不可。我想，公司会安排我做相关培训，美娜姐也应允了我。”她直视着他，又一次稳稳地接住他的话。

“我还没听说过有哪碗饭是非吃不可的！很多女孩美貌自负，其实是被虚荣绑架！这一行是好啊，鲜花掌声、金钱名利都来得快，但也最容易让人的欲望膨胀，一个人一旦丢了初心，就追悔莫及了。”

“你这样说话，根本不像一个老板！游先生，你知不知道，看风景的人被挡在半路，必定心有不甘。”

“尤敏——你果然是天生吃这碗饭的。”

“还请游先生多多关照。”她眼里带着一抹淡笑，行云流水地走到游鹏面前，略弯了弯腰鞠了一躬，“我不会辜负你的栽培。”

他闻到她身上清甜的味道，看到她侧过脸后细腻雪白的脖颈和小小的耳垂，心头莫名一紧。

“小歌——”他压回冲到喉咙里的痛苦的呻吟，眼前这张与兰小歌八分相像的脸庞变得模糊起来，心头甜意与痛意杂糅，竟化作一缕柔情，他不由得握住她的手腕。然而四目相撞，所有的柔情倏然无存。那眼神告诉他，她是来吃这碗饭的。而游鹏心中，命定的绝艳与无边的淡漠，毫不相关。

他放开手。这位吴美娜力荐的新人，作为公司包装的明日之星，是称他心意的。他完全可以想象，只要他们同时亮相，便可制作成圈内最大的一桩新闻，一个新人的效应能到这种程度已经足够了。

送走尤敏后，展观山见游鹏脸色不好，一时不知说什么。

游鹏起身站在窗前，时近傍晚，点点余晖照着他的脸庞，显出一抹异于平日的潮红。

展观山似在喃喃自语，又似乎在对他解释，“你哥哥，找她来也是用心良苦。”

他对这句话没有任何反应。展观山上前仔细一看，原来他的额头凝满细密的汗珠，伸手一摸，竟然又烧得厉害了。

毕竟不是小孩子，游鹏被父亲一摸，立刻不自在起来。他咳嗽了两声：“这感冒轻一阵儿重一阵儿的，没什么。”

展观山摇摇头：“你这么不开心，如果你妈妈在，应该知道怎么劝慰你。”

一听这话，游鹏的目光冷淡起来：“可她当年不开心的时候，有谁劝慰过？”

展观山失语，怔在那儿。游鹏回来这一个多月，几乎没再提过他妈妈的事，更没有今天这样的戳心之语。显然，游鹏根本不想从任何的阴影里走出来，他和展翔做得再多也于事无补，根源还是那个叫兰小歌的姑娘。

两人各怀心事，一时无言。游鹏意识到自己口不择言对父亲的伤害，慢慢回转身来，看见父亲萧然的背影，正脚步迟缓地，一步步迈上楼梯，一身青灰色中式裤褂显得特别宽大。

他闭闭眼睛，急步追上去搀扶住他："我送你回房。"

展观山不由得喜上眉梢，拍拍他的手："小鹏，你先回房去，我叫医生来瞧你。"

46 离婚陷阱

望着她的背影，她的头发、肩臂、腰肢、裙摆，每一处线条都在向他示着弱，向命运示着弱。

这一天，谭哲初带琥珀和优优在海滩上野餐。

海滩离他们的住处不远，因没有游人侵扰，显得分外宁静，海风也是轻柔无比，只推些浅浅的浪花，像浅浅的云绕在他们脚边。谭哲初屈膝坐着，看优优和琥珀逐浪戏耍。优优的白衫和长发飞扬，使她跳跃的身影像一只迎风展翅的白鸥，而琥珀却像一只笨笨的小鸽子，追着她跑得有些吃力。

谭哲初看着两个孩子，心底柔软如沙滩，而他们就像深深嵌入沙滩上的小贝壳，过往起伏的悲欢如潮水一层层漫过，这让他觉得前所未有的安全。他望着远处海水的一片幽蓝，细浪正悄无声息地漫上，顷刻便漫湿了他的裤角。

从风林回来，与兰小歌一样销声匿迹的还有一个人——游鹏。此前，传他将转投麦迪，竟成了空穴之风，而两个人双双踪影全无，又让媒体凭空议论了好一阵子。并且，就在不久前，吴美娜也来请辞，并带走整组人。虽然博扬不介意一个经纪人的离巢，但奇怪的是，这些日子以来他始终不知道吴美娜的去向。以她逐利的个性分析，谭哲初隐隐觉得，不久将有大事浮现出来。

他一回北海便忙得脚不沾地，因而只能在双休日飞回三亚与孩子们相聚。这样一来，琥珀跟他也始终没能熟络亲密起来。他知道，这样下去肯定不行，他既不能让优优牺牲自己所有的时间陪着弟弟，更不能忍受琥珀与他长久存在隔膜。因而这次，他预备把琥珀带回北海。

至于顾嘉言，他们只见了一面，她短暂交代完公司的事后便躲回"红栌"，她闭口不谈兰小歌，更以各种理由不给他开口的机会。他知道她在排斥这件事，但不管她接受还是不接受，他内心早拿定了主意。

他们之间已经经历了十几年。过去，他并未意识到两个人竟走过如此漫长的岁月，而这短短月余尴尬的相处，却令他省悟到时光在苦挨下的沉重冗长。时而，他心中因子女俱在而生的安慰，亦会被深重的愧疚和莫名的惆怅淹没。有时他会任性地想，博扬这艘船，难道非得让它驶到对岸吗？他为什么不让这船搁浅？但很快他便打消这念头，无论如何，不管他多难多累，他这船上载着的，除了他与博扬上下百余口的身家，还有顾嘉言十几年来的情义，他必须先为她物色一个更稳妥可靠的舵手来接班。

远远的，海滩上走来一个人。

顾嘉言！谭哲初心里一咯噔。远处，琥珀和优优玩兴正酣，他径直向她走去。

她今天一身浅米色长裙，海风把她的裙子朝后卷去，显得孤伶至极。不过月余，她的憔悴令他心惊。

谭哲初心头一紧，步子沉重地站在她的面前，轻轻叫了声“嘉言”。

她没有答应他，只是静静地站着，眼底的笑意渐渐隐没。

“嘉言！”他心中更紧，不由得加重语气，又叫了一声。

她慢慢走过来，径直走到他的面前，伸出双臂圈住他的腰，把脸深深地埋进他的胸前，肩膀微微颤抖着。

“嘉言，我，我正要找你，我们谈谈。”

“不要说了，你想说什么我都明白，就一会儿，就让我再抱一会儿。”她哽声道，手臂更紧地圈住他，两手绞紧了他后背的衣襟。

谭哲初的身子僵了僵，他迟疑着揽住她，轻轻拍着她的背。

不知过了多久，顾嘉言才抬起头来。她推开他的怀抱，眼里虽噙满了泪，但眼睛显得比平日黑亮晶莹。他觉得那光芒，顷刻间便让他无处遁形。

她打开皮包抽出几页纸来，笑了笑对他说：“哲初，签了这份离婚协议，你就自由了。”

他又僵了僵，不可置信地望着她，眼底漫上一丝迟疑。

顾嘉言见他如此，深吸一口气，背过身去，叹息着说：“我知道你等这张纸已经很久了，拿去吧。”

自他认识她以来，她从未有过如此柔弱又强大的姿态。他睁大眼睛，望着她的背影，她的头发、肩臂、腰肢、裙摆，每一处线条都在向他示着弱，向命运示着弱。过往岁月，仿若倒带电影，开始一格格在他眼前闪回，又像一只大手探进他的记忆深处，要生生把这个女人抓出来。他没想到心会这么痛，也没想到，一颗无意播撒的树种，无心呵护的树苗，却早已不知不觉在心间扎了根。这一扯，连血带肉，让他痛得半天说不出一句话来。

“拿着。”见他不动不语，顾嘉言只得再把那几页纸塞进他手里。“我把名下的股份转了百分之五给你，加上优优的，以后你在博扬说了算，想做什么都随你。哲初，我也累了……你如果签好了，让律师打电话给我。”

说完，她转身急奔而去，奔出几步，原地站住，转回身望着他，海风送来她轻弱的声音：“哲初，好好保重……”

“好好保重……”为什么，那么轻的声音落在心头却那么重！为什么，她不是第一次说这样的话，却第一次让他看到了爱情里的尊卑之别！为什么，她要用如此立显的悲哀、巨大的示弱，来告诉他，她对这段感情的失望！

谭哲初像被一颗巨大的穿心钉钉在原地，身心俱损，血肉模糊。在眼前的一片漫漶之中，顾嘉言的身影一点点消失不见，他的一切坚持突然溃不成军。他张了张嘴，想喊她，想挽留她，但他终究无法喊出声。

他不能再做那样的事，在他明知她的不对等付出，让她失去一切甚至自我时，让自己再像个强盗对她的感情野蛮掠夺，他再也不能了。

“爸爸——你不能答应！去告诉她，去跟她解释！”不知何时，优优竟牵着琥珀站回他的身边，她急切地拉着他的衣袖，焦急地说。

他稳稳心神，转回脸看着两个孩子。

优优的脸色很白，满脸寥落忧愤，她一向是泰山崩于前连睫毛都不眨的性子，此际的脸色，却令他不敢直视。

他再看看琥珀，那孩子的眼睛蒙着一层泪，倔强地咬着嘴唇，疑惑地抬脸看看他，又看看优优。猛地，他像是看明白了什么，甩开优优的手，扑过来抱住谭哲初的腿。

“爸爸——”他突然哽声唤道，这是他第一次主动开口叫他，脸紧紧地贴在他的腿上，两只小手抓紧了他的裤子，忍声抽泣着。

谭哲初心头一哆嗦，琥珀终于开口了，这是他第一次主动开口叫他“爸爸”！

他慌忙蹲下身抱起琥珀来，在他眼睛上亲了又亲：“琥珀，别哭，不要哭……”

优优看着他慌乱的动作，她便知道，爸爸给顾嘉言的只有一重叠一重的愧疚了，而这愧疚凝成的伤，只能他一人背负。

这一生，他可曾有过快乐？于情义二字，他重了情，便会轻了义。妈妈、兰小歌、顾嘉言，他爱的，爱他的，全是沉重的负担，爱人或被爱，全是沉重的负担。

一念及此，优优心痛难抑。她怕爸爸看到她的难过，只好甩甩头发，换上笑脸，摊开手来对琥珀说：“姐姐抱，好不好？”

琥珀搂紧谭哲初的脖子，看了她一眼，好半天才挣挣手臂跳下来，抱歉地说：“琥珀，琥珀保证再也不哭了……”然后他走到优优面前，懂事地拉起她的手，“优优姐姐，我们走吧。”

大手牵小手，海浪在他们脚下撒开白色的花，优优随口唱起一首歌来，听旋律是一首很老很老的歌——

但愿那海风再起
只为那浪花的手
恰似你的温柔
……

那天，爸爸风尘仆仆地归来，手里牵着个漂亮的男孩，优优心中一沉。单是兰小歌这么多年的隐瞒和欺骗，她不懂他为何还能保持平静。他没有一句解释，只把琥珀的手交到她的手里：“优优，好好爱你的弟弟。”那瞬间，优优在爸爸目光的乞谅中找到答案，心中树立的壁垒更被一种不顾一切的疼惜摧毁。

然后她蹲下身端详着琥珀，手指温柔地抚过他的头发。在那双如珠宝般琥珀色的眼睛里，如雪般柔软的脸蛋上，她仿佛看到很久很久以前的自己。妈妈不见了，风里雪里，她被爸爸捧在手心里，像捧着一个珍贵的宝贝。琥珀和她一样，是上天给他的宝贝。

一个月的相处，优优觉察琥珀是个至情至性的孩子，又有着超龄的成熟和隐忍。他有时单就那么乖乖地坐着，随手翻着童话书，那副小身板便仿佛有着无穷无尽的柔善。有时，他蓦地扑入她怀中，用那双大眼睛专注地看她，就有一股至纯的良善直抵肺腑。对爸爸，对她，甚至对司机，对做饭的张阿姨，对所有成人世界里他不能理解的快乐或忧愁，他有种天然的直觉，能够质朴地穿透复杂多变的表象，直击人内心最柔软处。

优优常常恍神，究竟是这孩子像爸爸，是天生的情种，还是，兰小歌的言传身教？

那一年，她与兰小歌仅有一面之缘，还是在她难堪的处境里。她层层叠叠地装扮好，撑起一张虚荣的面具，只为了让爸爸心灰得更彻底。而这几年里，爸爸拼命工作，装聋作哑，甚至与顾嘉言结婚，是在掩饰，还是心死？她知道他沉默的忧伤，她能做的，不过是用一间人去楼空的“漫漫时光”，不动声色地给他一点安慰，让他疲倦至极时有个地方安放自己。她以为，就这样子过下去，顾嘉言无论多俗气，她总算是爱爸爸，白头相守如世间大多数夫妻一样，虽没有柴米油盐的日子，也有共同进退的义气。可如今，连这义气也没了。

正恍惚着，琥珀走到她面前。“优优姐姐，我们来猜谜。你猜，我手里是什么?”他把两手藏在背后，眨着眼睛说。

这可不是个好答的题目，优优怕他扫兴，一路猜过去：钢铁侠、蓝胖子、孙悟空……

“姐姐，你看看外面，天上。”

落地窗开着，白色窗纱被海风卷起一角，月亮像一枚圆圆的蛋黄，完完整整地嵌进湛蓝的天幕里。

“哦，我猜你一定是画了一幅画，对不对?”

“闭上眼睛，优优姐姐。”

优优闭上眼，海浪和潮汐抚过耳膜，一波比一波悦耳，一浪比一浪温柔，那些白日里因顾嘉言而起的惆怅也一并被卷得无影无踪。等她睁开眼睛来，琥珀果然展开一幅画：一边的明黄和湛蓝，是月亮和大海，另一边也是明黄和湛蓝，是向日葵与蓝天。

海边站着三个人，蓝天下站着一个人。这边三人手挽手，那边一人孤单的身影。

“优优姐姐，我有问题问你，如果，她要和我们在一起，怎么办?”

优优摸摸琥珀的头，知道他在想妈妈，心中恻然，把他往怀里紧了紧。一会儿，她松开怀抱，拿起他的画笔，在纸上画了一道彩虹桥。

“琥珀，有了这座彩虹桥，她走过来，或者我们走过去，就可以在一起了。”

琥珀拿起画左右端详，一时兴奋地跳上她的膝头。“她特别会画画，她说爸爸有一个动画公园，我要画好多好多朋友，让他们都住在爸爸的公园里，爸爸就会好开心。优优姐姐，有了彩虹桥，我和姐姐、爸爸，和她，我们是不是可以一起画画了?”

“琥珀，为什么不叫——妈妈?”优优费力地问。

“姐姐的妈妈不见了，不可以惹姐姐伤心……”琥珀嘟着嘴，突然想起什么，静默了片刻，又问，“今天来过的阿姨，是谁的妈妈?”

“不是，琥珀，她不是谁的妈妈。以后你要是想妈妈了，尽管跟姐姐说。明天我们就回北海，那边有爸爸的动画公园，等我们画满这张纸的时候，琥珀的妈妈就回来了。”

“对了！姐姐，我有一个特别要好的朋友，到时候叫他一起来!”

“嗯？是谁?”

“游鹏叔叔。哦，琥珀没有姐姐和爸爸的时候，游鹏叔叔陪我玩，他说要带我坐飞机，教我学功夫，跟我一起捉蝈蝈……”说着，他拿起笔来，在彩虹桥上又画了一个人。

“姐姐，这是游鹏叔叔！”

优优手臂一僵，一阵难过。她明白，感情这东西最无道理可言，只是，他们这帮大人，该如何跟这个孩子交代呢？

47 涉险采石岛

你和我一样，都是在男人世界里打转的俗人，你说要成全我，就更加证明我输了……

第一缕晨曦穿过窗棂照在兰小歌脸上，她的苍白面颊浮上一层红晕。她好像在做一个跟任何痛苦都无关的甜梦，吃妈妈的饭菜，拉着孩子的手飞翔，与一个男人相拥看漫天烟花，统统是没有痛的……她在珍爱她的三个人的眼睛里，像片迎着春风轻摆的绿叶，身心无一处不舒畅。

如果这梦没有边界该多好。然而，很快一阵锥心的头痛把她扔出梦境。她皱皱眉，艰难地睁开眼睛，窗棂射进的一束阳光里，万点尘埃飞舞。

她撑着身子试图站起来，后脑又是一阵刺痛，使她重重地跌坐回去。这一坐，触手碰到冷硬的水泥地面，地上残留着几片未干的水渍。随之，她的鼻端钻入一股强烈的腥臭味，她看到墙角的竹条筐里，堆着一些半死的鱼。

刚刚还静得吓人的屋子，突然间变得危机四伏，无数噪音在耳边轰响起来，有杂沓的脚步声，有威胁的吼骂声，有凄厉的呼喊声，还有冰冷而残忍的笑声……

“爸爸！爸爸！”她陡然站起身惊呼着，紧接着一阵惊惧，使得一些意识又消失得无影无踪。

兰小歌回到北海，最初顾嘉言避不见她，说自己人在加拿大，要谈也可以，让她好好等着。这一等就是一个月，兰小歌住在假日酒店里，她知道谭哲初把琥珀带到三亚交给优优，这才安心地、全力以赴去解决她与顾嘉言的事。事实上，如果琥珀能够安全平静地跟着爸爸生活，她内心已有成全之意，只需顾嘉言好好地把父亲和小诗交给她，并准许她时常去看望琥珀，所有的事她希望能画上句号。而顾嘉言爱谭哲初，也断不会逼她，对谭哲初说出所有的事。因此，对这次谈判她还是有几分把握。但她忘了顾嘉言对她是旧恨新仇，这一次，她不会再给她留任何退路，直到布局好一切，顾嘉言才站到了她面前。

“兰小歌，你还有脸来见我?”这是顾嘉言对她的第一句问候。

几年过去，顾嘉言一张明艳动人的脸多了些许风霜和疲倦，但很快，随着这句话一出口，那丝疲倦便踪迹全无。

她的确是一个战士，一旦披上战衣便神采奕奕。

“我想见爸爸和小诗——”兰小歌简单干脆地答道。

“你不知道我有多讨厌你吗?你不知道答应了的事不能反悔吗?你不知道他们让我付出多少时间和金钱吗?兰小歌!如果你知道他们现在生活得有多好，你会觉得你对不起我!而不是像现在这样，做了强盗还这么理直气壮!”

“这只是一场交易，你也得到了你想要的!”

“谭哲初吗?呵呵——”她冷笑，目光灼灼地盯住她的脸，“我当真是小瞧了你，没想到你留了这招儿后手。如果你们没有孩子，我或许得到了。但是，现在你说什么都晚了，你我都知道，谭哲初这个人一向惜子如命，为了孩子，他会不计一切代价!”

兰小歌嘴唇动了动，想说什么，却见顾嘉言背转身去不再看她，背影显得无奈又寥落。她内心掠过几丝不忍，温和地说：“只要你放过他们，我会想方设法成全你的。”

“呵呵!我顾嘉言自负聪明，又虚长了你几年岁数，如今是赔了夫人又折兵。小歌，我不比你年轻漂亮，但总算比你多看透几分世情，你和我一样，都是在男人世界里打转的俗人，你说要成全我，就更加证明我输了……就算你放得了手，我也决不接受你的施舍!”顾嘉言不卑不亢地道。

奇怪的是，这非但没有激起兰小歌的敌对之意，反令她心中更加难过，甚至有些说不清的悲悯之情。

正思忖间，只听顾嘉言继续道：“你应该了解谭哲初的脾气，我们任何人都改变不了他，所以，我决定退出!”

说完，她看到兰小歌的脸上惊异又疑惑的神情，又补充道：“小歌，就算你不相信我，你也该相信我对他的感情。你还年轻，你不明白到我这把岁数，他在或者不在都是一样的。再说，你们有了孩子，我总不忍心让他骨肉分离。”

好一番滴水不漏又情深义重的话，每一个字都在打兰小歌的脸，又全部封死了她的路，她无论前行还是后退，都显得无理取闹。

就差一点点，兰小歌就被她再度关进玲珑塔里。她后退几步，一度被泪雾模糊了的视线重新又清晰起来，顾嘉言站在她的眼眸尽处，虽瘦削却肩背挺直，虽黯淡却自信飞扬。

能信她吗?能吗?不，不能!我现在有了琥珀，一切都要更加小心，顾嘉言从来都是翻手为云覆手为雨，我必须先见到爸爸和小诗。

“嘉言姐，不管你信不信我，这几年我守住了我们的约定，而孩子，的确是意外，你们的婚姻、你们的感情也都与我无关……我快三十岁了，也许是养儿方知父母恩，我妈妈去得早，我几年没见爸爸了，我真的很想他……所以我今天来，不是谈你和谭先生的婚姻，而是求你，让我的爸爸和妹妹回到我身边。”

“真的吗？见到他们之后呢？”

“相信我，我有做人的底线，我决不介入你的婚姻。如果可以，希望你善待琥珀，并且准许我看望他。”

“琥珀？”顾嘉言的心像被针猛戳了一下，尖锐的痛楚令她的眉心无法掩饰地蹙紧了。

注意到她神色的变化，兰小歌又说：“如果这会影响你的生活，等我把爸爸安顿好，我会接走琥珀。”

“小歌——看来你还是不相信我。算了，以后的事我们以后再讨论，至于你爸爸和小诗，你想见他们也是人之常情，但小诗远在加拿大，她书读得好好的，你要她回来她也未必肯。而你爸爸，他的情况很复杂，我不知道怎么跟你说——”

“他怎么了？”

“他在采石岛，我尽快安排你见他吧。但你必须明白，人就算是想走一条像样的路，却不见得有那个能力，我只能说我对他尽力了。”

兰小歌的心揪紧：“我要马上见他，给我他的地址！”她没有选择，就算顾嘉言会再次算计她，她也没有第二种选择。

第二天，兰小歌去买船票，得知去采石岛的船一天一班，而买船票要提前七天。她只好买了一张七天后登船的票，正在犯愁，顾嘉言的一个助理到酒店找她，并告诉她有几个朋友碰巧去采石岛游玩，他们有船，可以顺便带她过去。

船行在夜的海上，一路风平浪静。甲板上，绅士小姐们正在星空下暧昧，衣香鬓影间，酒杯铿铿轻响，像多年前她的那些不真实的梦，而盛在她杯中的往事却满是酸楚。

“兰小姐——”她正倚在船尾的栏杆上，有个男人过来与她打招呼。

觉得有点面熟，但不知在哪里见过，她略点点头，冷冷转过脸去。

“我认识你，我曾在展先生的公司做事。”那人不仅不离开，反而继续说，“真巧，我好像在机场碰到过你。”

原来，是他。她猛地想起，那天她刚下飞机便被走在前面的一个男人看得浑身不自在，此际听他自报家门，心头更增厌恶。

“你有事吗?”

“展先生怕有人对你不利，让我一路跟着。”

“展先生？难道是展翔?”兰小歌心中一片惊疑，就问道，“他为什么这么做?”

“这个，我不大方便问。我来是想告诉你，这船并不是开往采石岛。”

兰小歌疑惑地看着眼前的陌生人，渐渐地，额头沁出汗来，握着栏杆的手心也沁出汗来。是啊，顾嘉言怎会如此好心？她惶然望向远处，海面一片黑沉，但前方不远处隐隐有些灯火，好似一片岛屿。

“我为什么信你?”她问。

“你小心就是。不过，也别害怕，真要有事的话，我能保护你。”

“你说清楚，你还知道什么？展翔怎么知道有人对我不利?”

“兰小姐，我们只能见机行事，老实说，接下来会发生什么事，我并不知道。”

说完，他便转身离开。兰小歌下意识地拿出手机，果真没有一点信号。

见到父亲是在午夜之后。果然，这船在中途的一个小荒岛靠岸。

兰小歌感觉到船停了，从房间里出来，却见她的房门前站着三个西装革履，身材差不多高的壮汉。她跑到甲板望去，一条快艇正载着那些玩乐的人翻波逐浪而去。而留在船上的三个人，显然是要对她不利。看来，那个人没说假话，她中了顾嘉言的圈套。

害怕有什么用呢？兰小歌迅速冷静下来，如果爸爸就在这岛上，她起码能见到他，只要那三个人不动粗，她自会想办法拖到天亮，两个人对三个人，就算胜算不大，也不是全无胜算。而且她也并不认为顾嘉言敢杀人害命，否则，她在那条大船上时，随便制造个失足落水，她就没命了，何必让她多此一举去看爸爸。

“你们老板到底什么意思？我要见我爸爸!”兰小歌对为首的壮汉说。

那人不语，眼神示意手下带她过去。

这荒岛上沙子细软，虽是黑夜，兰小歌的眼睛仍被蒙上一条黑布，她感觉自己的脚陷入一窝一窝的细沙中，每走一步都十分吃力。

不知走了多久，她感觉被带进一处散发着浓浓海腥味的木屋里，站定后，眼睛上的布带被扯下来。室内一灯如豆，光线昏暗，她并不需要怎么适应，便一眼瞥见被绑在屋角的人，正是她经年未见的爸爸!

只见兰树枫的头有气无力地垂在胸前，卷曲的头发全白了，萧然蓬乱地堆在胸前，像一堆从破被里扯出的旧棉絮。有人走过去，抓住他的头发，强迫着抬起他的脸来，他迟钝地望着那人，眼神无力浑浊，像是望着一个无关紧要的，更与他的生死无关的人。似乎在兰小歌没到来之前，他已经受了很久的折磨。

她明白了，为什么她没有失足落水！原来，眼睁睁地看着亲人身受折磨而无能为力，才是最致命的痛苦，就像当年她看到小诗时一样。

48 遗书

在黑暗里，她竟然看清楚他的脸，他有英挺的眉目，深长的眼睫，暖光正跳跃在他的长睫上，像金色蝴蝶的翅膀。

兰小歌心头如被重锤狠击，眼泪瞬间模糊了视线，她不顾一切地奔跑到他身边，伸出双臂抱住他："爸爸！我是小歌，爸爸，我来救你，爸爸！"

他只是任她抱着，又哭又喊，却始终没有半点反应。

难道不认得她了！兰小歌拨开他脸上的乱发，他眼角的皱纹稀疏，脸颊虽瘦但皮肤还算饱满，他根本不是一个老人，他才五十多岁，为什么已经满头白发。

她哭喊着摇他的手臂，抱住他的头。终于，他似乎有了点反应，看她的眼神里多了一丝好奇，他似乎想说话，但喉咙却只发出几个干哑的音节。

"起来！见到他啦！跟我们走吧！"有人上前拉她，她拼命挣脱，指着来人声嘶力竭地喊："叫顾嘉言出来，叫她出来！她对我爸爸做了什么？叫她出来！否则，我做鬼都不会放过她！"

"现在就让你做鬼！"那人用力扯住她的两只手臂，反手往后一拧，同伙抛来一段绳子，七绕八绕地把她的手绑得结结实实，然后对另一个人说，"把老的也带走，一起扔海里喂鱼！"

"不要！"兰小歌意识清晰，高声嘶喊，"你们放了他！他什么都不知道！求求你们放了他，求求你们！"说着，她扑通跪倒，抬起泪脸对绑她的壮汉说："求求你，求求你放过他，他不会说话了，他不会说出去的，求求你们！"

那壮汉似乎有所触动，回脸看了看他的兄弟，面露不忍。

"这娘们儿尽坏事！"另一个人箭步上前，兰小歌还没来得及反应，只觉脑后一痛，什么都不知道了。

兰小歌的记忆只停留在那一刻的惊心动魄里，在父亲性命攸关之间，她的世界完全陷落了。等她醒后，无论她往前翻，还是往后翻，小诗、贾一飞、谭哲初、琥珀、顾嘉言、游鹏……所有与她生命有关的人都变成零乱的碎片和声音，犹如火山爆发后的灰烬，有的已经飘散，有的正在飘散。

她只知道，她还活着。能活着，一定是，一定是有人救了她。奇怪，她零乱的记忆里有那个人的影子，以及他清晰稳定的声音“真要有事的话，我能保护你”。

难道是他救了她？他有没有救爸爸？

“爸爸——”她终于大叫一声，声音大得吓了自己一跳！她捂住耳朵，原本轰响在耳边糟乱的声音不见了，屋里恢复了一片死寂。她慢慢走到窗前，阳光，已经从一缕变成一束，像是要掀开整片窗户一样，完完整整，亮亮堂堂地直泻进来。她抬手遮遮额角，发现这屋子并不是关着爸爸的那间。她疑惑地站着，太阳晒得脸颊和脖颈发红滚烫，但她本能地没有离开，只觉被那片灼热包围着，头也没有那么痛了。

一阵笃笃的敲门声传来。她转过脸来，门虚掩着，有人走了进来。

她记得这个人，是他救了她！她着急地跑过来，望着他：“我爸爸呢？我爸爸呢？”

“你终于醒了。”那人平静地说。

“爸爸——他是不是死了？”兰小歌的声音变得小而胆怯。

“你醒来就好，这个地方不能久留，我们必须马上离开！”说着，他拉开门。

她不动，眼睛仍旧一眨不眨地望着他，嘴唇微微翕动着。他惊觉她神情有异，伸出五指在她眼前晃了晃：“你别吓我，你的眼睛是不是瞎了？”

兰小歌打掉他的手，死死地盯着他，脸色越来越白：“他死了，是不是？”

“再不走，我们都要死的，我一个人照顾不了两个！”

他指指门外。兰小歌看过去，爸爸正抱膝坐在屋门口，头窝在两膝之间，仍旧有气无力地垂着。

她奔过去，蹲在他面前，撩开他脸上的乱发：“爸爸，我是小歌——爸爸，你答应我啊！爸爸——”

他的眼神仍旧疲倦而浑浊，整个身子疲软地垂着，似乎仅剩一口气，而这口气不足以支撑他对她说一句话。

“他脑子受了刺激，好像已经疯了。走吧——我们还要逃命的！”那人说着推开她，就地背起她的父亲。“这岛后有条小路能去采石岛，去了那儿，我才能联络到老板，咱们才能有救。”说完，他拔足往前走去。

从早上走到傍晚，兰小歌感觉两条腿像灌了铅一样重，时不时地，后脑阵阵锥心疼痛。但她一声不吭，紧紧地跟在那人身后。那人说：“没想到你看着单薄，还挺有耐力。再坚持坚持，穿过前面这片小树林，咱们就上岛了。”说完，他从兜里摸出一块巧克力，扔给她。她掰开三份，一份给那人，一份喂给爸爸，又喂他喝了水，他的精神显然好了很多，虽然不认得她，但偶尔地，他会让她扶着走一段路。

而那个人，虽然背着父亲挥汗如雨，但似乎体力很好。

看他身手矫健，兰小歌猜他定是他嘴里所说的什么“展先生”的保镖。然而，展先生是谁，为什么救她，她却一时想不起来。她一路走一路想，除了那三个黑衣人，甚至完全记不起她和爸爸为什么会在这里，是谁要置她与爸爸于死地？而每想到此处，她的头就痛得厉害，这迫使她无法再想下去，也来不及去想。

现在，她还活着，活着就先逃命。

那人话虽不多，但一路上她也大致了解到，他昨晚挟持了带头的，然后把他们逼上船，并把船开走，他才救下他们父女。但他预料，如果对方要赶尽杀绝，很快会有人来追，所以等她醒来后便一起逃走。

他说：“还好你醒了，不然神仙也救不了你们。”

在夜色降临前，他们终于顺利到达采石岛，并找到一户渔民家借宿。

“大哥，谢谢你救了我们，我会好好报答——”

“兰小姐，罢了——”那人摆摆手，“我在展先生手下做事，我有报酬的。你放心，刚刚我联络过他啦，我们先躲一晚，明天他那边会有船过来接我们。”

“大哥，你的名字是——”

“嘿，小角色，不值一提。阿忠，你叫我忠哥好啦！”

“那，忠哥，展先生他叫什么名字？”

“你竟然忘了他的名字？”他吃惊地问。

“不知道怎么回事我什么都想不起来，头很痛。”她揉揉脑袋。

“那你先不要想啦，明天见到他你自然就想起来了，睡吧。”

游鹏望着兰小歌，她的手正轻轻抚上他的额头，清凉而温柔，令他内心一片安宁。他也想去抚她的额头，手臂却像被人绑住一样，怎么也抬不起来。她看出他的吃力，温柔地笑着说：“游鹏，你发烧了，听话，先把药吃了吧。”他顺从地咽下一粒药，又听她温柔地说：“你吃过了药，我要走了，你好好保重。”游鹏好心急，想喊住她，声音却像被上了锁一样，他拼尽全力，却始终喊不出声。

猛地，他张开眼睛，周遭一片静寂。他怔怔地坐起身来，窗户半开着，窗外风声飒飒，吹在脸上格外清凉，他摸摸额头，的确已经不烫了，不由得苦笑一声：“原来是梦，怎么竟像真的一样。”

“小鹏，快跟我走，去见一个人！”展翔急匆匆地推开门进来。

“谁？”他心头一怔，似有感应。

“兰小歌！”

“她，她和我有什么关系？”他重新躺下，掀起被子盖住脸，“我头疼得厉害，别来烦我！”

“她差点没命，幸亏阿忠救了她，否则你这辈子都见不到她了！”

原来，展翔听阿忠说起在机场遇到兰小歌，只身一人回到北海，觉得蹊跷，不由得留了几分心，让阿忠有时间注意兰小歌的动向。没想到阿忠是个实心眼的人，竟跟了兰小歌一个多月，得知兰小歌与顾嘉言会面，还搭上了一条来历不明的船去什么采石岛。汇报给展翔后，他想起三年前顾嘉言的手段，隐隐觉得有事发生，便嘱咐阿忠设法上船，留意兰小歌。

展翔虽不是什么善人，但顾嘉言当年所作所为他也看不惯，虽然他并不觉得兰小歌配得上游鹏，但知道游鹏若在兰小歌的事上没个结果是不会罢休的，老爷子不会踏实，他与优优更不可能踏实。

果然，他弟弟情根深种。他话音刚落，游鹏的脸色唰地白了，带着满目的错愕望着他。

“你，说的都是真的？”

“都什么时候了我还骗你！”

游鹏飞奔下楼，鞋子都没穿，飞跑进已经停在门口的车里。坐在沙发上的展观山，看着眼前一片飞速闪过的衣角，无可奈何地长叹一声。

这一晚的采石岛并不平静。

安顿爸爸睡下时，兰小歌在他的眼睛里仿佛看到了活意，他能够朝她笑了，尽管那笑容飘忽而捉摸不定，她仍觉得欣慰。于是，她故作撒娇地拖着他的手说：“爸爸，我要走了，我真的要走了。”他的手缓慢地抬起来，慢慢地落在她的头上，慢慢地抚过她的头发，一遍，一遍，嘴里嚅嚅地发出几个类似“小歌、小歌”的含糊声音。

兰小歌眼眶一酸，一串眼泪不可控制地滚落下来，爸爸的手臂失重似的落在被上，眼睛已经合上，似乎就这样睡着了。他到底病了多久，以至于这样糊里糊涂？他的嗓子，为什么不能发声？兰小歌心头被万千种疑惑和担忧缠绕着，她越想记起什么，越是什么都抓不住。只好握住他没有几分重量的手臂，轻轻放进被里，也不管他听到听不到，只一味自言自语着：“爸爸，我们明天就回家，我带你去看医生，看最好的医生。你要好好地活着，你还有我，你要健健康康地活着……”

不知坐了多久，加上一整天的奔波，她实在累得有些撑不住，便一头倒在另一张床上沉沉睡去。

直到一阵杂沓的脚步声传来，紧跟着一串急促的拍门声，她才惊坐而起。

阿忠像阵风一样卷进来：“兰小姐，你父亲他，他跳海啦！”

“不，不可能，他身体不好，他走不了那么远！一定是看错了，你一定是看错了……”一串眼泪急促地跌出眼眶，人却一动不动地站在那里，阿忠不由分说，强拽起她飞跑出去。

兰小歌从围观的人群中挤进去，双腿一软，滚进沙子和海水里。

她不知道跪了多久，尽管双膝已经麻木，她仍在机械地、一点点地清理着父亲的脸，整理着他的头发和衣服。如果不是他的脸和手那么冰凉，她以为他只是在这沙滩上睡着的一个流浪汉。她的脚边散落着几页纸，是爸爸早已写好的一封遗书，他在跳海前，把信放在衣袋里，并把那件衣服也叠好了放在沙滩上，可惜，那封信有一半淹了水，字迹大半模糊，唯一可确信的是，他对这次死亡早有准备。

或许是身体的痛处太多，兰小歌只觉得心头硬得像一块铁，哀痛戳不进，悲伤刺不进。眼泪早被海风吹干了，只有一双眼红肿着，眼底一丝丝火灼般的痛。直到太阳终于跃出海面，遮在兰小歌眼前的一片深色夜幕仿佛蓦然被强光撕开，喷薄而出的光芒几乎刺瞎了她的双眼，她眼前先是一痛，继而一暗。

她努力想睁大眼睛，只隐隐地看到黑暗尽处的一条光带，光带里隐约有两个人朝她飞奔而来。跑在前面的那个人高大，双腿长而有力，似乎一步可以跨越所有阻碍。恍惚中，她想起某个大雨如注的夜晚，有个人也像他这样奔来。在黑暗里，她竟然看清楚他的脸，他有英挺的眉目，深长的眼睫，暖光正跳跃在他的长睫上，像金色蝴蝶的翅膀，在某年的秋天，蝴蝶从她眼前飞过，划过一道闪亮的弧线。这让她开心，让她愉悦，让她身不由己地站起身来，拼了全力向那道光奔去。

但，还未跨出一步，她的整个身子已经跌了出去。

赶在她跌倒前的一瞬间，一双手臂抱住了她。这个拥抱粗鲁、狼狈，像一对摔跤选手的拥抱，带着强劲的、巨大的冲力，令他们双双摔倒在沙滩上，但手臂仍然紧紧揽住她的腰，生怕她再逃跑似的。

“小歌，没事了……不要怕，我来了……我来了……”他抱着她，没头没脑地说着话，把嘴唇印在她的头发、眼睛、脸颊上……但她，始终没有半分知觉。

49　忘与爱

她的目光突然飘得远远的，声音也微微有些颤抖，“我生命中最重要的人全都没有了，那样的记忆……我不要，我不要……”

忙完兰树枫的后事，已是一个月后了。

在兰树枫那封字迹模糊的遗书里，没找到其他线索，游鹏和警方都不能妄加谋杀的猜测，而兰小歌因连续多日晕厥，神志不清，无法提供其他证据。最重要的是，阿忠连夜搏命保护兰家父女安全，因用非正常手段，加之展家不想与此事有太大牵连，无法提供让警方继续深入调查的线索。几天后警方查证结果确系兰树枫自杀，案件了结。

一个多月来，游鹏对兰小歌加倍呵护，她的身体虽然看似复原，但因为后脑受伤，以及父亲自杀的强烈刺激，令她的记忆七零八落。

有一天，她拿着爸爸留下的遗书，对着几行尚算清晰的字迹喃喃自语："'我走后，去找谭先生'……什么意思？谭先生又是谁？"

"你，你当真想不起这个人吗？"游鹏心乱如麻地接过她的话。

"我，我想不到。"兰小歌摇摇头，语气里带着几分黯然。

"小歌，你现在想不起很多人，或许，过一段时间你会好起来……"他费力地咽回后半句话，心中的怜惜和懊恼交织在一起，但声音是轻柔的，"我们要做好准备，手术还是要做，不把那个血块拿掉，我担心你越来越严重！"

"不！不！不！"兰小歌抱住头，瑟缩起来，"我不要变成瞎子，我不要剃光头发！游鹏！我什么都不做，我怕，我什么都没有了，我怕我再也看不到你！"

"可你很多事都记不起来，我不能什么都不做啊！"

"对，对！你有很多事要做，那你就去做啊！你走，你走吧！我能照顾自己！"

"你说什么?!"游鹏握住她的双肩，声音充满焦虑，"小歌！你得努力一点，你要想起来，想起所有的事！"

她怔怔地望着他，面露痛楚："爸爸是因我自杀的，难道……不是吗？你让我想，想什么？想我是怎么害他的吗？"说着，她脸上的痛苦放大。

那些往事，谭哲初也好，顾嘉言也罢，美好或是残酷，已经一起在她记忆深处埋葬。现在，她的世界只有眼前这小小一片，也许是最安全的，也许是最平静的，也许是赖以偷生的。而她，甚至不敢去计较这安全和平静会维持多久。

他把她拥入怀中，紧紧搂住，再也说不出话来。

好一会儿，他才接着说道："你知道吗？其实我也怕，怕我有一天睁开眼睛，你连我都忘了……"

"不会，不会的！"兰小歌推开他一点，含泪的眼睛泛起一丝笑意，"游鹏，我向你保证，无论如何，我都不会忘了你。"

说着，她更紧地圈住他的腰，把脸庞偎在他胸前。"你知道吗？我现在好像完全重生一样。而你，是我重生后遇到的第一个人，也是我记忆里唯一留下的人。忠哥说我原本就是你的女朋友，你能找到我，我不知道有多开心！"

“你真的这么想？真的不想找回记忆吗？小歌，如果你过去记忆里的人统统回来找你，你要怎么办？”

“我的记忆？”她的目光突然飘得远远的，声音也微微有些颤抖，“我生命中最重要的人全都没有了，那样的记忆……我不要，我不要……”

她嘴里嗫嚅地说着，手指轻柔地划过了他的脸颊，顾盼无限地凝视着他的脸。

是的，她只有眼前这个男人，他英俊，对她关心体贴，这已经是她重生后上天赐予的最好的礼物。或许，她前半世所有的痛苦，都只是为了遇见他而经历的曲折。忠哥说他曾是大明星，是万人迷，她也是女人，她又怎么逃得开他迷人的俊目和温柔的长睫呢？只是，她常常不太确定，他怎会在人群中找到了她，并停在她记忆里，无论她如何遗忘，无论她遭逢何种变故，就算记忆七零八落，人世狼狈不堪，他都没有离去？

这些念头涌动，兰小歌心头热血沸腾，目光也跟着缠绵起来。突然地，她在他嘴唇上吻了一下。

游鹏略怔，心头猝然滚烫。他的手稍稍使力，把她更紧地拥入怀抱。眼前那张苍白的小脸正浮着一抹绯色云彩，眸里水光潋滟，细白的牙齿咬紧了唇，她越想屏住呼吸，胸口越紧张地起伏着。

游鹏笑了，双手捧住她的脸，明显消瘦了但仍旧眉目如画的脸，那点宿命的绝艳像淬火的利剑，一下便焚毁了他心头纠缠的烦恼和矛盾，也挑断了每一根绑缚着他的理性神经。

她恶作剧似的，伸出手指在他挺直的鼻梁上轻轻一刮。

“调戏我？!”他轻声问，然后吻住她的嘴。舌尖在挑衅，牙齿在控诉，似乎连气息都在愤怒，这样完完全全，没有任何抵抗的侵入和掠夺，像是弥留在前一世的相欠，蛊惑着她投降。她由着他肆意而来，下一城再下一城，那些湿润、滚烫的吻在她的每一寸肌肤安营扎寨，那些细密的汗珠似胜利的旌旗挂起。她的城池里，洪水正一浪一浪喘息着卷起起伏的山峦，直至停止攻伐，然后退去。

游鹏这一觉睡得真沉，背对着游鹏的兰小歌却早已醒来。她睁大眼睛，听到他温柔疲惫的呼吸声，心头莫名茫然若失。不知道为什么，她不敢大声呼吸，不敢翻身，更不好意思看他一眼。直到半边身子麻了，她才悄悄掀开被角坐在床边，用足尖勾起散落在地上的衣衫。

“你去哪儿？”游鹏突然拉住她的手臂，稍稍使力，她便跌坐在床上。然后他坐起身来，撑着手臂看她的脸。她的眼睫垂着，神情中一片茫然。

“小歌——”他轻声叫她，声音越发温柔，“你怎么了？”

她怔着，不知怎么回答，只有睫毛不听话地抖动着。

“我们结婚吧，我会给你一个唯美的婚礼，我们还会有自己的孩子，我们一起爱着的，共同抚养长大的孩子……”

“孩子？我的孩子呢?!”兰小歌惊叫了一声。蓦地，脑后好似劈来一道闪电，一阵锥心大痛令她脸色转瞬雪白。

游鹏僵在那里，冷汗满额，像是一场惊梦乍醒。

50 博扬危机

“人与人的相遇分离，就像月有盈亏潮有涨落，看上去是世事难全，但实际上，只是肯爱和不肯去爱的心。”

转眼入秋，虽树木坚持着不肯转黄，风里已满是萧条之意。

谭哲初近日心力交瘁。几个月以来，博扬股价大起大落，他知道有庄家在背后做盘，大肆吸进散股，而且这股资金实力雄厚，他却查不到对方的来历。这样一来，他预备的“Y计划”十一部电影项目的启动便无限期延后。另一方面，顾嘉言的离婚协议书如烫手山芋，他签了，便等于接受她股份的赠予，他不能在收回自己的感情之后，再掠走她的财富。更重要的是，此时他若签了字，外界得知他们离婚的消息，对博扬是致命打击，投资人的信心也将受挫。就算他全盘搁置Y计划，但卢湾影视城天天都是大笔资金进出，由不得他有半点疏忽。

他想与顾嘉言好好谈谈，但海边一别后她回了加拿大，并告诉他自己对博扬的生意毫无兴趣，她希望见字走人，不再与他有半分瓜葛。

顾嘉言的决绝在谭哲初看来，本是一片成全之意，可越是如此，他越觉得如负千钧，博扬目前的形势他也不便言明。何况，他知道以顾嘉言的精明，不会不知公司的处境。这次，只怕她是铁了心要退出他的生活。他独自能否力挽狂澜，真要看造化了。

唯一可安慰的是琥珀，那日顾嘉言来访后，父子隔膜尽去。每日不管他多晚回来，儿子都会等着他，又是亲又是抱，又是捶肩又是揉腿，这让他心底一片温暖。

这一晚，他回家颇早，听说优优带琥珀去了“漫漫时光”。

这样片刻的安闲，实在久违。秋月满窗，风里的凉意直入肌骨，他这才猛然醒悟正是深秋时分，算来，这是他与兰小歌相识的第五个年头了。

“同心而离居，忧伤以终老。”他眉心微蹙，满脸沉沉的倦意，他实在记不太清，这五年中，他们在一起的日子有多少？一声长叹，被入室长风卷得无影无踪，兰小歌的面孔也随之无影无踪。现在，他是一艘夜航船的舵手，他的耳朵里满是惊涛拍岸的巨响，他的每一根思维都盘踞着整船人的性命，他在宿命的幽黑航道里，除了前行没有其他选择。

“爸爸——”优优不知何时站在了他的身后。

“敲门你都听不到，在想什么？”

“哦，优优，这些天公司的事千头万绪，你也知道的。琥珀呢？”

“他今天玩累了，在回家路上就睡着了，我没叫醒他。”

“那我去看看。”他匆匆往外走。

“爸爸——”优优拖住他的手，拉长了声音道，“我要嫉妒了，你心里只有琥珀。”

“你还吃琥珀的醋？”他抚去女儿散落额前的黑发，不由得笑了。

“我今天见了游鹏。”

谭哲初手臂略略一僵，但很快便收回那丝惊怔，从容问道：“他怎样，过得好吗？”

“嗯。看起来还不错，人也成熟了好多。不过，琥珀对他……爸爸，琥珀很是粘他，见到他开心极了！”

“哦，多一个人喜欢琥珀不好吗？何况游鹏帮助过他们。你怎么把爸爸想得那么小心眼？”他宠爱地捏捏女儿的脸颊，“时间不早了，去睡吧，明天陪我去卢湾开会。”

“爸爸，我再陪你一会儿。”优优望着爸爸，眼角泛起泪光。

“优优，你怎么了？告诉爸爸！是不是因为游鹏，你对他，难道？”

“不是的，爸爸。”优优轻声答道，背转身走向窗边，月色在她脸庞上淡淡笼了一层薄绢，更显晶莹。

“我在想人与人的相遇分离，就像月有盈亏潮有涨落，看上去是世事难全，但实际上，只是肯爱和不肯去爱的心。”

“优优，我知道你要说什么。其实我们每个人都有不同的欲望，尽管知道与欲望博弈的下场很惨，但也不能眼睁睁认输，有时候努力一搏，只是希望过程不要太难看。”

说着，谭哲初走到女儿身边，环住她的肩：“优优，爸爸真的很抱歉，你的不快乐都是我造成的。我也常想，我的女儿这么美好，我十年后才失而复得的宝贝，我的人生应该圆满了，为什么我还要有其他的遗憾呢？就是因为，我无法战胜自己。优优，这是爸爸的劫难，你帮不上忙的，我只希望你像以前一样开心起来。”

“我会的。”优优淡淡一笑，“但你要做好打硬仗的准备了，游鹏和展翔开影视公司，我感觉他们是冲着你来的。”

“呵呵！现在市场好，影视公司几千家，没什么大不了的。游鹏有这方面的资本和才华，爸爸应该替他开心，如果他什么都不做，那才是浪费才华！你记住，这件事不会影响到我，你不要觉得夹在中间难做。”

谭乐优轻轻合拢了门，一道光打在爸爸的肩背上，她在门隙处望着，觉得他格外顶天立地。即便他被磨难包围着，却仍在身边的人身上找美好的存在，他理解世界的无情，但却毫无畏惧。

冬天来临前，谭哲初收到了游鹏的邀请函，深蓝色，烫银，打开来，是他的亲笔信：“恭请谭哲初先生莅临，游鹏敬上。”

“翔游时空”成立庆祝酒会设在环贸中心九十八层的“云会所”。在外界看来，这次是展翔对游鹏的跨界注资，也是游鹏的一次转型动作。于是有人暗自揣测，由兰小歌引出的绯闻，前有展翔后有游鹏，绯闻对象的前后逆转，似乎更像是新公司成立前期的炒作。

而尤敏的出现，更令在场嘉宾、媒体几乎惊跌眼镜。他们实在没想到，做演员时处处自我保护的游鹏，却如此深谙媒体需要，他们无法预料，将来的“翔游时空”会有多少层出不穷的亮点。

谭哲初坐在嘉宾席里，看着尤敏施施然走上台，他的心忽地提了起来，待看仔细了，才长长舒了一口气。

一头乌发洒满双肩，一件青色礼服，是宋瓷温凉的青，如雨后的天色，更衬得皮肤如羊脂白玉一般，让人一见难忘。他知道她是谁，一张脸八分像，但她比小歌更冷艳，她没有戴一粒珠宝，却光芒四射，眼睛里有股奇异的神采，仿佛阳光映照的冰山。

美人通常都是这样，只那么短暂的一个亮相，几句轻言曼语，便引得人们动容，甚至穷追不舍。更何况，她与数月前游鹏的绯闻女角相似的脸庞所引发的惊异和猜想。

谭哲初转动着手中的杯子，目光沉沉地注视着台上的人们，他想起很多次雷同的场景。有关于优优的，有属于兰小歌的，她们个个都有着谋杀菲林的能力，有着挑动男人原欲的美丽，只是，无一人如这个女孩般浑然天成。

过了一会儿，游鹏和展翔携着尤敏过来，谭哲初站起身来。

“恭喜你们兄弟相聚。”

“谭总客气。这一行您是专家，还得请您多提点！”展翔接话道。一边的游鹏神色沉静，一双眼睛乌蒙蒙的，似乎比几个月前显得更成熟。他向前一步，亲和地拍拍他的肩膀：“游鹏，我真心替你高兴，正是干事业的好年华，加油啊！”

“这要感谢你的成全！”游鹏的话客套又生分，谭哲初讪笑不语。

“谭总您好，我是尤敏。”眼前一只素手纤纤伸出，打破了场面短暂的尴尬。

“幸会，尤小姐面熟得很。”谭哲初握住她冰凉的指尖，不动声色地应着。

但见她轻轻一笑，黑亮的眸子看着他，显得格外晶莹。“没想到谭总也这么说，刚才好多朋友都说我长得像一个人，还追问我们什么关系，都把我问糊涂了。”

“世事孰真孰假，根本难以分辨。尤小姐，何必过分认真？”他抬脸，有笑意，但目光讳莫如深。

“正是这个道理，您短短一句话可胜过千言万语。”随后，她略侧转身，“二位老板，我能敬谭总一杯酒吗？”

游鹏见她婉转玲珑，一出手，便把敷衍功夫做得密不透风，又句句话说到他的心坎里去，便笑着招呼服务生重新倒酒，四只酒杯轻轻地碰在一起，各怀心事地相视一笑，谭哲初知道，有些东西悄悄地破碎了。

就在这时，一个黑衣男人不小心撞到游鹏身上，酒水洒在他整条衣袖上。

游鹏面色微愠，轻轻喝道：“阿忠！你怎么这么不小心！”说着，他从上衣口袋抽出手帕，揩拭起来。

这举动让谭哲初十分别扭，他忙摆手道：“不要紧。我先走了，公司还有事。”

“那我送你吧。”游鹏把手帕丢在阿忠身上，显然还在为刚才的事生气。

“不用了。你招呼其他客人吧，咱们之间不必客气。”

“阿忠，你送谭总出去。”游鹏微微使个眼色，阿忠应声跟在谭哲初身后，走出宴会大厅。

51 拯救

他转身时眸中无尽的黯然，像一只大手捏住兰小歌的心脏，无数的好奇如软泥上的青荇蓬然而发。

电梯门打开的一瞬，谭哲初感觉大脑一片空白，跟着眼前一暗。待他的眼睛重新燃起喜悦的火苗，她绯色曳地长裙的裙角竟无动于衷地扫过他的足尖，循着喧哗的声浪逶迤而去。他机械地转过身来，手却不知不觉地伸了出去，一把把她拖转回身。

“小歌！”他哑声叫道。

没有错，他并没有看错。大踏步走上前来，他两手牢牢地抓住了她的肩膀，略俯下身，目光沉沉地胶着在她的脸上。

兰小歌茫然地注视着面前高大的男人：稍显苍白的面色，眉间皱起的一道深纹，眼角处隐约而狭长的憔悴。哦，他不年轻了，偏偏唇角是一个上翘的好看弧度，这让她觉得分外亲切，只是他眼睛里的炙热，令她觉得难堪。

“先生，您，认识我？”她轻声问。

这话一问出口，谭哲初心头被狠狠戳了一下，太多的吃惊和不解交织在一起，令他不觉皱紧了眉头。

“小歌？你怎么在这里？你竟然要跟我撇清关系到不认识的地步吗？”

她仍旧茫然着，神色里却多了几分尴尬：“您可能认错人了，对不起，我赶时间。”

“我没有！”他双手使劲一钳，捏得她手腕吃痛。“小歌，你抬起头，看着我！”他声音也陡然变得严厉起来。

兰小歌的心蓦地一颤，不知是不是被他声音里的严厉镇住，迫不得已迎上他的目光。

“谭先生，您真的认错人了！兰小姐——她是鹏少的女朋友。”阿忠急忙上前解围，又恭敬地说：“我送您出去。”

“慢着！你说什么？她是游鹏的女朋友？”谭哲初似乎在向阿忠发问，视线却始终不离兰小歌。然后，他抬起手，捏住她的下巴，眼底渐渐地漫上一层阴鸷。

“你亲口告诉我，他说的是不是真的？”

谭先生，谭先生，谭先生！兰小歌心里乱糟糟地缠绕着这三个字，他难道是爸爸信里提到的“谭先生”？

她睁大眼睛，仔仔细细地看他的面容，再闭上眼睛，努力地想过一遍一遍，可脑海中没有丝毫印象。她只看到眼前的他，神情阴鸷，举止粗鲁，一双盯紧她的眸子由褐转黑，像要进入黑沉沉的夜。这表情令她害怕，肌肤不由得激起一层战栗，她后退几步，挣开他的手。但他的眼睛就像夜的尽头倏地蹿起的两道焰火，残酷而耀眼地钻入她的大脑，要刺破那片混沌。头，开始隐隐作痛，一些碎片在脑际凌乱划过，她越是想拼出一个形状，它们越是放肆地凌乱着。突然，一丝尖锐的疼痛自脑后钻入耳膜，兰小歌咬住嘴唇，猛地闭上眼睛，脸色已是惨白一片。

“兰小姐，你又头疼了？你还能不能撑住？”阿忠见她额汗涔涔，焦急地问。

“不，不，忠哥……我没事……我想去休息室歇一下，你带我过去。”她的黑眼睛疲倦地眨了眨，“谭先生，抱歉，我暂时想不起……我跟您有什么交集，我现在要休息一下，改日再聊。”

看着她额上的细汗一层层沁出，那副忍痛的表情渐渐从他眼底放大，又沉甸甸地锁进眉头，就连声音也被压得变形了。

“小歌，你是不是病了？你病得很严重？”情急之下，他拨开阿忠上前去拉她的手，“跟我走，去看医生！”

“请放开她！谭先生，那边有记者，如果您不想太难堪就快点离开！”阿忠喝道。

谭哲初只好松开手，兰小歌趁机退开：“忠哥，带我去休息室。”

“好，好……你去休息，你去休息吧。”谭哲初喃喃自语，身体僵硬地后退了几步，四目之间，似乎被一条细细的模糊的泪线隐约牵着。而就在他转背的瞬间，线断了，兰小歌看到他眼角跌出的浓重失意。

突然，她转回身站在他面前，小心地、征询地看着他。

“等等，我有话想问您。”然后对阿忠说，“忠哥，你去跟游鹏说我头痛，要等会儿过去。”

许是他转身时眸中无尽的黯然，像一只大手捏住兰小歌的心脏，无数的好奇如软泥上的青荇蓬然而发，她突然想了解这个男人身上负载着什么。又或者，他曾出现在她茫然无迹的前世记忆里，他是父亲的朋友？她的长辈吗？她越看越疑惑，而他脸上不符合年龄的哀伤和动容，更是令她心酸。

坐在他对面的沙发里，她坦白地说：“谭先生，我的确生了病。确切点说，我受过一次伤，之后丢失了部分记忆。您的名字我略有所闻，但是很抱歉，我没能记起什么来，如果您方便的话，不妨直接告诉我，您跟我们家是什么关系。”

“什么关系？”谭哲初玩味着这句话，眼睛凝视着她。

想是疼痛已经过去，她雪白的脸孔浮起淡淡的红晕，神情懵懂，黑眸晶莹，被一身绯色的纱裙衬着，美得令他失神。他无法体会一个失忆的人内心真正的需要，她仿佛是童话里那个睡美人，把所有的过往都关在梦外，而在梦里，也许风光旖旎，对影成双，她不见得愿意被那个急匆匆赶到的傻瓜唤醒。

谭哲初沉默地笑笑：“先不忙知道我们之间的关系，告诉我，医生是怎么说的？”

“没有大碍，后脑有一块瘀血，我在吃化瘀的药，只是记忆需要慢慢恢复。”

“为什么不做手术，现在医学昌明，国内不行，可以出国去做。”

“医生说血块离视神经很近，我不敢做手术。我怕有一天睁开眼睛，什么都看不到，没有过去的记忆，至少我还有现在，还有未来，如果没有眼睛，现在，未来，全是黑暗的，醒着和睡着，又有什么区别?”

“这是你的意思？还是，你男朋友的?”他费力地从齿缝间挤出那三个字。

“是我自己的想法，我害怕再失去。一个人若没有死过，便不懂生的意义，她会更珍爱已拥有的东西，而游鹏是我过去记忆里唯一留下的记号，没有他，我甚至无法证明自己在这个世界上存在过……”

“你是说，你失忆了，却没有忘记他?”谭哲初打断她。

“是。也许他这道记号够深，我醒后第一眼便觉得他是我熟悉的人。听忠哥说，原本我就是他的女朋友，你看，人的记忆多奇怪，只会择优选取……”

没听她说完，谭哲初的心已沉到低谷。

是啊，为什么非要等到脂残粉污，一塌糊涂的时候才放手？走到今天这一步，谁说不是天意？谁又不被命运作弄?

他站起身来：“你好好保重身体。至于我，天底下姓谭的人很多，我只是最无关紧要的一个罢了。”

“您胡说!”兰小歌忽地跟着站起身来，任性地喊，“谭先生，请您看着我!”

她从未用这种语气对他说过话。他静了静心，嘴角浮起一个凉凉的笑意，而在他的注视下，她雪白的脸孔笼起一层薄怒。

“谭先生！您比我健忘吗？我信任您，才跟您说这么多事，您明明认识我才会叫住我，怎么能当没这回事?”

“忘记那些想忘记的也是幸事，希望你打今天起记住，谭先生真的是一个无关紧要的人。过去，我们只是认识而已，将来，也不会有什么关系。”他慢慢地，一个字一个字地说着，悲伤和落寞在声音里交叠着。

兰小歌感觉心里有些东西也被硬生生地掐灭了。

在家里，在这样一个错乱颠倒的午夜，暖暖的灯光照在顾嘉言的栗色鬈发上。

这个独坐灯下等他的女人，像是一幅完整的记忆画卷，他深谙她所有的等待动作，穿绣花拖鞋，着藕色睡袍，持红酒杯，听寂寞歌。

谭哲初疲倦地呆立在地，想人生匆匆不过数十载，他争取越多，遗憾越多，事业、财富、声望，以及他以为最重要的感情……而他从来不曾争取的，却来了又去，去了又来，与五年前他夜归的情景没有任何分别，他已经分辨不清，这些原地打转的事，到底是一个潜伏的愿望还是一个盘踞的习惯?

顾嘉言听到他的声音，从容地走到他身边，像过去那样接过他的外套，软软地搭在臂上："哲初，先去洗个澡，如果你还想找人说说话，我等着你。"

他擦干半湿的头发，点起一支烟来。

顾嘉言坐在烟雾里，身影也变得朦胧，像要随时隐没的样子。

"我曾经以为，抽身要趁早，不要等到曲终人散、满地狼藉的时候。然而，直到昨天我终于想明白了，哲初，我从来不是观众，我跟你一样，哪怕妆残粉褪，不到最后，我们都没有资格离场。所以，我又回来了，别嘲笑我的反复无常。"她说。

她说得很对，可惜他太疲倦了，这些话竟不能在心中激起任河波澜。他看看她，不知说什么，只好吸了口烟据实说："嘉言，其实博扬境况艰难，你大概知道，目前我没有机会做任何决定。"

"我全部知道。所以我很感谢你，在我最不冷静的时候，你没有随随便便签字。博扬对你的意义，我很清楚，它已经长在你的骨血里，如果因为我的一个决定，而让你毕生的心血付之东流，我无法原谅自己。"

然后，她站起身来，走到唱机前，按下音键，一串清越的丝竹之音响起，是与暗夜、与她声音里的惆怅极不协调的明媚调子。

"你放心，我这次回来，并不是痴念着回不去的感情，那种事情只会徒增悲哀，我们没有那个时间，也过了那样的年龄。感情的事，能放下就放下，不能放下就埋葬，人关键时刻需要的，是一份能够同舟共济的情谊。"

谭哲初终于抬起头来，掐灭了烟，认认真真地看着眼前的女人。

烟雾一点点散去，她神情坚定，肩背挺直，全然没有数月前海边离去时的寥落彷徨。这是他最初认识的顾嘉言，像他们最初合作的那些日子，她无惧风高浪险，挺立着像站在海风鼓满的船帆边的桅杆，船帆系在她的身上，他们紧紧相依，似乎从未离开过彼此，却在帆起帆落之间，数度离合。

谭哲初内心已被感动占满，他明白她的心意，更了解自己和搏扬对她的需要。只是，有种感觉仍然挥之不去，那是无数次伴随对她的感动而来的压迫，似乎会随时地，大力地把他捶扁在地上。这让他永远不敢直面内心的需要，因为，他的需要不是爱，而爱是她的需要。然而，她能回来，他总是欢喜的。

他长舒了一口气："嘉言，我们都老了，有些话无须多说。去吧，好好睡一觉。"

顾嘉言目送他回房，心底浮起一丝得意，似乎老天都在帮她。不然，一个活在心中的死鬼，可比一个让他失望的白痴更让她伤脑筋。

她觉得，兰小歌终于可以先放一放了。

52 男女关系

她抬起头来，四目相对，他眼中的讽意又开始浓稠，头顶的雪也紧凑起来。

冬天的第一场雪来了。并不大，气温也不低，还夹着微雨，落在脸上温柔清凉。

像是没有目的的，兰小歌一路往前走去，双手插在裤袋里，大衣的下摆随着步子微微摆动，如同她虽挺立却已脱了力气的身子一样，落寞至极。

那天之后，“谭先生”三个字牢牢地扎根在她新的记忆里。从阿忠那里她大致了解到他是一个成功的企业家，学养深厚，人品高尚，从来没有乱七八糟的绯闻。他还有一个美丽到令人惊艳的女儿，两年前，他又娶了一个漂亮能干的妻子。

她更加疑惑，爸爸一介平民，怎么会认识这样的人物?

她在报摊里买关于他的杂志，在那些报道里，他拥有所有男人所渴求的圆满与成功。只有一则财经新闻，从他公司数位名导和经纪人离槽，来分析博扬财务状况的不如意。文中，甚至详细写到游鹏离巢对公司的影响，也写到两个男人间千丝万缕的关系。

游鹏并未刻意隐瞒自己与谭哲初的关系。那天晚上，兰小歌推说头痛，让阿忠先送她回家。事后游鹏对兰小歌说，本来要介绍你认识我的前老板谭哲初，可惜错过了。他没再过问当晚的情形，兰小歌也便没说与谭哲初相遇的个中曲折。

看了那则消息，她感觉自己被一团巨大的谜雾包裹着，这令她对他生出更多的猜测来。甚至，那段她本想尘封的过去，也令她有了重新探寻的欲望。她再也坐不住，连续几天，她都漫无目的地在大街小巷闲逛。城市、街道、楼群、学校，一些陌生又熟悉的感觉，时时让她跌落于快乐与惆怅交织的情绪中。

街灯亮了，映在兰小歌的脸上，是一种难以言喻的神色。她走过一家二十四小时营业的咖啡店，客人很少，有咖啡味道和音乐从门里飘入雨中，是一首老歌《Try to remember》，她觉得这旋律很熟悉。

她往前走出几步，站定，靠在墙边倾听。抬脸的瞬间，她看到一块木牌，四角吊着铜铃，雨滴正顺着铃铛滴落。她微微张了张嘴，看清了木牌上的四个字，继而仰起脸大口呼吸着，手捂住耳朵，痛苦地闭上眼睛。

Try to remember the kind of september
when life was slow and oh so mellow
try to remember the kind of september
when grass was green and grain was yellow
try to remember the kind of september
when you were a tender and a callow fellow
try to remember and if you remember
then follow-follow，oh-oh
……

她在熟悉的歌声中妄图抓住那些一闪而过的念头，但总是被时断时续的头痛扰乱。许久之后，夜色更加深浓，雨雪更大了。

突然，她睁大了眼睛，她看到一个中年男人正从咖啡馆里走出来，然后走到对街，一个人站在街灯下面。街灯把飞舞的白雪笼成一团罩在他的头顶，像个薄薄的蚕茧，而他就像一条僵卧其中的蚕。

"谭先生！"她终于鼓起勇气走到中年男人面前，喊了一声。

谭哲初睁大眼睛，眼眶腾起一团水雾，他不可置信地，上上下下地打量着她，雨雪濡湿了她的头发，她的脸庞正闪着微湿的流光……

"我——我——"她思忖着找话，然后勇敢地仰起脸来，"那天你把我绕得如堕五里雾中，麻烦你把话说清楚！"

"哦？"他眯着眼，"你觉得哪里不够清楚？"

"你跟我们家是什么关系？我爸爸的信里为什么会提到你？"

她的爸爸？他什么时候见过她的爸爸？他们相处时日短暂，他哪里有机会和条件去见她的爸爸？难道因为她还糊涂着，所以才有此一问？谭哲初心中疑云重重。

他盯着她看了好一会儿，在那双黑亮眸子里除了坦白和天真的期待，什么也没有。

谭哲初落寞地低下了头。小歌，请再给我一段时间吧，就半年！再有半年，我一定能把所有的事情摆平！现在，你且当是睡着了吧。心里拿定主意，他这才抬起头，深吸了口气说："也许是你爸爸记错人了，不好意思，我真的不认识他。"

她皱皱眉，虽然疑惑，却也只能无奈地笑笑："好，那我就放心了——"

"放心了？放心什么？"

"游鹏总是怕从前的人回来找我，看来是他神经过敏，想太多了。"说到游鹏，她的笑越发深了，眼睛也更亮了。

“对了，听说谭先生是游鹏以前的老板，过段日子我们要订婚，请你来喝喜酒!”

她那一脸喜悦的神情，令谭哲初一下子怒火中烧，漫天的飞雪都不能熄灭他心头腾然而起的怒意，声音里不免带足了讽意：“只怕我不是个受欢迎的客人!”

“哦。那是我冒昧了!”兰小歌的脸红了。

“你一直问我，我们是什么关系？问得真好，如果我现在告诉你，你一定会后悔邀请我!”那个嘲讽的笑停在他的嘴角，“现在，你还有兴趣听吗?”

“当然！否则我何必辛辛苦苦找你，何必这么晚还来问你!”兰小歌的脸更红了。

“其实……男女之间，无非就是男女关系。男女关系，你懂吗?”他抱臂看她，“对了，你现在失忆了，你肯定忘了你爸爸欠了我的钱，大概，他需要你来还债!”

“他欠你的钱？他真的欠你的钱?”兰小歌恍然大悟地舒了一口长气，“我猜得果然没错，多少钱？你要怎么还？我来还——”

“还”字还未冲出口，她便被一股大力裹挟着跌入他的怀中，他不容她反应，双手抱牢了她的头，一声不吭地牢牢盯着她，眼神霸道、粗鲁、暴烈……

她一阵头晕，慌乱中想要挣脱，但他牢牢地捧着她的头，他的眼神、味道和气息，似乎要撬开她记忆深处为他尘封的一页。

看着看着，他眸里的冰层开始融化了，她像是被催眠了，一动不动地迎着他的眼睛。

他的脸俯下来，开始吻她。她不知道自己是否被人这样吻过，但为什么，他的味道和气息如此熟悉？像是他从来就是这样吻她，带着要撕裂一切的狂暴和刻骨的忧伤。

她的心，像被两股截然相反的力量撕扯着，理智上要挣开他，身体却软绵绵的。但很快，她便堕入黑暗，黑暗里满是蜜糖，她的舌尖变得贪婪，一点点地在蜜糖里盘踞着，逶迤着，一颗心也被贪婪的欢乐和抗拒的痛苦反复地研磨着，泪水，潺潺而下……

又涩又咸的滋味淹过唇边，即刻被他卷得片甲不留，连同她沉睡着的苦涩记忆，统统片甲不留。她觉得差不多有几百年那样长，脑海中反反复复是她与他相拥相吻的画面：在高高的书架间，在浪花的翻涌里，在晨光洒满的床前，在冬夜雪白的原野，在小城悠长的窄巷……她忘情地回应着他，每一个吻痕尽处即是韶光尽处，是十指紧扣，白首相抵……

突然，他松开了她。她抬起头来，四目相对，他眼中的讽意又开始浓稠，头顶的雪也紧凑起来。

原来不过几十秒的时间，那些缥缈而来的吻痕，顷刻便没入无边的飞雪里。

“你的身体一向比你的大脑清醒!”他冷冷说道，目光阴沉。

她蹙起眉尖，徒劳地想集聚思维留住点什么，他却一把推开了她。

“这就是男女关系，懂了吗？那笔钱，就当你还过了！傻瓜!”

说完，他大步而去。

游鹏拍了拍呆若木鸡的阿忠：“别看了，戏结束了。”

“鹏少，抱歉，我没照顾好兰小姐。”

“呵呵——怎么能怪你呢？她，这里还不清楚。”游鹏笑着指指脑袋，顺手掏出车钥匙扔给他，“阿忠，你送她回家，别说我来过，懂吗?”

“明白，我不会向任何人提这件事。”

直到阿忠开车过来，兰小歌才晃晃悠悠地回到真实的世界。她像是刚注意到天气，伸出手接了几朵雪花，感觉有些冷，想跑起来，却一步也挪不动。她打着战抱住肩，抖着牙齿待在原地，车灯将她照得几乎透明。

阿忠下车，拿一件大外套裹住她。她混混沌沌地被挟上车，暖风一吹，才意识到自己的狼狈不堪。

“忠哥……你……你怎么来了?”她下意识地理理头发，磕磕巴巴地问。

“这么晚了，鹏少担心你，让我出来找找。”

“他，他在哪儿?”

“他晚上有个重要会议，我先送你回家。”

“哦。”她应了一声，“你怎么知道我在这儿?”她嘴里问着，眼睛却忧心忡忡地望着车窗外。雨雪越来越大，窗外一片迷蒙，而这条路上，已经没有一个行人。

“碰巧，碰巧找到这里。”阿忠答。

再转过脸来时，他发现她的头歪在坐椅上，人已沉沉睡去，脸色苍白。

她以为，那一定是场噩梦，即便不是噩梦，等她醒来的时候，凭着大脑自动清零的能力，定会把那段不堪的事，以及那个可恨的人，粉碎、清空，不留丝毫痕迹。

所以，她比任何时候都迫切地想要睡觉。她急匆匆地脱掉衣服，一把自己倒进床里，再严严实实裹住被子，熄灯。

眼前已然黑暗，心底却仍是雪亮一片。此刻，他更加当仁不让地盘踞在她的脑海里，停留在她的呼吸起落之间。

他那可恨的眼睛，颜色本比常人凉薄，他那冰冻在唇角的笑容，姿态本比常人可恶，他还有恶魔一样的牙齿，撕掉她所有体面的衣裳……她咬咬唇，瞪大眼睛盯着黑暗的天花板，却见他的脸冲她俯了下来，笔挺的鼻子一点一点地压住她的。他用男女关系那样的字眼和那样粗暴的方式演练，来证明她欠了他的……

浑蛋！流氓！亏她还以为他是个人品高尚的人，为什么她没有扇他一个耳光？反而很享受他的侮辱似的？

闭上眼睛，眼泪汹涌而来，却怎么也洗不掉那张令她心痛与耻辱交加的脸。

“小歌——”有人推开门，坐在她的床前，拍着被子轻轻唤她。

“怎么不吹头发就睡，这样会头痛。”他的手摸着她散在枕上的湿发。

她不理，脸仍旧蒙在被子里。

“起来一下，帮你吹干头发。”他说完，出去又进来。

他拧亮床灯，吹风机呜呜的热风掠过她的耳畔，他的手，细细地滑过她枕上的发，左一下右一下地翻拨着。

“游鹏！”她轻声喊，猛地坐起来搂住他的脖子，眼泪滚进他的衣领里。

“是不是哪里不舒服？”他捧着她的脸，满眼忧色。

“我有话跟你说——”她胡乱抹了把泪，想说什么，又急忙闭紧嘴巴。

“不急的，小歌，我们有一辈子的时间。”他伸出手揩去她的泪，吻了吻她的额头。

“你脸色很差，睡吧。”他温柔地说，“明天，你该去看老展了，我答应了他。”

许久之后，她终于睡着了。

53 无情的傻瓜

每一次情感剖开，她就用那双残忍的小手，一点点收紧绞索。

两小时车程后，兰小歌踏入游鹏出生的房子。这精巧的房子有米灰的外砖和米黄的廊柱，似乎经历过多年风雨，但仍旧端洁清新。树木凋敝的冬日，园中仍有盛开的花朵。

展观山正在一幅大画像下背光而坐。画中的女郎，蓝衫素面，眉目清婉。

兰小歌迷茫地看着画像里美丽女人的眼睛，仿佛她正穿越时光姗姗而来，悲哀弥漫了整个房间，令人莫名惆怅。

展观山始终不动声色地坐着，她只好把一声叹息压在嗓子里，抓紧了游鹏的手。

游鹏回脸冲她笑：“过来，小歌，给老展沏杯茶。”

展观山接过兰小歌递来的茶盅，慢慢放在茶几上，眯着眼看了她好一会儿，才说：“的确很像。”顿了顿，他又说，“的确比想象中更漂亮。”

然后，他指指对面的沙发，还算和气地说：“坐吧，姑娘。”

兰小歌见他头发全白，身形瘦削，穿浅灰色细羊毛衫，灰色长裤，显得古雅严肃而品位不凡。但就像任何高古的事物都令她觉得晦涩一样，老先生如千年月光的神色，实在无法让她生出亲切之感。

她听游鹏说他们父子分离多年，修好不久，因而更加恭敬。

“伯父，您身体一向可好？”

“我的健康状况，今天我们不讨论。”

一句话，噎得兰小歌不知如何接下去，又听他问道：“听说你父亲去世了，你又受了伤，现在康复了吗？”

“谢谢展伯伯关心，我很好。”

“做儿女的，快乐坚强些，不制造新的遗憾，老人家也就别无所求啦！”

“是的，我会开心起来，爸爸会看着我，也会保佑我的。”

“你现在相当于是孤儿。”

“是，我孑然一身，没有亲人。”

“很多事情看似偶然，实则必然——”他拖长声音，目光由平和渐渐变得锐利，甚至充满研判，像一只蹲在老鼠洞前的老猫。

“你一无所有，所以你爱的仅仅是我的儿子吗？”

兰小歌一怔，她今天的拜访，不正是这句话的答案吗？再看游鹏，他的目光一直停留在母亲的画像上，似乎并没有在听他们谈话。兰小歌心中泛起说不清楚的感觉，有被忽略的尴尬，也有什么东西被揭穿的难堪。在展观山的咄咄逼视下，兰小歌原本以为轻而易举就能说出的那个字，被生硬地压在喉咙。

展观山等了一会儿，终于把目光从她脸上移开。一只苍老的手扶着额角，摇了摇头：“小鹏，你确定这是你的选择？”

游鹏满不在乎地笑笑：“当然，这种事怎么能开玩笑？”

室内寂静，兰小歌仿佛能听到自己起伏不定的呼吸，游鹏按了按她的手：“老展，小歌特地来拜会你，别怀疑她的诚意。”

展观山笑了：“小鹏，她当然足够诚实，她十拿九稳，甚至懒得哄一哄老人。”

兰小歌听在耳里，全然不是滋味，她一下子站起身来，声音难掩激动：“展伯伯，您今天见我是好奇我的样子，也是给游鹏面子，让您失望了，我很抱歉，我明白，长辈们喜欢听话、乖顺、家世好的女孩子，但我先天不足……”

游鹏又焦急又生气，急忙打断她：“小歌，别乱说——”

他父亲却呵呵笑：“小鹏，让她说。”

她吸了一口气：“本来，我今天能站在您面前，就应该感恩戴德了，我现在所有的一切，都是游鹏给的，我的确一无是处，但总算心眼不坏，我感激他，也常常遗憾自己不够好！老实说，我连自己是谁都忘了，我很悲哀，我甚至丧失了自尊自爱的资格，就算他不在意这些，我也该有自知之明！”

游鹏默默望着她决然而去的背影，他感觉喉咙被堵得仿佛窒息了，他原该喊住她，却咬着牙暗暗笑了好一会儿。

这个无情的傻瓜！多么冠冕堂皇的一番话！想必她走人的真正原因，是没忘记昨晚销魂的一幕吧！

这是第二次，在她见过谭哲初之后行为完全出格。假如他还更爱更包容她，他就不会这样生气了。但他是游鹏，以他的天赋条件，可拥有任何形式的男欢女爱，他竟然去相信狗屁的爱情！

她以为谭哲初相信吗？傻瓜！几年前，谭哲初以为他是穷小子，他鼓励他像每个穷小子那样出人头地，他说只有事业不会背叛男人，他说无数的青年无权选择出身，为着一幢房子一辆车子甚至长辈亲友的虚荣，放弃追求自由、勇气和爱，忍辱负重地活了一辈子，直到垂垂老去。他说只有拼，只有打下江山，才不辜负那些的付出！所以谭哲初从没有资格和条件给她无条件的爱，就像博扬现在面临危机，他又一次与顾嘉言并肩前行，而任由她留在他身边。她竟全然不懂，却要他付出如此大的代价和辛苦！每一次情感剖开，她就用那双残忍的小手，一点点收紧绞索。

窗外冷风飒飒，树上飘落的枯叶在他的目光中盘旋着，令他的俊脸漫上一层煞人的阴鸷。展观山沉着眉看他，嘴角两条下垂的弧线更深刻了，他的声音也恢复了多年前的严酷。

“小鹏，她好像不领你的情，也未见得爱上你啊！”

“她还病着，我会叫她跟你道歉。”他嘴硬。

“不必了，到了我这把年纪早就没了同情心，别告诉我你准备继续下去，我向来引你为傲的！”

“引我为傲？”他扬了扬眉，“我一向是个逆子，现在我肯回来听你训斥，你知道我是为了你的钱，为了达到我的目的！”

“这样很好！我会成全你的野心！但不要忘了，展家的男人从来不乞求爱情！”

“所以你才那样对妈妈？”他看看母亲的画像，声音变轻了，眉心锁紧了。这所房子，还是跟他十六岁离开那年一样冰冷、寂寞。

展观山沉默了半晌，又开口说：“小鹏，这世上有很多相似的东西，却没有相同的心灵。我知道你在找什么，也明白你心里有个结始终不能打开，但那些遗憾是你弥补不了的，是上一代的错！”

“算了，别扯那些了！她是女人，我是男人，我对她着迷，就这么简单！”

该死！他怎么会对父亲说这样的话？现在如果他仍旧对她着迷，未免太可笑了！但他非这么说不可，他这么说服父亲，就等于在说服自己。

奇怪，这念头一冒出来，他的唇角慢慢浮起一个冷笑，他觉得自己在开发一个超级好玩的游戏，他会做最大的玩家。

哈哈！他突然朗声笑起来，然后走到父亲面前，像个乖孩子一样说：“我依然会让你引以为傲的！”

是的，他像自己年轻时一样，这难道是宿命摆下的一个局？他这么想着，但没有说出来，很快，他便把这个念头甩在脑后。他是老了，但他的儿子还年轻，他曾拥有的操纵一切的能力，显然顽固地生长在展家的基因里。

“你非那么做不可，就去做吧。”展观山对他的背影道。

展翔追他出来，“坐我的车走吧，我有事跟你谈。”

“如果你是来说情的，给我打住！我不想跟你谈，我打定主意了！”

“这又何必？我们扔进去不少钱了，现下博扬的情形已经够他受的，你非要赶尽杀绝吗？你当真不考虑优优的感受，她这么多年待你如何？未来还可能……”

“你们没有未来的！我早就劝过你，优优不会喜欢你，你一个花花公子突然变成情圣，会让人消化不良！”

“小鹏！你现在越来越刻薄了，你对父亲和我的态度，我非常不满！你在做生意和做人上一样嫩得很，如果没有展观山，你一文不名，没有人会卖力地帮你弄倒谭哲初，我更加没有丝毫兴趣！”

“可老展他不在乎我的态度，他鼓励我的野心！展翔，你会继续帮我的，你不敢在老展面前说什么。就像我在英国那些年，你暗中使劲并不全因我是你弟弟，你多年来对我的百般忍让，也无外乎你要顺着老展，你真正在乎的是老展的钱！”

他顿了顿，笑起来：“呵呵！老展有多少钱？我的大哥，你为之着迷吧！除了这个，你的生活已经没有什么令你费心的事情了吧！你也别以为优优已经令你神魂颠倒了，你心里清楚，她有自己的世界，她来自另一个星球，说白了，她对你永远没有老展的钱来得更有意义！而我呢，我对老展的钱全无兴趣！”

“我的确不是什么高尚的人，也不怕被你看穿！但是小鹏，你所谓的有趣和挑战的意义，并未脱离你要征服的本质，在这一点上，我们又有什么区别?”

“既然我们是同类，你何不再陪我跑一程?”

展翔不语，默默看着陌生的或者他从未熟悉过的弟弟，好一会儿才说：“小鹏，你说优优来自另一个星球，我承认，我从不真正奢望进入她的领地。但兰小歌不同，她飞得再高，也只是只风筝，你所谓的爱，只是拉着她的那根线。小鹏，你可以让她像云一样高高在上，但你别忘了，那条线放得越远，拉断的可能性也就越大。”

“你在威胁我吗?”

“我只是在提醒你，小鹏！不久前发生的事你没忘吧!”

“那么你该明白，因为我们一直比别人容易得到，甚至没尝过失败的滋味，所以哪怕嗅到一丝丝的可能，就会生出反抗之心！我会继续做我要做的事，我有把握她会丝毫无损地被我收回手中。这件事我觉得有趣极了，我非做不可!”

54 金屋藏娇

她在每个夜里和清晨，像是等待男人投喂的金丝雀，这不是她想过的生活!

很快，翔游时空新项目上马，人、财、物万事俱备，这是一个惊掉业内眼球的速度，虽然不少自以为知晓背景的人把这当成两个公子哥的游戏，但钱多事顺，加上尤敏已吊足了猎奇者的胃口，这部为她量身打造的开山之作，竟然先声夺人，游鹏忙得不可开交。

兰小歌坐在双层巴士上，隔着玻璃窗的雾气看前方的熙攘车流，车辆尾灯的红光连在一起，一寸寸艰难挪移。她朝窗外看了一眼，可以确信，阿忠的车正夹在某个车流密集的地方跟着她，已经辛辛苦苦地跟她周旋了一整天。

那天之后，她便提出要搬出去住。游鹏不同意，他们大吵了一架，结果是游鹏搬出去，留下阿忠照顾她。原因是项目筹备期每天大小会议不断，他时间紧张，他还警告她，不许她私自找医生，更不许私自动手术，如果她不听话，他会掐死她。

兰小歌从未见他那样凶过。他的眼睛都气红了，那两扇温柔的长睫，好像蜻蜓的翅膀立了起来，令她战栗。

他恶狠狠地逼近她的脸，手指捏着她的下巴，声音嘶哑而残酷：“小歌，自从你病了以后，你变得任性，没有礼貌，自私，有时候我恨不得拿鞭子抽你一顿才解气!”

然后，他就走了，好久没再理她。

但有天晚上他打电话给她，声音温柔地问：“小歌，你想我吗?”之后，兰小歌觉得他变了，每天无论多晚，他都会打来一通电话，说一番十分肉麻的甜言蜜语。

有时候她当然想他，尤其在游荡整日一无所获，或者画画累了，她躺在床上，开始想念出事以后他对她的种种柔情。有一天夜里，他打来电话，说了更多肉麻情话，她情不自禁地回应他说：“我也想你，游鹏，我巴不得一睁开眼你就在我身边。”

第二天早上，她在一阵甜蜜的芬芳中醒来。一睁眼，满屋子扶郎花和白百合，他帅气逼人地站在她的床边。

“游鹏，我在做梦吗?”

他亲了她，咬了她的舌尖：“你说，是梦吗?”

他没有嬉皮笑脸，肉麻兮兮，而是目光温柔地，像小鸡吃米，一下一下地啄她，她的骨头都酥了，而床铺正清香，冬日阳光温暖，他用吻把她拎到欲望的边缘，却突然放开她：“宝贝儿，你真迷人，可惜，我得走了——”

一口气堵在胸口，她狂躁地拿枕头朝他的背影扔去，但那背影令她想起一个人来。

“这，就是男女关系，你懂了？傻瓜!”那个人的话和停在唇角冰冷的笑，瞬间将她打入地狱。

她觉得悲哀，她有手有脚，年轻，又长得不差，为什么要像寄生虫一样住在游鹏家里。她在每个夜里和清晨，像是等待男人投喂的金丝雀，这不是她想过的生活！他们现在是恋人，就算真正成为夫妻，她也不能等男人来养。何况，她在他父亲面前表现坚决，可行动和进展呢?

她不能原谅这样的自己。

兰小歌开始找工作，她同时拒绝阿忠接送。游鹏的钱就放在书房的抽屉里，他还给了她一张信用卡，但兰小歌没动，她拿了一千块现金坐车吃饭，想找到工作就搬出去，她要像个正经女朋友那样，用自己赚来的钱，偶尔给他买个礼物，或者请他吃顿大餐。

阿忠寸步不离地跟着她，这让她十分难受。她去面试，他等在楼下；她去小饭馆吃饭，他守在附近；她上了公交车，他便夹在车流里跟着。她甚至怀疑他搞黄了几次她的工作，因为有几家公司在面试时对她印象不错，几乎已经定了用她，但第二天总会有个表示抱歉的电话打来，说他们不请人了。

对阿忠，无论她软磨硬泡还是大发脾气，他总是那副平静的神色和语气："兰小姐，我的工作是保护你的安全。"

"是，忠哥。我们好歹一起经历过生死，但我求你告诉我，到底是谁要伤害我？"

"我什么都不知道，只要你现在平安就好。"

"好吧，我了解你的苦衷，但是求你别闷着，你讲一点我从前的事好吗？你看我现在找工作这么艰难，我连一张身份证和履历表都没有。"

"你别白费力气了，工作肯定是找不到的。"

"为什么，是不是有人做手脚？"

"兰小姐，如果我是老板，也不会用一个不健康的人！"

"你闭嘴！我根本没病，是你们合着伙骗我呢。我要知道，为什么所有的网站都没有我的信息，游鹏不是很红吗？你不是说我以前是他的女朋友吗？那么多记者拍他，那么多新闻，为什么没有提到我？你就承认吧！是你在我工作上做了手脚，是他指使你这么干的吧？"

她气呼呼地一迭声喊着，多日来积压的怒气一股脑儿发作出来。

阿忠仍旧铁板一块，等她闹了一会儿，才上前去叫她："时候不早了，你该回家了。"

"不！"她大喊，过路的行人被她吓了一跳。她的愤怒再也压抑不住，她拨通了游鹏的电话，大声嚷道："你如果继续让他跟踪我，你将永远见不到我！"

"哦，小歌，别发脾气。"他慢悠悠地说，"如果他一直这么尽职地跟着你，我不怕我见不到你。"

他是故意的。兰小歌深吸一口气，让自己冷静下来："游鹏，你这跟囚禁我有什么区别？"

"别曲解我的好意。你现在并不安全，我又不在你身边，我得有多担心！乖乖的，别闹，明天回来看你。"

"到底我做过什么？我怎么就不安全了？游鹏，我必须去做手术，否则我要疯了！"

"你听着！我还是那句话，你要是敢私自找医生，我掐断你的脖子！我说话算话！"他挂断了电话。

兰小歌悲从心来，她把电话狠狠地砸出去。

啪！电话砸在一辆正在开来的白色宝马车的前挡风玻璃上。

有个女人走下车来。

她睁大了眼睛。她知道这个女人，在昨天的娱乐新闻里，有记者问博扬的财务状况，她自信满满地对那些记者说：“博扬躺着也能赚钱！”

那一刻，兰小歌对她佩服极了！她就是顾嘉言，她真人比电视里漂亮精致很多，笑起来，眼角细细的鱼尾纹让她看起来很亲切。当然，她知道，博扬也是那个姓谭的流氓的。想到那个雨夜，想到眼前的是那个人的妻子，她就面红耳赤起来。

“抱歉，如果砸坏了您的车子，我赔给您。”她向顾嘉言道。

“哦！没什么。我正好奇是谁这么大脾气呢，出来一看，我就明白了，只有像你这样的美人儿，才有资格大发脾气呢！”

兰小歌窘红了脸：“顾总，您还是让司机看一下吧，万一有事呢。”

“你，你认识我？”她突然惊诧地问。

“昨天在电视里看到您的新闻。”

“哦——”她似乎放下心来，打开手包取出一张名片，“车子没有问题，这是我的电话，有时间我们喝茶。”

那部车子从兰小歌眼前开过去的时候，她看到后座有个人，隐在暗色的车窗内，下巴坚毅，鼻梁挺直，如泥塑木雕。

兰小歌心跳得厉害，伴着阵阵慌乱难受。

55　胜之不武

兰小歌虽然命大活着回来，但被游鹏用爱禁锢起来，她连下手都不用了。

谭哲初不比兰小歌更好受。她站在大街上没教养地乱发脾气，她以为犯错后羞怯懵懂的眼神，她甚至对顾嘉言的那种恭敬，以及她身后那个貌似忠心耿耿的保镖，都让他心头如针扎一样难受。

他知道游鹏忙着新项目，并未对外公布要办喜事，但看她的神情和表现，依然是一无所知地被游鹏“金屋藏娇”着。

想到这四个字，一阵羞愤袭上心来，这等于他内心承认了某种事实，他觉得自己像个败军之将，他控制不住这个念头对自己的折磨，只要不玩命工作，他会在每个失眠的夜里想她。不同于以往她离开那些年的思念，而是一种邪恶的想念。她的嘴唇，身体，头发，他想着过去拥有她的日子，她像玉兰花一样开放在自己面前，她那种恰到好处的女儿态，她的纤细、丰润、水灵，使她如暗夜里的尤物，有着令男人灭顶的魅力……

本来她是他的，现在，他却没有能力拥有，这对任何一个男人来说，都是屈辱。

意识并接受了这一点后，他心中忽然放下了很多东西，比如规矩、体面，等等，他过去颇为看重的道德、精神和原则层面的东西一旦放下，也促使他在博扬的事情上放开手脚来。

白日里，谭哲初和顾嘉言像这世间最恩爱的夫妻一样同进同出，出席各种会议，接待和拜访客人。这时候他又会想，小歌还是失忆了好，免得她看着难过。

每逢周末，顾嘉言会住回“红栌”，因为琥珀要回来，谭哲初无论手头有多要紧的事，这两天铁定陪孩子。他说：“嘉言，我很抱歉，给我一段时间，等博扬熬过这段时间。”顾嘉言笑笑不语，她不反抗，也不给什么建议。

优优仍然不温不火地与展翔往来着。这个人，倒是越来越让谭哲初刮目相看。认识优优后，他的确杜绝了乱七八糟的绯闻，像情圣一样专一，又像正经绅士一样没有做出格的事。他甚至借优优之口递话给谭哲初，如果博扬资金链出了问题，他可以提供帮助。但谭哲初拒绝了他，这对他是另一种屈辱，他宁愿去抢劫，也不会在放弃了兰小歌之后，再以优优的名义接受他们兄弟的帮助。

但事实上，他在做另一件铤而走险的事。他瞅准民间资本活跃的机会，开始运作一个新的资金平台，他的动作非常快，他相信在年后，这个平台每年将有几十亿元的资金，会源源不断地为“卢湾”造血。顾嘉言认为这个举动疯狂冒险，他却说这是一个资源掠夺时代，自然资源之后，就是创意资源！博扬在为他们创造机会。

“可博扬是上市公司，不能违规操作！”

“嘉言，你放一百二十个心，我不会让博扬和你来冒险。”

“我倒是不怕，就算坐牢我也会陪你。”

“坐牢？别高估我们的能力！我现在只需你来运作上层路线，这方面你比我懂。”

顾嘉言觉得，这时候的谭哲初特别性感，他就像一只雄心勃勃的猎豹，显得志在必得。当他们一起战斗的时候，兰小歌的事就跑到爪哇国去了。有时候她会突然可怜起兰小歌来，觉得她不过是男人闲暇时的一个玩物，并不比那些争着上位的女明星高级多少，何况她还失忆了，真可怜。

顾嘉言说：“真可怜。”谭哲初听在耳里，心里满不是滋味，想起她们在路上的巧遇，他知道她想说什么。

琥珀没有回来，顾嘉言明早要陪他开会，今晚她自然不回“红栌”，他于是决定去书房睡。

“你没兴趣听我的话吗?”

“你想说什么?”他抱臂摆出聆听的样子。

“说说你那可怜的小情人和你这位可怜的大情圣。”

“我们相安无事，不好吗？还是博扬近日没有大的麻烦，你无事可做了?”他的眉头在皱紧。

“她竟然不认识我了，真是造化弄人。”她叹道。

“她连我都不认识呢！你应该开心才对。”他冷冷地应道。

“我不开心！哲初，我一点都不开心，我甚至已经做好了成全你们的准备。”

“哦，那我谢谢你。”谭哲初不知顾嘉言在打什么算盘，但他不想与她谈这个话题。最重要的是，他要尽快让博扬渡过难关。但危机过去后，顾嘉言怎么办？他不敢往深处想，因为只有眼下这件最实际的事值得他去思虑，之后，他才有底气去办兰小歌的事。

“我也可怜你，你们可真是一对苦命鸳鸯啊！呵呵。”她轻声笑着，让人捉摸不透。

“嘉言，别胡思乱想了。我们现在危机重重，我真不明白你们女人，在这种节骨眼上，还尽想这些无关紧要的事。”

“无关紧要？真的吗？我看公司如果恢复元气，你立马便会去夺回你的小情人吧。哲初，我了解你，你是个不服输的人，江山和美人，你哪个都不愿意放弃呢。何况，她那么楚楚可怜，我都心疼了呢，你会无动于衷?”

“闭嘴吧，嘉言！我不想再听到‘小情人’这三个字。当年小歌的离开，你敢说不是你动了手脚？我不追究是看在我们多年的情分上！你今天记住，在我的情感领地，她先来你后到，她还是我儿子的母亲，请你积点口德吧!”谭哲初脸色发青。

“哈哈！所以我同情你们这对可怜人呢。我看你还是很爱她呀，你一直为她守身如玉，可她呢？哈哈!”她突然笑得放肆起来，那声音像鞭子，一下一下地抽打在谭哲初的心上。

“一想到你为了博扬放弃了她，谭哲初，你真是太伟大了!”

顾嘉言今天并没喝酒，可话头却像脱缰野马，拦都拦不住。

“你说，游鹏和你谁更爱她？他出去工作还专门雇了人看着她，哎，如果没有你，兰小歌其实也算是个幸福的小女人，他们这一对才是郎才女貌。哎呀，我真想问问她是怎么对付男人的，怎会把两个男人同时捏在手心里?”

“嘉言，你说这种话简直像个没头脑的小女生，你再照照镜子，连样子也像讨人厌的长舌妇！我再劝你一句，给你自己留点体面，也给我们之间留点尊重。”

他甩门而去，顾嘉言笑得肚子都痛了。她今天实在是被兰小歌那副傻乎乎的模样逗乐了，不欺负她一下觉得日子都要过不下去。

果然，谭哲初被她触怒了！谁叫他还爱着那个傻瓜？他活该被捉弄！

她知道谭哲初积极挽救博扬不是为了钱，就像对她一样，是一种所谓“高尚”的义，是他从潦倒中振作后深入骨血的习惯，除非他的生命消亡，否则这个记号永远不会从他的骨血里剔除。她了解他的全部付出，可她不需要这个！过去，顾嘉言告诉自己，只要跟在他的身边就够了，她愿意做他的向日葵，只要她面前的世界灿烂光明。可兰小歌就像一团巨大的乌云，遮住了她追随的权利，连她享受光明的希望都给抹杀了，她必须撕碎她！就算太阳已经沉没了也没关系，她宁愿收敛着嚣张的花瓣为他致哀枯萎，也不愿一辈子处在乌云下面，她无法得到的心，谁都别想得到！因此数月前她全盘布局，痛下杀手。

现在听着他离去的脚步，她一滴泪也没有掉，反而开心地盘算着以后。兰小歌虽然命大活着回来，但被游鹏用爱禁锢起来，她连下手都不用了。但这样她怎么甘心呢？今天那个傻瓜拿了她的名片，对她一派恭敬，好像觉得认识她很开心，似乎对目前的状态并不满意，那她就等着好了，兰小歌一定会自投罗网。

与此同时，顾嘉言心中生出一点点惋惜来，几年前兰小歌敏锐伶俐，是个不错的对手，但现在这副傻模样，让自己觉得欺负她，就像欺负一只兔子那么简单。

“唉，真是胜之不武。”她叹道。

56 记忆片断

作为连接她两段生命的人，难道，那只有力的手可以抚平她心中巨大的恐慌？那双温柔的眼睛，可以带她走出不堪的噩梦吗？

游鹏在第二天早上回来，他坐在兰小歌的床边，在她陷入沉睡的时间，他的脸上是一种异常温柔的神情。她突然睁开乌黑的眸子，看到他，脸色唰地一下变了，白一阵红一阵，接着又流露出迷茫的神情。

他一把拥住她，大声说：“兰小歌，你可真傻！”她还没有完全从沉思中摆脱出来，他的手臂更紧地搂住她，她感到一阵无力，只好顺从着他。

她梦到了那个男人，眼睛里映着光，像熠熠生辉的宝石……

游鹏只顾抱紧她，根本没注意她内心的变化，他的语气里充满担忧：“你怎么能招惹顾嘉言呢?”

她终于回过神来:“顾嘉言?”

“对，昨天那个女人，阿忠告诉了我。小歌，你别犯傻，她不是个善良的女人，你离她远一点!”

“为什么? 她看起来很和善，我砸坏了她的车窗，她都没说什么。”

“不说她了。小歌，你真的决定做手术吗? 医院有消息了，等忙过这阵儿，我陪你过去。”说着，他把她的头往后一仰，凝视着她的眼睛，目光中的温柔一点点渗了下来，“我还是有点担心，这双美丽的眼睛，但愿上帝会保佑你。”说着，他的嘴唇印在她的眼皮上，颤抖着吻了一下。

兰小歌的心中激起一片痛意。她感觉眼泪就要流出来了，掺杂着感激、羞愧和莫名的伤心，因而有些颤抖。然后，她紧紧抱住他，又热烈地吻着他，用一种她从未有过的热情吻他，似乎只有这样，才能消解心头的痛意。

过了好一会儿，游鹏才移开嘴唇，喘息着抬起她的脸来，笑着说:“你没刷牙呢。”

哦! 她涨红了脸，急忙掩住嘴巴，生气地跳下床。他拉住她的手，仍旧笑着:“傻瓜，我今天不走了，给你吻个够。”

她认认真真地看他的脸，那一刻他的眼睛大极了，好像有种异样的东西，她说不出是什么，但不同寻常。然后，他的嘴唇又轻柔地贴在她的唇上:“我才不管你刷没刷牙呢，就像我明知道那回忆对你来说有多糟糕，我还是想让你回去!”

兰小歌的心脏骤停，好一会儿，她移开嘴唇，在他耳边轻声哀求着:“说一点吧，游鹏，告诉我过去的事。”

他还没来得及思索，一个“好”字已经脱口而出，但他并不后悔，这个“好”字是自然的，是神明干预的。

他从为她抢回包包那天开始，说到展翔家的舞会，说到他们在风林的相遇，直到他们的感情被媒体曝光。这中间的惊心动魄里，删掉了所有关于谭哲初的章节。

兰小歌早已泪流满面，她抓紧他的手臂:“你说我们的事被曝光，是因为孩子，孩子呢? 孩子在哪里?”

“小歌，非常遗憾，我在风林再遇到你时，你身边已经有了这个孩子，你对他的出身讳莫如深，很多事我都不知道，但我很爱他。之后，听说那孩子被他父亲接走了。”

“什么? 那个孩子，他不是你的?”她的眼泪已经流出来。

“是的，自你出事以来，我生怕这些回忆让你陷入更深的痛苦里，我矛盾极了。

今天跟你说这些，怕你手术后突然想起承受不了，而且我想让你知道，我们在彼此的生命中是怎样的存在，我们的感情经历过多少波折和考验。你现在也该明白了，老展为什么不喜欢你，因为你跟展翔传过一段。你大概也好奇那些新闻为什么消失了，其实在你伤好之后，我们怕你无意中看到，花了很大力气才把关于你的信息屏蔽。小歌，这圈子复杂混乱，你原本白纸一张，所以，别怪我把你藏起来，又时时刻刻让阿忠跟着你，实在是因为我怕了，我怕那些隐藏的黑手，他们对我没办法，就会对付我爱的人。”

“你说那孩子被父亲接走，他父亲是谁？他真的是我亲生的吗？”她紧张地抓住他，指甲掐进他的肉里，心提到了嗓子眼。

难道是那个男人的？一种恐慌袭来，就像她在海边看到爸爸时一样。

他迅速地搂紧了她，在她耳边叹着气：“哎！我真不敢告诉你……小歌，孩子叫你妈妈，肯定是你亲生的……至于他的父亲，我想应该是，应该是谭哲初，也就是我从前的老板，至于你跟他——”他顿住，好半天才为难地说：“我真的不知道你们之间的故事，你当时也不想谈他。”

“不，你撒谎——”兰小歌一把推开游鹏，痛苦地抱住头。她觉得，就算是死在那个荒凉的海岛上，也比知道这样一个乱七八糟的过去更好受些。她觉得，那个兰小歌跟现在的她没有情感上延续的东西，她不想扮演她的故事，游鹏干吗要说这些！他把她现在的生命割为两段，中间巨大裂隙带来的恐慌，使她不愿意承认那是既成事实。

然而，就在她惊魂未定的当口，游鹏打开一个深蓝色的盒子，里面是一枚钻戒。他抬起她的手，把戒指套在她的无名指上：“我知道这不是求婚的时候，但是，小歌，过去的你坚强勇敢有尊严，现在你还多了一个我，如果你决定做手术，请接受我的求婚，我要你更加勇敢起来！”

然后，他抬起她流满泪水的脸，拨开她脸上的乱发：“从我再次见到你的那刻起，我就告诉自已，你所有的苦难都过去了！”

事到如今，他突然说她的苦难过去了！老天，他难道不明白令女人最难堪的话题是什么吗？她凭什么，她还有什么资格被他爱着？

于是，她麻木地、为难地想把那枚戒指摘下，但游鹏一把握住了她的手，她努力挣了挣，他不松开，却更紧地握着她，硬生生地阻止了她。作为连接她两段生命的人，难道，那只有力的手可以抚平她心中巨大的恐慌？那双温柔的眼睛，可以带她走出不堪的噩梦吗？

游鹏走后，兰小歌的思绪又混乱了两天，在他述说的线索里找到了石明明，并不是想去求证什么，她只觉得非去一趟风林不可，她要去看看这位传说中的闺蜜。

石明明一见她就哭了。因为游鹏已先于兰小歌给她打了预防针，她在兰小歌脸上看到令她陌生的懵然，又格外柔弱无助的神情，这令她难过得要命，甚至比四年前遇到她在医院号啕大哭时更加难过。而兰小歌对她笑了笑，又安慰地拥着她："明明，别哭了。"

情绪平复后，石明明开始絮絮叨叨地说游鹏的各种好，说他身为大明星，一点架子没有，他从不顾及旁人的议论，他如何如何爱她和孩子……

这些事，游鹏断断续续讲过，但从石明明嘴里说出来，更加真实。兰小歌眼圈一直红着，石明明的嘱咐语重心长："小歌，你等于重新活过一回，不认识我们都不要紧，一切正好重头来过，你还年轻呢，千万别再犯傻。这四年来，你该付出的也都付出了，既然琥珀跟了他爸爸，也算各得其所，你要好好地待游鹏，千万别让他伤心难过……"

"琥珀?！明明，他乖吗？他可爱吗?"她急切地问，又长叹着说，"我什么都想不起来！游鹏说这孩子是谭——"她匆促地咽回了那个名字。

石明明接过她的话，讲起了她们在医院相遇，看着她独自辛苦生下琥珀，并抚养长大的一段前情。

她讲这些时，兰小歌虽然觉得悲哀，但意识始终无法进入另一个时空与曾经的自己会合，尤其是承认未婚妈妈这一事实，但她还是问了一句妈妈该问的话："琥珀突然离开我，他一定会想我吧?"

一段长久的沉默后，石明明又说："小歌，这位谭先生我也是刚刚听说，这几年来你并不与我谈起他。既然他对你和琥珀多年不闻不问，可见不是个有情义的人。现在他带走了琥珀，我想是不是你跟他谈好了。傻妹儿，听我一句话，不是谁都有重生的机会，你更要珍惜眼前人！就算你现在特别想念琥珀，但你还病着，见了他都不认识，白白让孩子难过，不如等你好了以后再去看他。"

谭先生何止不是个有情义的人，想想他那天的行为，十足一个恶棍！过去，他完全做得出更可恶的事情来，否则她怎么会在医院里哭得惊天动地?

兰小歌几乎不敢去想孩子是怎么来的，更希望完完全全洗刷掉在他怀里那种沉沦的快感带来的羞耻。石明明说得对，别人对她都是一知半解，她只有恢复记忆才能把这些零散的断章接续起来。

然而，琥珀！她为什么要交给谭先生呢？想到这里，又是一阵难抑的悲伤。

57 裂隙

他开始怀疑他过去的爱，当时他执着的向往和真诚的陪伴，能说明什么?

从风林回来后，因石明明说她不久后也会来，她喜欢上一个人，是一名警察，就在北海工作。这让兰小歌开心了很多，她变得很忙，给石明明找房子，帮茵茵联系学校转学。有时她会叫阿忠陪她出去，她买了很多小男孩的衣服、玩具、文具，虽然意识里对孩子的印象还是模糊的，但她不知不觉中有了一个放不下的念想。偶尔，她也给自己买漂亮衣服和鞋子，游鹏喜欢女人穿得漂亮。

他让她有空去看老展，而兰小歌现在很怕面对这件事。本质上，她与清白相去甚远，老展如果知道她的过去，并且生过孩子这样的事后会持什么态度，有时想想就头皮发麻。但游鹏太忙，老展又是她终究要面对的长辈，最终她还是鼓起了勇气，决定自行去看望他。

为这次探望，她准备了很久，她特意去了解展观山的喜好，去学了茶艺、烘焙，得知他喜欢侍弄盆景，又悉心挑选一盆万年青去拜会他。

这一天，展观山坐在四方形的下沉庭院里喝茶，身边绿树葱茏，脚下摆着一圈盛开的杜鹃，水红的花朵奔放热烈，锦鲤在水里悠然地游着，阳光从顶棚洒下来，既温暖又清新。

他雪白的头垂着，正在仔细地为一块寿山石上油。他穿一身柔软的珠灰色布面薄棉袄裤，脖子上系大红的薄羊毛围巾，显得整洁体面，可对着兰小歌说话时，依然不留情面。

他瞥了一眼盆景："万年青？姑娘，你是在嘲笑我这个糟老头子吗?"

"你非要曲解我的好意，我也没有办法。"兰小歌声音轻朗，态度不卑不亢。

展观山抬眼看她，无疑，这真是个可人的姑娘。今天她素衣轻裹，亭亭而立，一双眼眸灿灿如星，简直像从画里走出来一样。

"男人啊——"他心里叹道，对儿子的沉迷又了解几分。

"你来是想告诉我儿大不由爷，所以理直气壮了?"他语带讽意，下意识地瞅了一眼她无名指上的戒指。

"既然你知道儿大不由爷，那你就试着接受我吧，相处下来，也许你会有意外收获呢，我并不差，也很讨老人家喜欢，游鹏说曾经有一条街的老人家都喜欢我。"

说完，她在他对面坐下，伸手摸了摸茶壶，“茶都凉了，我去沏一壶。”

“慢着，我可喝不惯外人沏的茶。”

“一次新的尝试，也许是另一种习惯的养成呢。”她不理会他说什么，径自把茶壶茶具全部端了出去。

等她再进来，展观山似乎已经气到不行，他干脆不再理她，背过身去，戴上眼镜看书。她就那么坐在身边陪他，茶凉了，她端进去重新沏上，再端出来给他注上滚烫的一盏。直到一盏上品滇红茶色淡了，已差不多日近午时。

“你应该饿了，我去做点点心来，我知道你爱吃甜点，只是平时不大敢吃，放心，我会做无糖的。”

兰小歌的厨艺向来好，十天学烘焙，竟然做得有模有样。点心三色三式，白、紫、绿，雪梅娘、马蹄糕、绿茶酥，再配上一壶茶色正艳的滇红，盛在温润的白瓷碟端出来。

展观山一看这番讲究，便知她打听过他的喜好，用了一番心思，但如果不是冰雪聪明，短时间怎么会做得如此有模有样？

他始终不肯把自己的一点喜悦摆在脸上，想做他的儿媳，单凭这点伎俩哪里够？

他先是不动声色、大模大样地把她端来的点心一一尝过，又喝了她沏的茶，一阵沁入心脾的幽香，让他不由得摘掉眼镜扔在茶几上，他研判地看了她好一会儿，她脸上始终微微笑着，恭敬而知礼数，直到看着他背手走出庭园。

兰小歌满足于这样一个开端，展观山没对她下逐客令已是莫大的客气，他喝了她的茶，更是意外的惊喜。

正准备回去时，她在花园里碰上来看望父亲的展翔。尴尬是显而易见的，展翔也得知她知道了部分往事，因此，他主动打破空气的僵滞。

“小歌，你来看我爸爸？他怎样，还算好相处吗？”

“我正在努力，展先生。”

“嘿！这客气劲，以后叫我大哥！小鹏那家伙，我很难听到他叫我一声呢！”

“好的，大哥！”她依然显得拘谨。

“你这是急着要回去吗？”

“是，已经见过他，我也该回去了。”

“小歌，我知道爸爸对你有些成见。你放心，过去的事，我会跟他解释清楚。”

兰小歌终于笑了，像是搁下一桩心事，声音也变得轻快起来：“大哥，有空过来吃饭，我会烧几个小菜，你给提提意见。”

“好！小鹏这几天就回来了，我一定去！”他潇洒地冲她挥挥手，她仍旧笑着，是发自心底的笑。甚至有些好奇，过去的他，也是这样随和吗？她哪会想到，这位曾经的花花公子，实在给过她不少的难堪。

在游鹏决定把一个半真半假的真相说出后，内心在两种力量的拉扯下，也时时袭来荒凉的空洞，两种力量较劲的结果，让他放任自己对某种东西的坚守，他通常会冷冷地笑出声来。只有在兰小歌和父亲面前，他仍旧一派纯良。游鹏至此方觉自己是个不折不扣的戏子，只要舞台的追光亮起，他浑身的细胞都能随心所欲地释放着他所想所要的情绪。

若不是顾嘉言出来捣乱，他不会那么快做出决定。

采石岛的凶险，每一个人都知道与顾嘉言有关，而兰父的自杀更与她脱不开关系。可惜，展家不能插手这件事，更不能被警察知道。此外，对于游鹏来说，追寻兰父自杀真相，与顾嘉言目前对他的作用相比，就显得不那么重要了。顾嘉言不仅能牵制谭哲初把全部精力投注于博扬，也能令游鹏的报复计划进行得更加顺畅。

游鹏下意识地把他认为男人间真正的战争与兰小歌割裂开来，只要顾嘉言不来找兰小歌的麻烦，游鹏几乎默认了他内心并不愿承认的某种需要。然而，那晚顾嘉言对兰小歌表现出的极大兴趣，终于使他有些慌神，这个女人是能发狠的，她可见不得兰小歌有好日子过，如果兰小歌自投罗网，她又怎能轻易放过？

他匆匆赶回家，看到睡着了的兰小歌的脸，心中的妒忌瞬间引爆。他知道她那一脸如朝霞初升的神采为何而来，那是他给不了的梦幻，是沉睡于她记忆深处，只要对方一个身影便能唤起的梦幻般的幸福。游鹏顺其自然地做了那场戏，说了那个似是而非的故事，让她顺理成章地接过他编排的戏码演起了自己的角色。

然而，游鹏得不到丝毫快乐，他开始怀疑他过去的爱，当时他执着的向往和真诚的陪伴，能说明什么？如果他们之间连真诚都无法实现，他所做的一切意义何在呢？

往事的刀锋会在深夜更加寒光熠熠，它刺开他已经不大愿意回望的真正往事。他第一次遇见她时，那双清白无辜的眼眸令他情不自禁地疼惜。在小城风林时她固执的坚持和一次次风雨中令他惊心的绝艳；他一次次见证她关于自尊的坚守，以及她对欲望顽强的远离。而今，曾经最怕她沦为欲望奴隶的男人，恰恰让她为自己的欲望陪葬。

但踏出那一步，游鹏早已无法回头了。

兰小歌逐渐得到老展的喜欢。在等石明明到来前，开始张罗开一家新的漫画店，但是对动手术，她又开始惶惶不安起来。理智催促她得马上进行，手术后她能活得明白，并且去看望心心念念的琥珀。但在情感上，她害怕回到过去，她隐隐觉得，那段过去只是掀开一角已经让她不忍目睹，尤其想到与谭哲初千丝万缕的关系就心惊肉跳。她跟游鹏商定，手术定在来年开春，至少在手术前她要亲眼看看琥珀，哪怕远远地看着，她也要记住他的样子。

游鹏发现，她说这句话时神情里几乎没有梦幻的颜色，尽管她不喜欢前生的角色设定，却开始尽心尽力续写一个看似更圆满丰盈的续集。他终于再次看到她长在骨血里的坚韧，以及那种能量所焕发的光彩。

过了春节，展观山突然把他们叫来，要他们尽快结婚。兰小歌和游鹏心中同时一惊，但展观山并不理会他们的反应，却把一句话甩给兰小歌："你这么费尽心思讨我欢心，目的也算达到了！我喜欢聪明的女孩子！"

"你误会了！我不是——"兰小歌焦急地说。

"小歌，快谢谢老展！"游鹏打断她，伸手揽住她的肩，又把她往怀里紧了紧。

"明年我可要抱孙子！"展观山一双犀利的老眼眯了眯。

兰小歌正要解释什么，游鹏的手更紧地握住了她的肩，她感觉肩膀有些疼。

58　寻找兰小歌

这个发现为她混沌的记忆启开一扇天窗，令她患得患失地走进这个一度遗失的世界。

过了年，谭哲初索性不让顾嘉言插手募资的事，他的计划正在秘密地进行着。他的话更少，嘴巴经常坚定地紧闭着，两个原本上翘的嘴角下弯出一条深刻的弧线，勾勒出清瘦的下巴。有时，他接连数日不刮脸，胡子茂密地开在下颌上，显得苍老而憔悴。偶尔，猎豹般的目光中会突然掠过一抹饿鹰般的犀利，令顾嘉言战栗。

很快，她便进入不了他的工作状态。直到有一天他开口："嘉言，博扬这次挺过去了！你也累得够呛，回加拿大休息一段日子吧。"

顾嘉言嘴上应允着，却偷偷躲回"红栌"，反正这地方谭哲初从不过来，她正好想想下一步的行动。看来，谭哲初缓过劲来，是要着手处理兰小歌的事了。同时，她心中有种不祥的预感，觉得有点悬，她也说不清楚是什么，只知道自己若不快速行动，很多事便不可收拾。

她眼角的余光瞥了眼手边的黑色行李袋，太阳穴突突直跳。拉开那个行李袋的拉链，她把里面的物件一一拿出来。兰小歌的身份证、护照，平板电脑，几件衣物，在衣物的夹层里，她看到一幅小相框，相框里是三人的合影，以及那颗光芒温润的琥珀。她衡量着那些物件的价值和意义，心头似被一根钢针不紧不慢，一针一针地戳过又缝合着。

她并没注意到，楼梯上方的阴影处，尤敏正在静静地看着她的一举一动。

晚上，顾嘉言约尤敏一起吃饭，伴随她们的是一场正在飞舞的春雪，“红栌”内外银装素裹，美如一座小小的水晶宫殿。尤敏坐在长桌的另一端，微微笑着，这是她在得知父亲去世消息后与顾嘉言的第一次长谈。

顾嘉言盯着她玉雕般的脸庞，心里莫名有些慌。表面上，尤敏对所有的事情不闻不问，一门心思奔娱乐圈的发展，势头之旺令人不可估量，与她回国的初衷完全一致。同时，她与自己保持着热络的联系，经常短信电话甜蜜问候，时不时赠送精致小物，甚至对博扬有利的一些商业内幕，她对顾嘉言知无不言，完全知恩图报的样子。而这正是令顾嘉言捉摸不透的地方，一个年轻女孩，做事滴水不漏，令她开始担心养虎为患，仿佛随时随地的，她会被尤敏回嘴咬上一口。

今天尤敏带来了兰小歌与游鹏的婚讯。顾嘉言想过会有这一天，但没料到来得这么快。乍看起来，游鹏完全解了她的后顾之忧，但她想的却是谭哲初得知消息后的反应，是气急败坏，还是心如死灰呢？或者鱼死网破？还有那个小孩，若看到妈妈另嫁他人，会怎样？这些念头，令她胸中涌起一股毁灭一切的愤怒！

她把杯里的酒慢慢喝掉，酒液缓缓滑过喉咙的时候，心中已有一个决定。

站起身来，她倒了杯酒给尤敏，挂了一脸的笑对她说：“敏敏，以后游鹏就是你名正言顺的姐夫，你的前程我也不用操心了，不妨找个机会，对他们说明一切吧。”

“我可从没指望过谁，我唯一依靠过的人是你。”

“我们也不必自欺欺人，你若不是长着这样一张脸，游鹏是不会多看一眼的，那些媒体也不会那么热心追着你。敏敏，我知道你是个知恩图报的好孩子，你姐姐走到这一步，那是她的造化，说不定也是你的造化。”

“是不是我的造化……现在说未免太早了。”

“哦，为什么？这中间有隐情？我一直纳闷，她对你从来没有过怀疑吗？”

“怀疑？哦，她只是觉得世上有个跟她长得像的人比较开心。也许是她变了，也许是我从不了解她，我们一直这样，呵呵。”

“我虽然没见过展老先生，但听说他并不好对付，怎么这么痛快就答应了婚事？”

“人老了，无非盼望儿孙满堂……再说，展老爷子对游鹏偏心，他现在又听话又孝顺，这功劳都记到兰小歌身上，自然也就同意了。”

“他们会办一个隆重的婚礼？”

“这倒不好说，兰小歌不是个高调的人，而且游鹏不让她在人前暴露。”

“哦。敏敏，说真的，你究竟有什么打算？莫非一辈子不与姐姐相认了，你可只有这一个姐姐，而且你的父亲也去世了，他大概不想看到你们这样相处。”她长叹一声，“有件事我觉得抱歉，一直不知怎么跟你讲……是我没照顾好你父亲，他去世之前去看过你姐姐，我没想到他会出事，偏偏你姐姐又失忆了，谁都不知道他们之间发生了什么，以至于死的死，忘的忘。”

尤敏听着她的话，脸色白了，她张了张嘴想说什么，却一转脸看向窗外。然后，顾嘉言拎过一只黑色行李袋。

“敏敏，这是你姐出事前的随身物品，是我的人在她住过的酒店找到的，有机会的话交给她，或者能让她记起点什么……”顿了顿，她又说，“到底你们是至亲，帮她想想过去的事，游鹏会念你的好，你父亲九泉之下也会感到安慰。”

尤敏转过脸来，黑眼睛像潜在水下的两粒石子，看起来黑白分明，却深不见底。她接过行李袋，没看里面的东西，只是神色如旧地拎起来，像往常一样跟顾嘉言说她明早有通告，要回房睡了。

既不追问这件事的前因后果，更不在乎这行李袋为何会被她拿到，这让顾嘉言精心编排的一番话生生地吞进肚子里。

顾嘉言没想到的是，自己精心做了手脚的行李袋，到了尤敏手里后，完全恢复了原样。

柏杨路的欣源家园已经相当老旧，几棵老柳立在中庭，虽然春分已过，但枝丫干涩，疏无绿意，枯乱的树枝纠缠着在冷风中摆动。天色已晚，西风渐紧，兰小歌站在身份证上的地址所指示的这幢灰色旧楼前，冷风吹走了她心头最后一丝迷茫。她三十岁了，人生中的大部分时光都在这幢旧楼里度过，这个发现为她混沌的记忆启开一扇天窗，令她患得患失地走进这个一度遗失的世界。

已过晚上七点，不时有饭香从窗隙飘入冷冷的空气中，她贪婪地深吸一口，心里不由得踏实了，是站在展家豪宅华宇下从未有过的踏实。迈进楼门，可能是感应灯坏了，楼道里黑乎乎一片，她适应了好一会儿，才摸黑沿着楼梯走上去。她试探着拿钥匙插入锁孔，轻轻一转，门竟然开了！

心理医生曾跟她说：“兰小姐，一切是你的幻觉，你曾受了很大的刺激……”

医生的话果然不能相信。兰小歌看着眼前虽清冷却洁净无尘的居室，脑中掠过与梦中依稀相似的场景，不由得怔在当地。

突然，她情绪激动地扑至桌前。

桌上有一瓶正在盛放的扶郎花，金色的花瓣恣意舒展，在暗夜里格外奔放夺目。她抖着手轻轻触碰花瓣，心里突突直跳，鲜花，是鲜花！这令她的心跳加快，她的手一一抚过桌椅，又缓慢地走过厨房，走进卧室，终于脚下发软，重重跌坐在床上，整个人陷进洁白柔软的被褥里，一缕清香随之送入鼻端，她转脸看到桌上一束新鲜的白百合。

怎么可能？她抚着胸口，想让自己平静下来。如果这是她的房子，这一切鲜活的东西又从何而来？心中虽有无数疑团缠绕，但她还是可以确定，无论她受过多大的刺激，眼前这一切都不是幻觉。

一时间兰小歌感慨万千。这段日子，除了想琥珀，她把所有与过去有关的心事都埋藏起来。当她从与自己有着相像面容的尤敏手里接过那个行李袋时，并没有想到，她会让自己真实的昨天，一瞬间涌回来，而且是以一种并未尘封的形式。她当时意识到自己与尤敏不只是长得相像那么简单，她追问尤敏的背景、经历，尤敏却始终笑着摇头，并怜惜地对她说："先找回你自己，再来解开我的谜。"

好一会儿，兰小歌才从床上坐起来，仔仔细细地在房间的每寸角落里检视着，她甚至预感会出现电影里常见的某个场景，有什么东西会一下子撬开她顽固的意识，让她心中模糊却又熟悉的感觉化作历历往事：她在这座房子里哭过、笑过、闹过。她坐在餐桌前，可以想起妈妈的饭菜；站在书桌前，可以看到爸爸躬背看书的身影；她的床上，还弥留着她曾经的爱人的味道……

"小歌，你在哪儿?"游鹏的电话打断她的痴想。

"嗯……在一个朋友家，我这就回去。"兰小歌撒了个谎。

"朋友？你哪里的朋友？什么地方，我叫阿忠去接你。"

"我会打给他的，你别担心。"

"阿忠今天怎么回事？小歌，你自己乱跑可不行。"

"你别怪忠哥，我今天买了很多东西，让他先送回去了。"

"好，那你自己小心，我今天在老展这边，他有事跟我谈，太晚了我就不回去了。"

兰小歌挂断电话，躺在床上，盯着天花板看了好半天，突然觉得，不解开这里的谜，她不能走。反正游鹏不回去，今晚干脆就住在这里好了。只这么一想，倦意顷刻间汹涌来袭。

59 感情废墟

在白光下，所有冷硬破败的房屋都显得温柔起来。可叹的是，这世间他的容身之所，心安之地原就这么大。

不能睡，不能睡！兰小歌急忙跑进洗手间打开水龙头，撩起冷水冲脸。

一抬脸看到镜子，吓得几乎晕过去！只要看到那双眼睛，那张脸孔，那副明显瘦削了的下巴，兰小歌便心如擂鼓。

他贴着门边站着，只是看她，没有任何行动，这令她觉得，自己看上去更像闯入别人家的不速之客，他看她的神情，也像是看一个来借用洗手间的客人。

兰小歌被他瞧得很不安，但又不知该走该留。

“还不走？要我留你住下来吗？”他终于开口，嘴角露出一抹冷笑。

兰小歌从口袋里掏出身份证，举到他眼前：“这里应该是我家吧？”

他伸出两个手指夹住那张身份证，眼皮抬也不抬地说：“身份证？还玩这一套？这能证明什么？它除了告诉你是你之外，还能说明什么？过去？现在？还是未来？”

“它告诉我，这是我的家！”她大声应道。

“家？那是有爱和温暖的地方，你确定你有？”他继续不屑地笑，然后去冰箱里拿了瓶水，又拉开橱门，取出一只干净的玻璃杯。倒了水后，他坐进沙发，顺手操起遥控器打开电视机，又把两只手臂伸展开扶在沙发上，津津有味地看起电视来。这套动作娴熟自如，像在自己家一样，兰小歌则显得尴尬。

她心里转着一些念头。此前，谭哲初的形象在她心中完全崩塌，什么清雅，风度不过是掩盖他的流氓本性。但是，行李袋里的照片，记事本里的只言片语，甚至那条项链……

她心跳得厉害，这些虽然不能说明过去，但已经证明他在她生命里的意义。

“麻烦你走的时候把钥匙留下吧，我不想换锁了！”突然，他坐在沙发里说，头也没抬。

兰小歌脸色都气白了。“喂！我忍你够久了，这房子是我的！你随随便便地进来，我还要报警呢！”她怒不可遏地站到他面前。

“好！报警。”他把手机递给她。

她迟迟未接，只是怒视着他。

“不报？那请你离开，我不想被人打扰。”他懒洋洋地说。

兰小歌的怒火蹭地蹿了上来，她劈手夺过他的手机，朝墙上砸了过去。

手机摔成两半，他怔怔地看了一会儿，终于无奈地摇摇头：“真是野蛮！”

然后他站起来，俯下身子，眼睛一眨不眨地盯着她，神情固执却难掩忧郁，“你来这里做什么？找回从前？”

她感觉他固执的神情里，满满的都是她的曾经。只是这念头一泛起，心中十分难受，那种隐隐的担忧便成了扎扎实实的疼痛。她不由得退后几步，但最终还是站定了仰起脸来，迷茫却又坚决地点了点头。

“过去也不见得有多好，你现在过得不错，别再自寻烦恼了吧。”他苦笑着，然后起身踱到窗前。

竟然有月亮，远处的楼宇清晰可见。在白光下，所有冷硬破败的房屋都显得温柔起来。可叹的是，这世间他的容身之所，心安之地原就这么大，他一个人一间房就够了，却被谁支使着要做托塔天王？只在这片刻，他能放下疲惫，尽管明天的太阳又将刺破这般静谧的假象，也算是满足的。

兰小歌看着他的背影失神。等他转过脸来，心中的难过便被他的目光溶解了。两个人面对面地看着，借着月光，把彼此看得分外清晰，从眼里看到心里，她的一颗心开始不受控制地狂跳着，她不敢说话，也不敢动，只用一双黑眸紧紧地锁着他。

“的确，这里还算有些美好的记忆。”他终于开口打破沉默，说出一句令她期待的话。她的脸瞬间燃起一片狂热，“所以，你一直照料这房子，你买了那些花！你知道！你知道扶郎花还有白百合！一束百合可以香足七天，我喜欢放在枕头边！”她狂喜地喊着。

“这房子的确是你的——”他费力地说，眼神中流露出一抹不易察觉的惊悸。

“所以，你可以收回你的房子，也可以换锁，今天是我最后一次来……”他说，目光在闪过那丝惊悸后，又开始变得漠然。

兰小歌满心期待他开始讲述过去，她有片刻幻想，这房子里的过去都与美好有关，包括他的出现，都与美好有关。然而，她已经站在往事的门口，可他却一脚把她踢了出去。

“我想独自待会儿，你改天再来收房子吧。”他没有丝毫感情地说。

房门合拢，兰小歌忘了自己是怎么出来的。黑暗迅速包围了她，好似一个巨大的、沉甸甸的怪物压住了她的胸口，压得她的身子软了，不由得顺着墙壁滑了下去，坐在冷硬的地上。

她感觉胸口憋得难受，不禁握拳捶了几下，但没有用。她仰脸，也没用，仰得脖子都痛了，也咽不回一滴眼泪。似乎，只有大哭一场才能让心里好受些，她控制不住地想哭，只是为了抑制哭声，也为了一点可怜的自尊心，几乎要把拳头咬破了。

过了一会儿，有人风一样卷过来，手臂绕到她的膝下，把她从冷硬的地上抱起来。她的手绕上他的脖子，往他怀里缩了缩，呜咽着说："我控制不了自己——"

进到屋内，他气急败坏地把她扔进沙发里，低吼道："你成心跟我过不去！"

"我不是！你别逼我！都是你的错，没有心我就不会难过！是你让它疼，是你让它管不了自己……"

兰小歌哭得像个孩子一样难看，泪水糊了满脸，她抬起手背左一下右一下地擦着，边哭边呜咽着："我都忘了你是谁！可我搞不懂为什么看到你我就难过！"

他惊怔地一动不能动，见她从沙发上跳下扑过来，左一拳右一拳地狠狠打他。

"你知道，你一定知道的，你故意装着不认识我，你故意要欺负我！"

"小歌！别傻了——"他死死钳住她的手腕。

好一会儿，她终于安静下来，一张泪脸对着他。

他长叹一声："我不能保护你了，什么都给不了你！你好好地过以后的生活，从前的事对你没有半点意义！"

"我不，我要知道，告诉我！"她的一对黑眼珠倔强地盯着他，斩钉截铁地说。

谭哲初推开她，闭了闭眼睛。耳边掠过今天出门前顾嘉言说过的一番话，不由得打了个寒战。

上午，她拿出一张光碟甩到他面前："就凭这个，你可以去坐牢了！我实在没想到，你瞒着我做出这胆大包天的事！活了大半辈子，为一个女人铤而走险值得吗？"

"你竟然对我做这样的事！"谭哲初惊怒交加，"嘉言！我不想你插手，一是为了你全身而退，二是不想影响博扬，你却不相信我！还暗中查我！"

"防人之心不可无，你我也不是第一天出来混了。哲初，也别再说一切为了博扬，我们受不起你这番厚爱！你准备把优优和琥珀安排出国，这些钱过不了多久就会跟过去吧。原来，你一直觉得我的钱是我的钱，你是给我打工的！你宁愿冒险也不接受我的股份，是怕我的钱粘住你，即便我愿意成全你们，你也要背上良心的重责吧！你以为这样，你和兰小歌就可以走得干干净净了，对吗？"

他冷笑着："你不必拿坐牢吓唬我，这种事一个愿打一个愿挨，我原不指望博扬上上下下领我的情，只是不想在我手里翻船！你既然这么不在乎，那大家就一起玩完吧!”说着，他把那张光碟掰成两半扔在地上。

哈哈哈！顾嘉言大笑。

“博扬？你不是到今天才知道我从不在乎它吧？但你就不一样了!”她顿了顿，“近来我常常想，人死了怎样我不知道，但失去自由地活着一定很恐怖，何况是你这样的男人！你还别忘了，优优还被蒙在鼓里，如果你出了事，她根本处理不了，你还有那么小的儿子，要想他们没有后顾之忧，还是好好想清楚吧!”

顾嘉言一副鱼死网破的模样。谭哲初内心烦乱，他知道对付顾嘉言激化矛盾是最坏的办法。他长吁一口气，好半天才说：“行了，你走吧，我要冷静一下。”

“对了，还有一个好消息，兰小歌和游鹏就要结婚了!”顾嘉言笑吟吟地走到他面前，为他把刚刚揪散的领带整理好。“老实说，我现在特别想跟你离！但你想娶兰小歌可要费点力气了！你也不妨想想这件事，至于后果，你懂的。”

谭哲初看着她离去的瘦削背影，心中陡起一丝酸楚，刚刚涌上心头的屈辱也被酸楚和不忍淹没。

他知道，她过了一个女人忍耐的极限，所以她不再为他们的感情留一丝一毫的尊严。何况，尊严不能让情感死灰复燃，本无价值。但谭哲初不得不考虑她的话，最令他不安的不是她的威胁，而是，如果他执意为之，她会把所有的精力和战斗力用来阻挠他。

他本以为可以缓口气，去接回兰小歌送她去医治，却再一次被天意戏弄。一瞬间，他灰心了，他已经受不了这样周而复始地消耗。

可谁料到，在这旧屋里，有人想埋葬过去，有人却想找回曾经。

如果是昨晚，哪怕早一晚在这里遇上她，他也不会这么对她，但现在他没办法。

“小歌，让我怎么说你才明白，那段过去对你毫无意义!”

“但我一定要知道!”

“你看看我的年龄，我们没有以后，你不该这么认定我!”

“但是你还爱我!”兰小歌喘着气说。

一口气堵在谭哲初胸口，他一把握紧她的手腕，冷冷地问：“你就要结婚了吧，你说这种话时，把那个人放在哪里?”

兰小歌后退几步，她睁大了眼睛，徒劳地在他脸上寻找某种叫作情感的东西，却越看越沮丧，因为他清醒理智，并不为她所动。

终于，她拉开了房门，冷风蓦地灌进来，吹得她发昏的头一下子清醒起来。

难道真的放弃了？她自问，难道琥珀也那么算了？冷风灌进她的衣领，令她一阵寒战，一个念头在心中顽强地立起来！

嘭！她用力地把门合上，又转回身来。

“我有一个孩子！他叫琥珀！他——是你的！”她哽声叫道，黑眸里蒙着一层泪。

“你说什么?！你全都想起来了?”他脸色发青，无法再冷静了。

她不理，往他面前走了几步，然后站定。猛地，她扯开外套和衬衣的扣子，露出洁白的脖颈，“还有这个！”那枚琥珀系在她胸前。宝石润美，肤色如玉，琥珀里的蝶翅若隐若现。

谭哲初顿时五内如沸，再看她的脸，雪白却狂热，黑眼睛里是决绝固执的神情。

“小歌，小歌——”他喃喃叫道，眼圈红了。他紧紧地把她抱入怀中，像吝啬鬼紧抱着珍宝盒，一串话被神灵指引着从嘴里说出来：“那年你只有二十五岁，我对我们的感情，从来都是怀着希望，却不敢有太确定的态度，毕竟你太年轻了，有太多的捉摸不定，我告诉过你这枚琥珀的意义，但那天之后你所有的设计，给了我莫大的打击……”

泪水淹过兰小歌的下巴，又落满衣襟，她感觉一生的眼泪都要在自己的故事里流干了。不知道过了多久，她一直陷入长长的静默里，直到他伸手拭干她脸上的泪。

60 背道而驰

睁大眼睛看着你拥有的东西，那是唾手可得的财富，一个人的深爱，恢复了的健康，你还那么的漂亮……

很久之后，他才长长地叹了口气道：“这五年来，我好像走完了一生的路，而你只有三十岁。”

“这个三十岁，把我的世界分成了两段。”兰小歌的声音依然是发抖的。

“其实你不用悲观，就算你失去过一些重要的东西，但依然年轻，是不是?”

在他交出往事之门的钥匙，在她流过那么多眼泪后，她已经无力分析他话里隐含的无奈和遗憾，甚至她忘了自己另一个更现实的身份，她像是不愿从那五年的旧梦中走出，焦急而又孩子气十足地说：“我要你带我走！”

“傻瓜。”他眯起眼看了她好一会儿，那不顾一切燃烧的神情，令理智在他的意识里又一点点聚拢回来，“小歌，你虽然给过我至为重要的东西，但也充满疲惫和毁灭。”

兰小歌心头一紧，那两个词尖锐地刺进她的耳膜。

“什么……你说，疲惫？毁灭？你的意思是？”

“你不懂？”

“可是……可是……”她语无伦次，好像正在弹奏的琴突然崩断一条弦。不，这绝对不是真话！她急忙说：“那是因为我失忆了，但在我的感觉中，我的潜意识里，并没有一天真正忘记过你，你感受得到的，你曾经说过——”

“这就是你的不幸了！”他打断她的话。

她看着他的眼睛，他目光淡漠，脸色平静，就是在简单明了地说明一个事实，五年改变了很多事，他不再要她这份情了，并且不管她能不能接受。

“孩子怎么办?!”她生气地问道，乌黑双瞳放大了。

“你别生气，我不想琥珀像我一样失去平静。很快，我会带他出国，他会很快乐，谁也打扰不了他。”

她的下巴开始哆嗦，泪花在眼眶转来转去，但她知道现在不是哭的时候，她咬紧牙关让自己先镇定下来。“可琥珀需要我，求你别这么狠心！”

“你别说了，兰小歌！”他动了气，声音大起来，“如果你早这么想，我们就不会错过！你记住，就在这房子里，你突然与我决裂，之后音信全无，你想过孩子吗？是，当时你不知道有了他，但你生下他后，却不给他父亲，不给他家庭，你一个人瞒天过海！如果不是我在风林找到你，我大概一辈子都不知道我有儿子这件事！而我以为从此我们三人可以有机会厮守时，你却又一次无影无踪……现在，你回来，说你还爱我，爱你的孩子，要给他爱！哈哈哈！”他大笑起来，好一会儿，声音才渐渐恢复平静，却更加的无情无义。

“兰小歌，我四十五岁了，人到了这个年龄，应该更珍惜他曾经不放在眼里的东西——家庭的和睦，名誉和安定，还有儿女绕膝的快乐。你现在也经历过不少事，应该懂我这些话的意思，睁大眼睛看着你拥有的东西，那是唾手可得的财富，一个人的深爱，恢复了的健康，你还那么的漂亮……小歌，你想想有多少女孩为了一份廉价的爱情和生存的机会，不得不与自己的尊严做斗争，你好好感恩吧！至于我的自由和平静，请你就不要再掠夺了吧。”

“够了！”兰小歌猛地喊道。他一番权衡利弊的分析，像是与一个准备撇清关系的女人谈判。

“看来你懂我的意思了。”他拨开她，走到门边，手按在门把手上。

“等一下！”她喊住他，把那颗琥珀项链摘下来放进他的手心。

“把这个拿走吧，你的这份承诺我戴不起！不管过去如何，现在你又有多恨不得我马上消失，我都得告诉你一个事实，当初我们分离，到今天相遇，从头至尾，都没走出一个局！五年来，我一直是被关在笼中戏耍的猴子！”

谭哲初迟疑着，见她脸上虽泪痕宛然，而早先天真和迷茫的神情却无影无踪时，他的心中渐渐起了一种全新的情绪。

他想到优优与他说过的一句话：没有所谓分离与等待的命运，只有肯爱和不肯去爱的心。从前的错过，的确不是她一个人的过错。但他不能确定下一步的行动，只好谨慎地说：“我不懂你在说什么。”

她触到他的目光，长长叹了一口气：“你常说我是感觉比大脑灵光的傻瓜，没错！我不知道自己哪一天完全醒来，但这段时间前前后后的事一对照，我比谁都清楚我陷在一个阴谋里！你今天说过的每一句话，都让我更加确信，不管你是否帮我，我都要做一件事！”

谭哲初的脸上不自觉流露出一副赞许的神情，却又夹带着些许隐忧，他蓦地想到了什么：“这房子的钥匙是谁交给你的？”

“尤敏——你认识她，她长着跟我几乎一样的脸。”

“小歌，你有个同父异母的妹妹，叫兰小诗，跟你长得像极了，我可以断定，尤敏就是兰小诗”。

“我妹妹？兰小诗？”

在“漫漫时光”里，谭乐优隔桌望着游鹏，暗暗吸了一口气，才心平气和地说：“听展翔说你要结婚了”。

哈哈！游鹏不知所谓地笑起来：“美丽的姑娘，我会请你来看热闹！”

“热闹？”她问，眼眸中流转着一丝似有若无的忧虑，淡淡说：“前几天我听了一个故事。说一个将军戎马一生，枪林弹雨中练得一副铁石心肠，人世间少有情感能令他触动。渐渐年长后，他喜欢把玩紫砂壶。一天，他差点失手将一把爱壶打落，那片刻间的战栗，令他回想一生过往，觉得太过痴缠一事一物，终究不会令自己平和，然后亲手将那把壶打碎。”

游鹏敛了笑听着。她接着说：“在我看来，这件宝贝即便碎了，它最好时的模样已刻在他的心里。”

“优优，你还太年轻……你可听过，美好越是不能忘却，伤害越是无法补偿。不管怎么处理那把壶，也改变不了他痴缠的事实。”他声音很轻，却很认真。

优优明白，桀骜是长在游鹏骨头里的倒刺，从来伤的是自己，任何劝慰都显得于事无补，她也不愿多说废话。这时，他的视线越过她的脸庞停在远处，黑眸一片迷蒙，仿佛远处有他看不见却甘愿留恋的东西。

“你还记不记得我们第一次见面时说过的话？”

“实在太久远了。”她言不由衷地答。

“你说咱们不幸成为八点档的一分子，所以逃跑。现在想来，我能被你拐跑，八成是我不满意做龙套，有大戏给我的话，我根本不介意八点档！哈哈！”

他笑罢，眉心蹙起，不等优优答话，自言自语道：“我们的世界，就像梦一样，醒来，就再也回不去。”她这才注意到，他眉目间不知何时刻下一条忧郁的深纹，这道纹拦着的，正是再也回不去的梦。

“我想我了解你的情感，也明白你真正的需要，你到今天为止所做的一切，并未背离你最初的心意。但是游鹏，过不了多久，我们就要走了，你和兰小歌结婚后，一切也该风平浪静了，你放下对我爸爸的怨恨吧。”

“恐怕你劝错了对象。”

“不管你信不信，我都要告诉你一个结果，我爸爸不会影响到你们。”

“呵呵。优优，我很感谢你的大方，但是，事情不是你我说了算的。我只是遗憾，日后怕是再没机会见到琥珀。”

“走前我会带琥珀来见你，他也很想你。”优优像是下了极大决心地说。

这时，谭哲初的车子停在“漫漫时光”对街。里面的两人同时一怔，优优下意识地抓紧了游鹏的手臂。

石明明看着优优挽着游鹏的手臂站在门口，急忙用手机快速拍了下来。

“你认识他们？”贾一飞问。

“那个男人是小歌的未婚夫——游鹏！够帅吧？他很有名的，你竟然不认识？”

“知道，一个演员而已。”

“而已？”石明明搅了搅咖啡，把汤匙搁在盘子边，“他简直是男人中的极品！我得告诉小歌看紧了！”贾一飞笑了，不再说话。

“呸呸呸！——怎么在你面前夸别人呢？说真的，你觉得这地方如何？”

“很好！我是个粗人，哪里都搁得下。”

“这儿曾经是小歌的店……有时候吧，觉得她真是命好，有时候又觉得，她实在是美人多难，情路坎坷。”

其实，风林相识之后，贾一飞对石明明颇有好感，但与兰小歌的一段前情，让他始终对明艳热情的石明明举步不前。石明明千里迢迢追来北海，那股痴心的劲头，不亚于他当年对兰小歌。而他跟她在一起，也觉得踏实愉快，聊着天都能笑出声来，更喜欢吃她做的菜。然而，就算他是个粗人，也明白女人们最忌讳自己的现任是闺蜜的前任。因此，他始终不知如何坦白那段前情，自然也还不能成为石明明的现任，而从她嘴里听兰小歌的事心中也全不是滋味。

他早知她不为人知的艰难，若真如石明明所言，一切磨难到此为止，那个帅气男人可以给她人们所能想象的所有幸福，他一定给她最真心的祝福。然而，他心里始终揣着一个疑问，他在风林街头目睹她与另一个男人深情拥吻，那令他彻底死心的一吻，又让他对她今后的幸福不太那么确定。

“一飞，你知道吗？小歌突然不告而别的那段时间，原来是受伤失忆了，她忘了过去的事，也忘了我，如果不是游鹏后来来找我，我在心里已经骂死她一百遍了！”

“什么？她失忆了？”贾一飞从椅子上腾地站了起来。

“哟喂！做警察的到底警觉性高！”石明明挑挑大拇指，拉他坐下，“这事吧我一直觉得蹊跷，据说失忆之前她爸爸跳海自杀，她因此大受打击。但是，一飞，我认识小歌这么多年，从她来风林的那天起，我就感觉她在躲着什么人，又好像有人硬把她往绝路上逼，我感觉这件事并不简单……”

贾一飞越听心中疑云越重。当年他从西北回来后，兰小歌和曾经围绕她的人，统统像泡沫一样消失在柏杨路上，这的确困惑了他很久，看来，这个谜到了非解不可的地步。

61 通关指令

如果她昨夜不曾骗过他，他大概要为她的温柔话语打动了，他又将信以为真了。

兰小歌望着对街的“漫漫时光”，虽然记不起它原来的模样，但模模糊糊觉得不该有现在这般大而荒凉，像大地震过后的建筑，又如一段簇新的假肢，令她突然丧失了接近的勇气。而悬入中天的月光正把一蓬寒辉撒下，映得那段假肢更加惨白吓人，她不由得缩缩身子，手更加冰冷了。

谭哲初感觉到她手指的温度，握得更紧了些。她这才意识到，自己的手原来一直在他的手里，好像是下楼时楼梯太黑，他牵着她，然后再未松开过。

“小歌，这就是你的‘漫漫时光’，前段日子，我们其实在这里见过。”

她当然记得，就在那段转角处的阴影里，他像个流氓一样吻了她。想必那时他虽在生她的气，却还是想要她的，她却什么都不知道。现在一切反过来了，她什么都知道了，他却开始彬彬有礼。

“这个地方优优买了下来，重新扩大装修了。我没事会过来下下棋，看看书。现在，是时候还给你了。”

然后，他松开了她的手：“你想看就进去看看，我不方便陪你了。”

她咬咬唇，眉心轻轻一皱：“谢谢你带我来。”

谭哲初笑了一下：“小歌，你现在也不是小姑娘了，该明白什么对你更重要。”

“嗯。”她不知说什么，只是从中感受到另一种现实，他这样的知进退，是在让她接受一种新的相处方式。

“小诗那边我先去谈谈，你别轻举妄动，你找机会去套套展翔的口风。还有，你爸爸的信还在吗？”

“爸爸留给我的只有这个，我都是随身带着。”她从包里取出信递给他。

“我去查查看有没有线索。”

“我就在这儿下车，你照顾好琥珀，告诉他我会回来看他……”

谭哲初轻轻放开她的手，又很轻很轻地说：“你好好保重。”

那声音，仿佛远去时光里的回响。兰小歌深吸一口清冽的空气，终于振作精神，跑着离开。

看着她的身影跑远，谭哲初的视线开始模糊。隐约地，他看到她如同那个大雪纷飞之夜向他飞奔而来，他把她裹在怀抱里，久久地，久久地凝视她的眼睛。

他的手臂下意识地圈了一下，却扑了个空。月光下，只有一车一人。

游鹏沉默着。直到谭哲初把车开走，优优才松开他的手臂。

“我会来看琥珀，再见。”他说，步履匆匆，优优没看到他脸上的表情。

我们总是背道而驰
为了爱只好假装糊涂
……

这一夜不宁静，凌晨时分兰小歌才模模糊糊睡去。隐约地，她听到游鹏唱着歌儿回来。她急忙下床开门，见他正坐在门外的地上，东一句西一句地乱唱，似乎喝醉了。扶他在沙发坐下后，忙去冲蜂蜜水给他解酒。再出来时，他已经安静地垂着头坐在那儿。她把水递给他，他一口气喝光，沉默了好一阵子，才抬起头看她，疲倦的脸上挂着令人难以捉摸的笑。

兰小歌接过空杯放在桌上，他拉住她的手，让她坐在身边。她看着他，陡然心酸，揽过他的头枕在自己膝上，手指轻轻抚着他的头发。

干净的黑发自指间流过，犹如风声穿过竹林，却又贴着掌心流连不去。她俯脸贴了贴他的额，知道他并未发热，颧骨上的一片晕红，显然是酒精弥留的痕迹。

她心中略安，轻声道："游鹏，天色还早，好好去睡一觉。"

一缕发丝垂下拂过他的脸颊，触到他的长睫，他半眯着眼，手指卷绕着她的那缕长发，笑得意味深长。

"如果不想睡，我再陪你聊会儿？"兰小歌瞧他神态有异，心中起了疑惑。

"不，我就这么看着你……"他的声音很轻，眉头却任性似的蹙紧了，"我听说，人的眼睛不会说谎。"

她眨眼笑笑，表示同意。

"你会说谎吗?!"他问，撑着身子坐起来。一只手捏住她的下巴，黑眸深深地凝视着她，脸上的笑容开始一点点消失，"老展说，你甚至连谎话都懒得说。"

"游鹏，你要干吗？"兰小歌感觉到痛意，试图摆脱他，身子朝后挪了挪，但他指间的力气加大，捏得她下巴生疼。仓促闪避间，她撞上了他的目光，长睫正眯起，黑眼珠只从睫毛缝隙中透出一星亮光，却似一道蓝色闪电，刺目又冰冷地直射过来，令她不由得别转脸去。

"是吗？他说对了吧！他一早就看透了你！是不是?!"他低吼，手指仍旧捏着她的下巴，越捏越紧。

兰小歌的脸被硬生生扭过来，已是一片雪白。在他的逼视下，她脱口而出："爱撒谎的人是你，游鹏！"

"哦？你好委屈？对吗？你在怪我骗了你？对吗？"他冷声问。

不！她不能乱了方寸，现在任何恩怨对她都不重要，她不能在这些事上掰扯不休。她静了静心，镇定下来。

"游鹏，我若信你，不用欺骗，我若不信，欺骗也没用。"

游鹏愣了片刻，似在琢磨她话中的意思，捏着她下巴的手松开了。但手指并未离开她的脸庞，而是顺着脸颊慢慢抚上去，慢慢把手指插入她的发间，稳稳捧住她的脸，眼中寒光收敛，流转着说不清道不明的情愫。

这一次，她没有推开他的手，而是把手盖在他的手上，一双黑眸凝望着他。一会儿，眼底涌上一层泪："游鹏，无论你做过什么，即便你骗过我，我懂得你的心，你是为我好。"

他紧抿的唇动了一下，沉默片刻说："去年夏天我们意外重逢，当时我想……我希望……我怀着那么大的希望……实际上你那时并不爱我，我都知道，我只是想帮你，让你不再为过去的事难过，让你未来的每一天都充满阳光。但我没想到你会出事，等我再见到你，我没有办法说出全部真相……慢慢地，你让我以为你重生了，你想要我了，你有我就够了，我都信以为真了……”

他停了停，眼睛越过她的脸庞，似乎望着遥远而未知的地方。如果她昨夜不曾骗过他，他大概要为她的温柔话语打动了，他又将信以为真了。但此刻他想到的是琥珀被媒体挖出来后，她是如何想利用他来掩护孩子。现在，她故伎重施，又要掩护谭哲初了。

“只可惜，我的感觉一向不大准。”他自言自语着，目光又落到她的脸上。

“游鹏，你误会了，你听我解释——”

“不!”他伸指封住她的嘴唇，继续道，“小歌，我为了隐瞒谭哲初在你生命中的分量，甚至隐瞒了琥珀，你明白这意味着什么吗？……我那么爱他，他聪明懂事，最重要的是，他也爱我，这让我特别开心，我多想我们能回到风林那段短暂却美好的日子……但是，我更知道带他回来后的结果，我不仅会失去他，更会失去你!”

兰小歌的眼泪汩汩而下，没有一滴是假的。如果没有他，也许这世上早就没有兰小歌这个人了，并不是她贪生，而是她重新活过后他给予的人世的明亮。然而，一切好像都晚了，只听游鹏继续冷笑道：“所有的真相想必你都知道了，我不会解释半个字，只想告诉你一个未来的真相，免得你再做白日梦……昨天晚上在‘漫漫时光’，门里是我，门外是你和他，你们做了什么，要计划做什么我都一清二楚……”突然，他低吼：“我感到自己太傻了！实在太傻了!”

“游鹏，你容我说句话，我不是故意瞒着你的，我是无意中——”她想解释，想去抓他的手，想抱住他，他闪开并粗鲁地打断她。

“你给我闭嘴！我不会再听你说半个字!”然后，他逼近她的脸，“你还是要嫁我的！但是，你的通关指令变了!”

巨大的关门声响，令兰小歌陷入绝望的迷惘中，她并不知道，自己对游鹏从未真正地了解过。

62 局中局

“我顾嘉言虽然不是好人，但这是杀人的罪过，你不能无中生有，证据呢？”

服务生过来沏茶，尤敏趁着热气袅袅的当口，隔着雾淡淡地看着谭哲初。

“你一定好奇我为什么约你出来。”谭哲初打破静默。

在她的心里，早已打量过他上万遍。现在她却眼尾含笑，一套惯常的应酬话脱口而出："能为谭先生效力，尤敏荣幸极了。"

"小诗，我来替你姐姐问几句话。"他直截了当。

尤敏猝不及防，脸上微微变色，却见谭哲初笑了笑，脸色仍旧平静："你不要慌张，没什么大事。"

"什么小诗小词的？谭先生，您不知道咱们做这行文化水平都很一般。"

谭哲初不理她的打岔，自顾自说道："五年前我常听小歌说起你，但那时你住校，我实在太忙没有机会见你一面，没想到一拖就是五年后了。"

尤敏心中发紧："哦，原来谭先生跟兰小歌很熟？呵呵，很多人说我们长得像！"

"我早就认出你来了，你姐姐曾说你性子冷，果不其然，你为什么要刻意回避这件事？再说，我们分手很多年了，本来不应该打扰你，但前不久遇到她，发现她整个人都变了……"他叹了口气，"听说你们的父亲意外过世，她受了刺激失忆。我特别遗憾，我不想看她变成这样，而你又是她唯一的亲人，应该也不愿看她这样，我们能不能一起为她做件事？"

尤敏研判地看了他好一会儿，他的笃定令她没有再抵赖的余地，但她的声音仍旧淡漠："谭先生，明人不说暗话，您一定知道我和兰小歌同父异母，我们的感情没那么深厚，也没有过多的交集，何况她现在过得不错，实在不知道帮她什么？"说完，她靠进沙发深处，手托腮望向窗外，像是眼前没有谭哲初这个人。

沉默了好一阵，谭哲初不得不换个说法："你父亲意外死亡，你竟然无动于衷？"

"我父亲的事警察已经查清楚，不劳您费心了。"她仍然望着窗外。

"他在临终前，曾写过两封信，一封是给小歌的，另一封是给你的。可惜，小歌看到时，他已经去世了，那封信变成了遗书，而你的那封，据我推测，你在回国之前也应该看过了。"

尤敏心中一惊，他知道的实在太多了，但她无法把他当成可合作和信赖的对象。他与姐姐只是短暂情缘，而与顾嘉言，十几年的感情再加上博扬这颗大料砝码，孰轻孰重？最重要的是，那盘影像带她还没拿到，她不允许任何节外生枝的事发生。

"谭先生，您的故事并不怎么动听。"

"那好，我换个动听的……五年前你想出国留学，你姐姐一直努力赚钱为你攒学费，然后她突然得到一大笔钱，她消失，你出国，你爸爸有了一间实验室，而五年前跟她在一起的人是我，钱的事她从未找我帮忙，甚至对过去只字不提，我对你们的从前一无所知。直到前不久，我才查到有个警察曾经追求过她，并且一直在帮助你们，但因为意外事件被重新调查，远去西北做了狱警，到底是什么意外？你和你爸爸一定知道！”

“您花了多少钱？找了哪个菜鸟做编剧？”

“我是花了点钱——”谭哲初坐直身子，“你不觉得太巧吗？你偏偏去加拿大留学？一回国就攀上展翔进了翔游时空？吴美娜放弃现成的红星去捧你一个新人？小诗，你和你姐姐，你们的故事未免太离奇了！”

尤敏眼看没有退路，只好定了定神：“如果我知道自己留学的钱是兰小歌陪展翔换来的，我绝不出去！她让我欠了她的，让我觉得这辈子都还不清了！她以为我会感激她吗？不，我恨她！我比她漂亮，比她聪明，我想要的我自己都能挣得来，我不稀罕她为我做交易！”

谭哲初心头一震，想不到小诗竟然冷酷无情到这个地步！他慢慢站起身来，像窗外荒疏的树的阴影，一股强大的压力令尤敏微微蹙了蹙眉，语气软了下来：“既然您叫我一声小诗，我希望您不要再查了，否则兰小歌以后也没有好日子过。”

然后，谭哲初听到一串熟悉的笑声，随之茶室的门被推开，顾嘉言走了进来。

顾嘉言坐在灯下，灯光似乎变得灼热，而她的脸庞仍是冰冷的，眼角虽弯出些笑意来，但看起来更像在嘲弄人。

尤敏端茶给她，她轻轻吹开几片嫩茶叶，懒洋洋地说，“你们聊得还真是热烈。”

尤敏脸上扯出笑来：“我跟嘉言姐这么熟，跟谭先生也不该见外啊。”

谭哲初看着二人，感觉她们的关系绝不仅仅是熟悉，更加证实了他的猜测。在顾嘉言身边坐下，面露不悦：“你竟然跟踪我？”

“在家里待得乏了，出来呼吸呼吸新鲜空气。”顾嘉言皮笑肉不笑地道。

“这空气还算合你心意？”

“好像我来得不是时候。”顾嘉言懒懒答了一句，转向尤敏道：“我听到有人叫你小诗？”

“哦，谭先生手头有个新戏，我俩聊剧情来着。嘉言姐，你们公婆二人要打嘴仗，可别扯我进来，我喝茶。”尤敏眨眨眼，特意往后坐了坐，拉开距离。

“好啦，敏敏！瞧你怕得跟什么似的，我好像听到他在追问你出国的事，你何必瞒他，这世上除了展公子，谁舍得为女人那么花钱啊？至于咱们谭总，向来只管风花雪月，不问人间疾苦的。”顾嘉言讥笑道。

尤敏脸色微变，她不知道顾嘉言还听到些什么，但仔细想想，她刚刚的话都像是为顾嘉言打掩护的。

“哲初，你也别逼敏敏了！我有事跟你谈，我们回去吧。”

回到家，谭哲初用力关上门，直言不讳地问：“当年是你把展翔介绍给兰小歌的?”

“是又怎样？他们周瑜打黄盖，一个愿打一个愿挨！再说，我见不得美女受穷!”

“顾嘉言！你做这样的事我能理解，你嫉妒她想赶她走，我也能理解！可这么多年过去了，小歌躲你躲得远远的，她甚至有了孩子都不敢回来找我，你却要把她置于死地！你把她的父亲弄到那个荒岛，再把她诱骗过去，你其实是想杀了她，结果失手让她逃走，你又逼死了她的父亲!”

“哲初，我顾嘉言虽然不是好人，但这是杀人的罪过，你不能无中生有，证据呢?”顾嘉言眼风起处，满是浓浓的蔑视之意。“别说你没证据，你就算是有证据我也不怕！别忘了，你玩得比我狠，有你陪着我，我什么都不怕!”

说着，她的手指凭空一抓，像个胸有成竹的魔术师，脸上泛着难以捉摸的笑意。

“我倒是有个好东西要给你看，你不是很想知道那件事吗?”

……

优优回来的时候，琥珀正张罗着帮忙摆碗筷，他显然又长了本事，拉了她的手至桌前：“姐姐，今天用这个杯子喝水吧。”

“啊！琥珀，这是你做的?”优优端起杯子细看，是前几日她买来的白色粗瓷杯，本来打算栽些细小花草，却未料已涂了一层类似绿釉的油彩，又画满了精灵古怪的五色线条，难得的是一条条凌乱的色线中隐现出几个人形来，明确无误是她们一家人。但这杯子好看是好看，但拿来喝水，未免不太讲究。

优优瞧着琥珀一脸期待赞许的神情，不禁笑了。想想即便出了国，每日姐弟相伴，也很有趣。她抱他坐在膝上，一副用心鉴赏的表情，夸着这里用色很好，那里线条不错，随即又正色道：“琥珀，好看是好看，但拿来喝水，恐怕味道不行。这样，等你再大些，我们去弄个窑，你画好杯子的花样，咱们往火里一扔，这颜色就长在杯子上，颜料的味道也不会混进水里。”

“扔进火里，为什么?”

优优蹙蹙眉，觉得这似乎是个很深的话题。她自以为几个月来对儿童心理已颇有研究，但要把这件事解释给琥珀听，显然有些艰深。只好故意打个哈哈：“琥珀，这个说来话长，要不哪天咱们烧一窑杯子出来，你自然就明白了。”

不知是被这个问题困扰，还是因为爸爸已经三个晚上没回来吃饭，琥珀这一餐没有胃口。饭后，优优读了几个故事给他听，越读心里越烦躁，想着与游鹏的约定，有点神不守舍。

正在这时，谭哲初回来了。

琥珀旋风一样奔出门，奔下楼梯，飞扑进谭哲初怀中，急匆匆道："爸爸，琥珀有不懂的问题要问你！不问明白，今天我就不睡了！"

"哦?"谭哲初目光疲惫地落在他身上，"爸爸很累，去问优优吧。"

"可是，优优很笨啊，她说不明白!"琥珀喊道。

优优扶着楼梯，咯咯笑道："爸爸，他净问些莫名其妙的事。"

琥珀故作苦闷地接口道："因为莫名其妙才问呀，优优说把杯子扔到火里烧，颜色就会长上去，要是把人扔到火里烧，肯定没命了，但她说万事都是一个理，这是一个理吗?"

谭哲初蹲下身来抱起琥珀，一边上楼一边说："儿子，人要长大会受到很多的痛苦，与扔进火里烧没有两样。爸爸不管你将来会不会成器，但都不会让你那样，不会让你受一点苦！你要记着，你会是最幸福的孩子!"

琥珀"哦"了一声突然沉默了，从他怀里跳下地，抬脸望着他："可琥珀没有妈妈!"说着，他从口袋里掏出一张卡片来，托在手里递给他，并郑重其事地说："你去还给妈妈吧，她说把卡片画满圈圈她就回来，现在琥珀画了一大半，我不想再画了!"

谭哲初看着那张年历卡片，密密麻麻的小圈圈像一张结紧的网，勒得他心脏生疼，他打了个哆嗦，随之一阵剧烈咳嗽。

优优急奔过来替他拍背，一边说："琥珀，你妈妈忙完事一定会来看你的。"

琥珀垂头道："我跟她分开这么久了，她都没回来瞧过琥珀一眼。"

优优本以为他会哇地哭出声来，但意外的是爸爸突然颓坐在地上。琥珀硬生生把一腔委屈咽下，急忙说："爸爸，琥珀不闹了，不闹了！妈妈学好本领，一定，一定会来看琥珀的!"

63 琥珀出走

他比谁都明白，完满的爱对一个孩子的童年意味着什么。

把琥珀弄妥帖睡下，优优回头看着坐在床沿的爸爸，见他端着适才琥珀喝光牛奶的空杯，一张脸映在昏黄的光线里，十分的落寞。

她看着心酸，爸爸的苦，已经不是她说点什么能够释怀的。

琥珀翻了个身，似乎睡得更沉了。谭哲初这才问她：“优优，都安排妥当了吗?”

“嗯，订好了下周四的机票，你放心吧，爸爸。”

“答应爸爸，好好照顾弟弟!”

“爸，你没事吧?”

“没事，你别胡思乱想。按原来的计划，如果一年内我没过去，你和琥珀不要再回北海，当然，你不要着急，博扬的事处理起来很棘手，我总要安排妥当。”顿了顿，他又道，“琥珀起初会不习惯，他若是吵着回来，你别心软，不能顺着他。”

他叹了口长气：“所有的事都会解决的，相信爸爸。”

琥珀竖起耳朵，把这番话一字不落地记住了，一颗小小的心狠狠地挫了一下，一股犟劲儿忍不住蹿上来。爸爸和姐姐走后，他在小床上“烙饼”，一个虚五岁的孩子能有什么高明主意？在床上翻滚了半天，他忽地坐起来：“游鹏叔叔!”

喊出这个名字来，他的眼睛顿时亮了。

琥珀坐在展观山面前，已经两个多钟头了，他见着老爷子一双犀利的鹰眼渐渐露出笑意，便跳下椅子，拍拍坐麻了的腿，笑嘻嘻地说：“老爷爷，琥珀没吃早饭，现在肚子很饿，我想吃油条，您要不要?”

“哦，这里的点心你不爱吃吗?”展观山扫了眼摆满各色点心的桌子，若有所思地盯着他，“叫我展爷爷吧!”

“琥珀早饭只习惯吃豆花、油条，展爷爷。”琥珀振振有词地答。

“马上要中午了，游鹏也该回来了。”说罢，他朝琥珀招招手，“过来，到展爷爷这里来。”

琥珀大胆地走到他身边坐下，听得老爷爷一本正经又语重心长地说：“你小小年纪，胆子倒大，不怕被坏人拐去吗?”

“我知道，我当然知道，是游鹏叔叔叫了车去接我嘛，还有展爷爷您罩着我，坏人怎么敢来呀?”琥珀一边很有道理地反驳着，一边嘟着嘴抱怨，“都怪游鹏叔叔，他有两个月没来看我，琥珀等得很着急啊，我平时都不乱跑的!”

这孩子白白嫩嫩，说话时一双眼珠灵动至极，让展观山一眼认定，这是个有趣的孩子。但是，他的嘴巴极紧，跟他套了半天近乎，始终不说家里人的任何信息。

只有等鹏儿回来。展观山心里暗道，又喝了口茶，摸摸琥珀的头，想起游鹏当年离家出走，是最令他伤心的一件事，不知这孩子的家人会有多着急。

游鹏近来的不开心，瞒得了别人，却瞒不过他的一双眼睛。几天来他和小歌都不见人影，就连阿忠也不知他们的去向，他心中不免焦急，因此索性来公司等他，一进门便见到一身红衣的小男孩坐在会客厅里。

午餐后的员工三三两两地回来了，展观山的一双浓眉蹙得更紧了。他看看琥珀，这孩子嘴唇抿得紧紧的，小脸上的笑容也没了踪影，他想他一定饿了，不能再这么干等下去。

“琥珀，展爷爷有些饿了，你陪我去吃点东西?”

“那——好吧。”琥珀咬了咬唇，又迟疑道，“万一游鹏叔叔突然回来呢?”

“他回来，展爷爷让人把他押到咱们面前，给你赔不是。”

这时，门外响起一阵急促的脚步声，紧接着门砰的一声被推开，游鹏风一般卷到爷儿俩面前，脸色因惊喜泛红，他上气不接下气地喊了一声“琥珀——”那孩子便像猴子般灵巧地攀住他的脖子，挂在他的身上，一阵没头没脑地乱叫。

展观山往沙发里靠了靠，看着眼前的一幕，想起游鹏儿时，每当他去伦敦看他，他虽然开心却十分乖巧，父子间没有这样耳鬓厮磨的亲热。往日之事不可追，这令他感慨，不由得红了眼眶。稍倾，游鹏走过来，把一条羊毛围巾系在他颈间，垂眸笑着说：“谢谢你，老展，你们爷俩还真有缘分。”

展观山不明白游鹏何有如此一说，眼底掠过一丝狐疑。但是，见到儿子此刻的开心是真实的，不由得欣慰。人就是这么回事，越老越胆小，他怕问到什么不开心的事又让父子间无话可谈。

“对了，老展，我想带琥珀回去住几天，想请你瞒着大哥，最近别让他过来了。”

“你大哥一星期后才回来。”

“一星期足够了。”他挽着父亲的手，另一只手里抱着琥珀，脸上神采飞扬。

琥珀许是累了，一路酣睡。傍晚时分车子开进小楼，他才揉揉眼从游鹏怀里爬起来，穿过一片寂静的庭院。走进客厅，他猛一抬脸，壁上的大幅油画令他怔了一下，他以为自己没睡醒，又使劲儿揉揉眼，这才看清楚，画上的女人并不是他的妈妈兰小歌，不由得长吁出一口气。小小孩童，自然不懂画里的无常悲喜，只是画上女人甚美的脸，似乎有种魔力，令他站在原地一动不动地望着。

游鹏蹲下身来，捏捏琥珀的脸蛋：“发什么呆？跟叔叔上楼吧。”

琥珀甩开他的手，故作生气地说：“游鹏叔叔你最坏了，你是不是想妈妈的时候就看这幅与她很像的画呢？这个好办法你竟然不告诉我！我要与你绝交!”

“琥珀，想不想让你妈妈从画上走下来?”

“你还骗人?”琥珀噔噔快步跑上二楼，又推开每个房间门看了一遍，最后气呼呼地往地板上一坐，“游鹏叔叔你是大骗子，你这样骗人真是小人得志!”

游鹏紧追上来，抱住他滚到地毯上，嘴里嚷道：“哈哈哈！琥珀，学几句成语就用来骂人了，叔叔就让你领教下什么是小人得志!”

琥珀咯咯笑了一会儿，才从他怀里挣扎出来，上气不接下气地说：“你，小人得志！我，英雄气短！我堂堂大英雄还怕你这小人!”

游鹏笑得更厉害了：“好好好，我的大英雄，看你出这一头的汗，晚上要做噩梦了!”

“妈妈到底在哪儿?”琥珀突然不闹了，小脸板起来很严肃地问他，“你说见到你就能见到妈妈，她在哪儿?”

“琥珀，你已经长大了，所以游鹏叔叔跟你讲件事，你不许哭，好不好?”

琥珀撑着腮，听游鹏说妈妈已经生病一个多星期。从早晨离家到现在，他终于觉得自己偷跑出来是对的。

“你保证妈妈下星期就会好起来吗?”一阵沉默过后，游鹏把琥珀抱到自己的床上，孩子仍不放心地搂着他的脖子问。

“我保证，乖乖睡吧——”游鹏替他掖掖被角。

琥珀却腾地一下翻身坐起：“叔叔，爸爸一定急坏了，我是偷着跑出来的。”

“那我，现在打个电话给他?”

“不，不，不!”琥珀忙摆手，“那样他会立刻来接走琥珀，会送我出国，琥珀要等妈妈好起来!”

“我只告诉他你跟我在一起，但不告诉他我们在哪里，好不好?”游鹏问。

“好吧。”琥珀沉默了一会儿，突然又问，“游鹏叔叔，是不是妈妈和爸爸不能在一起，你要跟妈妈在一起?”

“这……这是大人的事……不管怎样，我们都很爱你。”

“琥珀明白，我也爱你们……但是，但是，我只是来看看妈妈，告诉她我想她了……我还是要回去陪爸爸的。”

“为什么，琥珀?你妈妈这半年多来，她很想你，叔叔也不舍得你走。”

“妈妈有你陪着，但爸爸没人陪，爸爸只有琥珀——”

游鹏怔住，背上慢慢渗出汗水，仿佛正独自走过一坐旧城池，脚下的蔓草裹得他迈不动一步。他端起桌上一杯早已放冷了的水，咕咚咚一口气灌了下去。窗外雾气蒙蒙，他依稀看到有个小男孩正趴在玻璃窗上，嘴里吹出的气在窗上凝起一层白霜。无数个湿冷的昼夜，他在异国等待着被自己唤作爸爸的男人来看望自己，然后一次次失望，又在失望中一天天长大。他比谁都明白，完满的爱对一个孩子的童年意味着什么。

琥珀最初被谭哲初接走后，游鹏无论多忙，都要抽时间去幼儿园找他玩上一阵，这是他俩的秘密约定。虽然三个大人的恩怨错综复杂，他对琥珀的爱并未受到影响，那孩子对他也是一样亲热。尽管他年纪小，游鹏把所有方便他找得到他的联络方式让他记好，似乎早料到有这一天。或许，正是出于爱，竟真把孩子召回自己的身边，而他接下来的所作所为，倒显得处心积虑了。

这世上，他唯一不想欺骗的人是琥珀。但欺骗这种事似乎也会上瘾，他在第一次踏破内心底线的时候，很多东西已然崩塌。

64 饮鸩止渴

她每一次对付兰小歌，都是饮鸩止渴，她明白总有一天会毒发身亡，但她并不后悔。

谭家狼藉一片。优优从未见爸爸像今天这样失控过，他砸东西，骂家人，赶走前来做笔录的警察，然后驾车绝尘而去。优优在房里来回走着，仿佛光脚走在空无一人，连树木都被砍光了，鸣蝉都被杀尽了的马路上，是一种令人发疯的死寂，就像她曾疲惫地守在重症监护室门前，那条昏暗悠长的走廊，她不由得抱紧了肩。

爸爸曾说，没有谁会陪伴谁一辈子，我们都要适应孤独，只是时间早晚不同。她走到游泳池边，脑中纷纭的过往似水面跳动的波光，亮一下，又隐没一下，如果她当年执意留在香港，虽然离爸爸远了，但会更早地适应孤独，也不至于每一天过得措手不及。

回来后的几年，日子喧闹忙乱。二十三岁的生日，她一个人过，那天她独自吃过晚饭，站在大房子的玻璃窗前，手边堆满各人盛情也好，假意也罢送来的礼物，眼前花园的景色美如云烟，她想想自己二十出头，拥有的却只有金钱，但这从来不是她想要的。

然而，就在这个生日后，她见到琥珀，她不得不用全新的眼光去看待爸爸。在三人共度的这段不平静的日子里，她感觉自己真正地成熟起来。对于爸爸来说，他的确无法放弃，不是他不懂取舍之道，而是难悖本性，他所拥有的一切，从来都是与爱恨共生，又是苦乐兼收的。无论她，还是琥珀，不仅仅是他的血脉，还是他情感记忆的证明。如果说孤独是每个人的宿命，而能抵御孤独的便只有这些证明。

突然，门铃响了。

是警方有消息了吗？优优焦急地打开门，门外正是一位身材魁伟的警官。

“你好，我是密西分局的贾一飞，谭哲初先生在吗？请他出来说话。”

谭哲初突然闯进来，顾嘉言大感意外。她正生着病，见他衣着极为单薄，脸色发青，目光好像要杀人。她以为，他那天没掐死她，今天是来算后账。

由于病着，她的气场先怯了。她裹了裹被子往床里靠靠，声音发抖地说：“哲初，有事让人捎个话就成，要你亲自跑一趟，我哪敢当？”

她见他的拳头紧了又紧，好一会儿才定定神对她说：“顾嘉言，我知道你恨我，但琥珀还是个孩子，求你放过他！”

“什么？谭哲初，你在说什么?!”

“你恨我，怨我，恨不得杀了我！这我都知道，随便你！但你别找错对象！你害了小歌和她爸爸不够，还要加上琥珀！嘉言，你收手吧，回头吧，别因为恨我葬送了你自己!”

顾嘉言看着他，心中渐渐明白了。看上去，是他的宝贝儿子不见了，他来兴师问罪，却又投鼠忌器。

呵呵。她笑了，笑得嘴角有些发酸，眼眶也跟着酸胀起来。她仰仰脸，拼命让泪液往心头回流。

“你为什么不说话?!”谭哲初见她只是笑着，追问道。

顾嘉言依然不出声。

“琥珀到底在哪儿?!”他忍耐地低吼，眉头越蹙越紧。

“你已经习惯误会我，有什么坏事都栽到我头上。但是哲初，不是我没人性，而是在你心里，我已被轻贱得没有人样儿了，你走吧，别在我这儿浪费时间了!”

“你什么时候才能玩够！你要怎样才能玩够!”他突然大吼道，一拳砸在床头。

“玩？没错，我原本以为自己有那个精力，却没想到自己这么不济!”她长叹了一声。

“你知不知道你现在装柔弱，会让我想吐!”

“你总有一天会吐干净的，但琥珀不在我手里，你爱信不信!”

“你还有真话？你骗了我整整五年！你害死那么多人，我就算掐死你都不冤!”

顾嘉言心一横，闭上眼睛。三天前他震怒的样子，比今天更吓人，游鹏对她的恐吓比今天更吓人。但她不后悔，她每一次对付兰小歌，都是饮鸩止渴，她明白总有一天会毒发身亡，但她并不后悔。

那一天陵园的风格外冷。兰树枫的墓碑被团簇的冬青掩着，显得寂静肃穆，一些未及清理的疏黄枯草迎风抖动着。

兰小歌已经来了一会儿，能骗过阿忠溜出来已是万幸，她希望小诗不要失约。随手清理着墓前的荒草，直到身后一阵树叶窸窣轻响，她回头看去，来人竟是顾嘉言。

她心中一惊，看了她一会儿，才渐渐平静下来。

顾嘉言走过来蹲下，在墓碑前放下一束黄菊，又从包里拿出一瓶酒，洒在墓地上。

“你爸爸爱喝两口。”她说，夕阳正映在她的脸上，一层怪异的亲切正被西去的阳光一寸寸切走。

“兰小歌，前几天你见过了谭哲初，你们待了大半夜，想必知道不少过去的事。”

她怎么知道？兰小歌把前后事由对照，想到采石岛逃亡的惊心动魄，加上游鹏的提醒，对她的提防之心是真真切切的。

“谭先生并没有说什么，而我也不想知道。我奇怪的是，我已做好准备过新的生活，你们干吗一个个地来找我？”她继续装糊涂。

“有些旧账恐怕我们还得算一算，我要帮你恢复恢复记忆。”顾嘉言沉吟了片刻，继续道，“2010年，你爸爸筹钱建实验室，因为考虑到土壤条件，他想把实验室建在一个海岛上，涉及买地，我除了出钱还做了担保人，现在他甩手走了，丢下一摊子事，人家都来找我，我没理由承担这件事。”

“如果是钱的事情，不用你费心，我能解决。”兰小歌平静地说。

“去年我从加拿大接回一个女孩，我供她读了四年书，一直待她很好，回国后又帮她找了最好的经纪人，签了公司，我以为她会念我的好，没想到她跟她姐姐一样讨厌，她在利用我。”

兰小歌尽管听得一头雾水，但努力保持着平静：“听起来，这些年你都在做活菩萨。”

“不！对辜负和欺骗我的人，我从来不留情面！”她突然目光锐利，“你当然想忘了过去，美美地傍着你的新靠山！但我人生所有的挫折，都是因你而起，你让我受了很大的屈辱，我不能一笔勾销！”

兰小歌眼前暗了暗，她感觉意识正在回溯，她像是进入一个大雪纷飞的冬天，雪片如同凉薄的刀刮在她的脸上，要刮开那些混沌的过往。

“过去你能赢我，那是你运气好！但过了今天，你没那么好运了，所有喜欢过你的男人，都将看到你的精彩表演！”

顾嘉言手掌中的平板电脑揭开兰小歌记忆封印里最残酷的一角：小诗几乎被脱光了绑在墙角发疯地尖叫……她闯进去砸破一个人的头……有人的血滴满她的脸……她的衣服被很多只手撕扯，她想喊想骂想挣扎，咽喉却被扼住，她流了很多血，眼角、嘴角、身体里的血弥漫而来……

兰小歌的脸色一片惨白，顾嘉言仍在断断续续说话，她听不到了，每一个句子都是一阵震耳欲聋的轰鸣。平板电脑蓦地黑屏了，但她脑中的画面却在不断闪回：狂雪飞旋的夜，她迎着刺骨的冰冷走过一条条街，一座座桥……谭哲初无情放手、游鹏温暖路过、优优惊艳亮相、展翔嘲弄奚落、琥珀出生时难熬的剧痛……再后来，她在荒岛逃亡……爸爸意外死去，他的身体被海水浸得肿胀发白……

在那场她倾尽一切想要埋葬的残酷青春里，她的记忆被完整起底。而此刻，她并不知道，这场戏也进入了谭哲初和游鹏的眼底。接下来，只要顾嘉言轻轻一个指令，它还会进入无数人的眼里。

兰小歌尖叫一声跑出墓园，像逃离魔鬼一样逃离顾嘉言。

顾嘉言站在墓碑前狂笑了好一会儿，连鬼魂都要怵她三分。如果她击垮了谭哲初，她根本不会来找这个傻瓜的麻烦。可惜，谭哲初在那段影像前几乎肝胆俱裂，但仍给了她致命的打击！

他骂着他所能骂出口的最恶毒的字眼，龌龊！卑劣！狠毒！下流！但这都不及他那些一刀两断的话来得更狠：顾嘉言，从今以后博扬的死活与我无关！去他的电影！去他的上市！就是带着优优琥珀要饭，我也不沾你的钱！你要送我去坐牢，也请便！就是蹲大狱吃牢饭，也比看着一个没有丝毫人性的魔鬼强！

他歇斯底里地发泄完，甩手离开。然而，稍倾他又一脚踹开门回来。

他的脸铁青一块，声音从喉咙里压出来："还有谁看了？"

顾嘉言长声大笑，然后说："这要看你怎么表现了！"

"把它删除，全部删除！"他声音粗犷地吼着。

"这么天真的话亏你说得出口！"她蔑然一笑。

"别逼我动手！"谭哲初突然欺身下来，青黑的脸孔俯了下来。

顾嘉言忽一下扭转头去，她听到他急迫的喘息声，她看到他眼中动物一样凶残的神情。突然，他的一只手掐紧了她的下巴，把她的头生生地扭过来。

"顾嘉言，我十几年都没看清楚，你的心是黑色的吗？你还是一个人，是一个女人吗？你以为我会因此觉得她肮脏下贱吗？你太不懂我，也太不懂人性了……"他吸了口气，流转到她脸上的神情已经变成嘲讽，"我还要谢谢你，从此我们之间再没有任何误会和阻碍了，我完全明白她的心意了，我也不用再纠结，一切都真相大白了！我会更怜惜她，更尊重她！我今后只做一件事，就是一天比一天更爱她！你满意了吗?!”

啪！一声脆响，顾嘉言不知怎么挣脱开他，用尽所有力气抽了他一耳光。

谭哲初一动不动，只是咧着嘴角阴森地冷笑。然后他二话不说，拿起她桌上放过影像的电脑起身就走。顾嘉言追过来厮打，力气大得出奇，竟然撕裂他一只衣袖，裂帛的声音像铁器划过瓦盆，刺耳得令人心惊肉跳。

谭哲初反手扼住了她的脖子，她感到喉咙越来越紧，跟着一阵天昏地暗。

“谭先生，放手！您疯了吗?”尤敏突然闯进来喊道。

65 真相

是的，一切都该结束了，荒唐的爱和斗争应该彻底结束了。

那天尤敏从谭哲初手中救了她，却也暴露了自己，这也是顾嘉言急怒攻心，把兰小歌约出来疯狂刺激她的原因。既然人人认定她是魔鬼，她要把事情做得更狠绝!

然而，伤人一千自损八百，魔高一尺道高一丈，从陵园回来后她突然病了。她并没有通天遁地的能力，躺在病床上的她，也不过是一个孤独可怜，再无半分姿色的疲躯。

她闭着眼睛，屋里静得令人发疯，她等着谭哲初有力的手指再一次扼紧她的咽喉，给她个一了百了。然而，她只听到了他深深吸了一口气，迫使自己镇定的声音。

她这才缓缓睁开眼，见他正背对着她，说道：“你是急糊涂了，琥珀人小鬼大，能把他接走的也只有兰小歌了，她什么都想起来了……”

她的话音未落，谭哲初的电话响了，竟是游鹏打来的：“琥珀在我这里，他来找妈妈，他说不想出国，你不用费心找他，他玩够了，自然会回去!”

玩够了！个个都要玩够了！谭哲初一拳砸在墙上，但脸色缓和了不少。

只要琥珀有了下落，他就能腾出时间，就算游鹏对他不利，但只要兰小歌还在他身边，就能佑护琥珀周全。心定了后，他这才注意到顾嘉言嘴唇发灰，头发凌乱，似乎病得不轻。

“司机在家吗？要不要去医院?”他皱眉道。

“你应该诅咒我快点死，这样你的小歌和琥珀就安全了!”她顿了顿，“你也别跟我这儿假好心，我死不了！”

“好！你最好活得龙精虎猛，我等着你！”谭哲初大声说道。顾嘉言疲惫地闭上眼睛，听到他轻轻关门的声音，听到他在门外给华安康打电话的声音，“华生，你能不能来一趟，嘉言病得很重，她不听我劝不肯去医院，请你好好劝劝她。”

顾嘉言强撑着身子站起来，坐到桌前，打开一份早已准备好的文件，一笔一画地签上她的名字。

是的，一切都该结束了，荒唐的爱和斗争应该彻底结束了。

兰小诗伪装成尤敏潜在“红栌”，目的是为了删除当年那段耻辱的影像。但她并不知道，顾嘉言早就设好了圈套等她钻。

但在这之前，她像是完成使命的超级特工，兴冲冲地约了兰小歌出来，想对她坦陈一切，告诉她已经安全了，她们将再无后顾之忧可以为所欲为了。而当她赶去陵园时，兰小歌竟然不见踪影。意外的是，父亲的墓碑前站着另一个高大挺拔的男人，虽然隔了多年，那个背影仍然亲切熟悉。

“一飞哥——”她走到他身后，轻轻叫了一声，眼泪早已涌满眼眶。

贾一飞回转身来，眨眨眼睛，以为自己看错了，好一会儿他才回过神来，心潮起伏。

兰小诗离开北海的时候，贾一飞已远在西北，在他记忆中，小诗一直是那个掩着伤痕成长，淡漠缺少热情，但内心成熟永远知道自己要什么的女孩。如今她出落得更加美丽，然而在她眼底，只有看到内心真正亲近的人，才会泛起深深的忧郁和亲和。

别后事长，两人一时不知从何说起，又不便立即说起各自的烦心事，因此对视着怔立了片刻。

贾一飞率先打破静默：“我不久前才知道兰叔的事，我来看看他。”

“你来看他，我很开心，姐姐也会开心。”兰小诗顿了顿，“一飞哥，你还是警察？”

“这身警服，穿上不容易，想脱更不容易。小诗，我从西北调回来后一直在密西分局工作，但我没有去看你姐姐。这些年来我也渐渐明白，人应该向前走，我不愿再去打扰她……至于兰叔的事，不久前我同事破了起案子，有个案犯的供词里提到他的溺亡，其中有很多疑点，我查了些日子，发现他的去世似乎另有隐情，你们从来都没想过吗？”

“你查到了什么？”兰小诗焦急地问。

“小诗，你怕不怕？”贾一飞反问。

她当然怕！如果不怕，她不会把曾将姐妹二人护在羽翼下的人当男神一样敬重依恋；如果不怕，她不会为了埋葬耻辱而远去异国，更不会一次次让姐姐做苦涩的牺牲……但那都是曾经。她闭闭眼睛，往事又一次闪回，但她的呼吸平稳，她说：“不怕，我再也不会怕了。”

她的声音沉稳坚定：“过去我们活在恐惧不安中，只会让事情变得更坏。一飞哥，爸爸留了一封信给我，他知道了所有的真相，但我还是晚了一步，我不会让他白死的！”

之后，贾一飞把他所知悉的案情大致讲了一遍，不约而同地，他把嫌疑目标锁定为顾嘉言。然而，那份供词不能作为直接证据，案犯并未与顾嘉言有过直接接触，目前一切都是贾一飞的推测，而顾嘉言的外籍身份是挡箭牌，没有确凿证据她随时可以一走了之。为了避免打草惊蛇，他只能小心地围绕她搜集证据。

“小诗，我也查过你，你仍跟她住在一起？她对你似乎还不错，她还信任你吗？”

“不会了，但有一个人值得信任——谭哲初。顾嘉言最恨最爱的人都是他，如果我们一起来设个局，恐怕她插翅难逃。”兰小诗说。

此刻，他们不知道自己将要精心设计的那个女人，饮鸩止渴，已经将自己逼上绝路。

那天，兰小歌像撞了鬼似的跑出陵园，见阿忠的车停在门口，她想都没想便晃晃荡荡地上了车，没头没脑地说：“我要见谭先生，带我去找他，带我去找他。”

“知道了，兰小姐。”阿忠应道，随手递给她一杯热饮，“你好像很冷，先喝点东西安安神。”

她立刻沉入了梦乡。不知过了多久，她在波浪拍打声中醒来，眼前是游鹏温柔的脸。奇怪，他今天的温柔似乎与往常很不同，但她又记不起他往常的样子。她不知是什么时间，在什么地方，只是心中模模糊糊有些害怕，于是便问：“我在哪里，你在做什么？”

游鹏眼神沉静地望她，并没有回答。她撑着身子想要坐起来，头晕得很，但能看清楚他只穿了件衬衫，头发也是湿的，打着绺滴着水珠，她不解地望着他：“游鹏，下雨了？”

游鹏没有回答，静静看了她好一会儿，才伸手将她搂进怀里，良久才道：“刚才是不是吓坏了？”

她一时懵了，不知他为什么这么问，也不知心中的惶恐和害怕是怎么回事，只好点了点头："这是哪里？"

"船上。我们在一条船上。"

她的手摸着他的湿发，突然惊惶地问："我爸爸淹死了？"

"不是。那场噩梦已经过去了。"

她"哦"了一声，脑子又有些迷糊，断断续续地问了些什么，游鹏将她搂得紧紧的，直到她的困意越来越重，只听他轻声说："睡醒了，我们就到家了。"

66 与犹大同床

你如果是片破瓦，我就是泥浆，你浑身的每条裂缝都糊满了我，我们早已经分不开了。

从眼角跌落那颗血色泪珠开始，兰小歌就一直凭着本能做事。本能令她耻辱，本能又令她重生，本能令她被接受顾嘉言威胁，本能又令她留下谭哲初的骨血……令她走失的是本能，令她回来的还是本能。不是她不愿去想，而是不敢去想，命运中突如其来的遭遇，让她一路赤手空拳，忙着见招拆招，她说她不希望被决定的命运，上天却连一丝喘息的机会都不给。她曾以为放弃谭哲初便是能付出的最后牺牲，生下琥珀是毕生所拥有的最大勇气，遇上游鹏可能是她未来最完满的幸福……然而，这些不过是生命的一些段落，并不因她的牺牲而走向圆满，她未令她的亲人过得更好，反使自己节节败退，一切的放弃都显得愚蠢和不值。

兰小歌猛地把盖在胸前的被子掀开，坐起身来，仿佛把压在心口的巨石推开！她的亲人们，她再不能让他们在自己的记忆里时聚时散，她要真正走向他们，带他们回家，谁也不能阻拦她，哪怕她会付出更多，会承受更大的伤痛。

"你说妈妈今天会醒来，你不骗人？"门外一个小男孩在问。

"你去亲亲她，你一亲，她就醒了。"一个男人答道。

然后房门开了，琥珀不顾一切地飞奔来扑上她的床。

"妈妈，妈妈——"他滚进她的怀里，看着她的眼睛，"你再闭上眼睛，让琥珀亲一下你再醒来，好不好？"

兰小歌心跳得很大力，乖乖闭上眼睛，孩子湿润的小嘴在她眼皮上轻轻一吻，然后满足地叹了口气说："你睡了三天呢，妈妈。"

琥珀的娇声轻唤，留在皮肤上湿润的亲吻，令兰小歌甜得发晕，她不自觉地咬咬舌尖，一丝前所未有的新鲜痛楚，混入血管汩汩奔流，令流出来的眼泪都是滚烫的，她搂着琥珀，眼睛鼻子没头没脑地一阵狂亲。

游鹏支着手臂靠在门框，眼睛微微有些潮湿。这一刻，他甚至以为时间从来不曾流逝过，她们母子仍生活在小城风林，那间小小的带有阳光气息的小房子里，他这个不速之客，被弥漫着馨香的亲情打动，让他想要停下来，渴望加入她们。

“游鹏，是你把琥珀接来的吗？”好一会儿兰小歌问道，打断了他的遐想。

“是琥珀想游鹏叔叔了，自己跑出来找他的，你不要怪他。”

“告诉妈妈，你来多久了？”

“好多天了！因为你生病，琥珀一直在等你醒来。”

她揉揉孩子的头，抬脸对游鹏说：“我想单独跟琥珀待会儿，这一觉，我睡得太久了。”

“好。我在花园等你，老展还等着喝你煮的茶呢。”他温柔地笑着离开，那神情令兰小歌心中好一阵难过。

“妈妈，你睡着的时候，游鹏叔叔就一直看着你，他说你在梦里会怕黑，他睁着眼睛给你点灯。”

“琥珀，你的眼睛才是妈妈的灯。”她慌乱地接过话，偷偷擦掉眼泪，端详起孩子来，他长高了，那双眼珠的颜色又深了些，鼻梁更挺，脸颊也有了小小男子汉的轮廓。

“妈妈，琥珀做了件不乖的事，偷着从爸爸家里跑出来……因为爸爸说要送我跟优优姐姐出国，琥珀很想你，怕去了外国见不到你……后来，游鹏叔叔就偷偷派人把琥珀接来了，琥珀想看看你再走，但妈妈生病了，琥珀不能走……”

兰小歌听孩子说着，神色大变。

“妈妈别急，游鹏叔叔给爸爸打过电话了，他知道琥珀跟你在一起！”

“哦。”她儿子小小的年纪，竟如此懂事周全，而她这个做妈妈的，却不是个好妈妈。“琥珀，妈妈再也不跟你分开了，再也不会让你到处找妈妈了。”

琥珀突然不说话了，一双大眼睛眨巴着望了她很久，内心好像在激烈挣扎。

“但琥珀要回家陪爸爸，因为优优姐姐有一天要结婚，家里只剩下爸爸一个人，他会很孤单，琥珀要回去照顾他。”

“那，那琥珀不要妈妈了吗？”她声音抖得厉害。

“妈妈有游鹏叔叔陪，琥珀，琥珀很放心……”他顿了顿，小手捧住妈妈的脸，又补充道，“你不要难过，我会来看你。”

“琥珀，妈妈说不会离开你就永远不会，让妈妈想办法，妈妈一定会想到办法的。”她喃喃自语，把琥珀紧紧地箍在怀里，仿佛要重新把他糅进自己的身体里一样。

午饭后，兰小歌泡好了茶端给老展时，阳光正好，映着老展的白发像金秋的麦浪。游鹏坐在他的对面，桌上摆着棋盘，棋盘上他的黑子被围了一片，他手里正捻着一颗，皱眉苦思。见兰小歌端茶出来，他抬脸笑了，一幅父慈子孝的好画面。

兰小歌默默叹气，把泡好的茶斟入他们面前的杯里，茶汤热气袅袅而上，她隔着雾看游鹏的脸，视线一片模糊。

“小歌，你终于好了，这几天喝不到你的茶，真是无聊极了。”老展抿了口茶，由衷赞道，脸上的皱纹笑得像朵盛开的花，紧接着又对游鹏说：“你们的事还要拖到什么时候？小歌这么接二连三地病了几场，倒是把旧病给去了，家里多少年没这么开心过了，我想着趁你俩办喜事请老朋友们来聚聚，你俩有没有意见？”

“一切听你的安排，我们没意见。”游鹏不拂父意，顺从地说。

兰小歌内心却激烈交战，看上去老展还不知道她过去的事，不知道谭哲初……自恢复记忆以来，心里一念这个名字，就堵得厉害，她还有爸爸、小诗，甚至顾嘉言……往事并不如梦，她却要欢天喜地与游鹏缔结终身？

见她神情犹疑，老展继续道：“小歌，我知道你不是个爱慕虚荣的孩子，你别怕，我多年不问世事，能来的老朋友没几个，就是想让他们见见小鹏。当年，我不得已把小鹏一人送出国，总是对不住他，这事就先这么定了，你俩跟我到书房来！”

“我有东西给你们。”老展折身走进书房，手里多了个雕饰古朴的楠木盒子。他打开盒子，兰小歌顿觉眼前灿然生光，游鹏也不由得惊叹出声。

“小鹏，这是你妈妈头冠上戴过的一颗珠子，现在把它交给你，我没什么遗憾了。”

游鹏看着那颗珠圆玉润、光芒莹然的珠子，内心却无半分欢喜，反而泛起些旧日的酸楚和不安。他的手僵了僵，思维停顿了半晌，才拉了小歌的手站在父亲面前。

“谢谢你——爸爸！”他接过盒子，艰难地吐出两个字来，舌尖跟着一阵涩咸。

“你——终于肯再叫我——爸爸？你终于肯再叫我？”展观山的声音有些颤抖，一双阅尽世事的老眼浮起一层水雾。

“我们一定好好的，不辜负你的心意。”游鹏笨拙地解释了一句，走上前拥住父亲，目光却落在兰小歌身上，她看到他那双黑眼睛里是说一不二的固执。

从书房出来，琥珀已午睡，两人心照不宣地去了花园。老的小的都被他们哄得很开心，也该到了两人打开天窗说亮话的时候。

无数次默默相视，此番却再与以往不同。不知谁先开口，或开口说什么，不禁一齐苦笑起来。尽管笑容苦涩，却令游鹏紧锁的双眉舒展开来，他伸手理了理兰小歌散落额前的碎发，然后挽起她的手走到一丛盛放的杜鹃前站定，原本苍白的脸色浮出些红润来。

“这花开得真艳，想起第一次来你家是去年初冬，你父亲就站在这花丛前，他当时并不喜欢我。为人父母的，都把自己的孩子看作珍宝，当时我失忆了，但好歹不像现在这样糟糕，我很感激你过去对我的好。”她顿了顿，语气平静地继续道，“游鹏，顾嘉言不会放过任何让我出丑的机会，那些事你应该全都知道了……呵呵，破砖烂瓦一块，真要盖在你家的屋顶上，实在太碍眼了！”

游鹏拿起花盆前一把修花的剪刀，她以为他要修剪蔓长的叶子，却发现他正一朵朵地剪掉正盛开的杜鹃，然后不紧不慢地说：“我知道你想说什么。”然后，他放下了剪刀，手指慢慢拂过兰小歌的面颊，把一朵红花戴在她的耳边，剩下的花扑簌簌掉到他们的脚边。

“真好看。”他阴恻恻地一笑，“想知道我看过的感受吗？”

兰小歌低头看着那些萎落的鲜艳花朵，觉得他的笑里包含了太多内容，令她突然敏感起来：“游鹏，你太固执了，顾嘉言能给你看就能给任何人看，展家的名声要紧，你爸爸可是做了一辈子风云人物！”

“小歌，你到底是脑子长回来了，想拿老展压我？呵呵，顾嘉言也就是敢欺负欺负兔子，她不敢跟我玩！”

“但是，我敢！”兰小歌扬了扬脸。

“你凭什么敢？”他咬着牙问，看那朵红花衬着她的如雪肌肤，艳丽夺目却充满肃杀之气。

“我为了一点羞耻之心，为了一点自以为是的尊严，我拼尽所有掩盖伤疤，却让凌辱无限放大！我要谢谢你又让我大睡三天，我终于想明白了，不是我丑陋而是这世上有些人心烂了！”她的每个字都像钉子一样硬，“游鹏，我要对他们还以颜色！所以，我现在不能嫁你！”

“哦？”他故作夸张地瞪大了眼睛，“你今天真是另类脱俗！不过，这改变不了什么，兰小歌在我眼里从来就是——如果是片破瓦，我就是泥浆，你浑身的每条裂缝都糊满了我，我们早已经分不开了。”

他说着动情的话，眸里却漫上一层比一层厚重的阴云，任何一个女人都会被他声音里的浓郁感情打动，而兰小歌的脑海里，他们所有相处的片断翻涌不息，像浪花散了又聚，聚了又散。他说的没错，他做了一路缝补匠，有哪一天嫌弃过她？呆怔了好一会儿，她看到那双眼睛里的阴云，仿佛在酝酿一场更大的暴雨，她曾经在雨里迷失过，但此刻，她只想获得新生，真正的新生！

“游鹏，我不是在跟你商量，而是在告诉你这个事实，就算你从来都不嫌弃我，但你却瞒着你爸！但我有琥珀，必须让他站在阳光下，我会跟你爸坦白的！”

“你走出这所房子试试看？”

“你就是这样输不起，哪怕你根本没有输的可能！”兰小歌激动地喊着。

终于，游鹏脸上现出久违的笑容，睫毛上的光在她脸上划出一道金色弧线，兰小歌感觉眼前一闪，他已把她按进一张椅中坐下：“你这傻瓜，老展开心一次不容易，你干吗这么激动？坐下来好好想想，凭我一向对你的情义，你恢复记忆我有多开心，你不愿意现在结婚，可以再商量，但你有什么能力还人颜色？你当了那么多年的圣母，你不顾忌你的小诗了吗？”

兰小歌顿时哑口无言。他继续道：“你果然还是禁不住恐吓，哈哈哈！”他笑着刮了一下她的鼻子，语调里满是戏谑，“傻瓜，复杂的事情要用简单的办法处理！”

原来，顾嘉言令兰小歌失魂落魄地逃出陵园后，也上了车，但由于疲累，意识昏沉地小睡了一下，再睁开眼后，她发现自己的司机已换人，车子已开上远离市区的滨海大道。她在后视镜里看到司机的脸，吓得汗毛都竖起来了。

早春的海水冰冷彻骨，当她被人从海水里湿淋淋地拉起扔到船上时，已经嘴唇青紫，只剩下半条命。

游鹏瞅着她，嬉笑着说：“没想到顾总你保养得这么好，身段不比年轻姑娘差，我的电影正需要一段素材，所以请你过来帮个忙。可能口味有点重，不过你别太害怕，我们不要命，死不了人。”然后他喊：“造型、灯光、摄像准备！”

顾嘉言像兰小诗一样尖叫，像兰小歌一样挣扎，但游鹏未起一丝恻隐之心，她头顶上的大灯，亮得像白昼一样，惊恐交集之下，她蓦地晕了过去。等她再睁开眼时，她已经在自己的车里，周围空荡荡的没有一个人影。她的脚边放着一套干衣服，衣服上放着一页纸：将来你怎样对她，我就怎样对你！

听游鹏讲完这一段，兰小歌的冷汗涔涔而下。她想起顾嘉言第一次找她谈话，她说“你不懂我们这个世界的规则”，而谭哲初也一直把她隔离在那个世界之外，甚至从前的游鹏也说“等你明白了你就会为自己不值”的话。现在，她终于感受到，围绕着她的这些人，有着她完全看不懂的疯狂。她想要走上真正重生的路，是不是得有着跟她的对手同样的疯狂？

游鹏看到她的不安，冷笑着打断了她的思索：“听说谭哲初也看了，不知他是什么感受？不着急，我会请他来参加我们的婚礼，到时可以问问他！”

“真好！游鹏，你做得真好！”兰小歌皮笑肉不笑，“原来事情可以这么办！”

“兰小歌，如果你不做魔鬼，你就无法与犹大同床。”他故意拖长了声音，直到眼神渐渐冰冷，又从衣袋里掏出一枚小巧的光盘来。

“我早就说过，游戏变了，你的通关指令也变了，你信不信这个小玩意，能让某人吃个七八年牢饭?”

“那是什么?”她吃惊地问。

“这是爱情！伟大的爱情!”他摊开双手，然后头俯向她的脸，“有人在为你铤而走险!”

然后，她的手臂被他紧紧钳住，钳得很紧，她痛得几欲晕去，两行泪从颊边急促滚落。他趁势把她往怀中一拉，又神经质地抬起手，轻柔地抚着她泪迹犹在的脸，“该死，我怎么把你弄哭了?”

她不躲闪地，冷漠地盯着游鹏：“其实，你们都是一种人，你们只在乎自己的输赢，不是爱，更不是对我这种女人的爱！事已至此，你们也别消遣爱了!”

“既然你这么懂事，那就乖一点，让老展开开心心的，大家的日子都好过!”

兰小歌突然明白了老展那个决定的意义，游鹏今后将是展家名正言顺的继承人，不再是曾遭鄙弃的私生子，尽管过去他不在乎这个身份，但因为兰小歌，一切都变得不同了，他既然得到，就不能再失去。

67 错爱

镜子里的脸苍白憔悴，令微微上翘的一抹朱红显得突兀生猛。

贾一飞冷静的声音穿过水面的混乱云影，谭哲初一动不动地坐在他对面，听他用公事公办的口吻对兰树枫的意外死亡做着细致入微的推理。

优优神色震动，兰小诗却一派沉静。谭哲初可以料定，她与贾一飞已经达成某种约定，显然不是请他听听案子这么简单，而他们对顾嘉言的所有猜测，与他目前已知的结果并无二致。事实上，顾嘉言的错误已经酿成，他并无刻意维护她的意思，但对苦于搜集证据的贾一飞和兰小诗设的这个局，并由他来诱使顾嘉言入局，他内心终究是不忍的。

“那天如果不是我拦着，你几乎亲手掐死了她!”兰小诗见他不动神色，开口道。

“爸爸——”优优惊呼出声，抓紧了他的手，“你还有什么事瞒着我?”

“别慌，优优。我不会因为她赔上自己，他们不懂，我儿女俱在，我根本赔不起!”

“你们不要再逼我爸爸!”优优道，“你是怎么做警察的？你在这儿教唆我们，你这是知法犯法，我可以去告你！”

“大小姐，你真以为这是个黑白分明的世界？”兰小诗出言挤对优优。

“优优——”谭哲初喊住女儿，“你别激动。”

“谭先生，我只是希望你配合收集证据，你能配合当然最好，不能我也不会逼你。这事我会慢慢查，只怕等不及的是你，兰小歌也没这么多时间，你好好考虑。”

贾一飞说完起身欲走，兰小诗深深地看了谭哲初一眼，突然语调铿锵地问：“你敢爱她吗？从来都不敢吧！”

这话一问出来，谭哲初胸前一窒，无言以对。站在兰小诗身边的贾一飞目光炯炯，神情冷峻，令他不能直视。两个原本素不相识的男人，这样面对面地站着，就像是磁铁两极，若不是中间那个奇异的磁场，也许穷尽一生都不会有交集。

渐渐地，水雾迷蒙了谭哲初的眼睛，眼底是兰小歌绝望挣扎的表情。

那个看似粗枝大叶的警察，曾经一度错爱，一度忍受身心孤独的煎熬，但比起最终的失去，他应该不会后悔曾经的煎熬。因为，他还有机会，一次又一次堂堂正正地站在她面前，让她对他的所有爱和信任都显得格外珍贵，那才是兰小歌独有的价值和意义。

而顾嘉言呢？同样是错爱，三年、五年、十年？她终于熬不下去了。她从一开始并不是个真正的坏人，她爱他也并不是坏事，可结果大大伤害了他。只怕问题的根由在他，她爱错了人，兰小歌也爱错了人。这两个女人，是否有一天会为她们所爱的男人不够果断磊落而感到不值？然而，让他今天对顾嘉言张网以待，落井下石，他终究做不出来。

“我不会照你们说的去做，但我会去说服她，让她自己去交代清楚。”

“随你便吧，谭先生。但愿你分得清是非黑白，但愿你的话她能听得进去，否则，越往后她的罪孽会越重！你也保重，谭先生。”

兰小诗抛下这句冷冰冰的话，与贾一飞快步走出那幢大房子，他们相视蔑然一笑，头也不回地走了。

二人走后，谭哲初把优优叫到书房，他怜惜地摸着女儿的长发说：“优优，今天让你受了惊吓，别害怕，爸爸很快就能处理完这些事。”

“爸爸，你不该瞒我这么多，嘉言阿姨到底要不要紧？”

“这要看她到底有没有做过坏事。优优，今天警察过来，倒是提醒我要快一点行动了。”说着，他从保险柜中取出两份文件，“本来，爸爸打算自己跟展翔谈，但那可能会费点功夫，所以要拜托你。”

“什么？”

“你告诉展翔，第一，如果他不想展家未来的接班人变成游鹏；第二，如果他对你有足够的信任，就让他签了这两份文件。当然，第一个条件对他的诱惑已经足够了，但我们现在必须万无一失。”

优优打开文件一看，心中了然：“爸爸，你要坐山观虎斗？”

“优优，你很聪明，如今能让琥珀安然无恙地回来，又能让我们全身而退的，只有展观山了。你放心，展翔并不会有什么损失，他会得到他想要的，你也不会背叛朋友。”

“那——兰小歌会怎么样？”

谭哲初发了会儿呆，突然对女儿笑了：“你觉得爸爸还能对她怎样？贾一飞，甚至游鹏，每一个都让我自愧不如，我只不过给了她一个孩子，给她多造了一份罪孽。优优，爸爸没脸对她说一个‘爱’字。”

“但那不代表爱不存在！爸爸，我以前说过，人世间所有的离散，都关乎一颗敢爱或不敢去爱的心，你是个勇敢的人，在我心里你一直是的！”

他真的是吗？就像优优小时候一直当他是紫龙，但事实那不过是她儿时的一个英雄梦想。

顾嘉言在等着谭哲初的到来，只是没想到会这么快。

她听到客厅的门响了，急忙跳下床，对着梳妆镜拢了拢头发，又抓起一支唇膏涂在灰暗的唇上。镜子里的脸苍白憔悴，令微微上翘的一抹朱红显得突兀生猛。这不是顾嘉言精巧的脸，手中的唇膏咣啷掉在地上，滚到无人知晓的角落。她抬起手背，狠狠地抹掉那抹朱红，然后拉开了门。

她没有抬眼看他，挺直脖子，径自往书房走去：“有事我们到书房谈。”

谭哲初合拢门，见她已端端正正地坐在书桌前，唇上那抹残红斜斜地、淡淡地从嘴角边擦过。一个人太了解另一个人，实在令彼此尴尬，谭哲初心中的酸涩是不自禁的，他只好低了头，琢磨着一个适当的开口方式。

而她已拉开书桌抽屉，拿出一个文件夹：“我早就准备好了，只是你不肯配合，今天你既然来了，索性我们就签了吧！以后见一眼少一眼，少一眼便清净一眼。”

他接过来打开，是一份离婚协议书。

顾嘉言继续道：“按你的意思重新修改了，你只要签了字，我开董事会裁掉你的所有职务，收购你的股份。钱呢，我会打到你海外账户上，你可以轻轻松松走人。至于你瞒着我做的那件事，拜托你手脚干净点儿，尽快把自己拎出来，我就当一切没发生过。”

“你怎么——想通了？”他结巴地问。她做起事来，依然是先发制人，让他没时间去考虑和分析。

“原本你还有几分良知，我自己也没死心……但耗到现在，我对你已经没感情了，我不想再骗自己……你也说过，就当我们给彼此留点尊严吧。”

“嘉言，我——”他还没插进一句话，她打断他：“我不年轻了。如果此生还有幸拥有爱情的话，我希望他是平凡的、有责任感的，他在岁月中找到我，让我肯将后半生放心地交付他，然后一起在平淡如水的时光中老去……”

她说这些话时，目光柔软，无一点虚伪做作，就像一个普通善良的中年女人，谭哲初心中已打好草稿，劝她洗心革面，重新做人的话出口却变成了：“是我伤害了你，我不敢奢望得到你的原谅，但你能这样想事情我很开心。”

“我曾经恨你们，但这只能证明我的失败，我还有下半生，我不能让自己永远陷入这样的失败里。”她顿了顿，“哲初，你和我不同，你放不下的东西太多了，干脆我帮你做决定！你也别担心我对兰小歌怎样，我都放了你，还留着她自取其辱吗？倒是你，若还想挽回她，这张纸是少不了的，动作慢了也不行！”

“那——你今后有什么打算？”谭哲初内心震动，顾嘉言的急骤变化，让他的语言组织能力几乎为零。

“随便吧……签了字你就走吧，别管我。”她说，眼睛不再看他。

“嘉言，你快离开这里，明天就去加拿大，再也别回来！”

“你说得容易，博扬被你撂了挑子，我再做甩手掌柜，让外人看笑话吗？”

“我先帮你盯着，过段日子，苏志国就可以挑起担子来，但你必须马上走！”

“告诉我为什么，否则我不会走！”

谭哲初闭了闭眼睛，突然咬牙切齿地道：“小歌父亲因你而死！警察正在搜集证据！你还啰唆什么？等着被铐吗?!”

呵呵！顾嘉言冷笑几声，走近他身前，眼睛笑眯眯地问：“原来你跟他们一样，从始至终认为我心狠手辣，杀人跟砍瓜一样？你今天是来通风报信的？你不怕犯法？不怕对不起兰小歌?”

谭哲初捏紧了拳头，盯着她毫不畏惧的脸，看她肆无忌惮地笑，直想一拳把她打晕，直接扔到飞机上。

她却仰起头又笑了两声：“有人因为害怕世界末日到来上船了，有人因为自己懦弱活不下去了，有人怕拖累家人自行了断了……可为什么你、我、兰小歌，我们统统不会死，因为我们身上背负的责任比自己的苦难重几百倍，我们不能死！这世间是讲丛林法则的，强者会遇到比他更强的，人只能战胜或改变自己，而不是要求老天来治强者的罪！”她顿了顿，继续对言语失常的他侃侃而谈，“你有没有想过，如果有一天，你、我、兰小歌、游鹏，我们四人在同一条船上，漂到同一个荒岛，你想过谁先死吗？哲初，你可以慢慢想。我给你的答案是，我从未杀过人，我也不会走！除非你的警察朋友有足够的证据来铐我！”

他终于勉强露出笑容：“真的？你不骗我？”

“不骗你！”她笑得有点邪恶，但属于顾嘉言的光彩又回来了。

“谢谢你。”他说，心头的重重疑云仿佛也被那光彩一点点驱散。

她最后用这样一句话送他：“如果能清除世上的一切邪恶，我再接受神的裁决吧！”

68 姐妹同心

“为什么命运安排我去爱他，他却不能爱我，我不甘心！”她说这话时，是野兽被捕获时的神情。

大约半个月后，一份关于兰树枫自杀身亡新的鉴定报告回到贾一飞手上，报告并无疑点。而他盯住的那条线，叫作阿强的顾嘉言手下，因病获得假释出狱治疗的机会。贾一飞仔细想过，兰树枫自杀看来铁板钉钉，就算被人威胁，要指出谁是主犯，除非他自己复活。而让阿忠站出来提供当晚追杀他们的杀手信息，也几无可能。除非兰小歌亲自指证顾嘉言当年对她威逼胁迫，但这条藤一旦扯起来，她的伤疤也就连血带肉连根拔起，最终还会因证据不足，变成二女争一男的狗血事件。这样做代价太大，贾一飞打心里否决了这一想法。他想起当年出事后，她和小诗拒不报警，他竟然纵容了她，后来自己去处理那帮人渣而致惹祸上身，现在他虽然窝火，但也不会再冒失行动。

贾一飞再见到小诗时，她带来一个看似让一切尘埃落定的消息，兰小歌与游鹏的婚礼将在四月一日举行。

“愚人节？可真会挑日子！”

小诗眼圈红了：“一飞哥，我以为我有足够的勇气和能力了，但我还是什么都做不了，我什么都帮不了她！”

贾一飞听出她内心中潜藏着无数个痛苦的“不甘心”，也只有他明白，这种“不甘心”的情绪对她来说会积聚起多大的挫败，她已被痛悔和拯救撕扯得太久。

兰小诗第一次去见姐姐是听了妈妈的话。去之前的那夜，父母爆发了激烈争吵，爸爸因对姐姐心中有愧，竟把他们的房子偷偷卖掉，说要把书店买下来。争吵过后，爸爸郁郁出门，妈妈哭了很久之后对她说，如果你不想失去爸爸，以后你爸走到哪儿你就跟到哪儿，明天跟他去见你小姐姐，跟小姐姐说你没有房子住，要跟她住在一起。

那时，小诗和小歌一样，面临着整个世界突然被打乱的手足无措，同时她对这个突然冒出来的姐姐充满好奇，也觉得她的出现对原本不宽裕的家庭和矛盾重重的父母来说是雪上加霜。这一年，她十四岁，她果真照着妈妈说的话去做，而且比妈妈教得表现得更加凄凉无助，楚楚可怜。果然，姐姐见了她便心软了，她不仅不要爸爸的钱，还对她显出极大的爱心来。

房子救回来了，但父母的情感裂痕是她无法弥补的。那两年爸爸像疯了一样，今天搞什么木糖醇，明天弄什么植物营养素提纯，他极力想改善家里的经济状况，打起两个女儿的未来，但伴随他的是屡战屡败，家境每况愈下。妈妈突然有一天破罐子破摔，先是五毛钱的小麻将，渐渐地越玩越大，收不住手，最终把房子卖了还赌债。窘迫时，小诗连学费都交不出来，幸运的是，她半真半假认下的姐姐，为她顶起倾塌了半边的天空。

然而，小诗越长大越不甘心，出人头地的欲望越加强烈。她不想与姐姐挤在狭小的屋子里，不想走在肮脏的街道上，不想穿丑死人的校服，更不想从姐姐手里接过一杯奶茶，一盘炒饭，甚至一件新衣服；也不愿看见她流着汗踩着小三轮车装书卸货，被顾客骂，被熊孩子坑，被林冬阳调戏……她想凭自己的能力，美色也好头脑也罢，拼一个不一样的未来，所以，她受了那则嫩模征选广告的诱惑，瞒着姐姐去了那个废弃工场拍写真。

如果林冬阳那天不在她的校门口出现，即使她被侮辱、虐杀、抛尸甚至大卸八块，也就一了百了了。但是，林冬阳的通风报信，令她必须活着，内心煎熬着，眼睁睁地看着血腥惨烈的现实……那之后，她的一颗心锁上更沉重的枷锁，她变得胆小、敏感、沉默、神经质，她常常半夜惊坐而起，抓住兰小歌的手喊："姐！不要，不要报警！我不要人们知道！我不要爸妈知道！我要走！我要走得远远的！我要永远离开这个地方！"

兰小歌问她想去哪里？她说她要出国，走得越远越好！

两个人的命运彻底被改写，捎带着贾一飞的命运。出国后，小诗的噩梦里，经常出现顾嘉言扭曲的脸孔，她听到她凄厉地说："为什么命运安排我去爱他，他却不能爱我，我不甘心！"她说这话时，是野兽被捕获时的神情。是爸爸最后的信让她彻底明白过来，那个伤已深深烙印在她们彼此的骨血中，不仅仅是她的，更是姐姐永远的耻辱记号，她因此失去贾一飞，也将失去之后的其他男人，她会因此永远无法享有爱情，无法得到幸福。终于，她决定回来。

阳光所经之处，飞舞的灰尘变成金屑，显得光彩熠熠。兰小歌看着光带里闪烁的假象，颓丧地扔下手中的笔。

这些天来，她完全足不出户，煮茶、浇花，有时小诗会过来给她讲讲异国风光，有时蒙游鹏开恩，她能带琥珀出去逛逛，但阿忠会跟着。而她想与小诗聊得更深入点，却是不能够的。她们知道在她房间的不同角落里，有些闪烁的光点会记录着她们的一举一动。也好，外面除了石明明，她也没有什么亲人了。至于谭哲初，他更像是几个世纪前的人了，想见他，除非她有一身穿越时空的本领。好在她不用等太久，到了四月春暖花开的时候，她就可以见到他了。

一天，小诗推门走了进来，兴奋地说："姐，我刚学了一道点心，我们去厨房试试!"说着，轻轻挤了一下眼睛。

"小诗，你兴致不错啊!"兰小歌佯装欢快地应道。

"你可是嫁入豪门，不多学几手本领，我都替你的将来担忧呢。"说着，她上前拥住她，"琥珀在花园跟游鹏玩，做好了再喊他们。"

贾一飞告诉小诗，她们不常去的地方应该是游鹏的监视死角，兰小诗想到了厨房。近来，姐妹俩暗语打得多了，早已有了默契。

展家有个专门的西点厨房，兰小歌曾有一段日子为讨好老展，跟那位西点师傅混得很熟，因此三言两语他便把厨房交给姐妹俩。

她们一边装模作样地准备食材，一边悄声交谈着。兰小诗说："一飞哥哥说这里安全。今天要你一句心里话，你到底要不要嫁游鹏？他会帮你的。"

"一飞？哦，不要了小诗，我不能再把他扯进来，会连累他的。至于游鹏，想或不想我都必须嫁他，你帮我给谭先生带个口信，让他别来冒险!"

"冒险？姐！你别天真了，别说为你冒险了，他甚至不愿意为你……"小诗猛地闭嘴，咬咬牙咽回了那些话。谭哲初一再维护顾嘉言，让她始终觉得他对姐姐的心意是打折扣的，她替姐姐感到不值。

兰小歌不动声色地把鸡蛋打入面粉里，一边轻轻搅动着，一边递给妹妹几个柠檬，示意她榨汁，这才缓缓道："我知道，他不愿意伤害顾嘉言，正因为他是这样的人，所以他才会为我冒险。小诗，你不懂，他已经为我放弃过很多了，这大概是他良心上的最后一点坚守。你要记住，就算我们真的一点法子没有，我仍然希望他是平安的，他只要不来，游鹏并不会拿他怎样。"

小诗眼眶有些发酸，她负气地把柠檬丢进榨汁机里拨开开关，在一片嗡嗡声中说："话我可以带到，他要怎么做我可管不了！但游鹏现在这样对你，真的太可怕了，无论如何你不能嫁他!"

"小诗，我曾经不信命，我不甘心我的命运被别人摆布，但游鹏让我明白，对付疯狂的人只能用更疯狂的手段！我是一个母亲，我要让琥珀在阳光下成长，不能让他被残酷的真相和源源不绝的仇恨改变了心态。我活了三十年，从来只想如何战胜自己的怯懦、卑微，如何保有自己的尊严，我并没有真正去看清这个世界。小诗，狼从虎口救下一只兔子，因为什么？因为它的勇气是来自他的贪婪。”

“难道，我们坐以待毙？”小诗问，脸上一片疑惑，这不是她记忆中的姐姐，也不是遭遇过那么多不幸的人真正的心声。

“不，是重生，真正的重生，但这需要很大的勇气，小诗，你敢不敢？”说完，兰小歌把点心放在烤盘里推进烤箱。她脱下手套，一双黑眸镇定地看着妹妹。“游鹏为了婚礼新买了两艘小游艇，现在泊在‘翡翠湾’改装……还有，去学潜水……”

69　婚礼

就像一棵挂满彩灯的树，看上去光彩照人，却与她一点真实的关系都没有。

这一天终于来了。窗外杨柳笼烟，桃李春风正缠绵，眨眼间，大片花瓣簌簌而落。兰小歌想起婚礼前夕与游鹏的最后一次谈话，觉得肃杀。

“你不觉得自己付出的代价太大吗？”

“为了你，我从不惧怕任何代价。”他捏捏她的手，神情轻佻。

小型停机坪上，客人们已陆陆续续到了，气氛还是喜庆热闹的。

兰小歌放眼向人群中望去，心中焦急，她捏了捏小诗的手，低声问：“他不听你的，今天真要来？”

“还有一飞哥和明明姐，我拦不住他们。”

“哟！敏敏，刚认了亲姐姐，就跟我生分了吗？”顾嘉言正独自走来，笑得春风满面，两颗钻石耳坠子贴着脸庞熠熠生辉。

兰小歌心中一惊。顾嘉言看起来仍旧纤美，一张嘴巴能说会道，令人很难想象她不久前才遭遇意外打击，恢复得实在太快，快得让人费解。

“呵呵，我们有今天，那是沾了好人的光！”小诗冷笑道。

“我可不敢贪功，明明是你们天生丽质，运气又比别人好。真觉得是一对仙女下凡呢。”顾嘉言一边寒暄，一边像发现新大陆似的看着琥珀，“小歌，这是你儿子呀？长得可真可爱！”

兰小歌努力挤出一个笑容："不好意思，我们还有事要办。"

"阿姨，我见过你。"琥珀竟然主动与她打起招呼来。

"我是顾阿姨，与你爸妈是老相识了。"

"琥珀！就你话多！"兰小歌呵斥了一声。

"小歌，你这是干吗？别吓着孩子。想想也真是，天不从人愿，你这办婚礼，都不知道我们已经签字离婚了，他自由了，但还是不赶趟儿啊！"

兰小歌心中一惊。顾嘉言又道："不过，能嫁给游鹏，是多少女人做梦都梦不到的好事呢。"

"就算你认栽，也犯不着这么拍马屁吧！"小诗出言讥讽。

"人活一辈子，有能力的人伤害别人，没能力的人被人伤害。"顾嘉言无所谓地笑笑。

"说得好！"游鹏拍着手走过来。但他的身边却站着另一个人，正是谭哲初，看上去气宇轩昂，风仪如昔！

兰小歌险些栽倒，脸色一片惨白。

"爸爸！"琥珀欢呼一声，一头扎入谭哲初怀中。

兰小歌稳稳心神，见他的身后站着优优和展翔，每个人脸上都有笑容，但笑容里，分明又掩藏着深深的凛冽。

"优优姐姐！"琥珀又欢呼一声扑向优优。

除了孩子的欢呼声，没有一个大人说话，四月的空气竟然有些冷。

"爸爸！我们回家吧。"又是琥珀的声音，兰小歌如释重负地吁了口气。

"琥珀，现在不可以哦，叔叔请你爸爸来观礼。"游鹏蹲下身，宠爱地捏捏琥珀的脸蛋说。

"你跟我妈妈结婚，还要我们看，我们不想看！我就要走！"琥珀突然发起脾气，并拢起小拳头朝着游鹏的胸膛一阵捶打。

游鹏脸色有些不好看，兰小歌的心也揪成一团，小诗捏了捏她的手，暗示地摇摇头。

"乖！琥珀。爸爸答应了来观礼的，我们明天再走。"谭哲初抱起孩子，对兰小歌和游鹏微微一笑，"你们也该准备了，我先带琥珀去休息，就不打扰了。"

像人质交接仪式。谭哲初用冷水洗了把脸，又下意识地抻了抻衬衫，这才长舒一口气，走出洗手间。

优优迎上来："爸爸，你决定了？"

"对，我们只能利用今夜。"

“那好。十点，我们的快艇在望汐滩等你。”

“优优你记好，无论我能不能准时出来，十点，你们必须带琥珀走!”

“爸爸，你真能保证吗?”

“优优，展老爷子尽管偏心，在没把位子稳妥交给游鹏前，是不能伤了大儿子和他身边人的心的，今天若游鹏事成，展翔以后就被动了，这自然不是他想要的。”

“但是，爸爸，我担心让展家出这么大的丑，能轻易走得了吗?”

“展观山老了，他最怕他们兄弟反目。就算游鹏行事狠辣，但他也有软肋，爸爸了解他。只要你们安全离开这儿，我什么都不怕。”

翡翠湾碧波如洗，一双人白衣胜雪，美得令人眩目。觥筹杯影流动，裙裾款摆轻摇，人们脸上带着笑，在飞舞的玫瑰花雨里，也跟着陶醉了。

婚礼仪式简短庄重。兰小歌奇怪自己早已虚脱，却一步步走到司仪面前，稳稳地站着看他的两片嘴唇动来动去。就像一棵挂满彩灯的树，看上去光彩照人，却与她一点真实的关系都没有。她只觉眼前人影虚浮，耳边接连涌入笑声、欢呼声、喝彩声，司仪隆重介绍了展家的几位重要客人，她也一一点头致礼。

很长时间之后，她才想起要看一眼游鹏。起初视线是模糊的，她只好抬起戴丝缎手套的手揉了揉眼。他薄唇紧抿，长睫在挺直的鼻梁上投下一道暗影，深不见底的星眸映着翡翠湾的一池碧水，他在笑，那水跟着荡漾开来，仿佛一尾五彩斑斓的鱼朝她游来。他实在是帅极了，但她的心，已是枯井无波。

然后，她的视线很快便胶着在另一个夹在宾客中的黑衣身影上，他立于扰攘之外，高瘦孑立，形影相吊。

只一眼，谭哲初便感觉到她目光的投向，也目不转睛地望向她。沧海桑田斗转，恍然间，往日时光重现。

“兰小歌，你愿意吗?”司仪耐着性子又问一遍。

“她不愿意!”一个声音沉沉应道。大厅顿时鸦雀无声，只有那个声音在隆隆回响。

兰小歌不由得打了个寒战，她回过神来，见游鹏不动声色，嘴角抿着笑，垂眸凝望着她问：“小歌，你愿意吗?”

“她不愿意!”兰小歌还未回答，谭哲初已一个箭步上前，拉住她的手，斩钉截铁地对游鹏说。

“我要她自己说。”游鹏不紧不慢地睥睨他一眼，成竹在胸。

兰小歌一颗心高高悬起，见谭哲初身边没有琥珀、优优，她不安地想从他的掌握中抽出手来，他反而握得更紧。

她望着他摇了摇头，转脸又对游鹏点了点头，游鹏笑得愈发深了。

谭哲初突然朗声道："游鹏，你现在放手还能回头，别让事情变得不可收拾!"

"就凭你？——"游鹏拉长声音。

座中议论之声渐起。展观山两条浓眉垂下，脸上已是一片阴鸷。他招招手，想叫展翔过来，发现他早已不在身后。一个精明干练的中年人俯身过来，他吩咐了几句什么，起身而去。

游鹏手插裤袋，神情散淡地看着父亲离开，竟没有阻拦，也没有一句解释。

展观山一走，客人们很快被保安疏导着散去。偌大一个舞台，只剩下几个角儿杵在那儿，像一个空旷的默剧排练场。

游鹏这才不紧不慢又自言自语地问："这戏真的散了吗?"

"戏是散了，但人生长着呢，我要对她的未来负责。"谭哲初说。

"呵呵。"游鹏冷笑，"你是不自量力!"

"她不是战利品，我也不是来跟你打仗的。"他说，深褐色眼睛透着光，显得炯然有神，"你已经着魔，如果你清醒一点，就该明白我带走她是名正言顺的!"

游鹏轻蔑一笑，拍了拍手，阿忠走过来。

"告诉后边，钓鱼行动结束，可以收网了。"然后，他懒洋洋地摊开双手，转回身对兰小歌笑着说，"活到他这把岁数还能自作多情，真难为了他。"

兰小歌盯着他的脸，大脑轰然一响。"你信不信这个小玩意，能让某人吃个七八年牢饭?"

钓鱼行动？那张光盘!

她乞求地看着游鹏，但他的眼睛黑沉沉的，压得她胸闷，她感觉到了千钧一发的时刻，急忙伸臂拦在阿忠面前，叫道："忠哥，求你别去!"

阿忠怔了一下，眼望着游鹏不如如何是好。兰小歌已转身向游鹏走去，扑进他怀中急切地说："我愿意！游鹏，我愿意！我真的愿意!"

呵呵！谭哲初笑了笑，对眼前变化好像并不以为然，反而对兰小歌柔声道："你不用怕，我没事。"

兰小歌心中起疑，但谭哲初说这句话时脸色平静，他神情自信："游鹏，你想不想听我说几句?"

游鹏见他面不改色，心中不免狐疑，一张俊脸微微变色："你说。"

"游鹏，我从不做不守法的生意，我更知道，从你知道我和小歌关系那一刻起，你就不甘心，你为了打败我不择手段，一直盯着博扬设套挖坑。我承认，你的确做得不错，但你犯了个致命错误，你的背景强大到让你想当然，让你轻敌！你低估了我跟顾嘉言的关系，她若真心害我，分分钟都可以，怎会让你轻易拿走证据？你的狂傲，让你不在乎亲情伦理，你懒得去了解展翔，不惜去碰触他的底线……好了，你现在可以去收网，但最好去仔细查查，我的合伙人是谁。我想，你父亲最不想看到兄弟反目，尤其是当着那些老朋友的面，我劝二公子最好别干给他老人家倒灶的事儿！”

有生以来，游鹏何曾受过如此奚落，他僵立着，不动不语，甚至脸上连喜怒的表情都没有了。兰小歌看着他，也僵立着，谭哲初的话像子弹呼啸着穿透游鹏的心房，却令她的心疼得动弹不得。

“我们走！”谭哲初以为她惊呆了，二话不说，拉起她疾步而去。

游鹏没有阻拦，只看着一黑一白两个身影从他眼前急闪而过。但他们走到大厅门口，一个人突然拦住他们，噙着笑问：“谁说你可以带她走？”

“嘉言，你添什么乱？”谭哲初眉头皱紧。

“好事岂能让你一个人全占了？”

“好事？我这辈子都不会有好事了，都是债，能还一点是一点！你已经放了我，就别再来纠缠了！”

“不是我缠你，你走出这大门试试看！”顾嘉言顿了顿，“展老爷子岂能把脸丢到这扇门外去，你可不是血气方刚的小伙子，别图一时痛快！”

“我既然能来，什么后果都想过了！你最好离开这儿！”

“不听我的，你会后悔！”她喊道，但谭哲初固执地推开她仍往前去，顾嘉言不得已一把拉住兰小歌，“信我的话就跟我来！”

70　带走我的女人

那是他的一颗心，真与假，善与恶，原本就一个念头的距离！

他们一路掠过一些黑衣人，沿着一排高大的棕榈树向海滩奔去，兰小歌的手心满是汗，湿答答地粘在谭哲初的手上，仿佛这里不是四季如春，飘荡着潮湿气味的海岛，而是极北寒苦之地，灌入耳中翻滚不息的涛声，也变得朔风一样暴烈。她只知道脚在不停疾走，眼前一直晃动着游鹏没有喜怒和颜色的脸，他的眼睛那么黑，是比黑夜更深的绝望的黑。她努力睁大眼睛，这才看清他们已离酒店很远，她在一条细沙铺就的椰林大道上狂奔，路两旁的灯很暗，像是要从一场梦跑入另一场梦。

脚下突然一软，她跌倒了。

“小歌，你太累了，我们先歇一下。”谭哲初蹲下来，带着喘息说。

她大口喘着气：“琥珀在哪儿？”

谭哲初拨开她额前汗湿的乱发：“再坚持一会儿，很快我们就能见到琥珀了！”

“怎么……怎么他……还没有离开？”她抓紧他的手臂，奋力站了起来。

“别怕，他跟优优在一起，在等着我们。”

兰小歌心头浮起重重的阴云，声音也变了：“为什么不先送走他们？”

“你不必担心，我安排好了一切！万无一失！”

“你不明白游鹏，他现在变了，你根本不明白他！”她打断他的话。

望汐滩上，海风带着咸腥的潮气，汹涌着往两人脸上扑来，海面涌起大片大片的浓雾，浓雾里的两个人，被白蒙蒙的雾气隔着，像睁眼瞎一样走得踉踉跄跄。眼前的黑色水面像个巨大黑洞，仿佛随时能把他们吞没，又仿佛在他们到来之前，早把琥珀和优优吞没。

谭哲初的手指几乎按断了，电话那端始终传来单调冰冷的声音：您拨打的电话已关机。

预感很坏，结局很糟。终于，兰小歌先冷静下来，她捡起谭哲初扔在地上的手机。“我们不用回去，游鹏会来的，也许很快就来了！”然后，她拨了一串号码，只要小诗那边事儿成了，就有一线生机。

优优看了展翔一眼，他满脸忧色，眉毛直往两腮垂去，目光碰到她的目光，更是歉疚难安。游鹏站在他们面前，一脸凝滞的笑容，显得深不可测。兄弟两人面前的宽大沙发里，正坐着他们的父亲展观山，第一个照面，优优便明白游鹏那副凝滞的笑容从何而来。

她把熟睡的琥珀揽得更紧了些，脸色尽量保持平静，一双美目沉静地掠过三个男人的脸，窗外黑沉沉的夜亮起两颗星子。她耳边涛声翻滚不息，心中却是焦灼万分，她最怕的是，爸爸见不到他们而折回来自投罗网。

三个男人不说话，她可不能不说话，僵持只会白白浪费时间。

优优朝展翔眨了下眼，微微笑了：“没想到你这个时候让我来见你父亲，我一点准备都没有。我来了，你们又都不说话，现在夜深了，我要去休息了，有事明天再谈。”

“小翔，优优姑娘不知道今天发生的事吗？”展观山终于沉声问道。

“她不喜欢热闹，一直待在房里休息。”展翔说。

“哦——”展观山沉吟着慢慢站起身来，并不追究真假，自顾自叹道：“没想到咱们家出了两个情种，两个姑娘也是相当出众，如果她们跟谭哲初没有关系，那我高兴极了，但是——”他突然转过脸来，犹如一只老鹰凌空转向，一双犀利的老眼盯紧游鹏，“那个小孩，亏我那么爱他，你却瞒天过海全然不顾我的感受！他们竟然是姐弟?!”

“爸！你别为难优优，所有的事都是我干的，是我糊涂！”展翔一步跨上前来，跪在父亲面前，恳求道。

“你不糊涂，否则也不会选这个日子拆我的台！”游鹏手抄在裤袋里，黑眸里尽是怒意。

“小鹏，你别误会，我向来只图赚钱，没想到谭哲初给我设套。再说，我看你跟小歌蜜里调油，你们的事不早就铁板钉钉了吗？我哪料到会变成这样！”

“你那艘快艇怎么解释？你当老展的手下是白吃饭的吗？望汐滩接头，你真是昏了头了！你让展家出这么大的丑，真是太给老展长脸了！”游鹏一针见血。

“小鹏，你这是仗着爸爸对你那点儿愧疚挑拨离间！明眼人都知道你跟我作对为着什么。我怎么都是展家长子，你不尊重我也就罢了，这些年家里的生意都是我在操心受累！我在拼命赚钱你在玩命挥霍啊！二公子！在你心里，除了兰小歌就没有别人，就没有事可做了吗？今天正好让大家看看！咱俩谁不成器！谁在丢展家的脸！”

展观山脸色铁青一块，的确，展翔的话和游鹏的事，已经形成两股对峙的压力。

“你从不相信我对钱、对这个位子没兴趣，你偏要跟我争。”游鹏冷笑一声，指着优优继续道，“既然你爱她，你应该了解她是个一年有两条牛仔裤就足够的女人，你怎么就这么看不开！我亲爱的大哥，原来真爱这玩意真让人智商为零，你刚刚还义正词严地指责我，就不要有样学样了，你会让老展伤心的。”他一边说着，一边上前搂住展翔的肩：“我们再怎么吵都是亲兄弟，丢脸也不该丢出大门去！你现在想帮优优也不行了，老展是不会让人看笑话的！”

说完，他又走到优优面前，俯脸看着她，脸上一片惋惜之情：“优优，我们朋友一场，我不想搞成这样，但也只有你和琥珀，或许还有点价值！”他又抬手轻轻碰了碰琥珀微翘的小鼻子，“我也不舍得伤他。”

他越是温言软语，优优越觉得恐怖，她挥开他的手，抱紧琥珀避开。这时，有阵子没说话的展观山突然沉声道：“小翔，你扶我回房去！”

话说到这儿，展翔知道父亲想拖走他，父亲不追究他今天的临阵倒戈，已是为他的将来留有余地，但他又十分担心优优的处境，因此站着不动。

“大哥，你好好照顾老展，我呢，自然会好好照顾优优。”看出他的担心，游鹏不容二话地说。

优优回旋的余地彻底断了，她倒是不怕，只不过为爸爸悲伤，一切努力都白费了，他们又一次回到原地，更糟糕的是，这回是清醒着被人宰割。

痛苦并不像死亡那样无可挽回。当“翡翠号”游艇破浪而来时，兰小歌崩得紧紧的心弦蓦然松了，这是她的机会。她一路扑跌着向海边跑去，谭哲初的呼喊她也听不到，直到整个人摔倒在船舷翻出的最后一朵浪花里。她费力地爬起来，白裙已经湿透，头发滴着水，像一只浮出水面的水鬼，她看着那个帅气的白衣男子，步履轻快地走了下来。

谭哲初的心咚地一沉，该来的都来了。

此时，兰小歌就站在游鹏面前，他却从她身边掠过，不看一眼，不说一句话，径直走向谭哲初，脸上笑容僵硬。

兰小歌颤抖着伸出湿湿的手，牵住他掠过的一片衣襟。他拽了拽衣服，但她不松手，使劲拽着他。他只好站住，停了好一会儿，才重重地吸了口气转过脸来看她。这一眼，他被她惨白的、凄厉的面容吓住，心底掠过一丝微挛，他猛地咬住嘴唇，用力挥开她拽着他衣襟的手。

“放开!”他低吼，兰小歌身子一歪，趔趄着跌倒在沙滩上。

谭哲初疾步上前，想去扶她，她却一把推开他，踉跄前行几步抱住游鹏的腿，身子软了下去，像是跪在他的脚边。

“游鹏，求你放了他们，我跟你走，任凭你处置。”

“放手！现在说这些已经太晚了，我不是来找你的，你也早就认清了我的本质，现在的战利品变了，你过期了。”游鹏声音平静地说，没有一丝情感。

“我一直在等你。”谭哲初接过他的话，想把兰小歌拉起来，“你看清楚了，男人的事男人解决。”

兰小歌没说话，只是了然又苍凉地笑了一下。谭哲初以为她忌惮孩子们在游鹏手里，故意一把推开她，大声吼道：“哭什么哭？走开！在这儿碍手碍脚的!”

然后他走到游鹏面前，心平气和地说：“你赢了，你要怎么办?”

游鹏踢了一脚沙子，慢慢地，缓缓地打量着他，也是一副心平气和的语调：“想不到啊，我们竟然走到这一步，曾为师，为友，如今为敌，这是什么关系？但无论是什么，我从来都尊重你，做我的对手，你也配得上……”

谭哲初看着他，在他的目光中看到尚存的敬意。

只听他继续道：“我自幼孤身在外，也孤独惯了，人世间的情感对我来说本来淡漠。我爱演戏，那是因为戏短情长，爱就是爱，恨就是恨，让我觉得简单又安全。后来，我遇到兰小歌，她清贫无助，又有一颗可怜的自尊心，在她最窘迫的时候，我给了她一些信心和安慰，而她心怀感激，让我感觉到一颗心被人珍惜的滋味。那时你和优优，也给了我前所未有的重视和爱护，你们让我对人世间的情感有了信心。”他突然抿紧嘴巴不语，一个深呼吸后才接着说：“但为什么？你们给我看那样的真相，还口口声声说爱！原来，你们每个人都比我会演，会欺骗，会用情感绑架！”

他的话越说越凌厉，被一个浪头接连一个浪头卷走再碰碎，然后一缕缕碎裂在浓雾中。那是他的一颗心，真与假，善与恶，原本就一个念头的距离！

71　双子翡翠号

他伸出手去，想要触摸那个影子，海风像蘸了血的刀子，又凉又腻地从他脸上刮过，他那只徒劳地伸出来的手，突然被那个影子抓住了。

游鹏的拳头接二连三地挥过来，拳拳到肉，谭哲初没有闪避。

直到游鹏打累了，他才从地上爬起来，深吸了口气，舌尖触到嘴角，感到一阵发咸。他笑笑，创口因受到拉扯，血顺着裂口处淌下来。他抬手擦掉血迹，喘息着问了一句：“我的孩子在哪儿？”

紧接着，游鹏的拳头又挥了过来，身体里仿佛装了愤怒的弹簧。

有些痛苦来自肉体，有些痛苦缘于心灵，游鹏需要这样的释放。这样很好，就由着他打，让那根弹簧崩断。再一次倒在地上时，谭哲初嘴唇和鼻子里的血淌在地上，染红了他白衬衫的前襟和身下的沙子、海藻。

游鹏扶着膝盖喘气。原来打一个不还手的人，除了费力气，半点乐趣都没有，这让他有些丧气，悲哀的声音从嗓子里出来：“你为什么不还手？”

谭哲初不还手，更不说话，只是盯着他，嘴角的血已凝成一道蜿蜒的疤。

兰小歌与他一样，她眼睁睁地看着，没有呼喊，没有撕扯，只是在他跌倒后，蹲在他身边，一声不吭地用濡湿的裙摆去擦他嘴角的血迹。她背对着游鹏，眼泪大颗大颗地掉着，她的手控制不住地颤抖，肩膀也不听话地跟着压抑的哭泣耸动，这更加加剧游鹏的愤怒！

谭哲初敏锐地感觉到游鹏重拾的愤怒，他疲倦地看了兰小歌一眼，用力把她推开，起身往停船处走去。

他一边走一边脱下那件带血的白衬衫，一边仰天长笑。听着他的笑，兰小歌心中涌起一股凄厉的悲悯，他走得渐远了，游鹏站近了，高大的身影立刻截断她的目光。然后，他点起一支烟，深深吸了几口，蹲下身，故意把烟圈缓缓吐到她脸上。他隐在一团灰雾后的脸晦暗不明，手已经捏紧她的下巴，迫使她看着他的眼睛："你再求我啊，你好好求我，我就放过他们。"

"你刚刚才说，说你不再需要我了，我过期了……"

"哦？你信以为真了，连试试都不敢吗？小歌，你对自己太没自信了，我做的这一切，还不是为了得到你！"他翘起嘴角笑了，竟是一个十分调皮的笑。

"我——"她张口结舌，不知他话中几分真意，但她不能不试。

"我求求你，放他们走，我什么都不要了，琥珀我也不要了！我只要你！"

他又吐了个烟圈在她脸上，待烟雾散去，他猛地在她脸上抡了一耳光："你这个口是心非的女人！"

一缕血顺着惨白的脸滴在白裙上，她的人是麻木的，但眼神坦白真挚，一番话入情入理："游鹏，我从来没想过我们会变成这样，离开你或者看你受苦，我都特别难过！你先入为主，谭哲初成了你心里迈不过去的坎儿，除了那段失忆的日子，你一直怀疑我的真心，你试探我，算计我，但你从来没有从一个母亲的角度想过，我们有孩子牵扯着，曾经我也深爱过他，你不能那样急迫地逼我做选择。当然，你认为我是一个战利品，或者我根本就没有选择的权利，我只想要重生，保护我的孩子，但你们没有给我时间和机会。我也知道信任一旦遭到破坏，就无法回头了，游鹏，你不是个坏人，念在对琥珀的几分旧情上，求你放了他们。"

然而晚了，她说什么他都听不进去了，兰小歌眼看着眼前的一张俊脸，由凛然转为狰狞。

"旧情？你说的不错，我不仅念旧情我还很长情，我今天要的就是琥珀，我要把他好好养大成人！"

"琥珀很聪明，他会记住今天发生的一切。"

"不，他不会记得，他什么都不会记得的，等他醒来，他的世界只有游鹏！"

"你疯了吗？你把他怎样了？"兰小歌的心揪成一团，目光中全是绝望。

事实上，在游鹏到来之前，她也未能联络到小诗，远处停泊着她唯一寄望的"双子翡翠号"游艇。

"好戏才开始，你可别睡着啊。"游鹏拍拍她的脸。

"双子翡翠号"，其中一艘上人影幢幢。谭哲初判断孩子们应该在人多的船上，他走上前，立刻被那些人控制住，却被押到另一艘空船上。随后，游鹏和兰小歌也上了船，他下令拔锚。

谭哲初想，展家做这种事手段纯熟，现在他们洗白了，应该不想在岸上留下什么麻烦。只是，他想什么都没用了，唯一可慰的是他与游鹏同在一条船上，游鹏所做的一切都是为了给他侮辱，最坏的结果是玉石俱焚。但是，在这之前，他想见见孩子们，因为这极可能是最后的相见。心里转着这些念头，他满怀歉意地望着兰小歌，她站在游鹏身边，神情漠然。

果然，船开出不到一个钟头就停泊在一个不知名的小岛附近。游鹏身姿挺拔地立在甲板上，像个指挥若定的将军，他对另一艘船上的人喊："把谭先生的人请过来！"

优优和琥珀被人抱了出来，优优的手臂和长发垂着，琥珀同样了无生气。谭哲初心惊肉跳，失去了镇定，一步上前揪起游鹏的衬衫前襟。

"你把他们怎样了？"他声音里的恐惧把这几个字挤得扁扁的，十分难听。

游鹏不动声色，任他抓着，眼皮都不抬地说："我怕接下来的场面太吓人，优优是我朋友，琥珀还那么小，怕他们有心理阴影，就安排他们小睡一下。"

说完，他冷笑着拿开谭哲初抓着他衣襟的手，又把一把枪塞到他手里。

"但是，如果你想让他们醒过来，你，或者她，必须死一个！"他突然指着兰小歌道。

谭哲初握着沉甸甸的手枪，后退几步，额上密密麻麻激起一层冷汗。他设想过最坏的结果，但绝不是这样，由他来杀死她！

兰小歌平静地看着他，像是预知了这一切，然后慢慢走到他面前，脸上一缕哀艳的笑容，对他说："我累了，走不下去了，你就成全了我吧！"

谭哲初的手颤抖着，冷汗从额头漫向全身，一会儿热得发烫，一会儿寒彻入骨，身体里的湿气在单薄的衣衫里蒸腾着，一会儿功夫，他整个人像从水里捞出来一样，视线都是模糊的，兰小歌仿佛是个影子，只要他轻轻吹口气，她便会匿入黑沉沉的夜。他伸出手去，想要触摸那个影子，海风像蘸了血的刀子，又凉又腻地从他脸上刮过，他那只徒劳地伸出来的手，突然被那个影子抓住了，那管枪已被她反转过去对准了自己的胸口。

他睁大眼，惊讶地看着她模糊的影子终于化成人形贴近他，黑蒙蒙的大眼睛，雪白的面孔，她的嘴唇轻轻地张开，贴着他的耳边轻轻地说了一句话："好好照顾琥珀，好好保重。"

眼前弥漫的湿气终于散尽了！他抚摸到她颊边流连着的一丝浅笑，他的瞳孔放大了！他用尽力气推开她，把枪口对准自己脑袋，对游鹏低吼道："把孩子们交给小歌，我要看着他们安全离开！"

游鹏笑了笑，高声喊道："把孩子送过来！"

“嘻嘻，不着急!”一个女人轻朗的声音响起，同时游鹏感觉后背顶着个硬家伙。

“尤敏!”他大惊失色，看到对面船上跟他同来的七八个人，个个像喝多了似的，摇摇晃晃倒地不起。

“你还不快带孩子们走!”谭哲初惊呆了，他来不及细想，顾嘉言怎么跟兰小诗一起冒出来。

原来，在展家西点厨房做了几次点心后，兰小歌把婚礼细节和两艘船的情况全都告诉了兰小诗，经过贾一飞的推演布局，共同制订了一个“逃生”计划，但不容过程出现丝毫偏差，因此贾一飞授意兰小诗对姐姐执行的部分故意隐藏了细节。

婚礼上，兰小诗眼见姐姐走后游鹏竟不动声色、不加制止，断定他设好了陷阱。她的心机加无敌美貌，早已把游鹏几个四肢发达头脑简单的手下迷惑住，她今天不过多加了点娇媚手段，便套出游鹏夜里的航程。

而游鹏突被展翔摆了一道后，忙着收拾局面，的确疏忽了兰小诗。注意到她不平常的人是顾嘉言，她无意中看到兰小诗与一对陌生男女匆匆离开。她一路跟着，大致了解到他们在游鹏的船上动了手脚。

乍见顾嘉言，兰小诗有片刻花容失色，但她并未昏头，反复揣度后，她料定顾嘉言的出现不过是在乎谭哲初的安危。而顾嘉言也看出她的疑虑，主动对她说：“小诗你了解我，我是个有仇必报的人，游鹏对我手段够狠，这笔账我迟早要算的!”

兰小诗深吸一口气，这个计划本就是冒险，她倒不是特别害怕，只要自己把每个细节控制住，她自信能够挽回局面。

“你跟我说这些干吗？你不狠吗？我爸的账我们还没算呢!”

“你可比你姐姐有用得多——”顾嘉言脸露赞许，但目光冷冽。

72 悲伤停顿

这世间再也没有兰小歌了，就像她从来都没有来过，就像一场梦，有着无尽的缤纷，又带着无尽的苦楚。

远处阴影中的两艘船，像两只蹲着的巨大的怪兽，顾嘉言放低了声音问：“小诗，你判断谁会在那两条船上?”她顿了顿，“如果你是他，你绑架了我，你跟我的人谈判时，会怎么处理我？”

兰小诗瞥了她一眼，不得不说，顾嘉言的心机和能力令她叹服。这些提示她之前跟贾一飞推演过，他们的策略是兵分两路，一路对付游鹏手下，一路控制游鹏。现在贾一飞和石明明潜进了那条改造后的船，为防兰小歌遭遇不测已做好准备，她只要控制住不要擦枪走火。所以，她苦恼的不是谁上了哪条船，而是游鹏身边寸步不离的阿忠，该拿他怎么办呢？

顾嘉言见她沉吟不语，又给了她一颗定心丸：“我们联手你不会吃亏的，我还有一个身手不错的心腹，对付游鹏身边的保镖绰绰有余。”

兰小诗将信将疑，但想成事有时候必须冒险。展翔虽然功亏一篑，但也为她争取了更多时间。

足够美味的点心冷饮加上足够催心动魄的媚笑，兰小诗不动声色便让几个男人着了道，而药效发挥作用的时间也刚刚好，正当谭哲初把枪口对准自己，差点制造新的血腥记忆时，游鹏的人统统倒了下去。

溃败几乎是一刹那。游鹏的后背被兰小诗的枪顶着，一个从未耍过枪的女子本不应对他构成威胁，但他看到同时受制的阿忠，若他反击，他大概会被即刻击毙。

很快，谭哲初从惊变中醒过神来，飞跑着跳上关着孩子们的那一条船。

然而，千算万算，没算到的是就在大家合力控制住游鹏的当口，顾嘉言已一步步逼近兰小歌。

顾嘉言低哑的声音仿佛从寒冷的极地传来：“只有你死了，所有的事才能了结。”

“你告诉我，我爸爸是不是你杀的？”兰小歌问。

“他是被你杀的！兰小歌，愧疚是可以杀死人的，你一次次自作主张，一次次剥夺他与这世间抗争的权利，你用你的受难令他蒙羞，他又是那么脆弱，他看到你们曾经遭受的残酷，他疯了！他一次次想解脱，要去找你的妈妈忏悔，你何必抓着他不放？如果你早点放开他，他会早点安心！”

这番话，兰小歌在父亲那几页洇湿的书页上看过，她原以为是他被逼无奈而写。但顾嘉言此番说来，她恍然有所悟。这几年来，她不就是一直在不自觉中扮演受难吗？对小诗，对贾一飞，对谭哲初，对游鹏，甚至对琥珀……而今天所发生的桩桩件件，如果她不主动完结，将永无了局。一直以来她把自己做了献祭的羔羊，她原以为把握了命运之轮，却被推入这样一个周而复始挣扎的旋涡，只有她放下了，他们才能全部放下。

“我曾经想，如果有一天我们四人同在一条船上，谁会先死？兰小歌，你现在知道答案了吧。”顾嘉言说。

兰小歌站在船舷上，海风早把她的白裙吹干，白色裙摆在黑暗的水面猎猎飞扬，她觉得心像风一样轻，风的颜色也是白色的，像她初来的世界一样干净。现在她的孩子上了另一条船，她就安心了。这一次，把自己完完全全交给命运又如何呢?

她看了看顾嘉言，她的下巴傲然抬着，依然是那么咄咄逼人，但顾嘉言对着她笑了。

那边，谭哲初正屈膝抱起琥珀来，把他紧紧地搂在怀中。她远远地，深深地望着他们，她知道，琥珀从此将安全了，远离暴戾，获得真正的平静。她心想再抱他一下多好，但她更明白，最好不要抱他，不要抚摸他，让他睡在梦中是最好的。

她又把最深情的一眼凝视投向谭哲初，她有很久没好好看过他了，他瘦了那么多，她看到愁绪在一夜之间让他的胡须茂盛，而孩子们平静的睡颜又令他终于安详。今生，她欠他的那一眼，就在最后还他吧!

谭哲初并不知道，等他安顿好孩子们转回身时，远远看到兰小歌俏立船头，裙裾翻飞，眼尾扬起一个凄艳的笑容，而这最后的笑容是她留给游鹏的，是她还他的。

游鹏心头一挛，他听到她的声音隔着海从另一个世界而来：谢谢你这么爱我，我们就此放过，今生今世，再不相欠!”

兰小歌纵身跃入大海。黑发落入黑暗的海面，白浪吞没了白裙。

这世间再也没有兰小歌了，就像她从来都没有来过，就像一场梦，有着无尽的缤纷，又带着无尽的苦楚。

一切都太快了！谭哲初冲了过来，目光没来得及揪住她最后一片裙角，眼前便彻底暗了下去。

“今生今世，再不相欠!”游鹏如遭雷击，耳里反复轰鸣着这一句话，眼底反复叠映着那朵放肆绽开的雪白浪花，犹如一幅亘古虚无的画，他听到自己哽在喉咙里的压抑哭声，显得破碎又嘶哑，被海风撕得丝丝缕缕。

但很快，又是砰的一声，又一朵雪白浪花溅开，在众人惊魂离乱的当口，兰小诗也跟着跳进海里。

顾嘉言彻底脱了力，颓然滑坐在甲板上。

刹那之间，所有的悲伤都停滞了。

尾　声

魁北克省的蒙特利尔曾是法据地，因此也被称为“小巴黎”。在旧城区达尔姆广场对面有座圣母大教堂，建于1829年，据说参照巴黎圣母院的样式建造，高耸雄伟。在教堂庄严肃穆的通道里，来做弥撒的人们有的在静悄悄地行走，也有的在小声地说话。

一个女人孤单地坐在角落里。她的头发用黑色长丝巾裹着，丝巾里的脸庞苍白娟秀，但眼角细细的鱼尾纹出卖了她的年龄。她的手按在《圣经》上，嘴唇轻轻嚅动着，不知在祷告什么。大约一个钟头后，她站起身慢慢离开，黑衣的身影被通道两旁的烛光拉成一条细长的影子。

在他重病的日子，他给了她最后一句话：世上的邪恶永远不会消除，但你的良心会让你接受神的裁决。

后来，他带着孩子们来到蒙特利尔。他不知道她也住在这个城市，并日复一日地在这座大教堂里祈求主带她走出心灵的牢城。

自此他们真的无关了，无论她身在何方，做何事，结束了，就是结束了。

蒙特利尔已经接连下了七八天雨。雨水是有力量的，它冲刷着现实的废墟，也洗净了时光的龃龉。

窗外的红枫被雨水浸得透亮，正应了那句“看朱成碧”。

谭哲初两鬓微白，因为瘦，站在窗前的身影更显颀长。半年以来，他的身体一直很差，尤其在这场连绵阴雨来临前又染了场重感冒，胸闷加不断的咳嗽使他苍白的嘴唇有些发紫。

优优拿了药进来，悄悄把身后的门合拢。

“优优，你今天要上班吧?”他问。

“我下午才出门。爸爸，你先把药吃了。”

“先放在那儿吧。”他落落寡欢。

“爸爸，请你不要放弃!”优优提高了声音，显得有点激动。

“我没能好好照顾你们，对不起。”他回转身，歉疚地说。

“也许她们还活着，被哪个好心人救起！我听说，游鹏的船找了她们很久，却没有找到她们的……她们的……”优优咽回了“尸骨”两个字，站到爸爸身前。她拢了拢他的衣袖，那袖子显得肥大，令人心酸，跟着她的手又往上抬了抬，触到他微白的双鬓。

“爸爸，我替你请个理发师回来好不好？你的头发长了。”她说。

“嗯。”他说，“优优，你不用担心我……一切都会好转，我心里有数。”他努力挤出一个笑容。

天终于放晴。一天，优优收到一封来自科西嘉岛的信，收件人写着谭哲初。

她握着这份来自地中海的神秘来信，莫名心跳加速，她印象中爸爸没有那里的亲戚朋友。她推开爸爸的房门，见他正手把手教琥珀写毛笔字。近两日，他精神好了些，琥珀每天放学后便待在他的书房里，他今天在教他临摹柳公权的《玄秘塔碑》。

“琥珀，柳公权的字最讲究结构，你看这个‘宏’字，注意，要上密下疏。字的下部须收紧，上部就必须舒展，这样看起来才显得落落大方。来，爸爸先写给你看。”

优优走过来。“爸爸，科西嘉岛，你有朋友？”她问。

他愣了一下，摇摇头。

“这是谁的信呢？”优优扬扬手中的信封。

一滴墨汁滴到宣纸上。谭哲初接过信封，迫不及待地撕开来，才看了几行，眼底便漫起一层雾气。跟着他把信纸紧紧贴在胸口，另一只手撑着桌沿，垂下了头。

科西嘉岛上有一种愿望树，树叶只有三瓣叶子，爸爸说如果谁种的愿望树结出四瓣叶子，就能得到幸福。因为，一片叶子代表祈求，一片叶子代表希望，一片叶子代表守护，最后的一片叶子，代表着幸福。现在，我种了很多愿望树，我不知道哪一棵能结出四瓣叶子。小诗说，要跟最爱我的人一起祈祷，爸爸才会帮我完成心愿，我想我的琥珀了！

兰小歌

嗒嗒！优优看到两大颗泪滴在宣纸上，往墨迹深处洇去。顷刻，那些字迹已面目模糊。爸爸的眼睛，却被泪水洗出一种她无法形容的异彩。

一年后，游鹏又开始了游历，这次他来到了科西嘉岛。

地中海闪烁着如传说中蓝宝石一样的光芒。他坐在岩石上，眼前波涛过处，倩影微茫，他想着那个记忆中的名字，恍惚觉得已与隐身此间的女人无关。她出现在某个命中注定的时刻，她绝艳凄美的影像，只是他心河的幻影。

他站起来，东方的海平面正泛起粼粼波光，新的一天要开始了。

这一天，贾一飞与石明明领证了。

他揽着她的肩从婚姻登记处出来。

“想去哪里度蜜月?”

“去科西嘉岛种树。”

“种树?”

“对，愿望树，有四瓣叶子的愿望树。”

(全文完)

2016年4月北京·乔子桥